HEIGER OSTERTAG

Potsdamer Affäre

TANZ AUF DEM VULKAN Im Frühjahr 1913 wird Oberleutnant Wedigo von Wedel abkommandiert, von einem Potsdamer Garderegiment ans Kriegsministerium in Berlin in die Abteilung III b, die Geheimdienstabteilung des Deutschen Generalstabs. Gleich zu Beginn seines Dienstes findet er den ehemaligen Leiter der Abteilung ermordet auf. Der neue Chef, Major Nicolai, hält den Mord für die Tat feindlicher Agenten. Er führt den Oberleutnant in die neue Methode der Kriminologie ein und beauftragt ihn mit der Aufklärung des Falls. Am selben Abend macht der junge Offizier im Hotel Adlon die Bekanntschaft der verführerischen polnischen Gräfin Walewska, die ihn mitnimmt in die glitzernde Halbwelt des künstlerischen Berlins. Hinter den Kulissen des bunten Treibens ereignen sich weitere Morde. Von Wedel muss sich beeilen, will er noch Schlimmeres verhindern.

Dr. Heiger Ostertag war zunächst Luftwaffenoffizier und studierte anschließend in München und Freiburg Germanistik, Geschichte und Nordgermanische Philologie. Seit den 90er-Jahren ist er als Autor und Historiker in Forschung und Lehre tätig. Nach Milieuromanen und Kriminalgeschichten schreibt Ostertag primär Romane mit historischem Hintergrund. »Potsdamer Affäre« ist sein Debüt im Gmeiner-Verlag.

HEIGER OSTERTAG

Potsdamer Affäre

Kriminalroman

GMEINER *Original*

Personen und Handlung sind, soweit sie nicht historisch sind,
frei erfunden.
Ähnlichkeiten mit lebenden Personen
sind rein zufällig und nicht beabsichtigt.

Besuchen Sie uns im Internet:
www.gmeiner-verlag.de

Im Ehnried 5, 88605 Meßkirch
Telefon 07575/2095-0
info@gmeiner-verlag.de

1. Auflage 2013

Lektorat: Sven Lang
Herstellung: Mirjam Hecht
Umschlaggestaltung: U.O.R.G. Lutz Eberle, Stuttgart
unter Verwendung eines Fotos von: © Imagno / Getty Images
Druck: GGP Media GmbH, Pößneck
Printed in Germany
ISBN 978-3-8392-1450-3

Für meine Eva

INHALTSVERZEICHNIS

PROLOG

Die Fahnen wehten im kalten Wind des Petersburger Januars, unter ihnen marschierte eine schier unüberschaubare Zahl von Menschen. Eine riesige Menge, Hunderttausend seien es, sagten die Genossen. Auf die Zahl aber kam es nicht an, sondern wofür sie kämpften. Schaut nur, Genossen, schaut, wie von allen Seiten die Menschen kommen. Denn es muss ein Ende gesetzt werden. Der Mensch muss leben können, muss frei sein von Angst vor Verfolgung, und das Volk muss eine Stimme bekommen. Sie marschierten und marschierten; Arbeiter und Studenten, Männer und Frauen. Gleich waren sie am Ziel. Da stockt der Zug vor ihnen: Soldaten sperren die Straße! »Lasst uns durch, Kameraden, auch ihr seid Genossen!« Plötzlich krachen Schüsse, Frauen schreien voller Angst. Zu ihrer Linken fällt Paul, eine Kugel hat ihn getroffen, sein halber Schädel fehlt. Ein einziger Schrei: Paul! Überall Blut. Überall Schreie, Menschen rennen und fliehen in Panik. Auch sie flieht – dann packen eiserne Fäuste ihre Arme und schleppen sie in Fesseln fort. Endlose Tage und Nächte folgen, Verhöre über Verhöre, Gewalt und dunkle Stille, neue Gewalt und tiefe Angst. Niemand ist da, der ihr hilft, sie ist allein, so völlig allein. Schließlich bricht sie zusammen und gesteht. Alles, alles. Der Mann vor ihr grinst breit und macht ihr ein Angebot. Sie will nicht, doch er hat einen schrecklichen Trumpf, den er jetzt ausspielt. Sie kann nicht mehr, alles ist gleichgültig und sie nimmt an. Zeit vergeht, Tage, Wochen und Jahre. Eines Morgens öffnet sie die Augen, sie spielt ihr Spiel, lächelt und scheint eng mit den Häschern verbunden …

GARDE EXKLUSIV

Berlin schlief oder war kurz vor dem Erwachen. Nur die Nachtbars führten ihr eigenes, dämmriges Halbweltleben. Die meisten Gebäude der Stadt lagen im Finstern, so auch die zahlreichen Häuser und Bauten im Regierungsviertel der Reichshauptstadt. Doch in einem Zimmer des Kriegsministeriums in der Wilhelmstraße brannte in diesen frühen Morgenstunden ein einsames Licht.

Ein älterer Offizier, seinem Dienstgrad nach ein Oberst, saß über einen Stapel Akten gebeugt am Schreibtisch seines Büros. Die Tischlampe warf gelbliches Licht auf die Papiere, ab und zu blätterte der Lesende eine der Seiten um. Während er las, wurde im Erdgeschoss das Fenster eines Wirtschaftsraumes aufgestoßen und eine schwarz gekleidete Gestalt, deren Gesicht durch eine Maske verdeckt war, zwängte sich, ohne dass ein Laut zu hören war, durch die schmale Öffnung ins Innere.

Der Oberst legte die Akte zur Seite und griff zu einer zweiten, die er aufschlug. Unten im Haus erreichte der Eindringling das Treppenhaus und stieg auf dicken Gummisohlen nahezu lautlos nach oben. Während die Gestalt hinaufschlich, überschlugen sich ihre Gedanken. Bilder stiegen auf und verschwanden. Bilder der Wut und des Zorns. Im Wachlokal am Haupteingang des Ministeriums erhob sich gähnend ein Soldat; es war Zeit für einen Rundgang. Auf der Straße rumpelte in der Ferne ein Milchwagen. Der Oberst machte sich eine Notiz in ein schwarzes Büchlein, zog die Schublade des

Schreibtisches auf und legte die gelesenen Akten zurück. Gleichzeitig entnahm er einen weiteren Ordner. Der Einbrecher hatte jetzt das Stockwerk erreicht, in dem das Zimmer des Obersts lag. Er hielt kurz inne, atmete tief ein und aus. Der Hass musste abkühlen, musste in die kühle Tat münden. Unten nahm der Wachsoldat seine Blendlampe und machte sich auf den vorgeschriebenen Kontrollgang; es war 4.45 Uhr. Im zweiten Stock schlich die Gestalt leise durch den lichtlosen Korridor, bis sie das Büro des Obersts erreichte. Der Unbekannte hob den Kopf und lauschte ins Dunkle, zwang sich zur völligen Ruhe. Dann griff seine Hand zur Türklinke und drückte diese vorsichtig nieder. Der Offizier an seinem Schreibtisch war derart auf sein Tun konzentriert, dass er nicht merkte, wie die Tür des Zimmers sich öffnete und jemand ohne einen Laut hineinschlüpfte. Erst als ein Luftzug die Papiere bewegte, blickte er von seiner Akte auf.

»Wer sind Sie, was wollen Sie hier?«, stieß er überrascht hervor und wollte aufstehen. Statt einer Antwort zog die dunkle Gestalt einen Revolver hervor, zielte auf den Sitzenden und schoss. Auf der Stirn des Obersts bildete sich ein Wundmal. Er sackte ohne ein Wort in sich zusammen. Blut floss in schweren Tropfen aus der Wunde auf die Schreibfläche und formte eine dunkle Pfütze. Der Eindringling steckte seine Waffe ein und trat zum Platz des Toten, den er rüde zur Seite schob. Mit schnellem Griff klappte er die Akte, in der der Ermordete gerade gelesen hatte, zu und steckte diese und das Notizbuch des Mannes in eine Tasche, die ihm um die Schulter hing. Dann bückte sich der Dunkle und öffnete die Schubladen des Schreibtischs, die er eilig durchsuchte. Er nahm weitere Akten an sich – und hielt plötzlich inne, um zu lauschen. Vom Gang her waren schwere Schritte zu hören. Der Fremde löschte die Lampe und trat an die Wand neben die Tür. Wenige Augenblicke später wurde diese geöffnet und der Strahl einer Blendlaterne leuchtete ins Zimmer.

»Herr Oberst? Ist etwas passiert?«, fragte eine junge Stimme.

Der Mann mit der Lampe, der Wachsoldat, trat ins Zimmer. Ein fürchterlicher Schlag auf seinen Kopf ließ ihn taumeln und ein zweiter ihn in die Knie brechen. Der dunkle Mann packte den Soldaten an den Schultern und schleifte ihn hinein ins Zimmer, wo er ihn am Schreibtisch ablegte. Dann verließ er den Raum, zog die Tür des Büros zu und verschloss sie mit Hilfe eines Drahtes. Es war geschafft! Wenige Minuten später stand der Unbekannte auf der Wilhelmstraße, in der Ferne schlug eine Kirchturmuhr fünf lange Schläge. Im Osten dämmerte grau der Morgen, die Stadt erwachte.

Ein unbestimmtes Geräusch drang an sein Ohr.

»Hrr Obltnant!«

Wedigo stieß einen Knurrlaut aus, drehte sich um und versuchte, weiterzuschlafen. Beinahe gelang es ihm, da hörte er erneut er das penetrante Geräusch; nein, das war kein Geräusch, jemand rief ihn.

»Herr Oberleutnant, aufgewacht!«

Oberleutnant Wedigo von Wedel öffnete langsam die Augen. Wer weckte ihn zu dieser nachtschlafenden Zeit? Er gähnte. Wieder tönte die lästige Stimme.

»Herr Oberleutnant, bitte, Sie müssen aufstehen! Sie sollen in einer halben Stunde beim Kommandeur sein.«

Meine Güte, ein Termin bei Oberst von Friedeburg. In einer halben Stunde! Und Kuhn, sein Bursche, weckte ihn erst jetzt. So ein Rindvieh!

Wedigo fuhr auf und griff sich stöhnend an seinen Kopf. Ein stechender Schmerz fuhr durch die Schläfen – der schlechte Schampus von letzter Nacht, klebrig und süß, ein billiges Zeug, das einen fertigmachte. Der verdammte Suff, der Suff und das Jeu … Dabei hatte der Abend so harmlos angefangen. Oberleutnant von Helldorf von der 6. Kompanie hatte den Sieg seines Favoriten beim Rennen des Motorradclubs Berlin mit einem traditionellen Liebesmahl im Kasino gefeiert. Beim Essen war es nicht geblieben, dabei blieb es nie. Erst der Wein, dann Bier und Schnaps beim Spiel. Später der Vorschlag Leutnants von Natzmer, zur ›Konditorei Kessler‹ zu fahren, wo im Hinterzimmer … Nein, er sollte so etwas lassen. Dummes Gerede und alberne Scherze und man fühlte sich am nächsten Morgen absolut übel. Eigentlich war das vergeudete Zeit gewesen, wie so vieles, was man tat.

Wedigo schüttelte die unbequemen Gedanken ab und stand auf. Er trat zum Waschtisch und tauchte den Kopf in die Schüssel mit kaltem Wasser. Das Stechen wurde stärker, dann schwand es und machte einem Pochen Platz. Kuhn schüttete das Wasser aus dem Fenster und goss aus einem Krug frisches nach.

»Der Befehl, Herr Oberleutnant, kam erst heute früh. Daher konnte ich Herrn Oberleutnant auch nicht früher wecken«, entschuldigte sich Kuhn.

»Halten Sie das Maul, Kuhn, und palavern Sie nicht!«, blaffte Wedigo ihn an. Wenn er eines nicht leiden konnte, dann waren es Entschuldigungen. Er tauchte nochmals unter, prustete, seifte Hals und Oberkörper ab und setzte sich schließlich auf einen Stuhl. Der Bursche legte ihm ein weißes Tuch um und rasierte darauf seinen Herren mit jener Geschmeidigkeit und Akkuratesse des gelernten Friseurs.

Für den Morgenkaffee und ein Frühstück war keine Zeit. Wedigo von Wedel schlüpfte in seine blaue Uniform und überprüfte den Sitz vor dem großen Spiegel in der Diele. Das Glas zeigte ihm einen hoch gewachsenen Mann von dreiundzwanzig Jahren, dessen dunkelblondes Haar militärisch kurz und in der Mitte gescheitelt war. Aus dem scharf geschnittenen Gesicht blickten dem Betrachter zwei graublaue, heute leicht müde wirkende Augen entgegen. Der Mode entsprechend trug der junge Offizier einen sauber gestutzten Schnurrbart und das obligate Einglas, wobei er auf dieses meist gern verzichtete. Gut, er konnte sich einigermaßen sehen lassen. Er strich sich übers Haar, griff zum Wandkalender und riss das tägliche Blatt ab: Heute war Montag, der 7. April 1913. Dann schloss Wedigo den obersten Knopf seiner Uniformjacke, schnallte seinen Degen um und machte sich schnellen Schrittes auf den Weg von seiner Wohnung in der Siefertstraße hinüber zu der nahe gelegenen Kaserne des 1. Garde-Regiments zu Fuß Potsdam in der Priesterstraße. Draußen schlug ihm kühle Luft entgegen und er wurde endgültig munter. Punkt acht Uhr meldete ihn die Ordonanz beim Kommandeur des Regiments Oberst Friedrich von Friedeburg.

Friedeburg war von hagerer, streng aussehender Erscheinung, ein Mann, dessen scharfe Augen das jeweilige Gegenüber zu durchdringen schienen. Ein wenig ähnelte er im Auftreten und Erscheinen dem Kaiser, wie dieser sich häufig bei Paraden und Manövern des Regiments gezeigt hatte. Mit seinen siebenundvierzig Jahren war er im besten Alter und im Kameradenkreisen munkelte man, ›der Alte‹ würde noch Karriere machen. Den Oberleutnant ließ das Ganze kalt, was interessierte ihn der Alte. Er war jung und hatte andere Dinge im Kopf. Und es gab in seiner Familie genügend Karrieristen, ob das sein Onkel Ernst oder Großonkel Karl von Wedel oder andere Mitglieder des alten pommerschen Geschlechts waren. Ihn langweilte das ständige Gerede vom Aufstieg und von der Karriere; was Wedigo wirklich fesselte, waren das Reiten und vor allem die neue Luftfahrtechnik. Im letzten Jahr hatte er auf dem Tempelhofer Feld an einem Flug des neuen Flugzeugtyps Fokker A-1912, der ›Spinne‹, teilgenommen. Eine gute Viertelstunde hatte der Flug nur gedauert, doch was für ein Erlebnis war das Ganze gewesen. Über die Stadt zu gleiten und die Welt von oben zu betrachten, eine famose Angelegenheit. Wie fern alles aussah, wie nichtig und klein, all die Spielzeughäuser und die menschlichen Zwerge. Seitdem begeisterte sich Wedigo für die Fliegerei, und er hoffte, den Tag zu erleben, an dem ein mutiger Mann sich gleichsam als Ikarus mit eigenen Flügeln in die Lüfte erheben würde.

Warum ihn der Alte heute Morgen zu sich beorderte, war von Wedel unklar. Einen Anschiss erwartete der Offizier eigentlich nicht, obwohl man das nie wissen konnte. Trotz gewisser abendlicher Festivitäten war seine Kompanieführung tadellos und seine Spielschulden hielten sich in Grenzen. Weibergeschichten hatte er jedenfalls keine. Er galt als guter Tänzer und besuchte natürlich die Bälle und Tanzvergnügen der Garnison, doch die jungen Fräulein, mit denen er dort walzte, fand der Oberleutnant ausgesprochen fad. Bis auf die Affäre mit einem Fräulein vom Varieté, die er als Fähnrich angehimmelt und der er vergeblich Blumen geschickt hatte, war er ohne größere Erfahrungen. Die Kameraden fuhren ab und zu mit der Eisenbahn nach Berlin und mit der Droschke ins bekannte Scheunenviertel, um sich mit den Damen zu amüsieren. Viele Offiziere seines Alters waren bereits einer Braut oder Verlobten versprochen und wollten sich vor der obligaten Heirat austoben. Wedigo hielt davon nichts, das Ganze war ihm zu billig und er für derartige Besuche zu moralisch. Über die gute Partie wurde im Kasino allerdings viel gesprochen. Um ein Fräulein von Stand oder eine Bürgertochter aus wohlhabender Familie hatte sich Wedigo bisher jedoch nicht ernsthaft bemüht und auf die Fragen der Kameraden nach ›seiner Braut‹ zuckte er nur mit den Achseln. Die Richtige würde schon noch kommen.

»Herr Oberleutnant, der Kommandeur lässt bitten!«, meldete die Ordonanz. Der Offizier fuhr aus seinen Gedanken auf und trat ins Allerheiligste des Regiments, in das Kommandantenzimmer. Der Raum war fast zur Hälfte von einem großen Schreibtisch ausgefüllt, hinter dem an der Wand die Regimentsfahne mit dem gekrönten Adler hing. Die Traditionslinie des Regiments ließ sich bis 1675 zurückführen, nach der verheerenden Niederlage von 1806 war es jedoch neu aufgestellt worden. Unter der Fahne prangte der Wahlspruch ›Semper Talis‹ – stets gleich.

Von Wedel grüßte pflichtgemäß, Friedeburg winkte ab und wies ihn mit der Hand auf die Sesselgruppe, die links unter dem Fenster stand.

»Nehmen Sie Platz, Herr Oberleutnant, ich will gleich zur Sache kommen. Ich habe am Freitag einen Anruf aus dem Kriegsministerium von Oberst Schëuch erhalten. Der Oberst, ein alter Kamerad aus der Kadettenzeit, ersuchte mich, ihm einen zuverlässigen Offizier abzustellen, der technisch interessiert ist und sich vor allem mit der Frage der militärischen Nutzung von Flugmaschinen beschäftigt. Sie sind im letzten Jahr mit einer Fokker mitgeflogen, sind also der richtige Mann. Daher habe ich Sie dem Kameraden Schëuch vorgeschlagen. Um was es genau geht, weiß ich nicht, die im Ministerium halten sich bedeckt. Scheint eine Geheimsache zu sein, angeblich hat auch Oberst von Barfus damit zu tun. Sie melden sich jedenfalls heute um elf in der Wilhelmstraße. Betrachten Sie sich bis auf Weiteres als abkommandiert. Haben Sie noch Fragen?«

»Jawohl, Herr Oberst. Wer übernimmt meine Kompanie?«

»Oberleutnant Graf von Finckenstein wird für die Zeit von der Kriegsakademie freigestellt, um Sie zu vertreten. Weitere Fragen?«

»Nein, Herr Oberst!«

Wedigo erhob sich und salutierte, dann verließ er das Kommandantenzimmer. Merkwürdig, dachte er, was für ein seltsamer Auftrag. So ganz war ihm nicht deutlich geworden, warum Oberst Schëuch einen Offizier des Regiments und ausgerechnet ihn angefordert hatte. Der Mitflug in einer Fokker konnte doch nicht die Basis für ein Kommando im Ministerium sein. Er war gespannt, was ihn erwartete. Die Uhr im Vorzimmer zeigte zehn Minuten nach acht, um elf sollte er sich auf seiner neuen Dienststelle melden. Er hatte also gerade noch Zeit, seinem Kompaniefeldwebel, dem Spieß, einige Instruktionen zu geben und einen Kaffee zu trinken. Das tat er und danach ging es ihm deutlich besser.

Um neun Uhr fuhr der Oberleutnant vom Potsdamer Bahnhof aus mit der neuen Wannseebahn nach Berlin. Während der Fahrt blätterte er in der *Vossischen Zeitung* und in der *Berliner Morgenpost*, die ihm sein Bursche zum Zug gebracht hatte. Die üblichen Neuigkeiten. Noch immer schlug die vor einigen Tagen erfolgte Notlandung des Luftschiffes Z IV auf einem französischen Truppenübungsplatz im lothringischen Lunéville hohe Wellen. Die französische Regierung sprach von Spionage und drohte mit Konsequenzen. Daneben prangte ein Bild der Suffragette Emmeline Pankhurst, die ein Londoner Gericht wegen Anstiftung zu einem Bombenattentat auf das Landhaus des Schatzkanzlers David Lloyd George zu drei Jahren Zuchthaus verurteilt hatte. Auf dem Balkan verschärften sich die Spannungen, da die serbische Regierung es ablehnte, die von ihr besetzten Teile Albaniens zu räumen. Und heute ging es im Reichstag um die geplante Heeresverstärkung, wogegen die Sozialdemokraten sicher hetzen würden. Noch ein Blick in einen Artikel, in dem spekuliert wurde, ob die für den 24. Mai geplante Hochzeit der Prinzessin Viktoria Luise von Preußen mit Ernst August von Hannover nicht platzen könne.

Dann war Berlin erreicht, der Oberleutnant stieg aus seinem Abteil Erster Klasse und suchte sich eine Droschke. Um fünf vor elf trat Wedigo durch das mit Soldatenfiguren geschmückte breite Einfahrtstor der Wilhelmstraße 86–87. Vor ihm lag das Gebäude des Kriegsministeriums mit den gequaderten Untergeschossen und dem über einem Fries aus Laubwerk und Helmen folgenden oberen Stockwerk. Wedigo von Wedel ließ sich den Weg zur Abteilung von Oberst Schëuch beschreiben, wobei der Oberleutnant sich wunderte, dass dieser im Zentral-Departement residierte, da trat ein Hauptmann auf ihn zu.

»Delvendahl«, stellte er sich vor. »Folgen Sie mir, Herr Oberleutnant!« Er führte den verwunderten Wedigo durch die nach billigem Wachs riechenden Gänge und über mehrere Treppen hin zu einem schmucklosen Raum im obersten Stockwerk, in dem um einen mit Papieren bedeckten Tisch drei ihm unbekannte Stabsoffiziere saßen. Der Hauptmann meldete: »Oberleutnant von Wedel vom 1. Garde-Regiment«, und verließ das Zimmer. Wedigo salutierte, worauf einer der Offiziere mit der Hand auf einen freien Sessel wies.

»Setzen Sie sich, Herr Oberleutnant. Wir haben Sie erwartet. Ich darf Ihnen die Runde vorstellen. Links von mir sitzt Oberstleutnant Gundelach, Leiter der Abteilung 6, der Ingenieur- und Pionierabteilung. Neben ihm aus der Abteilung 7, der Verkehrsabteilung, sehen Sie Major Kopsch, und ich bin Major Nicolai. Ein Mitglied unserer Runde fehlt, aber ich denke, Kamerad Heye wird gleich zu uns stoßen, wir können bereits beginnen.«

Wedigo musterte unauffällig die Runde. Der Major war ein Mann mit klaren strengen Gesichtszügen und hoher Stirn; der obligatorische dunkle Schnurrbart war kurz geschnitten genau wie das an den Schläfen lichter werdende Haar. Der Chef der Abteilung 6, Gundelach, dagegen wirkte mit seinem etwas rundlichen Gesicht freundlich, ja fast zivil und eher wie ein Techniker als wie ein Stabsoffizier. Der dritte im Bunde, Major Kopsch, dagegen saß kerzengerade im Sessel und sein glattes Äußeres und die scharfen, stechenden Augen machten auf Wedigo einen sehr abweisenden Eindruck.

»Sie wissen, warum Sie hierher kommandiert wurden?«, fragte ihn Oberstleutnant Gundelach.

»Oberst von Friedeburg teilte mir mit, es sei ein Offizier, der sich für technische Entwicklungen und für die Luftfahrt interessiert, angefordert worden.«

»Nun«, nahm Major Nicolai, der offenbar als Sprecher fungierte, jetzt wieder das Wort an sich. »Das stimmt und stimmt nicht. Die Dinge haben sich seit letzter Woche verändert. Ich werde Ihnen das gleich verdeutlichen. Doch zunächst wird Ihnen Kamerad Kopsch erläutern, mit was sich seine Abteilung aktuell beschäftigt.« Nicolai nickte Kopsch zu, der in knappem, militärischem Ton referierte.

»Die A7 beschäftigt sich, im engen Verbund mit der Abteilung 6, mit der Entwicklung und Erprobung von kriegstauglichen Flugzeugen. Insbesondere arbeiten unsere Techniker an der Steig- und Kurvenfähigkeit der Maschinen und an deren Bewaffnung, und das mit wachsendem Erfolg! Derzeit hat das Deutsche Reich, in Zusammenarbeit mit den Firmen Fokker und Junker, in diesem Bereich einen gewissen Vorsprung vor den konkurrierenden Mächten Frankreich, England und Russland erlangt.«

»Unser neu konzipierter Doppeldecker mit seinem 110 PS 9-Zylinder-Umlaufmotor ist einfach einmalig«, unterbrach Oberstleutnant Gundelach den Major begeistert, beendete aber auf einen Wink Nicolais hin sofort seine Darlegung der technischen Aspekte und erklärte, dass allenfalls die Amerikaner im Ernstfall den deutschen Flugzeugen Probleme machen könnten.

»Doch die USA und ihre Technik sind weit weg und die Amerikaner sind dem Reich freundschaftlich verbunden«, schloss der Major mit Seitenblick auf Gundelach den Vortrag.

»Eine Bedrohung anderer Natur ist weitaus gefährlicher«, übernahm wieder Nicolai. »Sie erinnern sich gewiss an den Fall des Spions Lux, der als Hauptmann in deutschen Dienst eine Vielzahl von geheimen militärischen Nachrichten an Frankreich weitergab. Nach seiner Festnahme gelang ihm die Flucht aus der Festungshaft und er wurde später vom französischen Kriegsminister persönlich geehrt. Aufgrund dieses Geschehens und anderer Ereignisse haben wir im Reich unsere Abwehr umstrukturiert und ganze Abteilungen neu aufgestellt. Dies auch im Hinblick auf unsere neue Flugzeugtechnik, die gegnerische Agenten anlockt wie Motten das Licht.«

»Ich verstehe noch immer nicht ganz, Herr Major, warum ich hier bin«, meldete sich nun Wedigo zu Wort. Welche Rolle er spielen sollte, war ihm nach wie vor nicht klar. »Soll ich in der Luftfahrtabteilung zum Einsatz kommen? Aber ich bin kein Ingenieur oder Pionier und leider auch kein Flieger. Oder hat Oberst Schëuch gedacht, dass ich Spione fangen soll?«

Nicolai blickte auf die Uhr, schüttelte dann den Kopf. »Dazu sollte Ihnen Oberstleutnant Heye Auskunft geben, doch ich fürchte, er ist aufgehalten worden. Nun, wenn der Berg nicht zum Propheten kommen will …« Nicolai erhob sich und ging zur Tür.

»Auf was warten Sie, Herr Oberleutnant? Kommen Sie mit, wir statten der Abteilung III b einen Besuch ab. Meine Herren!«

Nicolai grüßte und verließ den Raum, Wedigo folgte rasch. Wieder liefen sie durch lange Flure, auf denen geschäftiges Treiben herrschte. Soldaten der verschiedensten Waffengattungen und Regimenter sowie unterschiedlichen Ranges kreuzten mit Akten unterm Arm ihren Weg. Ein Major der Gardekürassiere, ein Leutnant eines Infanterieregiments. Zwei Husarenrittmeister, ein Kapitän, dazwischen Gefreite aus einem Feldartillerieregiment, sogar ein Major eines Seebataillons. Nicolai hielt den Offizier an. »Paul, was machst du hier in Berlin? Ich dachte, du bist Kommandeur in Wilhelmshaven?«

»Du glaubst es kaum, Walter«, antwortete der Angesprochene. »Ich soll nach Afrika gehen. Entweder zur Schutztruppe nach Duala in Kamerun oder nach Daressalam, in Deutsch-Ostafrika.«

»Dann viel Glück mit den Askaris«, wünschte Nicolai. Sie gingen weiter.

»Das war Paul von Lettow-Vorbeck«, erklärte der Major dem Oberleutnant. »Ich habe ihn vor rund zehn

Jahren an der Kriegsakademie kennengelernt. Ein brillanter Taktiker und Stratege, der sicher noch General werden wird.«

Die Gänge leerten sich, sie kamen offenbar in einen weniger frequentierten Teil des Gebäudes. Nicolai trat in einen Seitengang und klopfte an eine mit Leder verkleidete Tür. Von drinnen kam keine Reaktion, auch nicht als der Stabsoffizier ein zweites Mal klopfte.

»Seltsam, es ist erst halb zwölf«, sagte Nicolai mit einem Blick auf seine Uhr. »Heye wird doch noch nicht im Kasino sein?«

Er probierte die Türklinke, das Zimmer war verschlossen.

»Dann gehen wir zunächst einmal in mein Büro«, erklärte der Major. »Oberstleutnant Heye war übrigens einige Jahre in Afrika und bei der Niederschlagung des Hereroaufstands dabei.«

Sie wollten sich gerade auf den Weg machen, als ein Offizier um die Ecke bog, den Nicolai sogleich begrüßte. »Herr Oberstleutnant, das ist Oberleutnant von Wedel vom 1. Garde-Regiment zu Fuß. Oberst Schëuch hat ihn angefordert, aber ohne zu informieren, worum es geht.«

»Weiß schon, weiß schon«, gab Heye zurück. Er war ein älterer Offizier mit einem großen, eisgrauen Schnurrbart und einer fülligen Gestalt. »War den ganzen Morgen unterwegs und hatte noch keine Zeit, in mein Büro zu gehen. Also, kommen Sie, meine Herren.«

Der Oberstleutnant nahm einen Schlüssel hervor und öffnete die Tür. Ein merkwürdiger Geruch wehte ihnen entgegen. Heye trat ins das Büro – und blieb stocksteif stehen.

Major Nicolai, der ihm direkt gefolgt war, stieß einen Ruf der Bestürzung aus, dann zog er Wedigo ins Zimmer und verschloss die Tür. Der Oberleutnant starrte auf das schreckliche Bild, das sich seinen Augen bot.

Vor ihnen auf dem Boden lag in einer bereits getrockneten Blutlache ein Infanterist, offenbar ein Wachsoldat. Der Mann war tot, offensichtlich gestorben an Schlägen auf den Schädel, denn dieser wies eine schreckliche, mit Blut verkrustete Wunde auf. Neben ihm sah Wedigo eine Blendlaterne liegen, der Obergefreite musste auf einem Kontrollgang gewesen sein. Er hatte wohl einen Eindringling überrascht und seine Wachsamkeit mit dem Leben bezahlt. Doch der Mann war nicht der einzige Tote im Raum. Halb über die Platte des großen Schreibtisches auf der linken Seite des Zimmers lag der Leichnam eines älteren Mannes in der Uniform eines Obersts.

Gut eine Minute starrten Nicolai und Heye auf die toten Soldaten, dann lösten sie sich aus ihrer Erschütterung und fanden zurück zur militärischen Ordnung. Major Nicolai trat langsam zum Oberst, beugte sich über den Körper und begann den Leichnam genauer zu untersuchen.

»Ein Kopfschuss, mitten in die Stirn, er dürfte sofort tot gewesen sein.« Ein Zittern in seiner Stimme zeigte seine Betroffenheit.

»Das ist Oberst Karl Brose, der bis vor drei Jahren die Abteilung III b geleitet hat«, fügte er erklärend hinzu.

Von Wedel warf einen scheuen Blick auf die Leiche. Der Tote trug wie Oberstleutnant Heye einen eisgrauen Schnurrbart und war von ebenso fülliger Gestalt.

Während sich Nicolai im Raum umschaute, prüfte Heye den Inhalt der Schubladen seines Schreibtisches.

»Das meiste ist noch da, nur die Akten XV-1 und XVI-2 sowie XVII-8 fehlen, soweit ich sehe«, sagte er zu dem Major.

»Feindliche Agenten«, murmelte Nicolai.

»Das Deuxième Bureau oder die Sûreté«, knurrte Heye. »Oder die Briten mit ihrem verdammten Secret Intelligence Service.«

»Das glaube ich nicht«, widersprach der Major. »Vernon Kell hat genug mit unserem Marinenachrichtendienst zu tun, die Briten kommen nicht in unsere Abteilung.«

Oberleutnant von Wedel horchte auf. ›Unsere Abteilung‹, hatte der Major gesagt. War er bei der Auslandsaufklärung gelandet? Auf jeden Fall waren hier zwei Morde geschehen. Einer an dem armen Wachmann und der andere an einem Oberst. Brose hatte ihn der Major genannt, Karl Brose. Ein eigenartiger Beginn seiner Tätigkeit im Ministerium.

»Tja, mein Bester«, wandte sich der Major jetzt an ihn. »Ihr erster Tag in der Abteilung führt Sie gleich mitten in unser Aufgabengebiet, die Abwehr der feindlichen Spionage und Sabotage und die Aufklärung. Ich gehe davon aus, dass Sie bei der Garde noch nie mit Mord zu tun hatten, außer dass Sie darüber in Zeitungen gelesen haben.«

Der Oberleutnant nickte. Vor einem Monat hatte eine Frau ihren Geliebten auf der Lichtensteinbrücke im Tiergarten erschossen. Und natürlich kannte er den Fall des Brandstifters und Mörders August Sternickel, der nach Jahren endlich gefasst worden war. Aber sonst …

»Habe mich nie mit Mord befasst, Herr Major«, erwiderte er.

»Das dachte ich mir«, sagte Nicolai. »Ich werde Sie daher in die Arbeit einweisen. Es sei denn, Kamerad Oberleutnant, Sie kneifen. Aber Kneifen gibt es im Dienst nicht.«

Oberstleutnant Heye, der die ganze Zeit wie unbeteiligt daneben gestanden hatte, räusperte sich vernehmlich. »Sind Sie mit Ihrer Rede fertig, Major? Kann so ein Gepredige nicht leiden. Werde jetzt ins Kasino gehen, komme in zwei Stunden zurück. Bis dahin ist alles tadellos. Kein Blut, keine Leichen! Und natürlich höchste Geheimhaltung, das bleibt intern, kein Wort nach draußen, schon gar nicht an die Presse!«

»Jawohl, Herr Oberstleutnant«, bestätigte Nicolai, wobei er lässig mit einem Finger grüßte. Heye brummte etwas, das von Wedel nicht verstand, und verließ den Raum. Kaum war der Ältere gegangen, begann der Major Geschäftigkeit an den Tag zu legen. Er beauftragte den Oberleutnant, die Wache durch einen Gefreiten informieren zu lassen. Dann sollten sie zu einem Büro am anderen Ende des Ganges gehen und dem dort sitzenden Feldwebel Schneidmann befehlen, dass dieser mit Nicolais Feldtasche hierher kommen solle.

»Der Kerl soll sich sputen!«, rief ihm der Major nach, als Wedigo aus dem Zimmer eilte. »Und wenn Sie einen Stabsarzt sehen, bringen Sie ihn ebenfalls mit. Immerhin haben wir hier zwei Tote!«

Wedigo eilte davon, um die Aufträge auszuführen. Irgendetwas Merkwürdiges schien hier vor sich zu gehen, und er war gespannt, was hinter dem Ganzen wohl stecken mochte.

Zehn Minuten später war die Untersuchung in vollem Gange. Vor der Tür stand ein Doppelposten, drinnen untersuchten Stabsarzt Dr. Neumann und ein Sanitätsgefreiter die beiden Toten, während Major Nicolai und der Oberleutnant mit dem wachhabenden Offizier sowie mit Feldwebel Schneidmann aufmerksam das Tun verfolgten. Der Arzt hatte die Untersuchung des Obersten beendet und kniete neben dem Wachsoldaten.

»Sehen Sie, meine Herren«, er fasste den Arm des Leichnams. »Die Totenstarre, die rigor mortis, ist bereits voll ausgeprägt. Die Livores, die Totenflecken, sind noch teilweise wegdrückbar. Beide Männer sind nach meiner Einschätzung vor sechs bis acht Stunden getötet worden. Das heißt«, der Stabsarzt zog eine silberne Taschenuhr hervor, »jetzt ist es kurz vor zwölf, zwischen vier Uhr und sechs Uhr morgens.«

»Das passt zu dem, was mir heute Morgen bei Wachantritt gemeldet worden ist«, erklärte der Wachoffizier. »Der Obergefreite Becker ist von seiner Runde, die er um drei viertel fünf begonnen hat, nicht zurückgekehrt. Der Wachhabende meinte allerdings, Becker sei ein unsicherer Kantonist, ein bekennender Sozialdemokrat, und habe sich einfach früher nach Hause abgesetzt. Die Landgendarmerie wurde bereits verständigt.«

»Offenbar eine Fehleinschätzung«, bemerkte Nicolai trocken. »Gut«, wandte er sich an den Wachoffizier. »Sie können die Toten abtransportieren lassen. Herr Stabsarzt, ich darf Sie um einen Bericht bitten.«

Dr. Neumann und der Sanitätsgefreite verließen den Raum und die Wache legte die Ermordeten auf Tragen und brachte sie fort. Wedel, der alles genau verfolgte, starrte ihnen nach. Die Fingerkuppen des Obersts waren blau verfärbt. Der Stabsarzt hatte die Verfärbung nicht angesprochen, ob Nicolai sie bemerkt hatte? Jetzt trat auch der Wachoffizier ab, und Feldwebel Schneidmann schloss auf ein Zeichen des Majors die Tür.

»So, Herr Oberleutnant, passen Sie genau auf, wie wir vorgehen. Wir haben unsere Methoden. Schneidmann, die Tasche!«

Der Feldwebel, ein Mann von großer, kräftiger Gestalt, reichte Nicolai eine Militärfeldtasche, die dieser öffnete. Er entnahm ihr eine Lupe und eine Büchse mit Puder sowie einen Quastenpinsel.

Dann beugte er sich über den Schreibtisch und streute vorsichtig das Puder über der Tischplatte aus. Wedel trat neugierig näher. Der Major ergriff die Lupe, beugte sich über das Puder, pustete und betrachtete das Resultat. »Kommen Sie, Herr Oberleutnant, nehmen Sie die Lupe und sagen Sie mir, was Sie sehen.«

Von Wedel neigte sich über den Tisch und schaute angestrengt auf die Schreibplatte. Das verbliebene Puder zeigte merkwürdig geformte Rillen und Kreise. »Das sind Fingerabdrücke«, sagte er überrascht.

»Genau, das sind womöglich die Fingerabdrücke des Mörders. Ich nutze ein Verfahren, das der Brite Francis Galton seit den 1880er-Jahren entwickelt hat. Er ging davon aus, dass jeder Mensch individuelle, unverwechselbare Fingerabdrücke hat, anhand derer er eindeutig identifiziert werden kann.«

»Davon habe ich, ehrlich gesagt, noch nie gehört, Herr Major«, bekannte von Wedel. »Aber woher wissen Sie, dass die Abdrücke nicht zum toten Oberst oder zu Oberstleutnant Heye gehören? Immerhin ist das sein Büro.«

»Ein guter Einwand, Oberleutnant. Unsere ganze Abteilung hat aus diesen Gründen ihre Abdrücke bereits abgenommen und fotografiert, auch die von Oberstleutnant Heye. Und während Sie unterwegs waren und Hilfe holten, habe ich das Verfahren bei Oberst Brose angewendet. Sehen Sie!«

Nicolai zeigte auf ein Blatt, das auf dem Schreibtisch lag und eine Reihe von zehn blauen Abdrücken aufwies.

»Daher die verfärbten Fingerkuppen an den Händen Oberst Broses«, rief Wedigo.

»Ah, das haben Sie bemerkt?«, meinte der Major überrascht. »Sie scheinen ein gewisses kriminalistisches Talent zu besitzen, erfreulich. Schneidmann vergleicht die Abdrücke des Obersts mit denen auf dem Schreibtisch, während wir uns im Zimmer umschauen. Das habe ich zwar schon vorhin erledigt, als der Tatort noch frisch war, aber es ist immer hilfreich, den Tatort ein weiteres Mal – auch zu zweit – zu überprüfen. Also dann, Herr Oberleutnant, legen Sie los!«

Eine Prüfung! Jetzt hieß es, sich zu bewähren. Wedigo ließ den Blick durchs Zimmer schweifen. In der Mitte vor dem Fenster war der Schreibtisch platziert, rechts an der Wand standen zwei Rollaktenschränke. Auf der anderen Seite befand sich ein Stuhl und die Wand schmückte ein Bild des Kaisers bei einem Manöver. In der Ecke stand der Ofen, an diesem warmen Tag allerdings unbeheizt. Ein insgesamt karger, kahler, sehr funktionaler Raum, ohne erkennbare Besonderheiten.

»Wonach suchen wir, Herr Major?«

»Das ist eine gute Frage, die Kernfrage überhaupt. Sie kennen Edmond Locard?«

»Nein, Herr Major, der Mann ist Franzose?«

»Ja, und merken Sie sich, Oberleutnant. Auch vom Gegner kann man lernen. Locard ist Mediziner und Jurist und forscht seit Jahren auf dem Gebiet. Im letzten Jahr hat er in Lyon ein Polizeilabor eingerichtet, um auf diese Weise Verbrechern wissenschaftlich auf die Spur zu kommen und sie zu entlarven. Locard schrieb kürzlich, dass kein Täter eine Tat begehen oder einen Tatort verlassen kann, ohne eine Vielzahl von Spuren zu hinterlassen. Überall, wo ein Täter etwas berührt oder wohin er geht, gibt es Finger- und Fußabdrücke und andere Spuren wie Haare, Kleidungsfasern, Kratzer, Blut und mehr. Das sind stumme Zeugen gegen ihn und physikalische Beweise, die nie vergessen.«

Die Betrachtungsweise war für den Oberleutnant etwas völlig Neues und er merkte, wie ihn das aktuelle Tun mehr und mehr faszinierte. »Gut, dann suche ich nach solchen Spuren«, sagte Wedigo und begann im Raum umherzugehen. Wo fing er am besten an? Schließlich bückte er sich, um einen Blick unter den Schreibtisch zu werfen. Nicolai nickte beifällig und inspizierte die Aktenschränke an der Wand.

Unter dem Schreibtisch lag Staub, die Seitenteile selbst reichten bis auf den Boden. Na, dem Putzer würde er Beine machen, dachte der Oberleutnant, da sah er ein kleines Stück Stoff, das golden glänzte. Wedigo ergriff es vorsichtig mit zwei Fingern und erhob sich. Er legte es auf den Schreibtisch und bat Schneidmann um die Lupe. Eindeutig, die Vergrößerung bewies es, der Stofffund gehörte zu einer Gardelitze, der Stickerei am Uniformkragen, das gemeinsame Kennzeichen der preußischen Garde. Gold war die Farbe der Offizierslitzen der Garde-Regimenter zu Fuß Nr. 2–4! Der Major trat neben ihn und betrachtete den Fund mit einem Lächeln.

»Gratuliere, Herr Oberleutnant! Sie haben sozusagen Ihre Feuertaufe bestanden und mich in meinem Entscheid bestätigt, einen Herrn der Garde angefordert zu haben. Kommen Sie jetzt mit in mein Büro, wir sprechen dort weiter. Da Kamerad Heye offenbar nicht dazukommt, werde ich Sie einweisen. Schneidmann«, wandte er sich an den Feldwebel, der noch immer die Abdrücke prüfte. »Machen Sie in Ihrem Büro weiter und melden Sie mir dann Ihr Ergebnis. Sorgen Sie dafür, dass hier umgehend aufgeräumt und gereinigt wird. In einer drei viertel Stunde kommt Oberstleutnant Heye zurück und Sie wissen, was blüht, wenn er auch nur das kleinste Staubkorn findet – das gilt entsprechend für die Flächen unterm Schreibtisch und auf den Aktenschränken!«

Major Nicolais Büro lag merkwürdigerweise in einem anderen Stockwerk als das von Heye und bestand im Eigentlichen aus zwei Räumen sowie einem Aktenarchiv und einer Art Waffenkammer, wie Wedigo erstaunt feststellte. In den Räumen roch es stark nach Waffenöl, alten Papieren und, überraschend, nach Chemikalien. Das größere Zimmer wurde wie das Büro von Oberstleutnant Heye von einem breiten Schreibtisch dominiert, auf dem ein Fernsprechapparat stand. An den Wänden hingen Karten, neben einem Plan vom Raum Berlin und einer großen militärischen Reichskarte, die alle Garnisonen zeigte, primär fünfzigtausender Blätter von Russland, Frankreich, der k.u.k. Monarchie und eine riesige Afrikakarte, in der die deutschen Kolonien hervorgehoben waren. Das Ganze machte den Eindruck, als ob Nicolai und nicht Oberstleutnant Heye der eigentliche Leiter der Abteilung war. Wedigo schaute sich neugierig um. Auf den an der Seite stehenden, halbhohen Schränken lagen allerlei technische Geräte und Werkzeuge, darunter, zur Überraschung des Offiziers, eine Filmkamera.

»Das ist eine AGFA Spezialversion der Rollfilm-Kastenkamera Kodak Nr. 2«, sagte der Major, der Wedigos Blick bemerkt hatte. »Mit den Blenden 4, 8, 11, 16 und 22. Daneben sehen Sie eine Buch- sowie eine Opernglaskamera. Sie werden gleich erfahren, für was wir die Kameras brauchen. Der Raum hier ist mein Arbeitszimmer. Ihr Zimmer wäre das vordere, das Sie sich nach Notwendigkeit einrichten können; es ist aber erst übermorgen frei. Im Archiv nebenan stehen die Akten der letzten Jahre sowie etliche Fach- und Nachschlagewerke sowie Lexika. Dazu besitzt die Abteilung eine eigene Waffenkammer. Dort finden Sie mehrere Karabiner 88, zwei 71er Gewehre, einige Borchardt-Luger-Pistolen P 08, drei Brownings Model 1900, natürlich auch zwei Mauser C96 sowie eine Mauser C96 im Kaliber 9 mm und zur Erprobung ein Dutzend Stielhandgranaten. Dazu ein MG 08, ebenfalls in der Erprobungsleichtversion; alles inklusive passender Munition.«

»Damit lässt sich ein kleiner Krieg führen«, meinte Wedigo.

»Sicher, und wir führen kleine Kriege«, entgegnete der Major. »Der Feind schläft nicht und hat heute Nacht sogar in unserem eigenen Haus zugeschlagen. Setzen Sie sich, dann zeige ich Ihnen etwas, was Ihnen erklärt, warum wir Sie angefordert haben.«

Der Oberleutnant nahm auf einem mit einem Lederpolster überzogenen Stuhl Platz. Nicolai zog eine Schublade auf und einen Umschlag hervor, den er Wedigo zuschob. Dieser öffnete ihn und starrte überrascht auf ein blasses und verwischtes, in Farbtönen gehaltenes Foto, welches einen Gardeoffizier zeigte, der dem Betrachter den Rücken zuwandte.

»Sie staunen über die Farbe? Feldwebel Schneidmann, mein eigentlicher Fotospezialist, hat auf das Verfahren Adolf Miethes zurückgegriffen und diese Aufnahme mit einer Wechselschlittenkamera geschossen. Sie müssen wissen, seit einiger Zeit haben die Abteilungen 6 und 7 den Eindruck, dass sich Unbefugte Zugang zu Akten verschaffen. Insbesondere unsere flugtechnischen Entwicklungen wecken das Interesse ausländischer Agenten und ihrer hiesigen Helfer. Ich will Sie damit verschonen, was wir bislang alles unternommen haben, um diesem gegnerischen Spionagering auf die Spur zu kommen. Es handelt sich jedenfalls eindeutig um Profis, Spitzenleute, die mit allen Wassern gewaschen sind. Aber selbst diese hätten keinen Zugang zum Kriegsministerium, wenn sie nicht mit jemandem aus dem Hause zusammenarbeiteten.«

»Wollen Sie damit sagen, Herr Major, im preußischen Kriegsministerium gäbe es einen Verräter?«, fragte Wedigo entsetzt.

»Genau das will ich sagen, Herr Oberleutnant. Und es ist kein Unteroffizier oder Gefreiter; nein, es muss sich um einen Stabsoffizier oder einen noch höheren Dienstgrad handeln. Wir haben das überprüft, es wurden Nachrichten ausgestreut, die besagten, dass sich bestimmte Unterlagen im Büro Oberstleutnant Gundelachs befänden, und zwar handle es sich dabei um höchst geheime Konstruktionsunterlagen zu einem neuen Flugzeugmotor. Wir legten also diesen Köder aus, und Schneidmann installierte in Gundelachs Büro eine Blitzfalle. Der Feind reagierte wie erhofft und versuchte, sich die Dokumente zu beschaffen oder zu kopieren. Das Resultat halten Sie in Ihrer Hand, eine Fotografie des gegnerischen Agenten, als er das Zimmer betrat. Leider ist das Gesicht nicht zu erkennen. Der Eindringling trug jedenfalls Gardeuniform und ist, wenn ich Ihren Fund am Tatort richtig deute, Offizier eines der Garde-Regimenter zu Fuß Nr. 2–4.«

»Eine Uniform kann jeder tragen, Herr Major, denken Sie an den Überfall auf das Rathaus der Stadt Cöpenick«, wandte Wedigo ein. »Und die Spur kann absichtlich gelegt worden sein.«

»Das habe ich wohl berücksichtigt, aber die Frage bleibt, wenn es sich um eine Täuschung handelt, warum trug der Mörder Gardeuniform? Was wollte er damit bezwecken? Ich halte den Täter für äußerst raffiniert und kaltblütig und damit für extrem gefährlich. Die Fotofalle kam donnerstagnachts zum Einsatz. Der Gegner muss den Blitz bemerkt haben, trotzdem kehrte er drei Tage später zurück und ermordete Oberst Brose.«

»Warum zerstörte er nicht die Kamera?«

»Dazu hatte der Mann keine Zeit, denn mit Auslösung der Kamera wurde gleichzeitig ein Alarmsignal bei einem Wachtrupp ausgelöst, den ich im gleichen Stockwerk postiert hatte. Trotzdem konnte der Eindringling entkommen, unglaublich!«

»Halten Sie den Mord für eine geplante Tat, Herr Major? Kann es nicht sein, dass der Unbekannte zufällig auf den Oberst stieß? Er konnte doch nicht ahnen, dass Brose um diese Uhrzeit sich im Büro von Oberstleutnant Heye aufhalten würde. Vielleicht wurde der Täter von Brose überrascht oder er verwechselte ihn mit Oberstleutnant Heye.«

»Das wäre denkbar«, überlegte Nicolai.

»Was sind das für Akten, die geraubt wurden?«

»Sie haben gehört, was Kamerad Heye sagte. Es handelt sich um Akten der Signatur XV-1, XVI-2 sowie XVII-8. Diese sind durchaus wichtig, unterliegen jedoch nur einer geringen Geheimhaltungsstufe. Für einen Nichteingeweihten dürfte es unmöglich sein, ihren wirklichen Gehalt zu verstehen und auszuwerten.«

»Der Oberst aber hätte es gekonnt?«

»Das ist genau der Punkt, den es zu klären gilt«, meinte Nicolai vorsichtig. »Wir haben in der Tat zu fragen, was Oberst Brose mit den Akten wollte und warum er in Heyes Büro war. Was suchte er dort? Wenn die Tat geplant war, woher wusste der Mörder von seiner Anwesenheit oder bestand vielleicht sogar ein Kontakt zwischen Täter und Opfer?«

»Glauben Sie, Herr Major, dass der Oberst das Leck war, das Sie suchen?«, wagte Wedigo zu fragen.

»Oberst Brose hat die Abteilung zehn Jahre geleitet, ich kannte ihn gut, er war bestimmt kein Verräter. Dennoch bleibt die Frage, was er mitten in der Nacht in seinem alten Büro wollte. Sie sehen, Herr Oberleutnant, es gibt einiges zu klären und zu tun.«

Es klopfte an der Tür und auf Nicolais »Herein« trat Feldwebel Schneidmann ins Zimmer.

»Herr Major«, meldete Schneidmann. »Ich habe die daktyloskopische Arbeit abgeschlossen. Die sichergestellten Abdrücke gehören weder den beiden Toten noch stimmen sie mit den katalogisierten unserer Abteilung überein. Aber ich bin in anderer Hinsicht fündig geworden. Die Daumenabdrücke entsprechen denen, die ich vor zwei Jahren in Wien sichern konnte.«

»Natürlich in Wien!«, rief der Major. »Das war zu Beginn meiner Zeit in der Abteilung III b«, erklärte Nicolai dem Oberleutnant. »Ich begleitete Oberstleutnant Heye zu einem Treffen mit Oberst Urbanski von Ostrymiecz, dem Chef des Wiener Evidenzbüros. Das Evidenzbüro ist die Stabstelle des k.u.k. Militärgeheimdienstes, sozusagen die österreichische Variante unserer Abteilung. Wir waren in der Artilleriekaserne des Feldkanonenregiments Nr. 9 in der Wiener Neustadt untergebracht. Gleich am zweiten Tag entdeckte ich, dass sich jemand an unserem Gepäck zu schaffen gemacht hatte. Wir haben da unsere eigenen Methoden. Es fehlte nichts, aber offenbar war der Unbekannte sehr an unseren Strukturplänen interessiert gewesen. Wir operierten damals erstmalig mit der Daktyloskopie und Schneidmann sicherte entsprechende Spuren.«

»Es sind dieselben, Herr Major«, berichtete der Feldwebel weiter, »die auch in der Wohnung Gustav Wölkerlings gefunden wurden.«

»Das ist wirklich eine interessante Entdeckung, Schneidmann. Eine Verbindung zum Fall Wölkerling.« Nicolai schüttelte den Kopf. »Das überrascht mich. Gibt es weitere Spuren oder Hinweise?«

»Nein, Herr Major, bislang noch nicht!«

»Gut, dann nehmen Sie sich einen Trupp und fahren zur Wohnung von Oberst Brose am Kurfürstendamm. Schauen Sie sich dort gründlich um und sichern Sie eventuelle Fremdspuren. Alle Akten und sonstige Papiere bringen Sie hierher. Alles klar?«

»Jawohl, Herr Major!« Der Feldwebel salutierte und verließ den Raum.

Einen Augenblick blieb Nicolai nachdenklich sitzen. Dann ging er in das Archivzimmer und kehrte kurz danach mit einer grünen und einer blauen Akte zurück. Der Major setzte sich, blätterte ein wenig in den Akten und schob diese dem Oberleutnant zu.

»Die Angelegenheit wird immer komplizierter. Im Fall Wölkerling steckte Oberst Batjuschin vom russischen Nachrichtendienst Raswedka und die zaristische Staatspolizei Ochrana hinter dem Geschehen. Wenn das die gleichen Abdrücke sind, liegt eine Verbindung zu Batjuschin oder zu seinem Nachfolger Oberst Martschenko auf der Hand. Aber ich könnte mich auch irren, manchmal sieht man den Wald vor lauter Bäumen nicht. Ich geben Ihnen am besten die Akten mit, es handelt sich um Abschriften, da der eine Fall vorm Reichsmilitärgericht anhängig ist und sich dort die Originale befinden. Studieren Sie die Unterlagen, der grüne Ordner betrifft

Wölkerling, der blaue beinhaltet Materialien zu Oberst Batjuschin und zu Oberst Martschenko. Beide gehören, wie ich weiß, ohne Beweise dafür zu haben, der Raswedka und der Ochrana an. Aber verschaffen Sie sich ein eigenes Bild. Sie sind mit der Materie nicht vertraut und unvoreingenommen. Setzen Sie die Mosaikteile neu zusammen; ich erwarte morgen früh Ihren Bericht. Ich habe Ihnen ein Zimmer im Hotel Adlon buchen lassen. Ihr Zimmer hier ist ja noch besetzt. Im Adlon können Sie in Ruhe arbeiten. Nehmen Sie sich eine Mappe für die Akten. Es ist nicht nötig, durch Berlin zu laufen und dabei Akten aus dem Kriegsministerium in der Hand zu tragen. Noch Fragen?«

»Keine Fragen, Herr Major!«

»Gut, dann sehe ich Sie morgen früh um neun hier im Büro! Ach, ehe ich es vergesse. Haben Sie einen Revolver dabei?«

»Nein, Herr Major.«

»Dann warten Sie einen Augenblick!« Nicolai erhob sich, ging ins Waffenzimmer und kehrte kurz darauf mit einem Browning zurück. »Nehmen Sie den Browning und führen Sie diesen unbedingt im und außerhalb des Dienstes mit sich! Unsere Arbeit ist, wie Sie heute gesehen haben, nicht ohne Gefahren.«

Wedigo von Wedel ergriff die beiden Akten sowie den Browning und stand auf. Er nahm eine der schwarzen Mappen vom Regal und steckte die Akten sowie die Waffe hinein. Dann salutierte er und verließ das Büro des Majors.

Auf dem Gang hielt der Oberleutnant inne und holte tief Luft. Ihm schwirrte der Kopf von der Fülle der

Informationen und Ereignisse, die ihm der heutige Tag gebracht hatte. Dabei war es gerade erst Nachmittag, Wedigo schaute auf seine Uhr, kurz nach vier. Vier Uhr und er hatte, bis auf eine Tasse Kaffee, heute noch nichts zu sich genommen. Er beschloss, zunächst zum Adlon zu gehen und dort zu Mittag zu essen. Dabei konnte er in Ruhe über alles nachdenken. Das Hotel war Wedigo gut bekannt, sein Großonkel Karl Leo Julius Fürst von Wedel, der Reichsstatthalter von Elsass-Lothringen, hatte im Adlon mehrfach zu Familienfesten geladen.

Das Gebäude des Hotels Adlon war erst vor ein paar Jahren erbaut worden. Der Bau hatte dem Bauherrn und Hotelier Lorenz Adlon die unvorstellbare Summe von siebzehn Millionen Goldmark gekostet. Dafür bekamen die Gäste jede Menge Luxus. Fließend warmes Wasser und Elektrizität gehörten zum Standard der Zimmer. Ein Café und ein Restaurant, die Lounge und eine riesige Lobby, ein Rauchersalon für die Herren, ein Damenzimmer und ein Musiksalon sowie eine Bibliothek und ein Wintergarten, in dem die Gäste ihren Kaffee oder Tee zu sich nahmen, standen rund um die Uhr zur Verfügung. Alle Räume und Säle waren in Neobarock oder im Stil von Louis XVI. gehalten und luxuriös mit Möbeln der Firma Bembé eingerichtet. Im Ganzen gesehen ein höchst angenehmer Arbeitsplatz, dachte Wedigo. Allerdings hatte der junge Offizier das Gefühl, dass Major Nicolai mit seiner Unterbringung mehr bezweckte, als ihm eine ruhige Arbeitsmöglichkeit zu vermitteln.

Das Hotel war nicht weit vom Ministerium entfernt. Eine halbe Stunde später saß Wedigo von Wedel im

Goethegarten des Hotels. Der Pagodenbrunnen mit seinen Elefanten rauschte und Wedigo verspeiste mit gutem Appetit Seezunge Adlon, in Weißwein und Champignonessenz pochierte Seezungenfilets, die mit einer leichten Sauce Choron überzogen waren und mit Scampi, Trüffelscheiben sowie Champignonköpfe und Gemüse serviert wurden. Dazu trank er einen leichten Rheinwein und anschließend im Rauchersalon einen Mokka, wozu er eine Brasil rauchte. An den Luxus konnte er sich gewöhnen. Wedigo lehnte sich zufrieden in seinem Sessel zurück und blies einen Rauchring in die Luft. Seinen Burschen hatte er über das Regimentstelefon angewiesen, ihm noch heute Abend eine zweite Uniform und Wäsche ins Hotel zu bringen. Ein angenehmer Dienst; gleich würde er sich frisch machen und sich in Zivil umziehen. Der Portier hatte ihm bereits einen passenden Anzug aufs Zimmer bringen lassen. Anschließend wollte er sich an die Akten machen und deren geheimnisvollen Inhalt studieren. Und dann – nun möglicherweise ging Wedigo, wenn er schon einmal in Berlin war, ein wenig auf Bummel ins Metropoltheater zur Massary oder in den Wintergarten ins Varieté, wo er noch nie gewesen war. Besser ins Metropol, die Sopranistin Fritzi Massary war wirklich einen Besuch wert, ganz Berlin schwärmte von der schönen Jüdin – und erst recht die Kameraden im Kasino.

Wedigo drückte die Zigarre aus und erhob sich, um in sein Zimmer zu gehen. Er trat ins Foyer und stieß beinahe mit einer eleganten Dame zusammen, die gerade mit einem Hündchen an der Leine aus dem Damenzimmer trat.

»Vorsicht, Vorsicht, Herr Oberleutnant! Ihr Herren von der Garde seid immer so stürmisch«, tadelte sie ihn. »Beinahe hätten Sie meine Rosa zertreten!«

Die Dame, eine große und schlanke Erscheinung, ähnelte ein wenig der Massary, mit der Wedigo sich in Gedanken beschäftigt hatte; nur dass sie deutlich größer und blond war. Wedigo nahm die Hacken zusammen und entschuldigte sich mit einer Verbeugung und einem kurzem »Pardon!«, was ihm von der Blonden einen undefinierbaren Blick eintrug.

»Es ist ja nichts passiert«, sagte sie lächelnd mit einem besonderen Sprachakzent, den Wedigo nicht zuordnen konnte. »Und ich kann unserer Garde einfach nicht böse sein. Also Ade, Herr Oberleutnant, vielleicht sieht man sich wieder. Ich würde mich freuen.« Die blonde Dame nickte und verließ wiegenden Schrittes das Hotel. Wedigo von Wedel blickte ihr verwirrt nach. War das eben eine Einladung gewesen?

»Eine imposante Erscheinung, die polnische Gräfin Walewska. Finden Sie nicht auch, Herr Kamerad?«

Unbemerkt von Wedigo war ein Ulanenrittmeister zu ihm getreten, der zum 1. Garde-Ulanen-Regiment gehörte, welches ebenfalls in Potsdam in der Kaserne in der Brandenburger Vorstadt stationiert war.

»Gestatten, Rittmeister von Lützow«, stellte sich der Ulan vor.

»Wedigo von Wedel«, erwiderte der Oberleutnant. »Eine in der Tat ansehnliche Frau«, nahm er die Frage auf. »Eine wahre Schönheit.«

»Und dazu eine sehr interessante Dame«, sagte der Rittmeister, ein älterer Mann Mitte vierzig, dessen kahler Schädel im Licht der Lampen glänzte. »Habe selbst gerade zu tun, aber vielleicht hat Herr Kamerad später Zeit, dann könnte ich Ihnen einiges erzählen, was im Hinblick auf diese Dame unter Umständen von Nutzen sein kann. Um acht in der Lounge?«

»Um acht in der Lounge?«, wiederholte Wedigo.

Der Rittmeister nahm Wedigos Worte als Zustimmung, grüßte und verließ das Hotel.

Was für seltsame Begegnungen! Erst die Gräfin und dann dieser Rittmeister. Ob sie ihn wirklich wiederzusehen wünschte? Nachdenklich begab sich der junge Offizier auf sein Zimmer im zweiten Stock mit Blick auf das Brandenburger Tor. Genauer gesagt waren es zwei Räume, ein Schlafgemach, ausgestattet mit einem breiten Bett, einem Schrank und einer Kommode, sowie ein kleines Empfangszimmer mit einem Schreibtisch und einer Polstersitzgruppe, alles im neugotischen Stil der Jahrhundertwende gestaltet und mit schweren Teppichen ausgelegt. Die größte Überraschung bot das mit hellen Fliesen gekachelte Bad, das eine weiße Marmorwanne enthielt. Der Oberleutnant ließ sogleich heißes Wasser in die Wanne ein, gab aus einem an der Seite stehenden Glasfläschchen eine wohlriechende Essenz hinzu und stieg wenig später in das schäumende Nass. Wedigo streckte sich und genoss den Badeluxus, welchen eine preußische Kaserne nicht zu bieten hatte. Eine gute Stunde verbrachte er so im Bad. Darauf trocknete er sich ab und zog den vom Hausservice gebrachten Anzug an. Der Oberleutnant setzte sich in einen Sessel und schlug die Akten über den Fall Wölkerling auf. Wedigo überflog die Seiten, eine höchst interessante Angelegenheit, aber nach der Fülle der heutigen Ereignisse fühlte er sich zu müde, um das Ganze mit der notwendigen Aufmerksamkeit lesen zu können. Er würde die Unterlagen morgen früh genauer studieren. Soweit er verstand, ging es um Spionage in den eigenen Reihen. Er klappte die Akten zu. Doch seine Gedanken konnten sich nicht so einfach von den Ereignissen des Tages lösen. Was hatten die Fälle mit ihm zu tun? Die ungefähre Richtung meinte er zu ahnen. Offenbar war Major Nicolai davon überzeugt, dass es den Russen gelungen wäre, sowohl in Wien als auch in Berlin ein trojanisches Pferd zu installieren, und er glaubte, dass in Deutschland, speziell in Potsdam und Berlin, jemand aus der Garde als Spion agierte. Hier kam wohl er, Wedigo von Wedel, ins Spiel. Was er aber genau tun sollte, wusste er nicht; nun, darüber würden sie wohl morgen reden. Der Oberleutnant warf einen Blick auf seine Taschenuhr, gleich war es acht. Wenn er den Rittmeister treffen wollte, sollte er sich jetzt auf den Weg machen. Er schob die Akten zurück in die schwarze Mappe, wobei er auf den Browning stieß, den der Major ihm gegeben hatte. Kurz zögerte Wedigo, dann erinnerte er sich an die mahnenden Worte Nicolais und steckte die leichte Waffe in die Innentasche seines Jacketts. Der Stoff beulte sich etwas, zeigte aber weiter keine verräterischen Konturen. Der Oberleutnant wollte schon das Zimmer verlassen, da fiel ihm ein, was der Major über Wien berichtet hatte. Wenn jemand sein Zimmer durchsuchte? Profis würden dabei sicher keine Spuren hinterlassen oder nur solche, die ein Fachmann erkennen würde. ›Wir haben unsere eigenen Methoden‹, hatte Nicolai mehrmals gesagt. Welche Methoden hatte der Major gemeint? Wedigo überlegte einige Sekunden. Dann riss er sich ein Haar aus und legte dieses in die Mitte der grünen Akte, worauf er die blaue deponierte. Ein zufälliger Luftzug konnte das Haar nicht fortbewegen; es würde aber unweigerlich beim unachtsamen Aufheben der Akte verweht werden. Gerade wollte Wedigo gehen, da klopfte es. Es war Kuhn, sein Bursche, der die zweite Uniform und einen Koffer mit Wäsche brachte, die Kuhn gleich einräumte. Der Oberleutnant wies den Burschen an, ihn morgen früh um 7 Uhr zu wecken und schickte ihn zur Wache ins Ministerium, wo er wegen einer Unterkunft nachfragen sollte. Jetzt endlich verließ Wedigo von Wedel sein Zimmer und begab sich hinunter in die Lounge.

Er betrat den weiten, mit dunklen Ledersesseln und bequemen Sofas sowie elektrischem Licht ausgestatteten Raum und blickte sich nach dem Rittmeister um. Neben Damen in eleganter Abendgarderobe und großen Hüten waren hier vor allem Herren anwesend; einige im Frack, die meisten aber in Uniform, doch das Gesicht Herrn von Lützows sah er nicht. Wedigo schritt in die hintere Hälfte der Lounge und schaute sich unauffällig um, aber auch hier konnte Wedigo den Ulanen nicht entdecken.

»Guten Abend, Herr Oberleutnant«, sprach ihn plötzlich eine Frauenstimme an. »Ohne Ihre Uniform hätte ich Sie beinahe nicht erkannt. Der Anzug steht Ihnen ausgezeichnet, setzen Sie sich doch zu mir!«

Es war die schöne polnische Gräfin, die in einem der Ledersessel saß und ihn mit einem strahlenden Lächeln begrüßte. Sie trug ein langes, schwarzes, an der Taille eng geschnittenes Abendkleid, welches die Schultern freiließ, über die sie allerdings eine durchbrochene Seidenstola gelegt hatte. Ihr Haar war zu einer kunstvollen Frisur hochgesteckt und die weißen Arme bedeckten lange schwarze Seidenhandschuhe. Verwundert nahm Wedigo in dem ihr gegenüberstehenden Sessel Platz.

»Ich habe auf Sie gewartet, Herr von Wedel«, fuhr die Dame fort. »Sie haben sich verspätet, ich wäre beinahe gegangen. Allein, da mir Rittmeister von Lützow versichert hat, Sie kämen, bin ich geblieben. Ich heiße übrigens Melissa, genauer Gräfin Maria Melissa Walewska, meine Freunde nennen mich aber nur Melissa. Kennen Sie eigentlich den Rittmeister schon lange?«

Die Gräfin schwieg, sah ihn mit ihren grünblauen Augen fragend an und schien auf Wedigos Antwort zu warten.

Der Oberleutnant fasste sich. Was auch immer die Dame veranlasst hatte, auf ihn zu warten, er würde es nicht erfahren, wenn er hier stumm wie ein Fisch oder wie ein schüchterner Kadett herumsaß.

»Gnädigste kennen meinen Namen? Ich bin überrascht.«

Die Worte kamen ihm trocken und unpassend vor, aber ihm fielen so schnell keine anderen ein.

»Nun, ich sagte schon«, erwiderte die Dame leicht ungeduldig. »Ihr Freund, der Rittmeister, erzählte mir von Ihrem Wunsch, mich heute Abend zu treffen.«

»Pardon, da liegt ein Missverständnis vor, gnädige Frau«, sagte Wedigo. »Ich habe den Rittmeister heute das erste Mal gesehen und wir sind auch nicht befreundet. Und, so sehr ich das bedauere, aber ich habe ihn gleichfalls nicht ersucht, Sie um ein Treffen zu bitten.«

»Immerhin bedauern Sie das, Herr von Wedel, das ist ein guter Ansatz«, antwortete die Gräfin. »Genug geplaudert, jetzt verraten Sie mir, wohin Sie mich heute Abend ausführen wollen. Ins Varieté oder ins Metropoltheater?«

»Gnädige Frau Gräfin«, begann Wedigo. »Ich …«

»Sagen Sie Melissa zu mir, wie alle meine Freunde. Mein Gott, jetzt habe ich Sie unterbrochen, wie unhöflich von mir. Also, fahren wir ins Metropol?«

»Es wäre mir eine Freude, Gräfin Melissa, ich habe in der Tat daran gedacht, heute Abend ins Metropoltheater zu gehen, um Fritzi Massary zu sehen. Jedoch fürchte ich, dass die Karten längst ausverkauft sind.«

»Papperlapapp!«, rief die Gräfin laut, sodass einige Besucher indigniert zu ihnen hinüberblickten. »Ich bin dort bekannt, wir bekommen sicher noch Karten. Lassen Sie uns aufbrechen, Wedigo, diese Philister hier langweilen mich.« Die Gräfin erhob sich und zeigte auf einen Nachbarsessel. »Dort ist mein Mantel, wenn Sie so freundlich sein wollen …«

Der Oberleutnant half ihr in den dunklen Pelz, die Gräfin reichte ihm ihren Arm und beide verließen das Hotel.

Vor dem Adlon standen mehre Droschken. Der Oberleutnant und die blonde Gräfin stiegen in einen der Wagen und ließen sich in das nahe gelegene Metropoltheater in der Behrenstraße fahren. Die Gräfin lehnte sich unbefangen an ihn; der junge Offizier fühlte die warme Nähe ihres Körpers, roch den fremdartig süßlichen Duft ihres Parfums und fühlte sich, als ob er träumte. Was für ein außergewöhnlicher Tag. Morgens der Überraschungstermin beim Kommandeur, dann die unerwartete Abordnung ins Kriegsministerium, dort der grausige Fund der Toten und seine Aufnahme in die Geheimdienstabteilung. Jetzt die Fahrt neben dieser schönen Frau ins Theater, die ihm sichtliche Avancen machte und ihn bei seinem Vornamen nannte; kurz, es war etwas Herrliches, jung zu sein und zu leben! Er hoffte nur, dass er nicht träumte und gleich werden geweckt würde.

»Na, so schweigsam, Herr Oberleutnant? Wenn Sie mit einer Dame das Berliner Nachtleben genießen wollen, sollten Sie etwas aktiver sein, mein Herr!«, spottete die Gräfin. »Oder sind Sie schon müde? Wer Berlin erleben will, der hat zum Schlafen nachts keine Zeit. Wer dazugehören will, schläft am Tage und erhebt sich, wenn die Schleier der Nacht sich allmählich senken, frisch und ausgeruht aus seinem Bett, um sich neu in den Strudel zu stürzen, ein Strudel der Vergnügungen verspricht, die bis zum Morgengrauen dauern. Das, Herr von Wedel, finden Sie weder in Paris noch in London, Petersburg oder sonst wo auf der Welt.«

»Sie scheinen sich in der Szenerie gut auszukennen, Gräfin«, meinte Wedigo vorsichtig.

»Nun, ich bin viel unterwegs. Bis elf Uhr spielen die Theater, dann geht man mit Freunden essen, vielleicht besucht man eine Bar. Oder einen der Ballsäle, und zu guter Letzt landet man immer in einem der Nachtlokale, deren richtiges Leben beginnt, wenn die normalen Ballsäle und Bars längst schließen müssen.«

Sie erreichten das Metropol und Wedigo sprang hinaus, um der Gräfin aus der Droschke zu helfen.

Das Metropoltheater war besonders bekannt für seine

Operettenpremieren und Jahresrevuen. Seit einem Monat lief Jean Gilberts ›Die Kino-Königin‹, eine Filmoperette. Heute Abend war allerdings ein Liederabend angesetzt, mit Couplets von Walter Kollo, Jean Gilbert und anderen. Auch heute am Montag war das Haus ausverkauft, doch der Gräfin gelang es ohne Mühe, für Wedigo und sich einen Zugang zu erhalten. Wedigo betrat zum ersten Mal das Theater. Obwohl er häufig in Berlin gewesen war, hatte er noch nie eine der berühmten Vorstellungen oder gar Premieren besucht. Der Anblick, der sich ihm bot, war blendend, der riesige Theatersaal strahlte in der Fülle seiner glänzenden Einrichtung, an Samt und Seide war nicht gespart worden. Auch auf der Bühne herrschte verschwenderische Pracht, vor allem bei den Kostümen der Revuedamen, die dem Publikum reizende Formen, die Beine, ja sogar ganze Hautpartien wie zufällig enthüllten. Der Vorhang ging auf, und, überflutet von Bühnenlicht, zeigten sich in einer Reihe fünf hübsche Fräulein, alle in leichten, bunten Tanzkostümen und mit rosa Schleifen im Haar. Die geschminkten Gesichter strahlten, die Beine in den Seidenstrümpfen flogen in die Luft, die Kleidchen in süßen Bonbonfarben wirbelten kokett um die Wette. Der Pianist schlug die Akkorde an, die kirschrot gemalten Münder öffneten sich, das Orchester fiel ein und die Sängerinnen legten los. Heute Abend stand ein Schlager-Potpourri auf dem Programm, aktuelle und bekannte Lieder wie ›Immer an der Wand lang‹ und ›Max, du hast das Schieben raus‹. Dazu kamen einige Soli, meist aber Chorpartien der jungen Damen, garniert mit Cancan-Auftritten und einem fröhlich schmetternden Herrenterzett. Das Publikum kam in Stimmung, Stimmen schwirrten, Satzfragmente und Beifall, dazwischen tönten die bekannten Liedtexte: ›Nach meene Beene is ja janz Berlin verrückt‹ und natürlich ›Puppchen, du bist mein Augenstern‹. Alles atemlos, wild und turbulent.

Die Gräfin schien das Schauspiel und den Abend zu genießen. Sie plauderte über allerlei Belanglosigkeiten und kokettierte und flirtete derart mit Wedigo, dass dem jungen Offizier immer wärmer wurde und er ebenfalls ins Erzählen geriet. Die Gräfin war eine gute Zuhörerin und bis ins Detail interessiert an seinem militärischen Alltagsleben. Vor allem seine Flugerfahrung schien sie zu faszinieren. Und wenn sie ihn mit ihren großen Augen ansah, hatte er das Gefühl, als ob sein Herz schneller schlüge.

Nach einer Umbaupause erschien als Höhepunkt des Abends die einunddreißigjährige Fritzi Massary, die Lippen kirschrot geschminkt und in der Uniform eines Gardeleutnants, um mit unnachahmlicher Anmut den Gassenhauer aus Paul Linckes Revue ›Donnerwetter – Tadellos‹ zu präsentieren:

»Garde meist sehr exklusiv vom feudalen Geist, sieht auf Bürgerpack nur schief, weil der Grundsatz heißt: Adelsprädikat bezweckt, dass kein Plebs uns naht! Völlig wertlos so'n Subjekt, ohne Prädikat! Besteigen wir keck die Schabracken, da geben wir allen was vor. Man kennt die Manöverattacken der Jungs vom Garde du Corps! Donnerwetter, Donnerwetter wir sind Kerle, bei Kritik sagt Majestät: Famos! Famos! Donnerwetter, jeder einzelne 'ne Perle! Also wirklich Donnerwetter tadellos!«

»Stimmt das mit der Garde?«, fragte die Gräfin Wedigo und trank einen Schluck aus ihrem Sektglas.

»Seid Ihr Kerle wirklich solche Draufgänger?«, neckte sie ihn und lächelte.

Ihm fiel auf die Schnelle keine passende Antwort ein, aber darauf schien die Gräfin auch nicht zu warten, denn sie stand plötzlich von ihrem Sitz auf und gähnte.

»Komm, Wedigo«, sagte sie, »lass uns weiterziehen. Das alles kenne ich und was ich kenne, langweilt mich, und wenn ich mich langweile, verliere ich meine gute Laune und das willst du doch nicht, oder, du Draufgänger?«

Der Oberleutnant erhob sich ebenfalls; wenn die Gräfin es wünschte, zogen sie selbstverständlich weiter. Melissa ergriff seinen Arm.

»Ich weiß, was wir tun, wir gehen in die Grand Bar oder in die Bar Maxim, besser noch in die Union Bar! Da ist mehr los oder, noch besser, wir besuchen eine Vernissage der Brücke. Die stehen mal wieder vor ihrer Auflösung; vielleicht treffen wir meine Freunde Ernst Ludwig und Erich oder den Georg Grosz. Aber ich glaube, Georg ist bereits in Frankreich. Nehmen wir uns eine Droschke!«

Wedigo und die Gräfin traten auf die Straße, wo, wie bestellt, bereits eine Motordroschke mit laufendem Motor stand. Der Fahrer des Wagens, ein Horch 1911, 8/24, öffnete zuvorkommend den Schlag. Wedigo half der Gräfin hinein und schloss die Tür. Er wandte sich zur anderen Seite, doch ehe er die Tür erreichte, startete das Auto und fuhr mit Vollgas davon. Wedigo schaute verblüfft dem Wagen nach. Was war denn das? Er wollte schon hinterherlaufen, da hielt neben ihm ein roter, offener Mercedes Doppel-Phaeton 28. Der Fahrer, mit Schutzbrille, Lederjacke und Haube bekleidet, lud ihn mit einer Geste ein, zu ihm in den Wagen zu steigen, und wollte ihm offenbar bei der Verfolgung helfen. Der Oberleutnant zögerte nicht, der Einladung nachzukommen, und kletterte nach hinten ins Fahrzeug. Doch kaum hatte er Platz genommen, schwang sich rechts ein gewöhnlich aussehender Mann, in dessen Gesicht sich eine Narbe quer über die Wange zog, neben ihn auf die schmale Bank. Der Kerl hielt in der Hand einen kurzen, höchst unangenehm aussehenden Revolver, den er direkt auf Wedigo richtete.

»Was soll das?«, fragte der Offizier. »Tun Sie den Revolver weg, Mann! Anhalten!« Der Fahrer reagierte nicht, folgte auch nicht dem Horch, sondern bog nach links in die entgegengesetzte Richtung. Wedigo wollte aus dem Wagen springen, doch sein Nebensitzer stieß ihm unmissverständlich die Mündung der Waffe in die Seite.

»Bleiben Sie ganz ruhig sitzen, Herr von Wedel«, befahl er halblaut, »und machen Sie keine Dummheiten. Wir wollen Sie nur zu einem Gespräch einladen. Wenn Sie unseren Anweisungen Folge leisten, wird Ihnen nichts passieren!«

»Und die Gräfin?«, stieß Wedigo zornig hervor. »Was habt Ihr mit der Gräfin gemacht?«

»Keine Sorge, Maria Walewska ist in den besten Händen. Aber jetzt still, Ihre Fragen wird jemand anderes beantworten.«

IM GRUNEWALD IST HOLZAUKTION

Der Fahrer des Mercedes gab Gas und fuhr eine halbe Stunde oder mehr kreuz und quer durch Berlin und schließlich ein Stück hinaus aufs Land in Richtung Grunewald, wie es Wedigo schien. Es war kalt im offenen Wagen. An Flucht war nicht zu denken, denn während der ganzen Zeit fühlte er den Lauf der Waffe in seiner Seite. Sie erreichten den Grunewald; links und rechts wuchsen hohe Eichen und Buchen. Da bog der Wagen an einer Lichtung nach rechts; plötzlich knallte es laut und das schwere Fahrzeug geriet ins Schleudern – der linke Hinterreifen war geplatzt. Der Fahrer bremste unwillkürlich. Er bremste zu stark. Der Mercedes blockierte, stellte sich quer und rutschte vom Weg in den Graben, wo der Wagen mit einem Ruck schräg liegen blieb. Wedigos Begleiter verlor den Halt und ließ dabei die Waffe fallen. Das war die Chance, der Oberleutnant reagierte sofort und rammte dem Mann den Ellenbogen in die Rippen. Er schrie auf und stürzte seitlich aus dem Fahrzeug. Wedigo sprang auf der anderen Seite hinaus, schlug hart auf den Boden, rollte sich ab und kam sofort wieder auf die Beine. Er hechtete ins nächste Gebüsch. Ein Schuss krachte, doch der Schütze hatte schlecht gezielt und die Kugel sauste vorüber. Der Oberleutnant zog den Browning, entsicherte und schoss zurück. Ein Aufschrei zeigte, dass Wedigo getroffen hatte. Stimmen tönten, die Kommandos in einer fremden Sprache brüllten, offenbar erhielten seine Entführer Verstärkung. Sie mussten in der Nähe ihres Zielortes sein. Gegen eine Überzahl zu kämpfen schien Wedigo sinnlos, er steckte die Waffe ein, wandte sich rasch nach links und verschwand in das schützende Dunkel der Nacht. Der Lärm hinter ihm blieb zurück.

Oberleutnant von Wedel lief durch den Wald. Er fröstelte, Aprilnächte konnten noch recht kalt sein und diese war kalt. Er schlug den Kragen hoch. Um sich abzulenken, dachte er über das Geschehen und die aktuelle Lage nach. Den Entführern war er entkommen, doch Wedigo machte sich große Sorgen um die Gräfin. Was war mit Melissa passiert? Hielten die Entführer sie irgendwo gefangen? Vielleicht in der Nähe der Stelle, an welcher der Mercedes den Unfall gehabt hatte? Dort musste ein Gebäude sein, woher sonst war die Verstärkung gekommen? Zu dumm, dass er sich hier nicht auskannte. Die Bande schien nicht zimperlich zu sein. Ob Melissa womöglich Schlimmeres geschehen war? Nein, nein, Wedigo wehrte sich gegen solche Gedanken, Melissa durfte nichts passiert sein. Er versuchte sich einzureden, seine Entführer hätten nur geblufft und der Motordroschkenfahrer, der mit Gräfin Walewska davongefahren war, stünde überhaupt nicht in Verbindung mit den Verbrechern und wäre nur aufgrund eines Irrtums ohne ihn losgefahren. Aber warum hatte Melissa nicht sofort das Fahrzeug stoppen lassen? Oder hatte sie einem plötzlichen Schub von Langweile nachgegeben und sich kurz entschlossen von seiner Begleitung zu trennen?

Ach, er wusste nicht, was wirklich passiert war und auch nicht, warum man ihn hatte entführen wollen. Seine Tätigkeit in der Abteilung III b hatte gerade erst begonnen, sie konnte nicht der Grund für den Überfall auf seine Person sein. Wahrscheinlich war das Ganze eine Verwechslung.

Nach einer halben Stunde Fußmarsch seitlich der Wege durch das Waldgebiet gelangte der Offizier an eine Eisenbahntrasse, die ihm Orientierungshilfe gab. Das musste die Kanonenbahn sein, die von Berlin aus direkt nach Metz zur französischen Grenze führte. Wenn Wedigo der Linie in Richtung Nordosten folgte, musste er früher oder später auf einen Bahnhof stoßen. Von dort würde es leicht sein, nach Berlin zurückzukommen. Der Oberleutnant blickte auf seine Uhr, halb zwei morgens; zu viel Schlaf würde er heute Nacht nicht mehr kommen, und das ohne den Besuch einer Nachtbar.

Der Himmel war klar, das Sternbild des Großen Wagens deutlich, er orientierte sich an den Gleisen und marschierte los. Nach einer weiteren Dreiviertelstunde erreichte er den Bahnhof Grunewald. Das Gebäude war ein verputzter Ziegelbau in Form eines Burgtores, über das als Wappen ein Flügelrad prangte. Ihm gelang es, am Seitentrakt einen diensthabenden Eisenbahner wach zu klopfen, den er beauftragte, per Telegraf die Wache der nächsten militärischen Einheit, dem Königin Elisabeth Garde-Grenadierregiment Nr. 3 in Charlottenburg zu verständigen. Wedigo hatte Glück, ein Kamerad aus der Kadettenzeit, Oberleutnant von Kalckstein, war in dieser Nacht wachhabender Offizier. Kalckstein schickte ihm, auf seine Erklärung, er befinde sich in einem wichtigen Einsatz, ohne weiter Fragen zu stellen, ein Transportfahrzeug, das Wedigo zurück nach Berlin und zum Adlon brachte, wo er gegen vier Uhr ankam. Todmüde begab er sich auf sein Zimmer und wollte sich gerade zu Bett gehen, da fiel ihm ein, nach dem von ihm am Abend deponierten Haar zu schauen. Vorsichtig hob er die blaue Akte, die er über die grüne gelegt hatte; das Haar war verschwunden.

Nach kurzem Schlaf weckte ihn pünktlich um 7 Uhr das Klopfen Kuhns. Wedigo fuhr aus wirren Träumen hoch. Was für eine Nacht, der Oberleutnant war aufgrund der nächtlichen Erlebnisse noch immer aufgewühlt. Er erhob sich und öffnete dem Burschen die Tür. Während dieser die Uniform zurechtlegte, wusch sich Wedigo ausgiebig im Bad und wurde anschließend von Kuhns gründlicher Hand rasiert. Nach dieser morgendlichen Routine fand er langsam zu seiner Ruhe und begab sich zum Frühstück in den Hotelsalon, wo er ein Breakfast einnahm. Dabei drehten sich Wedigos Gedanken nach wie vor um die Ereignisse des letzten Abends: das unerwartete Treffen mit der schönen Gräfin, die seltsame Autofahrt und seine nächtliche Flucht. Was war mit Melissa? War sie in die Hände der Entführer gefallen oder hatten die Strolche nur geblufft? Er musste etwas unternehmen, um die Dinge zu klären. Rasch kehrte Wedigo in sein Zimmer zurück und erteilte Kuhn die Anweisung, die Gräfin zu suchen und auch nach den beiden Wagen vom gestrigen Abend, dem Horch und dem roten Mercedes, zu forschen. Alles andere würde er mit dem Major besprechen. Es schlug acht. Eine Stunde hatte er noch. Wedigo entschloss sich, die Zeit zu nutzen, um die ihm von Nicolai mitgegebenen Akten nochmals gründlich zu studieren. Der Major würde sicher mit ihm über die Fälle sprechen wollen. Wedigo begann mit der Akte Wölkerling:

›Der spätere Unteroffizier Gustav Wölkerling wurde 1882 in Perleberg in der Westprignitz in dürftigen Verhältnissen geboren. Nach Beendigung der Volksschule 1896 wurde er Schreiber auf dem Landratsamt Perleberg und wechselte später zur Polizeiverwaltung. 1903 berief man Wölkerling in das 1. Westpreußische Fußartillerieregiment Nr. 11 nach Thorn ein, wo Wölkerling zum Unteroffizier befördert und nach zweieinhalb Jahren etatmäßiger Schreiber der Festungskommandantur wurde. Drei Jahre später heiratete Wölkerling und bezog mit seiner Frau Minna eine Dienstwohnung in der Artilleriekaserne II in Thorn. Der inzwischen Beförderte suchte nach zusätzlichen Geldeinnahmen. Eine Zeitungsanzeige in einer Berliner Zeitung bot preußischen Unteroffizieren ein Zusatzeinkommen an. So machte er die Bekanntschaft mit Oberst Nikolai Stepanowitsch Batjuschin vom russischen militärischen Nachrichtendienst, der versprach, für militärische Informationen gut zu zahlen. Wölkerling vervielfältige oder fotografierte vertrauliche Akten, darunter geheime Mobilmachungsunterlagen, und militärische Dienstvorschriften und Pläne, die er den Russen weitergab. Das Spionagegeschäft rentierte sich derart, dass Wölkerling Ende Dezember 1911 seine Entlassung aus dem Militärdienst beantragte.

Das Ehepaar Wölkerling bezog eine luxuriöse Wohnung in Bromberg in der Provinz Posen. Die für Russland kopierten Dokumente verkaufte er weiter an den französischen Nachrichtendienst. Wölkerlings doppeltes Spiel flog auf, als er die Dokumente dem österreichisch-ungarischen Geheimdienst, dem k.u.k. Evidenzbüro, verkaufen wollte. Die Österreicher verständigten sofort die Sektion III b, die anhand des Materials Wölkerling schnell auf die Spur kam und den Verräter beobachten ließ. Wölkerling wurde enttarnt und im Februar 1912 verhaftet. In Bromberg nahm man seine Ehefrau in der Wohnung fest, wo große Summen Geld sowie Wertpapiere und weiteres militärisches Geheimmaterial sichergestellt wurden. Zurzeit steht der Mann vor Gericht.‹

Eine spannende Geschichte, so trocken die Akten auch sein mochten. Von dem Fall hatte er jedenfalls nichts gewusst, es schien offenbar einfach, an Geheimmaterial zu gelangen, wenn dies selbst einem Unteroffizier möglich war. Verständlich, dass die Abteilung darauf reagiert hatte. Er nahm die zweite Akte zur Hand, die sich mit den russischen Obristen beschäftigte. Sie enthielt kurze Lebensläufe der beiden und einige handschriftliche Anmerkungen, offenbar aus der Feder Major Nicolais.

›Oberst Mitrofan Konstantinowitsch Martschenko besuchte die Militärschule in Konstantinowsk, die er 1896 mit dem Generalstabsexamen abschloss. Ab Juni 1905 war Martschenko, inzwischen Oberst, Militärattaché in Wien. Als solcher arbeitete er eng mit der *Raswedka* zusammen. Unter Martschenkos Informanten befanden sich die enttarnten Agenten Hekajlo, Justizchef des Korpskommandos Lemberg, und Wiekowski, Kommandant der Nachschubstation Stanislau.

Die Polizei beendete 1910 Martschenkos Karriere als Spion, als sie dessen Treffen mit einem Beamten des Wiener Artilleriezeugdepots, Adolf Kretschmar von Kienbusch, observiert hatte. Die kurz darauf durchgeführte Hausdurchsuchung bei Kretschmar brachte die Erkenntnis, dass der Mann als Informant für Russland, Frankreich und sogar für den Dreibundpartner Italien tätig war. Eine Verhaftung war aufgrund von Martschenkos diplomatischer Immunität als Militärattaché unmöglich. Man signalisierte daher Sankt Petersburg, dass der Attaché ab sofort persona non grata sei, woraufhin dieser im September 1910 Österreich-Ungarn verließ.‹

Nicolai hatte am Ende des Abrisses notiert, dass seiner Meinung nach die Sache nicht ausgestanden sei. Er sei überzeugt, dass der bereits im Fall Wölkerling erfolgreiche Oberst Batjuschin ebenfalls in Österreich aktiv gewesen sei und einen oder mehrere Informanten in hohe Positionen eingeschleust habe. Gleiches fürchte er auch für das Kriegsministerium in Berlin. Es könne sein, dass die Vorgehensweise ähnlich wie im Fall Wölkerling sei, doch gebe es auch andere, subtilere Methoden. Ferner fanden sich am Rand weitere Notizen wie ›Garde‹, ›Baron‹ sowie ›Prag‹ und ›VIII. Armeekorps‹.

Gut, er hatte sich informiert und es war an der Zeit, ins Ministerium zu gehen. Wedigo schnallte den Degen um, steckte die Akten und den Revolver in die schwarze Mappe und begab sich ins Kriegsministerium. Punkt neun Uhr klopfte der Oberleutnant an Major Nicolais Tür und betrat auf das prompte »Herein« das Büro seines Vorgesetzten.

Er salutierte, doch der Major winkte ab.

»Wenn wir unter uns sind, Herr Oberleutnant, lassen Sie die Formalitäten, wir sind hier nicht auf dem Kasernenhof. Kommen wir also zur Sache. Was haben Sie aus den Akten für einen Eindruck im Hinblick auf unseren Fall gewonnen? Aber halt, bevor Sie mir dazu berichten, setzen Sie sich und erzählen Sie, wie Ihr Abend mit der schönen Gräfin verlief.«

»Woher wissen Sie davon, Herr Major?«, fragte Wedigo erstaunt. »Haben Sie mich …«, er überlegte und suchte nach dem richtigen Wort.

»Beschatten lassen, meinen Sie?«, erwiderte Nicolai lächelnd. »Nein, Herr Oberleutnant. Ich habe nur gesehen, dass Sie das Adlon zusammen mit einer sehr attraktiven, blonden Dame verließen und mich natürlich nach dieser erkundigt. Der Empfangschef nannte mir freundlicherweise den Namen, Gräfin Maria Walewska.«

»Der Empfangschef des Adlon gibt Ihnen einfach Auskünfte über die Gäste?«, fragte Wedigo verärgert.

»Mir, nicht jedem, Herr Oberleutnant«, beruhigte ihn der Major. »Also, wie war der Abend?«

»Sehr aufregend, Herr Major und voller Überraschungen«, sagte Wedigo und begann Nicolai von seinen Vorabenderlebnissen zu erzählen, wobei er auf den Besuch des Metropols nur am Rande einging. Der Major lehnte sich zurück und folgte konzentriert seinem Bericht. Als der Oberleutnant endete, stand Nicolai auf, ging zum Fenster und starrte etwa eine Minute schweigend hinaus. Schließlich drehte er sich zu Wedigo um, blieb aber am Fenster stehen.

»Ihre Idee mit dem Haar war gut, ansonsten hatten Sie unheimliches Glück. Der Gegner reagiert schnell, schneller, als ich es gedacht habe, und er ist bereit, noch mehr Gewalt einzusetzen. Sie kannten diesen Rittmeister von Lützow nicht, sagen Sie?«

»Der Kamerad war mir nicht bekannt. Er trug die Uniform des 1. Garde-Ulanen-Regiments Potsdam. Es war ein älterer Mann Mitte vierzig, ohne Bart, und kahlköpfig …«

»Rittmeister von Lützow kann das nicht gewesen sein«, unterbrach der Major. »Ich habe Lützow erst vor Kurzem bei einem Hausball Oberst von Arnims gesehen. Lützow hat dunkles, volles Haar und sicher keine Glatze. Der Mann war auf Sie angesetzt, genau wie die Angelegenheit mit den Droschken arrangiert war.«

»Sie glauben, feindliche Agenten sind für die Entführung letzte Nacht verantwortlich?«, fragte der Oberleutnant. Was bedeutete das für Melissa? Er fühlte, wie er innerlich unruhig wurde.

»Ich will präziser formulieren«, erwiderte der Major und setzte sich wieder an seinen Schreibtisch. »Die Russen stecken dahinter, ich weiß nur nicht, warum Sie das Ziel waren.«

»Und die Gräfin, sie wurde gewiss entführt«, ereiferte sich Wedigo. »Wir müssen etwas unternehmen, um sie zu retten. Ich habe bereits meinen Burschen Kuhn beauftragt, nach ihr und den beiden Fahrzeugen zu forschen.«

»Wie kommen Sie dazu, so etwas ohne Rücksprache mit mir anzuordnen?«, fuhr ihn der Major an und schlug mit der Faust auf den Schreibtisch. »Wir haben es hier mit Leuten zu tun, die vor nichts zurückschrecken. Die haben Ihr Zimmer durchsucht, die haben auf

Sie geschossen und die haben – es ist gerade vierundzwanzig Stunden her – hier im Kriegsministerium zwei Menschen getötet! Ich will nur hoffen, dass Ihrem Burschen nichts passiert, denn das hätten Sie zu verantworten, Herr Oberleutnant. Ansonsten erwarte ich, wenn so etwas passiert, ganz gleich wie spät oder früh es ist, umgehend informiert zu werden!«

Wedigo war bei den Worten des Majors blass geworden, an die Gefahr für Kuhn hatte er nicht gedacht. Wieder kam ihn die Gräfin in den Sinn. Er hoffte, sie lebte, nicht dass die Verbrecher auch sie …

Da klopfte es an der Tür – und Kuhn trat herein. Wedigo fiel ein Stein vom Herzen. Der Soldat nahm Haltung an und grüßte militärisch.

»Herr Major, bitte um Erlaubnis mit Herrn Oberleutnant sprechen zu dürfen!«

»Gestattet!«, entgegnete der Major und lehnte sich demonstrativ zurück.

»Herr Oberleutnant hat mich beauftragt, nach Gräfin Walewska zu forschen. Das war jedoch nicht nötig, denn Herr Oberleutnant war keine zehn Minuten gegangen, da brachte ein Page diesen Brief für Herrn Oberleutnant und sagte, er sei von Gräfin Walewska und er solle auf Antwort warten. Da habe ich gedacht, es sei wichtig und dem Pagen gesagt, er solle um zehn Uhr wiederkommen.«

Damit überreichte Kuhn seinem Herrn ein rosafarbenes Schreiben, dessen Außenseite eine kleine, goldene Grafenkrone zierte.

»Gut, gemacht, Kuhn«, lobte ihn der erleichterte Oberleutnant. »Warte draußen auf weitere Befehle.«

Kaum hatte Kuhn das Zimmer verlassen, öffnete Wedigo, nach einem Blick auf Nicolai, der bloß nickte, das Kuvert und las, was die Gräfin geschrieben hatte.

Lieber Herr von Wedel!

Es ist doch etwas Seltsames mit dem Schicksal. Kaum führt es einen zueinander, trennt es wieder und dann auf diese eigenartige Weise. So heute Nacht, wir suchen eine Droschke, ich steige ein und plötzlich fährt der Wagen ohne Sie davon – fünf Minuten habe ich gebraucht, bis ich dem Chauffeur, diesem Kretin, klarmachen konnte, dass er halten und umkehren solle. Als ich schließlich wieder am Metropol ankam, waren Sie verschwunden und ich blieb allein und einsam zurück. Zum Glück traf ich einige gute Freunde, die mir die Nacht verkürzten. Das hier schreibe ich vor dem Zu-Bett-Gehen. Es ist fünf Uhr morgens und ich hoffe, Sie heute Abend um neun wieder in der Lounge zu sehen. Geben Sie dem Boy eine Nachricht mit, ob Sie mich sehen wollen, ich würde mich freuen. Ein einfaches Ja genügt mir.

Voller Sehnsucht, Ihre Gräfin Maria Melissa Walewska

Der Oberleutnant stieß einen Seufzer der Erleichterung aus. Der Gräfin war nichts passiert, die Entführer hatten nur geblufft; der Brief erklärte alles. Aber, ein Schatten zog über sein Gesicht, die Anrede war sehr förmlich gewesen und Melissa war zum Sie zurückgekehrt. Dennoch, sie wollte ihn heute Abend sehen und das schien Wedigo das Wichtigste zu sein.

»Nun, alles geklärt?«, fragte ihn der Major, der ihn während des Lesens beobachtet hatte.

»Ja, ja, die Abfahrt der Motordroschke beruhte auf ein Missverständnis.«

»Das dachte ich mir«, erwiderte Nicolai ruhig. »Sicher hat Ihre Gräfin für heute Abend ein Treffen vorgeschlagen?«

»Das stimmt«, antwortete der Oberleutnant fest.

»Gut, dann geben Sie Ihrem Burschen Bescheid und blasen Sie vor allem die Suche nach den Fahrzeugen ab. Darum kümmert sich die Gendarmerie. Und dann, Herr Oberleutnant, möchte ich endlich zur Sache kommen!«

Wedigo beauftragte Kuhn, den Termin zu bestätigen und der Gräfin einen Blumenstrauß übergeben zu lassen, und drückte ihm zwei Mark in die Hand. Dann entließ er ihn.

Bald darauf saßen die beiden Offiziere und debattierten über den ›Garde-Fall‹, das war der Name, den der Major als Arbeitstitel gewählt hatte.

»Was haben wir bisher? Erstens die Fingerabdrücke am Tatort, die auch im Fall Wölkerling gesichert wurden. Zweitens die goldene Litze, die auf einen Gardeoffizier verweist, womöglich aber auch irgendwann unter dem Schreibtisch geraten sein kann. Und drittens gibt es das Foto vom ersten Eindringen in das Büro. Wir wissen ferner, dass es um Flugzeugtechnik geht und Oberst Brose in irgendeiner Beziehung zum Geschehen steht«, zählte der Major auf. »Ich habe mir inzwischen Broses Personalakte kommen lassen, genauer die inoffizielle, die nur in der Abteilung III b geführt wurde. Und ich habe die Papiere, die Feldwebel Schneidmann aus Broses Wohnung mitgebracht hat, heute Nacht durchgesehen, während Sie durch den Grunewald irrten. Gemäß Personalakte war Oberst Brose 1899 auf einem Sprachkurs in Russland, genauer in Kasan. Später stand er in freundschaftlichem Kontakt zum britischen Militärattaché in St. Petersburg, Guy Percy Wyndham. Natürlich ist es in unserer Branche üblich, mit den jeweiligen Attachés in Verbindung zu sein. Überraschend fand ich allerdings einen Hinweis auf eine Verbindung zu George Soulié de Morant, der für den französischen diplomatischen Dienst in China tätig ist. Ansonsten war der Oberst Junggeselle und scheint sich vermehrt in Künstlerkreisen aufgehalten zu haben. Ich habe den Eindruck, das Untersuchungsfeld wird immer größer. Was halten Sie von alledem?«

»Es gibt drei Deutungsmöglichkeiten«, begann Wedigo vorsichtig. »Die eine wäre, dass Oberst Brose in sehr engem Kontakt zu unseren Gegnern stand, was auf Verrat hindeutet. Die andere, dass er sich, obwohl er nicht mehr zu III b gehörte, nach wie vor für die Fälle interessierte und auf eigene Faust ermittelt hat. Vielleicht, weil er jemandem in der Abteilung misstraute …«

»Das wäre durchaus möglich«, bestätigte der Major, der sich nicht anmerken ließ, was er dachte. »Und die dritte Variante?«

»Der Oberst ist nicht echt, das heißt im Eigentlichen schon«, erklärte Wedigo, als ihn der Major entgeistert anstarrte. »Aber was ich meine, ist, sein Tod hat nichts mit dem Verrat und der Spionage zu tun und wurde nur arrangiert, um uns auf eine falsche Fährte zu locken; vermutlich wie die Goldlitze!«

»Das sind höchst interessante Theorien, die Sie da haben, Herr Oberleutnant«, sagte Major Nicolai nach kurzem Schweigen. »Das macht Ihren Anfängerfehler von heute früh wieder mehr als wett. Ich schlage vor, wir lassen uns die Deutungsvarianten in Ruhe durch den Kopf gehen und besprechen sie später. Jetzt wollen wir uns den Ort anschauen, an dem Sie heute Nacht Ihr Privatgefecht hatten. Ich denke, Sie liegen richtig mit Ihrer Vermutung, dass sich der Wagen kurz vor dem Ziel befand, als der Unfall passierte. Möglicherweise finden wir dort Hinweise auf die Entführer. Später werden wir zu Oberst Broses Wohnung fahren, soweit noch Zeit ist, sonst machen wir das morgen. Zunächst also in den Grunewald.«

Damit zog Nicolai ein Messtischblatt des Grunewalds hervor, breitete es aus und nahm vom Schreibtisch ein Lineal und einen Zirkel.

»Sehen Sie, da ist die Kanonenbahn und da liegt der Bahnhof Grunewald. Von Berlin führen folgende Straßen in das Gebiet«, der Major zeigte auf zwei Linien. »Sie sagen, Sie seien eine Dreiviertelstunde an der Bahn entlang gelaufen, also sind Sie zwischen zweieinhalb bis dreieinhalb Kilometer vorwärtsgekommen.«

Der Major zog links und rechts der Bahnlinie jeweils einen Strich. »Davor liefen Sie eine halbe Stunde durch den Wald, also zwischen anderthalb und zweieinhalb Kilometer.«

Er schlug mit dem Zirkel verschiedene Kreisbögen und deutete mit dem Stift auf ein Gebiet auf der Karte.

»Das heißt, dass wir in diesem Bereich zwischen dem Grunewaldsee und Dahlem suchen müssen. Es ist jetzt viertel nach zehn. Schneidmann hat uns für 10.30 Uhr einen Wagen besorgt. Packen wir das für eine Außenuntersuchung Nötige ein und fahren in den Grunewald – aber nicht zur Holzauktion!«

Es war später Vormittag, als die beiden Offiziere zusammen mit dem Feldwebel und einem Obergefreiten als Fahrer des Hansa-Lloyd-Kraftwagens die Gegend im Grunewald erreichten, in der in der Nacht Oberleutnant von Wedels Abenteuer stattgefunden hatte. Sie fuhren einige Zeit suchend herum, gerieten nach Dahlem zur Domäne und kehrten wieder um in Richtung Grunewaldsee. Wedigo fürchtete, den Ort des Unfalls nicht mehr zu finden. Endlich, auf der Straße unweit des Sees, wurde der Oberleutnant fündig.

»Dort, die lichte Stelle, die erkenne ich wieder, da war der Unfall!«

Der Wagen hielt. Die Männer stiegen aus und sahen sich auf dem Platz um. Der Wald bildete hier eine Lichtung, von der ein Weg nach rechts abging.

»Herr Major«, rief Feldwebel Schneidmann. »Sehen Sie, da sind Reifenspuren.« Er deutete auf einen Graben, an dessen Rand deutlich Pneuabdrücke zu sehen waren. Der Feldwebel baute eine Kamera mit Stativ auf und machte von den Spuren einige Fotos.

»Und hier liegt eine Patronenhülse«, sagte der Major, der weitergesucht hatte und hob ein Messingteil auf. »Das ist die Hülse einer 7,62 × 38 mm Nagantpatrone. Der Nagant-Revolver ist die russische Standardwaffe. Es sieht also ganz nach der Raswedka aus.« Nicolai wies auf den Pfad rechts. »Wo geht der Weg hin, Feldwebel Schneidmann?«

»Der Karte nach führt der Weg zum See, Herr Major«, antwortete der Feldwebel. »Das heißt zunächst zu einem Gebäude, einem Forsthaus.«

»Richtig, dort liegt das Forsthaus Paulsborn, seit etlichen Jahren eine Gaststätte«, sagte der Major. »Es könnte sein, Herr Oberleutnant, dass Ihre Entführer im Forsthaus ihr Quartier aufgeschlagen hatten; jetzt dürften die Vögel allerdings längst ausgeflogen sein.«

Die Männer begaben sich zu dem großen, erst vor wenigen Jahren neu angelegten Gasthaus, einem weitläufigen Gebäude, welches Hirschköpfe und Wappen schmückte. Die Offiziere begannen sogleich mit der Befragung der Wirtsleute, denen der Major erklärte, es gehe um eine äußerst delikate Angelegenheit, über die er nichts weiter verlauten lassen könne. Der Feldwebel wandte sich dem Personal zu. Auf Nicolais Fragen hin, berichtete der Wirt, ein runder, gemütlich wirkender Mann im besten Alter, dass es in der vergangenen Nacht auf der Straße einen Unfall gegeben habe. Ein auffälliges Auto sei in den Graben gefahren.

»Es war ein Mercedes, ein Reifen platzte und der Fahrer konnte den Wagen nicht mehr halten.«

»Wir waren schon im Bett«, ergänzte die Frau aufgeregt, ein rundes Pendant ihres Mannes und für die Küche zuständig, »und sind erst von dem folgenden Trubel wach geworden. Geht es bei der besagten Angelegenheit um eine Liebesaffäre in höchsten Kreisen?«

»Es ist gut, Mathilde«, unterbrach sie ihr Mann. »Du hast doch gehört, die Herren Offiziere dürfen darüber nichts sagen. Also, als wir aufstanden und nachsahen, was passiert war«, fuhr er fort, »war unser Johann, der Fuhrknecht, gemeinsam mit den Dienern unseres Gastes, also die Diener des Herrn Baron von Maydell, schon dabei, den schweren Wagen aus dem Graben zu ziehen. Einer der beiden Insassen war an der Schulter verletzt, er wurde von der jungen Baronesse verbunden.«

Der Major blickte zu Wedigo und nickte beifällig.

»Die Baronesse war ebenfalls aufgestanden?«, fragte er dann. »Kannten sich die Herrschaften?«

Der Wirt überlegte kurz, wobei er einen Finger an die Nase legte. »Nein«, sagte er und schüttelte den Kopf, »das glaube ich nicht. Die Baronesse wird wahrscheinlich vom Lärm erwacht sein und hat eben geholfen.«

Die Reisenden hätten im Haus übernachtet, erzählte die Wirtin weiter, doch seien sie schon sehr früh aufgestanden, hätten den Reifen, der geplatzt gewesen sei, rasch ausgetauscht und seien daraufhin sofort weitergefahren. Ja, und der Fahrer habe Baron von Maydell eine Mitteilung zukommen lassen. Sie wisse aber nicht, worum es gegangen sei.

»Vielleicht kann uns der Baron selbst weiterhelfen. Ist der Baron von Maydell noch im Haus?«, fragte der Major.

»Nein, er ist mit seiner Familie vor dem Frühstück überraschend abgereist«, antwortete der Wirt. »Der Herr Baron logierte seit einer Woche mit seiner verehrten Gemahlin, deren Bruder sowie der gnädigen Baronesse und zwei Dienern hier im Haus.«

»Er ist nämlich ein Schriftsteller aus Riga und hat die weite Reise von Lettland hierher extra wegen der romantischen Vergangenheit unseres Hauses unternommen.

Obwohl er eher wie ein Offizier auf mich wirkte. Er hatte so ein strammes Auftreten«, fügte die Wirtin hinzu.

»Was meinte der Baron mit ›romantischer Vergangenheit‹?«, fragte der Oberleutnant neugierig.

»Ach, Herr Oberleutnant, kennen Sie diese Geschichte nicht?«, rief die Wirtsfrau erfreut und ehe der Major oder ihr Mann sie stoppen konnte, erzählte sie, der Namensgeber des Hauses, ein gewisser Freiherr von Born, habe im Regiment von Nollendorf gedient. Eines Tages habe General von Nollendorf König Friedrich II. bei einem Besuch um die Einwilligung zur Ehe seiner Tochter Ulrike mit dem Freiherrn gebeten. Der König habe dergleichen wenig geliebt und abgelehnt. Auch das persönliche Ersuchen des Freiherrn um eine Heiratsgenehmigung sei barsch zurückgewiesen und der Offizier ohne Bezüge entlassen worden. »Der verliebte Freiherr aber zog sich in den Grunewald zurück, seine Braut folgte und beide wurden vom Pfarrer der Dorfkirche Dahlem im Geheimen getraut. Jahrelang hauste das Paar in einer Höhle. Erst nach dem Tod des Königs 1786 wurde der Freiherr durch den Thronfolger Friedrich Wilhelm II. rehabilitiert und ihm das hiesige Anwesen übereignet. Darüber wollte Baron von Maydell ein Buch schreiben.«

»Eine nette Geschichte«, meinte der Major trocken, »jetzt erzählen Sie uns bitte noch, was aus dem baltischen Baron und seiner Familie geworden ist.«

»Unser Johann«, sagte der Wirt, »brachte die Herrschaften mit der Kutsche zum Bahnhof Grunewald.«

Wohin der Baron von dort gefahren war, wussten die Wirtsleute nicht zu sagen. Die Baronin beschrieben sie als ›junonische Gestalt‹ und die Baronesse sei ein ›hübsches, rotblondes Fräulein‹ gewesen. Der Wirt bestätigte ferner, dass es in der Nacht mehrfach geschossen habe. Es sei eben Schwarzwildsaison, da werde häufig geschossen, der Grunewald sei seit alten Zeiten ein Jagdgebiet, keine fünf Minuten entfernt liege auch das frühere kurfürstliche Jagdschloss. Ob die Schüsse vor oder nach dem Unfall gefallen seien, wisse er nicht. Natürlich hätten die Mägde die Zimmer bereits gereinigt, doch der Herr Major könne sich selbstverständlich ein eigenes Bild machen. Zwei- oder dreimal seien der Baron und seine Gemahlin mit einer eigens bestellten Kraftdroschke ausgefahren und erst spät am Abend zurückgekehrt. Wohin die Fahrten gegangen seien, wüssten sie nicht. Die Baronesse habe gemalt, es sei aber nichts zu erkennen gewesen. Doch auf den Bildern habe es viel Farbe gegeben. Mehr war von den Wirtsleuten nicht zu erfahren. Nicolai und der Oberleutnant dankten und schauten sich in den Gästezimmern um, aber es war in der Tat alles ordentlich aufgeräumt und geputzt worden und keine Spuren des Balten und seiner Begleitung zu finden.

Der Feldwebel hatte mehr Glück. Im Kutschentrakt, wohin der Wagen zum Radwechsel gebracht worden war, fand Schneidmann einen offenbar vergessenen Berliner Stadtplan, der an verschiedenen Stellen Markierungen aufwies. Inzwischen war Johann, der noch Besorgungen gemacht hatte, zurückgekehrt und bestätigte, dass er den Baron mit seiner Familie zum Bahnhof Grunewald gebracht und dort mitsamt dem Gepäck abgesetzt habe.

»Es ist kein Zufall, dass dieser baltische Baron und sein Gefolge so schnell verschwunden sind«, knurrte der

Major verärgert. »Schneidmann, Sie fahren zum Bahnhof Grunewald und stellen fest, wohin die Herrschaften gefahren sind und erstatten mir umgehend Bericht.«

Der Feldwebel salutierte und fuhr sogleich mit dem Obergefreiten los.

»Wir«, wandte sich der Major an Wedigo, »wir werden zunächst einen Spaziergang zum See machen und uns etwas umsehen. Anschließend können wir, wenn wir schon einmal hier sind, im Gasthof zu Mittag essen. Auf eine Stunde mehr oder weniger kommt es jetzt nicht mehr an.«

Kurz darauf standen sie am Ufer. Der See erstreckte sich vor ihnen, die Bäume am Ufer zeigten Frühlingsgrün und das Wasser spiegelte silbergräulich. In der Ferne klopfte ein Buntspecht.

»Da drüben liegt das alte Jagdschloss, von dem der Wirt sprach«, meinte der Oberleutnant und zeigte zum rechten Ufer. »Es ist eigenartig, auf der Seite des Sees bin ich noch nie gewesen.«

»Richtig, da liegt das Jagdschloss Grunewald«, sagte Nicolai nachdenklich. »Dort gab es vor etwa zwanzig Jahren eine unangenehme Affäre. Die Schwester des Kaisers, Charlotte von Preußen, und der Kammerherr und Hofzeremonienmeister Leberecht von Kotze sowie etliche Damen und Herren der Hofgesellschaft sollen darin verwickelt gewesen sein. Es kam zu Anklagen und Duellen, ein wahrer Skandal. Doch lassen wir diese Geschichten besser ruhen, im Schlamm zu wühlen kann gefährlich sein.«

Der Oberleutnant schüttelte verwundert den Kopf. Von diesen Geschichten hatte er noch nie gehört.

Sie untersuchten noch kurz den Uferbereich, fanden jedoch nichts Auffälliges, sodass die Herren zum Gasthof zurückkehrten. Bald darauf saßen die Offiziere im rustikalen Speisesaal beim Mittagsmahl. Nach einer Nudelsuppe tischte ihnen die Wirtin Gänsekeule mit Rotkohl, Grünkohl und Kartoffelklößen auf. Die Herren aßen mit großem Appetit, die Wirtin verstand sich in der Tat aufs Kochen. Zum Nachtisch gab es mit Mohn gefüllte Grießknödel und Vanillesauce. Die Offiziere waren gerade beim Kaffee, als Feldwebel Schneidmann eintrat und meldete, die Bahnbeamten hätten heute nur Fahrkarten nach Berlin ausgestellt. Zufrieden und bei guter Laune lehnte sich Nicolai zurück.

»Sehen Sie, Herr Oberleutnant, die Herrschaften bleiben in der Region, sie haben also ihr Ziel noch nicht erreicht beziehungsweise ihre Aufgabe bislang nicht erfüllt. Nun, wir werden die Gruppe sicher bald aufgespürt haben. Wir müssen nur an den Bahnhöfen nachforschen, wo zwei Herren mit weiblicher Begleitung, zwei Dienern und einer größeren Anzahl von Gepäckstücken aus- oder umgestiegen sind.«

Wedigo, der sich seit ihrer Ankunft im Haus Paulsborn etwas überflüssig vorgekommen war, schüttelte den Kopf. »Nein, Herr Major, das sehe ich, wenn Sie gestatten, anders. Anstelle des Barons wäre ich lediglich eine oder zwei Stationen weit gefahren und hätte dann alle aufgeteilt und mich einzeln fortbewegt, notfalls auch auf das Gepäck verzichtet. Die Gruppe wird für solche Fälle sicher ein Notfallquartier oder einen Sammelpunkt haben. Ich schlage vor, nicht weiter zu recherchieren, wohin dieser Balte und seine Begleitung sich begeben haben, damit unsere Gegner denken, wir hätten die Verfolgung aufgegeben und sich in Sicherheit wiegen. Wir wissen, was die Herrschaften wollen, nämlich die Pläne der neuen Flugzeugmuster. Früher oder später werden sie es erneut im Kriegsministerium versuchen. Dazu haben wir diesen markierten Stadtplan, der uns sicher weiterhilft.«

»Sie haben recht, Wedel«, meinte Nicolai nach kurzem Überlegen anerkennend, »allerdings könnte der markierte Stadtplan auch eine bewusste Finte sein. Nun, wir werden sehen. Was halten Sie eigentlich von Gräfin Walewska?«, wechselte der Major abrupt das Thema.

»Sie ist eine sehr attraktive Frau«, erwiderte der Oberleutnant zurückhaltend, er wollte ungern mit Nicolai über die Gräfin reden.

»Eine wahre Schönheit«, bestätigte Nicolai, »aber ich meine etwas anderes. Trauen Sie der Gräfin? Diese Autogeschichte gestern und dieser merkwürdige Ulanenrittmeister …«

»Die Gräfin hat alles plausibel erklärt«, antwortete Wedigo steif. »Das mit dem Horch war ein Irrtum und für diesen Rittmeister kann sie wirklich nichts. Ich glaube und ich traue Gräfin Walewska.«

»Dann ist es ja gut«, schloss der Major das Thema. Er schaute auf die Uhr. »Es ist gerade halb zwei, wir können also noch der Wohnung von Oberst Brose einen Besuch abstatten. Dann sind wir spätestens um drei wieder im Ministerium, wo jede Menge Arbeit auf uns wartet. Zum einem muss die Karte ausgewertet werden. Und dann sollten wir die Rangliste der Garderegimenter durchgehen. Die Goldlitze, Sie wissen es. Wir müssen diese Spur überprüfen, ob es uns gefällt oder nicht. Sie kennen die meisten Kameraden aus der Garde, das wird uns bei der Sichtung der Akten eine gewisse Hilfe sein.«

»Herr Major!« Die Wirtin trat an den Tisch.

»Schön, dass Sie kommen, es hat wirklich gut geschmeckt«, meinte Nicolai jovial. »Ein großes Lob der Köchin!«

»Ich danke Ihnen, Herr Major, aber ich komme nicht deswegen. Mir ist nämlich noch etwas eingefallen.«

»Was denn?«, fragte Nicolai aufmerksam. »Erzählen Sie nur, auch Kleinigkeiten können wichtig sein.«

»Die Frau Baronin hatte vorgestern Besuch. Eine Dame aus Berlin. Sie haben sich über zwei Stunden miteinander unterhalten. Ich war ein paar Mal im Zimmer und habe Kaffee gebracht und Kuchen. Aber ich konnte nichts verstehen, die Damen haben in einer anderen Sprache gesprochen. Der alte Wilhelm, der frühere Forstgehilfe, der Anno 70/71 als junger Mann bei Sedan dabei war und der Dame in ihrem Kraftwagen half, behauptet, es sei Französisch gewesen.«

»Wie sah die Dame aus?«

»Sehr elegant, sie trug ein schwarzes, in der Taille eng geschnittenes Kleid, also ich könnte das nicht tragen. Sie war groß, schlank, hatte hellblonde Haare. Blaue, nein, warten Sie, mehr blaugrüne Augen.«

»Sie sind eine gute Beobachterin«, lobte der Major. »Können Sie uns auch das Auto beschreiben?«

»Nein, darauf habe ich nicht geachtet. Mein Mann war nicht da. Aber da kommt der alte Wilhelm, der kann Ihnen sicher helfen. Wilhelm«, rief sie, »komm mal rüber zum Herrn Major, du musst Auskunft über das Auto der Französin geben.«

Der Alte, ein knochiger Graukopf, kam an den Tisch und salutierte stramm. »Herr Major, Wilhelm Klopfer. Zu Ihren Diensten!«

»Haben Sie gedient?«

»Jawohl, Herr Major, ich war als Gefreiter Anno 70 bei Sedan dabei, als wir den Franzosen kräftig die roten Hosen klopften. Und deren Kaiser gleich mit. Das waren herrliche Zeiten, ich war gerade dreiundzwanzig Jahre alt und meine Selma achtzehn …«

»Gut, gut«, unterbrach ihn Nicolai, bevor der Alte sich völlig in alte Zeiten verlor. »Wie war das vor zwei Tagen mit der blonden Dame, die zu Besuch kam? Können Sie mir ihr Auto beschreiben, Klopfer?«

»Jawohl, Herr Major, das kann ich!«, erwiderte der Alte. »Es war ein offenes Fahrzeug in einem Rot wie die Hosen der Franzosen, wenn Herr Major wissen, was ich meine. Vorn war ein breiter Ledersitz, hinten eine Bank und auf der Motorhaube war oben ein Stern.«

»Der Mercedes Doppel-Phaeton 28«, murmelte Wedigo.

»So sieht es aus«, bestätigte der Major. »Gut, Klopfer, Sie haben uns sehr geholfen.«

Der Alte grüßte militärisch und trat ab.

»Die blonde Dame ist die Gräfin Walewska. Glauben Sie das, Herr Major?«, sagte der Oberleutnant betreten.

»Es gibt Zufälle und es gibt Ähnlichkeiten«, meinte Nicolai leichthin und erhob sich. »Ich schlage vor, Sie fragen Ihre Gräfin, ob sie eine Doppelgängerin hat, wenn Sie die Dame beim nächsten Mal treffen.«

Die Herren gingen zum Wagen und stiegen ein. Der Major gab dem Obergefreiten den Befehl, direkt zum Kurfürstendamm zu fahren; dieser ließ den Wagen an, wendete und fuhr los.

Während der Rückfahrt beschäftigten sich Wedigos Gedanken hauptsächlich mit der Gräfin. Die Ähnlichkeit der Besucherin mit der Baronin mochte ein Zufall sein, genauso wie die Autogeschichte von gestern Abend und die Angelegenheit mit dem falschen Rittmeister. Dennoch, diese Häufung von Zufällen irritierte ihn. Wenn die Gräfin nun doch mit dem Geschehen zu tun hatte? Nein, das konnte nicht sein. Er verdrängte den Gedanken, so gut es ging. Wedigo war auch nicht deutlich, was Major Nicolai von dem Ganzen hielt. Der Major hatte sich mit seinen Kommentaren sehr zurückgehalten. Konnte es sein, dass er mehr über die Gräfin wusste, als er zugab? Aber warum informierte er Wedigo dann nicht? Der junge Offizier hatte das Gefühl, als ob sein neuer Chef irgendetwas vor ihm verberge, er war sich dessen jedoch nicht so sicher, den Major darauf anzusprechen. Auch Nicolai schien in Gedanken versunken und so verlief die Fahrt schweigsam. Kurz nach zwei Uhr hielten sie an der Wohnung des toten Obersten.

Brose hatte in der Beletage eines mehrstöckigen Hauses am Kurfürstendamm, Ecke Georg-Wilhelm-Straße, gewohnt. Das Haus wies zur Straße hin übereinanderliegende Balkone auf, schräg gegenüber residierte die Berliner Morgenpost. Der Portier, ein ehemaliger Unteroffizier namens Schulze, der als Invalide vom Boxerfeldzug zurückgekehrt und entlassen worden war, führte ohne großes Gerede die Offiziere hoch zur Wohnung und schloss auf.

Oberst Brose hatte die fünf Zimmer allein genutzt. Die Räume waren von Feldwebel Schneidmann zusammen mit zwei Gefreiten bereits am gestrigen Nachmittag auf Spuren durchsucht worden, leider ohne Resultate.

Ein breiter Flur führte zu einem Wohnzimmer, daneben lag das Esszimmer. Rechts befanden sich eine Bibliothek und das Schlafgemach. Neben der Küche gab es ein winziges Mädchenzimmer und eine schmale Dienstbotenkammer, welche der Offiziersbursche bewohnt hatte.

»Ich habe den Burschen gestern bereits vernommen, Herr Major«, meldete der Feldwebel. »Ein braver Mann vom Land, der über den Tod seines Herrn sehr betroffen war, sonst aber wenig zu sagen wusste. Er heißt Torgel, Wilhelm Torgel. Ich habe ihn in seine alte Kaserne zurück nach Lichterfelde geschickt.«

»Gut, ich werde mir den Mann später nochmals vornehmen«, erwiderte der Major. »Gehen Sie zum Portier und befragen diesen nach etwaigen Besuchern und so weiter, der Mann hat gedient, der wird Ihnen klare Auskunft geben. Danach sprechen Sie mit dem Personal im Haus, den Köchinnen und Mädchen. Sie sind der richtige Mann dafür, Feldwebel. Solche Frauen fliegen geradezu aufs Militär.«

»Jawohl, Herr Major, wird gemacht«, sagte Schneidmann und strich sich selbstgefällig über den gewichsten Bart, den er wie der Kaiser mit hoch gezwirbelten Spitzen trug.

Die Offiziere sahen sich in der Wohnung um. Es waren hohe Räume, die mit modernen Möbeln der

Darmstädter und Wiener Sezession eingerichtet waren, wie der Oberleutnant feststellte. An den Wänden hingen überall Bilder, die ihm ebenfalls sehr modern vorkamen. Der Major betrachtete sie und schüttelte dann missbilligend den Kopf.

»Mit dieser Art von Kunst kann ich mich wenig anfreunden«, kommentierte er ein Bild in Blau- und Rottönen. »Oberst Brose scheint mir einen eigenwilligen Geschmack gehabt zu haben. Nun ja, er verkehrte auch in sogenannten Künstlerkreisen.«

Wedigo antwortete nicht. Er fand die Bilder ebenfalls außergewöhnlich, doch teilte er Nicolais ablehnendes Urteil nicht. Etwas in den Farben und Formen sprach den jungen Offizier an, ohne dass er es hätte genau benennen können. Besonders ein Bild im Format siebzig auf achtzig Zentimeter hatte es ihm angetan. Es zeigte eine rote Mühle im Halbprofil. Schwarze, gebogene Flügel schoben sich in einen dunkelblauen Himmel. Das Gebäude war von roten Häusern und grünen Baumfackeln umgeben. Ein rot-gelb-grüner Hügel, über den ein Strom von Blau floss, trug ihre schwere Last. Irgendwie faszinierte ihn das Bild, es strahlte so viel Wärme aus. In der linken unteren Ecke entdeckte Wedigo die Signatur des Malers: ›EH 09‹.

Der Kleiderschrank enthielt, neben mehreren Uniformen, eine Reihe exklusiver Anzüge. Der Major prüfte die Etiketten und pfiff durch die Zähne. »Bei Herman Tietz geschneidert und bei Wormser, so etwas kostet eine schöne Stange Geld!«

Anschließend gingen sie in die Bibliothek, die dem Oberst gleichzeitig als Arbeitszimmer gedient hatte. An der Wand standen mehrere gut gefüllte Bücherregale, welche die bekannten Klassiker, aber auch russische und französische Literatur, teils in Originalsprache, enthielten. In der Mitte des Raums befand sich ein großer Schreibtisch, dessen Schubladen gestern von Schneidmann geleert worden waren. Der Major öffnete trotzdem die Fächer und durchsuchte alles erneut; doch der Feldwebel hatte gründlich gearbeitet, und Nicolai fand nichts Neues. Der Oberleutnant trat inzwischen an die Regale und studierte die Buchtitel. Goethe, Schiller, Eichendorff, auch Hackländer, Retcliffe und – überraschenderweise – Emile Zola und Graf Leo Tolstoi. Wedigo hatte das Gefühl, als komme ihm der Tote näher. Ab und zu nahm er ein Buch in die Hand und blätterte in den Seiten. In einem Band, es handelte sich um ein Werk von Berthold Auerbach, steckte an einer Stelle als Lesezeichen eine Visitenkarte. Der Oberleutnant überflog die Stelle: ›Die Nacht war schlimm. Der Kronprinz spürte den Schreck, den der Mohr des Oheims seiner Nährmutter eingejagt hatte. Der Hofarzt ging immer ab und zu und wachte im Nebenzimmer.‹ Der Text schien ihm nicht von Bedeutung. Er steckte die Visitenkarte ein und stellte das Buch zurück ins Regal. Nachdem sie die übrigen Räume durchsucht hatten, verließen sie ohne Ergebnis nach einer Stunde die Wohnung. Der Feldwebel blieb im Haus, um seine Befragungen fortzusetzen, und der Gefreite brachte die Offiziere zurück ins Ministerium in der Wilhelmstraße.

»Viel hat der Besuch nicht gebracht«, meinte der Major. »Oder, was meinen Sie, Herr Oberleutnant?«

»Oberst Brose scheint mir vielseitige Interessen gehabt zu haben und ein gebildeter Mann gewesen zu sein«, antwortete Wedigo vorsichtig.

»Dass Brose in anderen Kreisen verkehrte, zeigen seine Briefe«, bestätigte Nicolai. »Und er scheint auf großem Fuße gelebt zu haben. Nun, wir werden hören, was uns Schneidmann morgen berichtet, das Personal weiß oft mehr von den Herrschaften, als man gewöhnlich glaubt. Dann sortieren wir unser Wissen und überlegen das weitere Vorgehen. Machen wir uns jetzt an die wenig aufregende Arbeit des Aktenlesens.«

Sie stiegen hoch in ihre Büros. Wedigo fand auf dem Tisch seines nunmehr freien Arbeitszimmers mehrere Stapel Personalakten der Offiziere der Garde-Regimenter zu Fuß 2–4 in Abschrift vor, die mittags gebracht worden waren; mithin die der Einheiten, deren Offiziere goldene Litzen trugen.

»Wonach suchen wir, Herr Major?«, fragte der Oberleutnant seinen Chef.

»Wenn ich das wüsste, wäre es viel einfacher«, antwortete Nicolai. »Prüfen Sie, ob Ihnen etwas Besonderes auffällt, irgendein Eintrag, ein Kommando, ein besonderes Interesse und ähnliche Dinge. Mir geht es dabei vor allem um die Gruppe der jüngeren Offiziere. Ich versuche währenddessen, alles über diesen baltischen Baron zu finden, wenn denn der Herr echt ist. Und vertiefe mich erneut in die Personalakte und die Papiere von Oberst Brose. Haben Sie sonst noch Fragen, Herr Oberleutnant?«

»Was ist mit der Karte, die Feldwebel Schneidmann gefunden hat, Herr Major?«

»An die setze ich einen Gefreiten von der Kartographischen Abteilung, bis morgen früh ist alles ausgewertet.«

Nicolai ging in sein Arbeitszimmer und schloss die Tür, während sich der Oberleutnant daran machte, die Personalakten zu durchforsten. Der Raum, in dem er saß, war spartanisch eingerichtet. Die Wände waren kahl, rechts stand ein Schreibtisch, darauf befanden sich ein Tintenfass, ein Aschenbecher und eine grüne Schreibunterlage sowie einige Stifte. Weiterhin gab es zwei Stühle und einen Aktenschrank, das war das ganze Mobiliar. Dazu kam der obligate Kanonenofen; ein ganz anderer Komfort als in seinen beiden Zimmern im Adlon. Richtig, Wedigo durfte nicht vergessen, den Major zu fragen, wie lange er im Hotel bleiben sollte. Doch das musste warten, jetzt galt es, die Akten zu lesen. Der Oberleutnant schnallte den Degen ab, öffnete einen Knopf seiner Uniformjacke und begann, in den Papieren zu blättern und die Einträge zu lesen.

Gegen vier hatte er sich durch die Akten des 2. Garde-Regiments zu Fuß gearbeitet. Das Berliner Regiment war in der Kaserne in der Friedrichstraße 107 einquartiert. Die Gegend dort war ein brodelndes Kneipenviertel, in dem es zahlreiche Kaschemmen und Bordelle gab; Potsdam als Standort schien Wedigo entschieden exklusiver zu sein. Ein Name war ihm bei seinen Studien aufgefallen, der des Leutnants Horst Bernhard Kurt von Petersdorff. Petersdorff war Mitte 1911 als Fahnenjunker in das 2. Garde-Regiment eingetreten und nach dem Besuch der Kriegsschule in Danzig seit November des letzten Jahres Leutnant. Ein Vermerk auf einem Zettel erwähnte ›Spielschulden‹. Nun, Spielschulden gab es häufiger bei Gardeoffizieren, nur dass eigens auf diese hingewiesen wurde, hielt Wedigo für eine Besonderheit. Sonst war ihm nichts aufgefallen und mit einem Seufzer widmete er sich dem nächsten Aktenstoß, den Personalakten des 3. Garde-Regiment zu Fuß, dessen Kaserne in der Wrangelstraße lag. Das Regiment bildete zusammen mit Wedigos Regiment, dem Garde-Jäger-Bataillon und dem Lehr-Infanterie-Bataillon, die 1. Garde-Infanterie-Brigade der 1. Garde-Division des Gardekorps. Daher hatte der Oberleutnant mit den dortigen Offizierskameraden häufiger dienstlich bei Manövern als auch bei Feiern im Kasino zu tun. Beim 3. Garde-Regiment gab es verschiedene Akten, die Wedigo zur Seite legte. Zum einen die des Leutnants Fritz Erich von Lewinski, genannt von Manstein. Zunächst besuchte er die Kadettenanstalt Plön und später die Preußische Hauptkadettenanstalt in Berlin-Lichterfelde. 1905 fungierte Manstein als Leibpage bei der Heirat des Kronprinzen Wilhelm. 1906 trat er als Fähnrich in das 3. Garde-Regiment zu Fuß ein und wurde ein Jahr später zum Leutnant befördert. Gemäß einem Aktenvermerk war der Leutnant zur Kriegsakademie in Berlin abkommandiert worden. In einer beigefügten Beurteilungsnotiz wurde der junge Offizier als heller Kopf und Querdenker bezeichnet; Grund genug, ihn gesondert zu betrachten. Aus gleichem Grund legte Wedigo die Akten des Hauptmann Kurt von Schleicher und die des Oberleutnants Oskar von Hindenburg beiseite. Auch Schleicher stammte aus einer Offiziersfamilie. Nach vier Jahren hatte er 1900 die Hauptkadettenanstalt in Lichterfelde absolviert und war als Leutnant zum 3. Garde-Regiment zu Fuß kommandiert worden. Zwischen 1906 und 1909 hatte er als Adjutant gedient und wurde daraufhin als Oberleutnant zur Kriegsakademie abkommandiert. Seit 1910 arbeitete Schleicher in der Aufmarschabteilung des Großen Generalstabs. Oskar von Hindenburg war einziger Sohn des Generals Paul von Hindenburgs. Seit 1903 diente er als Leutnant im Regiment und wurde zum Bataillonsadjutanten ernannt. Die Akte verwies darauf, dass Oberleutnant von Hindenburg ebenfalls für den Generalstabsdienst vorgesehen sei. Alles drei also Persönlichkeiten, die für die gegnerische Spionage von besonderem Interesse sein konnten.

Mittlerweile war es halb sechs geworden. Wedigo erhob sich und klopfte an die Tür des Majors, um diesem seine Ergebnisse vorzutragen. Als er nach dem dritten Klopfen keine Antwort bekam, öffnete der Oberleutnant kurz entschlossen die Tür. Das Büro war leer, Nicolai war bereits gegangen. Also entschied Wedigo, ebenfalls Dienstschluss zumachen. Er schloss die Tür, schnallte den Degen um, nahm seine Offiziersmütze und verließ sein Büro.

Auf dem Flur stieß er auf einen an der Wand lehnenden Gefreiten, der auf ihn wartete. Als er den Oberleutnant sah, salutierte er und überreichte einen Brief. Das Schreiben kam von Nicolai, der ihn in Kenntnis setzte, dass er ihn morgen früh um neun Uhr zur Besprechung erwarte, allerdings in Zivil, denn sie würden anschließend auf eine kleine Exkursion gehen. Wedigo habe ansonsten bis auf Weiteres im Adlon zu verbleiben. Jetzt solle der Oberleutnant die Akten zuklappen und Dienstschluss machen. Er wünsche ihm einen angenehmen Abend, hatte der Major in seiner schnörkligen Schrift als Postskriptum hinzugefügt.

Er sollte also Dienstschluss machen, dachte Wedigo, wann hatte Major Nicolai die Nachricht wohl geschrieben.

»Wie lange stehen Sie hier schon, Gefreiter?«, wandte er sich an den Soldaten.

»Zu Befehl, Herr Oberleutnant, seit einer Stunde!«, meldete der Mann.

»Warum haben Sie nicht geklopft, Mann?«, fragte der Offizier ärgerlich.

»Wurde mir nicht befohlen, Herr Oberleutnant!«, entgegnete der Gefragte.

»Ist gut, treten Sie ab. Sie können gehen«, befahl Wedigo und schüttelte den Kopf.

»Jawohl, Herr Oberleutnant!«, erwiderte der Soldat, schlug die Hacken zusammen, machte vorschriftsmäßig »Links um!« und marschierte davon. Wedigo blickte dem Mann nach. Befehl und Gehorsam, an sich löbliche Tugenden, aber in diesem Fall … Nun ja, Wedigo von Wedel machte sich auf den Weg ins Hotel. Unterwegs beschäftigte er sich mit dem Verhalten des Majors. Nicolai hätte nur die Tür öffnen und ihm mitteilen können, dass die Tagesarbeit für heute beendet sei. Aber er hatte eine schriftliche Variante vorgezogen. Vielleicht, weil Nicolai eilig aufbrechen musste. Oder hatte er etwas in den Akten Oberst Broses gefunden, über das er mit seinem Untergegebenen nicht reden wollte? Eine andere Frage tauchte aus Wedigos Erinnerung auf, die er sich bereits gestern gestellt hatte: Worum ging es wirklich in den Papieren, die der Mörder in der Nacht zum Montag aus Oberstleutnants Heyes Büro geraubt hatte? Die Antwort des Majors, sie seien für Außenstehende unverständlich, befriedigte nicht, jedenfalls nicht wirklich. Wedigo gestand sich ein, dass er immer noch nicht wusste, warum er zu der ganzen Angelegenheit hinzugezogen worden war und worin seine wahre Aufgabe in der Abteilung III b bestand. Oberstleutnant Heye schien sich um seine Abteilung wie auch um Neuzugänge nicht weiter zu kümmern; ja, Wedigo hatte eher den Eindruck, als ob Major Nicolai der eigentliche Leiter der Abteilung wäre. Alles schien so vage, und das war etwas, was Oberleutnant von Wedel in keiner Weise schätzte.

Im Adlon wartete der brave Kuhn und meldete, alles ausgerichtet und befehlsgemäß der Gräfin Blumen gebracht zu haben. Kuhn rasierte ihn, legte einen zivilen Anzug zurecht, und Wedigo entließ den Mann mit der Anweisung, ihn am nächsten Tag wieder um sieben Uhr zu wecken.

Das Ritual des gestrigen Abends wiederholte sich, nur dass der junge Offizier erst ein Bad genoss, darauf in einen zivilen Anzug schlüpfte und dann im Restaurant speiste. Trotz des ausgiebigen Mittagsmahles verspürte er großen Appetit. Wedigo bestellte Creme St. Germain, danach Hammelrücken in Choronsauce mit Gemüse, das auf der Zunge zerging, dazu einen 1907er Clos Fourtet. Darauf folgte der Helgoländer Hummer in Bordelaise Sauce und als Wein ein wunderbar trockener Niersteiner Rosenberg 1908. Den Nachtisch bildete eine Venezianische Eisspeise mit Gebäck. Das Essen war vorzüglich und ein wahrer Genuss; der Oberleutnant verzichtete daher auf die Zigarre, trank jedoch wieder einen Mokka. Schon war es neun Uhr, und Wedigo begab sich beschwingt und ein wenig erwartungsfroh in die Lounge. Er sah sich um, die Gräfin war noch nicht anwesend und so setzte er sich in einen der Sessel, legte Mantel und Hut neben sich und wartete. Er vertrieb sich die Zeit damit, unauffällig die übrigen Gäste zu beobachten, die sich in der Lounge befanden. Drüben saßen einige Offiziere in Uniform, zumeist Kameraden der Garde, darunter erkannte Wedigo Herwarth von Bittenfeld, einen Leutnant aus seinem Regiment, der ihm zunickte. Was suchte der Leutnant im Adlon? Dann gab es etliche ältere Herren von stattlicher Figur, deren volle Gesichter von gesunder Farbe und zumeist von dichten, gepflegten Backenbärten umrahmt waren. Zwischen diesen fanden sich andere Erscheinungen, die aufgrund ihrer Kleidung oder ihres Auftretens auffielen. Neben einer gestrengen Matrone saß ein reizendes Blondchen mit hell blitzenden Augen und frischen Lippen, das ihm zuzwinkerte. Wedigo konnte nicht anders und lächelte zurück. Er wandte aber, als ihn die ältere Dame, wohl die Mutter, auf eine Bemerkung der Jungen mit ihrem Lorgnon streng fixierte, rasch den Blick ab und widmete sich anderen Dingen. Unweit von ihm entfernt betrat eine jüngere Dame die Lounge, durchquerte die Reihen, winkte den Offizieren, die sie offenbar kannten, zu und setzte sich in seiner Nähe in einen der Sessel. Die Frau wirkte auf den ersten Blick sehr attraktiv, was sie durch ein raffiniert geschnittenes rotes Kleid, auffälligen Schmuck und eine fast fremdartige Eleganz zu verstärken wusste. Aber wirklich hübsch oder schön war sie nicht, denn ihre Züge entbehrten einer gewissen Feinheit und Makellosigkeit. Überhaupt haftete ihrer Physiognomie, dem schweren, dunklen Haar, den vollen Lippen und ihren schräg geformten Wangen etwas merklich Fremdes an. Doch die Augen ließen Wedigo nicht los und zogen ihn magisch an; sie wirkten rätselhaft, schillernd und samtweich zugleich. Die Dame bemerkte seinen Blick und nickte ihm zu. Wedigo erwiderte ihre Geste und schaute ungeduldig auf seine Uhr; mittlerweile war es halb zehn. Die Gräfin ließ heute auf sich warten. Wedigo winkte dem Garçon, er solle ihm einen Cognac bringen, da sprach ihn wie am gestrigen Abend von der Seite eine weibliche Stimme an. Er drehte sich zur Seite, doch es war nicht die Gräfin, sondern jene fremde Dame, deren Anblick ihn irritiert hatte.

»Ich sehe Sie auf die Uhr blicken, ich sehe Sie warten. Könnte es sein, dass Sie ein gewisser Oberleutnant von der Garde sind?«, fragte sie mit einem Akzent, den Wedigo nicht einzuordnen vermochte. Er war verwundert, erhob sich und stellte sich der Dame mit einer Verbeugung vor. »Das ist korrekt, gnädige Frau. Gestatten, Oberleutnant Wedigo von Wedel. Hier meine Karte. Wenn Sie erlauben, Gnädigste, woher wissen Sie, dass ich bei der Garde diene?«

»Woher ich das weiß? Natürlich von meiner Freundin, der Gräfin Melissa; Sie beide wollten sich doch hier in der Lounge treffen. Die Gräfin lässt sich entschuldigen, sie ist verhindert und bat mich daher, Ihnen ihr Bedauern auszurichten. Melissa hat Sie mir genau beschrieben, und ich habe Sie sofort erkannt, doch ich musste sichergehen und fragte daher. Ich bin Baronesse Odilie von Moltweer.«

»Ich danke Ihnen, Baronesse, für Ihre Mühe«, antwortete Wedigo, wobei seine Miene eine gewisse Enttäuschung nicht verbergen konnte.

»Sie sind enttäuscht, Herr von Wedel, das bedauere ich«, bemerkte die Baronesse. »Doch setzen wir uns, dann will ich Ihnen etwas erzählen, was Sie gewiss aufzumuntern vermag«, fügte sie lächelnd hinzu.

»Oh, Pardon, Gnädigste!«, entschuldigte sich der Oberleutnant; beide nahmen Platz. Gerade brachte der Garçon den gewünschten Cognac, und Wedigo bestellte einen weiteren für die Baronesse.

»Heute Abend ist ab zehn Uhr ein großes Atelierfest bei Erich Heckel in der Steglitzer Markelstraße«, führte die Baronesse den Gesprächsfaden weiter. Sie beugte sich dabei zu ihm, sodass er den Geruch eines süßlichen Parfums wahrnahm, welches ihn in seiner Dichte und Schwere an die vielfältigen Düfte des Orients erinnerte und das seltsame Bild eines türkischen Serails in seinem Kopf hervorrief.

»Alle Welt geht zum Fest, Künstler, Maler, Bildhauer, Musiker, Schauspieler, Offiziere und natürlich auch die Gräfin«, sprach sie weiter. »Melissa will Sie dort im Atelier treffen und hat mich gebeten, Sie nach Steglitz mitzunehmen. Wann sie genau kommt, weiß sie nicht. Melissa ist eben in ihren Handlungen sehr spontan. Mein Chauffeur wartet draußen. Wenn Sie wollen, fahren wir zusammen nach Steglitz. Sie bedankt sich übrigens sehr für die Blumen.«

Der Cognac kam und die Baronesse hob ihr Glas: »Cheers!«

Gedankenverloren hob auch Wedigo sein Glas und trank. Was würde das wieder für eine Geschichte geben, dachte er. Ein Atelierfest. Ihm eröffnete sich eine Welt, die ihm vor ein paar Tagen völlig fremd war und von der er nicht viel hielt. Für seine Ermittlungen war es jedoch hilfreich, zum Fest zu gehen. Oberst Brose hatte angeblich viel Zeit mit Künstlern verbracht. Allerdings würde ihn vor allem der Gedanke an die Gräfin dorthin treiben. Versonnen schaute er in den Raum und stutzte. Da drüben an der Wand saß in Zivil der falsche Rittmeister und schien ihn zu beobachten. Kein Zweifel, er war es. Wo war der Kerl auf einmal hergekommen? Gerade wollte Wedigo aufspringen und sich den Burschen zur Brust nehmen, da sah er zu seiner Überraschung Major Nicolai am Eingang zur Lounge stehen. Der Major, ebenfalls in Zivil, zeigte auf den angeblichen Gardeoffizier und schüttelte den Kopf. Dann verschwand er wieder.

Wedigo blieb wie gelähmt sitzen. Als Offizier war er es gewohnt, zu wissen, was sein Auftrag und was genau das Ziel war und wie es beides optimal zu erreichen galt. Doch zum Teufel auch, was passierte hier gerade? Wieso war der Major vor Ort und was wusste Nicolai; vor allem, wer beobachtete wen und mit welchen Absichten? Was für ein Spiel wurde hier gespielt – von der Gräfin Melissa und ihrer Freundin, der Baronesse, von dem angeblichen Garderittmeister und von Major Nicolai selbst? Und welche Rolle hatte er, Wedigo von Wedel, in dieser absurden Maskerade? Es hatte Tote gegeben, das konnte kein Spiel mehr sein, das war blutiger Ernst.

»Also, Herr von Wedel«, vernahm er die spöttische Stimme der Baronesse. »Wollen Sie weiter träumen oder begleiten Sie mich in Melissas Wagen nach Steglitz?«

»Es wird mir ein Vergnügen sein, Gnädigste!«, hörte Wedigo sich antworten. Sie erhoben sich, Wedigo nahm

Mantel und Hut, reichte der Baronesse galant den Arm und verließ mit ihr das Adlon.

Aus den Augenwinkeln sah er, dass ihnen der sogenannte Rittmeister langsam folgte. Draußen stand der Kraftwagen der Baronesse, ein schwarzer Adler 20/50, am Steuer saß ein mit Motorjacke und Kappe sowie Maskenbrille ausgestatteter Fahrer. Der Oberleutnant stutzte, das Ganze erinnerte ihn an die gestrige Szenerie, ein wahres Déjà-vu.

»Kommen Sie, Herr von Wedel, lassen Sie mich nicht warten!«

Wedigo zuckte die Achseln und stieg ein. Was sollte ihm groß passieren? Da fiel ihm ein, dass er den Browning nicht eingesteckt hatte. Zu spät, der schwere Wagen fuhr bereits – hoffentlich nicht wieder in den Grunewald.

Sie fuhren nach Südwesten und hätten nach Potsdam fahren können, erreichten aber ohne Probleme gegen viertel nach zehn Steglitz. Während der Fahrt hatte die Baronesse unentwegt Geschichten erzählt. Von Künstlerfesten in Wien, Paris und München, die sie als besonders inspirierend erlebt hatte. Wie wohltuend es sei, sagte sie, wenn freie Menschen ihre Freiheit unbefangen herausquellen ließen und diese volle Freude genössen.

»Nicht roh, unappetitlich und geschmacklos wie der Spießbürger, der sich voller Gier auf Vergnügungen stürzt, die er für Sünde hält. Nein, der Künstler betrachtet die Lust als sein Recht, und er wird in der Freiheit der Lust schöner, besser und reiner werden.«

Wedigo wusste darauf nichts zu sagen, in diesen Kreisen hatte er sich nie bewegt und Reden dieser Art aus dem Mund einer Dame irritierten ihn.

»Es ist«, schwärmte die Baronesse weiter, »diese selbstverständliche Zusammengehörigkeit der Menschen auf einem solchen Fest. Jeder tut, was ihm gefällt, befreundet sich, mit wem es ihm passt, und gibt sich ganz, wie er ist. In dieser Freude am Leben zwischen Kunst und Freiheit entsteht Gemeinschaft über alle Grenzen und gesellschaftliche Ränge hinaus.«

Unter solchen Reden erreichten sie die Markelstraße, wo der Gastgeber Erich Heckel mit der Tänzerin Sidi Riha lebte. Wedigo und die Baronesse stiegen aus und traten ins Haus.

Im Innern war das Licht auf eine rotviolette Färbung gebracht und die Wände in den wildesten Farbmischungen bemalt worden. Direkt am Eingang stand eine grob geformte, unbekleidete Frauenfigur aus Pappmaché, die einen gelben Sonnenschirm trug. Kaum waren sie über die Schwelle getreten, stürzten sich zwei sehr junge Mädchen auf sie, um ihre Gesichter mit roten Farbstrichen zu bemalen, was Wedigo kaum abzuwehren vermochte. Durch einen Gang kamen sie in den ersten Raum, der ein kleiner Saal war. Von Wedel sah sich verwundert um. Die meisten Gäste hatten sich in wallende Gewänder oder weiße Laken gehüllt, über die sich blaue Streifen zogen, oder sie waren ähnlich geisterhaft gekleidet. Einige trugen Tiermasken, andere, vor allem Frauen, seltsam geformte Kopfbedeckungen, die Wedigo an Gärten erinnerten. Auf einer hölzernen Empore standen zwei Geiger und ein Kontrabassist und spielten Tangomusik, zu der wild getanzt wurde. Die Baronesse ließ seinen Arm los und ergriff den eines maskierten Kavaliers, mit dem sie ebenfalls zu tanzen begann. Wedigo ging weiter und kam in einen anderen Raum, in dem zwei Frauen, die in halbdurchsichtige Schleier gehüllt waren, eine Art lebendes Bild aufführten. Aus zwei Schalen stieg Rauch auf. Der Oberleutnant hatte das Gefühl, in einen Walpurgisnachttraum versetzt worden zu sein. Er durchlief zwei weitere Räume, wobei er vergeblich nach der Gräfin Ausschau hielt. Schließlich gelangte Wedigo in das obere Stockwerk, wo das eigentliche Atelier des Künstlers lag. Hier war kein Mensch, und außer einer Staffelei und verschiedenen Bildern und einem Tisch mit Flaschen befand sich nichts darin.

Der Offizier wollte schon umkehren, da sah er an der einen Wand zwischen verschiedenen Landschaftsbildern das gleiche Gemälde, das er am Nachmittag in der Wohnung Oberst Broses gesehen hatte. Wie gebannt schritt er auf die Mühle zu und blieb vor dem Bild stehen.

»Guten Abend, Wedigo. Wie schön, dass Sie gekommen sind«, hörte er eine bekannte Stimme und fuhr herum. Aus einer Seitentür schritt Gräfin Melissa mit zwei Sektkelchen in der Hand auf ihn zu. Sie war in ein grün schimmerndes, orientalisches Gewand gekleidet, das aus mehreren, um ihren Leib geschlungene und sich kreuzende Stoffbahnen bestand. Ihr Haar hatte die Gräfin zu einer Lockenfülle frisiert, in deren Mitte ein auffälliges Diadem ruhte. Sie griff zu einer Flasche auf dem Tisch, die geöffnet in einem Kübel stand, und füllte beide Gläser. Sie reichte Wedigo einen der Kelche und hob ihren: »Auf Ihr Wohl, Wedigo!«

»Auf das Ihre, Gräfin Melissa«, erwiderte er und kostete von dem Getränk, es handelte sich um einen wunderbar leicht schmeckenden Champagner.

DIE ROTE MÜHLE

»Sie interessieren sich für dieses Bild?«, fragte Melissa und deutete auf die Mühle. »Es stammt aus dem Zyklus, den Erich vor einigen Jahren in Dangast, einem Fischerdorf am Jadebusen, gemalt hat. Mir gefällt besonders ›Mittag in der Marsch‹.«

Die Gräfin zeigte auf ein Bild an der rechten Wandseite, das ihm bisher nicht aufgefallen war. Wedigo trat näher. Über einer sehr farbig gehaltenen Heide- oder Marschlandschaft, in der links die Farben Rot und Orange dominierten, während auf der rechten Seite Grüntöne untergemischt waren, hing dumpf ein bläulich zerklüfteter Himmel. Kräftige Baumsilhouetten am Horizont trugen zur einsamen Stimmung der Szene bei.

»Es gefällt mir …«, begann er zögernd.

»Es ist ein fantastisches Bild, ich liebe die Bilder der Maler der Brücke«, ließ ihn die Gräfin nicht zu Wort kommen. Ich habe übrigens versucht, Sie am Nachmittag in Ihrer Kaserne in Potsdam zu erreichen, um Sie persönlich zur Vernissage einzuladen. Aber mir wurde gesagt, Sie seien nach Berlin kommandiert, was ich mir hätte denken können; warum wohnen Sie sonst im Adlon? Hat man Sie ins Kriegsministerium berufen, Wedigo? Für einen Offizier Ihres Alters eine große Auszeichnung!«

Der Oberleutnant hatte mit derartig direkten Fragen nicht gerechnet, doch ehe er zu einer Antwort fand, fuhr die Gräfin fort. »Aber was frage ich Sie bloß, über dienstliche Geheimnisse darf ein Offizier natürlich nicht reden. Also wechseln wir das Thema. Was sagen Sie zu meiner Freundin Odilie? Ist sie nicht wunderbar exzentrisch?«

»Sprecht ihr von mir, Melissa? Ich hoffe, nur Gutes!«

Die Baronesse von Moltweer betrat mit ihrem Tanzpartner, der mittlerweile die Maske abgelegt hatte, ebenfalls das Atelier.

»Lieber Herr von Wedel. Darf ich Ihnen einen guten Freund vorstellen. Das hier ist Baron Johannes von Maydell, ein Schriftsteller aus Riga. Er hat die weite Reise von Lettland unternommen, um einige Monate hier in Berlin zu bleiben und neue Inspirationen zu bekommen.«

Der Oberleutnant blickte überrascht auf den ihm vorgestellten Gast. Sollte das der Baron sein, der in Paulsborn residiert und mit den Entführern von gestern Abend in Kontakt gestanden hatte? Der Mann war Mitte dreißig, von schlanker, mittelgroßer Gestalt, sehr blass und düster wirkend. Wedigo starrte den Mann weiter an. Sein intensiver Blick fiel Maydell auf, und er fragte ihn mit einem schiefen Lächeln, ob sie einander schon getroffen hätten, da er ihn derart fixiere.

»Oder missfällt Ihnen etwa mein Gesicht?«

Einen Augenblick herrschte nahezu atemlose Stille. Solch eine Aussage galt unter Offizieren und Akademikern als Forderung, der nachzukommen war, auch wenn das Duell nicht nur von der Justiz, sondern vom Kaiser selbst verboten worden war. Das Schweigen hielt an, nur von unten klangen gedämpfte Tangotöne und fröhliches Lärmen. Dann begannen die beiden Frauen fast gleichzeitig zu reden, doch die Stimme der Gräfin setzte sich durch.

»Ihr Männer, wenn Ihr nicht immer etwas findet, um euch aneinander zu reiben. Berlin ist groß und es kann durchaus sein, dass Herr von Wedel Baron von Maydell schon einmal gesehen zu haben glaubt. Aber es wird höchstwahrscheinlich sein Cousin dritten Grades Wladimir von Maydell gewesen sein, das schwarze Schaf der Familie. Johannes ist erst heute Abend in Berlin angekommen.«

»Nun blick nicht immer so ernst drein, Johannes«, ließ die Baronesse hören. »Beim Tango warst du entschieden freundlicher.«

»Lasst uns erst einmal etwas trinken«, assistierte die Gräfin, »ohne Schampus ist die Welt trist und öde.« Sie griff nach der Champagnerflasche, zauberte beinahe aus dem Nichts zwei Gläser hervor, die sie für den Baron und Odilie füllte. Zögernd nahm dieser das Glas, behielt dabei den Blick auf Wedigo gerichtet.

Der Oberleutnant hatte währenddessen die Situation analysiert. Normalerweise hätte er den unverschämten Balten gefordert. Doch er war sich sicher, dass das Erscheinen des Barons auf dem Atelierfest kein Zufall war, genauso wenig wie der Auftritt des Majors in der Lounge des Adlon. Ob Vetter oder nicht, wenn er herauszufinden versuchte, was dieser Maydell beabsichtigte, war es wenig sinnvoll, sich jetzt mit dem Kerl zu duellieren. Er entschied sich also, die Situation zu entspannen.

»Sie haben also ein schwarzes Schaf in der Familie, Baron, nun, wer hat das nicht?«, sagte Wedigo lachend. »Und da Sie leibhaftig vor mir stehen und sich nicht in Potsdam oder anderswo aufhalten, denke ich, dass Sie in der Tat selbst hier sind und niemand anderes. Also dann, gestatten, Oberleutnant von Wedel, auf das Wohl der Damen!« Er streckte sein Glas dem Baron entgegen und dieser stieß, nach einem unmerklichen Zögern, mit seinem an das des Offiziers. Baronesse und Gräfin beteiligten sich erleichtert und stießen gleichfalls an, dann begab sich die Gruppe nach unten. Dort suchten die Baronesse und der Balte wieder die Tanzfläche auf. Die Gräfin hingegen zog Wedigo mit sich, um ihm den Gastgeber des Festes vorzustellen. Erich Heckel war ein schmaler Mann mit auffällig hohem Haaransatz und einer Künstlertolle. Er trug einen dunklen Anzug und wirkte wie ein Fremdkörper inmitten der tollen Gestalten. Wedigo schätzte ihn nur wenig älter als er selbst war. Erich, wie ihn die Gräfin ansprach, reichte ihm freundlich die Hand. Eine andere Besucherin des Festes fragte die Gräfin etwas, beide Frauen traten zur Seite und Wedigo und Heckel standen allein am Rande des bunten Treibens.

»Ich war oben in Ihrem Atelier«, sagte Wedigo. »Die Bilder gefallen mir sehr. Ich bin zwar ein künstlerischer Laie, aber mir kommt es vor, als würden die intensiven Farben beim Betrachten in eine besondere Tiefe führen.«

Der Maler blickte den jungen Offizier einen Augenblick aufmerksam an, antwortete jedoch nicht, sondern lächelte nur. Wedigo ließ sich nicht entmutigen und sprach weiter. »Die Mühle finde ich besonders gelungen, doch glaube ich, das gleiche Bild bei einem Bekannten gesehen zu haben. Bei Karl Brose, kann das sein?«

Erich Heckel sagte noch immer nichts. Er betrachtete mit mildem Lächeln das wilde Geschehen um sich herum und schien mit seinen Gedanken gänzlich woanders zu sein. Der Oberleutnant wollte seine Frage gerade wiederholen, da wandte der Maler seine Aufmerksamkeit Wedigo zu.

»Es ist das Blau, dass Sie betrachten müssen. Das Blau des Himmels. Karl liebte das Blau.« Dann nickte Heckel freundlich und verließ den Raum. Der Oberleutnant starrte ihm verdutzt nach. Was bedeuteten diese kryptischen Worte? Jedenfalls kannte der Künstler den Toten. Auch schien er zu wissen, dass Brose tot war. Und die Gräfin war mit Heckel befreundet. Gab es noch etwas, was die Personen verband? Welche Rolle spielte der angebliche Cousin des baltischen Barons? Eine zarte Hand berührte seine Schulter und unterbrach seine Überlegungen: Es war Melissa, die ihr Gespräch beendet hatte.

»Ich möchte Tango tanzen, Wedigo. Komm, Tango ist so herrlich verrucht.«

Offiziell galt Tango in der Tat als unschicklich und ein Regimentskamerad, Oberleutnant von Hahnke, hatte kürzlich behauptet, er wisse aus sicherer Quelle, dass seine Majestät der Kaiser Offizieren den Tango demnächst verbieten lassen wolle. Aber natürlich weckte ein derartiges Gerücht das Interesse an dem lateinamerikanischen Tanz, sodass Wedigo die Schritte und Figuren geläufig waren. Er bot Melissa den Arm und führte sie zu der kleinen Tanzfläche. Dort ergriff er ihre Hand, legte seine Hand leicht auf ihre Schulter und sie schritten vorwärts. Die Geige ertönte und ein rhythmischer Takt begann hart zu hämmern. Rascher, gleitender – voneinander – zueinander – bewegten sich die Tanzenden. Gehschritt, Wiegeschritt, Promenade, Drehung – die Gräfin fand sofort in die wilde Musik. Sie war unglaublich beweglich und einfühlsam und zog Wedigo mehr und mehr in den alles ergreifenden Rhythmus. Die Melodie umfloss die Tanzenden und verband sie, der Atem ging heftig und das Herz schlug schneller, Beine und Füße bewegten sich wie im Rausch. Die Geigen schluchzten stärker, noch schmelzender als zu Beginn, und leidenschaftlich fiel wieder der hämmernde Ton ein. Jetzt bewegte sich Wedigo langsam auf einem Fleck. Die Gräfin tanzte, den Oberkörper weit zurückgelehnt, im Bogen um ihn, abwehrend und lockend zugleich. Wedigo zog die Gräfin fest an sich, er fühlte ihre Nähe, roch ihren betörenden Duft und spürte unter dem leichten Stoff des Gewandes ihre bloße Haut. Die Musik rauschte auf, beide standen nun, Brust an Brust voreinander. Zwischen Melissas langsam gleitenden Füßen schoben sich nun die Wedigos. Die übrigen Paare traten zur Seite, um ihnen Raum für immer gewagtere Figuren und Drehungen zu geben. Wedigo und die Gräfin tanzten und tanzten, eine schiere Ewigkeit – dann endete die Musik und die Umstehenden applaudierten. Der Oberleutnant fühlte sich, als erwache er aus einem rauschenden Traum. Er schaute auf seine Tanzpartnerin, die ihr Kostüm mit raschem Griff korrigierte. Die Gräfin warf nun ihr Haar, das sich während des Tanzes geöffnet hatte, mit einer stolzen Bewegung zurück und streckte sich wie ein junges Füllen.

»Das war herrlich«, rief sie, noch ganz außer Atem, »einfach herrlich! Ich muss unbedingt etwas trinken, sonst sterbe ich auf der Stelle. Aber keinen Champagner, sondern einen Cocktail, am liebsten einen Rusty Nail.«

»Ich glaube, das gibt es hier nicht, meine Liebe«, meinte die Baronesse, die eben mit Maydell zu ihnen trat.

»Odilie hat recht«, mischte sich der Balte ein. »Ich

habe den Gastgeber schon nach Cocktails gefragt, noch nicht mal Whisky gibt es hier.«

»Das ist fad«, verkündete die Gräfin. »Ich merke, wie meine Laune ohne einen Rusty Nail rapide sinkt. Kommt, Kinder, wir fahren ins Maxim. Dort gibt es die wahren Cocktails, die besten von Berlin. Und eine Kapelle spielt, sodass wir weitertanzen können. Odilie und Johannes, ihr begleitet uns natürlich.«

Damit war die Entscheidung gefallen. Wedigo, der mit seinen Gedanken noch beim Tango war, folgte der voranstürmenden Gräfin. Während er zum Auto ging, schloss sich ihm die Baronesse an und erklärte ihm, ungefragt, was ein Rusty Nail sei, nach dem die Gräfin so dringend verlangt habe.

»Melissa liebt das Getränk und es ist relativ leicht zu mischen. Dazu braucht man lediglich einen guten Scotch und Drambuie, das ist ein Likör auf Malt-Whisky-Basis mit Honig und vielen Kräutern. Das Mischverhältnis beträgt zwei zu eins und der fertige Cocktail wird on the rocks, mit Eiswürfeln, und einem Sektquirl sowie einer Zitronenschale serviert. Ich könnte ihn jetzt nicht mehr trinken«, sagte sie kichernd, »zu viel Champagner, Wedigo, einfach zu viel.«

Draußen stand der Adler, aber der Chauffeur fehlte, die Gräfin hatte ganz vergessen, dass er bereits nach Hause geschickt worden war.

»Dann fahr ich selbst«, rief Melissa. »Das ist überhaupt viel interessanter. Wenn die Herren bitte die Kurbel betätigten!«

Melissa übernahm das Steuer, Maydell warf mit der Kurbel den Motor an. Der Baron stieg hinten ein und setzte sich zu Odilie auf die Rückbank, die sich gleich an ihn lehnte. Die Gräfin gab kräftig Gas. Der Wagen schoss durch die von nur wenigen Laternen beleuchteten Straßen und nahm quietschend die Kurven. Zum Glück war kaum jemand unterwegs, denn die Gräfin schien davon auszugehen, dass ihr Adler überall Vorfahrt hatte. Ohne zu bremsen, raste ihr Fahrzeug über die Kreuzungen, Hindernisse umkurvte der Wagen im Zentimeterabstand. Der genossene Champagner animierte Melissa zu immer wilderen Fahrkünsten; Wedigo fühlte sich wie in einer Riesen-Auto-Luftbahn und hielt sich krampfhaft an der Seite fest.

»So durch die Nacht zu kurven ist herrlich«, rief die Gräfin. »Am liebsten würde ich Rennen fahren, den Wind in den Haaren zu spüren, einfach wunderbar.« Sie überholte hupend eine Pferdedroschke, der Kutscher schimpfte dem Wagen hinterher und drohte mit der Faust. Die Gräfin lachte nur.

»Haben Sie schon einmal einen Kraftwagen gelenkt, Wedigo?«, wandte sie sich an den Oberleutnant, steuerte nach rechts und bremste abrupt. »Nein? Kommen Sie, wir versuchen es!«

Wedigo wurde einer Antwort enthoben, denn die Baronesse beugte sich aus dem Fahrzeug und übergab sich in den Rinnstein.

»Mein Gott, Odilie, was ist los? Verträgst du das Autofahren nicht mehr?«

»Das wird eher der viele Champagner gewesen sein«, meinte Maydell grinsend.

»Mir ist einfach schlecht. Ich will nach Hause«, stöhnte die Baronesse und übergab sich erneut.

Die Gräfin schüttelte den Kopf. »Schade, wo der Abend gerade so nett war. Aber gut, ich bringe dich nach Hause. Johannes, Sie halten Odilie. Und wenn ich Sie, Wedigo, bitten dürfte, eine Droschke zu nehmen. Die Baronesse wohnt am anderen Ende der Stadt, dorthin zu fahren, würde für Sie zu lange dauern. Das Adlon ist übrigens nicht weit von hier, Sie könnten auch laufen, wenn Ihnen danach ist.«

Etwas indigniert, doch auch erleichtert, den Fahrkünsten der Gräfin zu entkommen, kletterte Wedigo aus dem Wagen. Er zog den Hut und wandte sich der Gräfin zu.

»Auf Wiedersehen, Melissa, gute Besserung, Baronesse. Herr Baron.«

»Nicht so eilig, Wedigo«, entgegnete die Gräfin. »Wir haben noch gar nicht besprochen, wann wir uns wiedersehen.« Sie überlegte. »In Mariendorf weiht morgen der Weißenseer Trabrennklub eine neue Trabrennbahn ein. Ich werde dort sein, dann bin ich ein paar Tage unterwegs. Also dann bis morgen in Mariendorf!«

Ohne auf seine Antwort zu warten, beugte Melissa sich zu ihm und küsste ihn auf den Mund. Ehe er reagieren konnte, richtete die Gräfin sich auf und fuhr mit einem lauten »Adieu!« hupend davon.

Wedigo starrte ihr nach. Sie hatte ihn geküsst! War das wieder nur ein Spiel der Gräfin? Der Baronesse schien es jedenfalls unverzüglich besser gegangen zu sein. Ein verrückter Abend, er fühlte sich von dem rauschhaften Geschehen ganz benommen und entschied, zu Fuß zum Hotel zu laufen. Die kühle Nachtluft würde den Kopf klären. Doch immer wieder kehrten seine Gedanken zu Melissa zurück. Zu ihrem schalkhaften Lächeln, den wachen Augen und zu dem Mund, dessen Lippen ihn geküsst hatten und die er noch immer zu schmecken und zu fühlen meinte. Aufgewühlt lief er durch die leeren Straßen, ohne auf seinen Weg zu achten. In der Ferne schlug es eins. Um eine Ecke kam eine Kraftdroschke und für einen Augenblick glaubte der Oberleutnant, Major Nicolai säße am Steuer. Dann war der Wagen vorüber.

Wedigo erreichte das Adlon und begab sich auf sein Zimmer. Er warf sich so, wie er war, aufs Bett – und war, trotz aller Aufregungen, kurz darauf eingeschlafen.

Der unerbittliche Kuhn weckte seinen Herren pünktlich um 7 Uhr. Gähnend erhob sich der Oberleutnant, dabei fiel sein Blick auf einen weißen Brief, der auf dem Nachttisch lag. Die Anschrift lautete förmlich ›Herrn Oberleutnant von Wedel‹. Ein Absender fehlte. Der Offizier öffnete den Umschlag und las, was auf dem typischen militärgrauen Bogen geschrieben stand:

Kamerad von Wedel!

Eine unaufschiebbare Angelegenheit erfordert bis nächste Woche meine Anwesenheit in Bromberg und danach in Kiel. Da Oberstleutnant Heye bis auf Weiteres ebenfalls abwesend sein wird, übertrage ich Ihnen das Kommando über die Abteilung III b. Als Kommandoinhaber nehmen Sie morgen um 13 Uhr am Abteilungsleitertreffen teil. Über weitere Termine sowie über seine Zeugenbefragungen im Hause des Obersts wird Ihnen Feldwebel

Schneidmann rapportieren. Im Hinblick auf Ihren Auftrag verbleiben Sie weiterhin im Adlon. Schlage vor, Sie gehen der Spur Maydell nach. Maydell führt eventuell den Aliasnamen Pratt. Alles Übrige gemäß Ihrer eigenen Verantwortung. Erwarte, dass Sie mir bei meiner Rückkehr erste Aufklärungserfolge melden. Am Freitag ist übrigens die Beerdigung Oberst Broses. Die Schwester wünscht Feier im kleinsten Kreis, wir schicken daher nur einen Kranz. Schneidmann ist beauftragt.

Gez. Nicolai, Major.

Während der Bursche ihn einseifte und vorsichtig rasierte, dachte Wedigo über das Schreiben nach. Es wirkte erstaunlich formlos auf ihn, gar nicht zu den üblichen Standardbefehlen passend. Andererseits war alles im Brief enthalten, die eigene Lage, die Feindlage, dazu Orts- und Zeitangaben sowie klare Zielvorgaben; der Hinweis auf die eigene Verantwortung verwies auf die Form der Auftragstaktik. Die Beerdigung Broses im kleinen Kreis kam ihm allerdings ungewöhnlich vor. Die Rasur war beendet, Kuhn präsentierte seine Arbeit im Spiegel. Der Oberleutnant sah sich an und grinste. Vorgestern hatte er den Dienst im Ministerium angetreten und jetzt war er bereits Abteilungsleiter. Wenn es so weiterlief, machte er doch noch Karriere, ob er wollte oder nicht, dachte Wedigo. Und dann dachte er an die Gräfin und ihre seltsamen Freunde, und er wurde wieder ernst. In dem ganzen Trubel hatte er völlig vergessen, sie zu fragen, was sie in Paulsborn gemacht hatte. Oder hatte Melissa eine Doppelgängerin?

Beim Frühstück blätterte der Oberleutnant in der Berliner Morgenpost. Ein Droschkenunfall, der Physiker Ernst Ruhmer war gestorben und im Mai sollte in Potsdam der Grundstein für das Schloss Cecilienhof gelegt werden. In Wien war es vor einer Woche zu einem Skandalkonzert des Dirigenten und Komponisten Arnold Schönbergs und seines Orchesters gekommen. Und im Fall des Mordversuchs in einem Vorortzug zwischen Nauen und Finkenkrug im letzten August an Frau Kaufmann Voss aus Nauen, ihrer Schwester und deren Tochter gab es noch immer keine Spur. Dafür konnte der Mord am Teltowkanal, bei dem im November letzten Jahres die zwanzigjährige Martha Sildatke getötet worden war, endlich aufgeklärt und der Täter festgesetzt werden. Im Sportteil fand er einen Hinweis auf das von Melissa erwähnte Trabrennen in Mariendorf, das um 15 Uhr startete, wobei heute auch in Karlshorst ein Rennen stattfand.

Draußen schien die Sonne, der Oberleutnant begab sich zu Fuß in die Wilhelmstraße und ins Kriegsministerium. Im Büro erwartete ihn bereits Feldwebel Schneidmann. Wedigo ließ sich von dessen gestrigen Befragungen berichten.

»Der Herr Oberst hat nach Aussagen des Portiers Schulze regelmäßig Damenbesuch gehabt. An zwei Damen konnte der Mann sich besonders gut erinnern, da diese Herrn Oberst Brose in den letzten vierzehn Tagen dreimal aufsuchten und von ihrer Kleidung und vom Auftreten sehr auffällig waren.«

»Konnte der Mann eine brauchbare Beschreibung geben?«, fragte der Oberleutnant.

»Schulze hat die Besucherinnen wie folgt beschrieben«, antwortete Schneidmann. »Beide waren teuer gekleidet und sehr schlank. Die eine Dame war groß und hatte hellblonde Haare. Die andere habe sehr dunkles Haar gehabt und irgendwie fremdländisch gewirkt. Ihre Augen seien seltsam beunruhigend gewesen.«

Die Gräfin und die Baronesse, durchzuckte es Wedigo. Schon wieder eine identische Personenbeschreibung, das konnte kein Zufall mehr sein.

»Dann war am Sonntagabend noch ein Herr zu Besuch. Schlank, mittelgroß, mit blassem Gesicht und ausgeprägt militärischer Haltung. Der Portier meint, der Mann sei Mitte dreißig gewesen, genau könne er es aber nicht sagen. Der Besucher kam gegen sieben Uhr und ging erst nach acht.«

»Gute Arbeit, Herr Schneidmann«, lobte Wedigo. »Jetzt wäre es wichtig zu wissen, was der Bursche, dieser …«

»Torgel heißt der Mann, Herr Oberleutnant«, half Schneidmann.

»Dieser Torgel von den Besuchen mitbekommen hat«, fuhr Wedigo fort. »Lassen Sie den Mann um 11 Uhr hierher bringen. Ich will ihn genauer befragen.«

»Jawohl, Herr Oberleutnant.«

»Was hat die Befragung des übrigen Hauspersonals ergeben?«

»Über die Besucher des Herrn Obersten konnten die von mir Befragten wenig erzählen. Nur das Mädchen der alten Generalswitwe aus dem zweiten Stock berichtete, sie habe letzte Woche ihre Schwester in der Eichendorffstraße besucht, welche dort, wie sie ausdrücklich betonte, als Näherin arbeitet. Beide seien dann in die Volksbadeanstalt in der Gartenstraße gegangen und dort habe sie, zu ihrer Überraschung, den Herrn Oberst aus dem Haus Nr. 6 kommen sehen.«

»Das ist allerdings eine interessante Beobachtung«, entgegnete der Oberleutnant.

Die Eichendorffstraße wie die Gartenstraße lagen am Ende der nordsüdlichen Hauptader der Stadt, der Friedrichstraße und in der Nähe des Stettiner Bahnhofs und gehörten zum Berliner Quartier Latin. Hier wohnten zumeist Kleinbürger, namentlich alte Leute, die von der Vermietung einzelner Zimmer an Studenten lebten; dazu gab es kolossal viel Prostitution. Außerdem lebten im Quartier viele Arbeiter, wenn auch nicht gerade von der alleruntersten Schicht der Lumpenproletarier, es waren mehr Gelernte als Ungelernte. Es gab in diesem Viertel aber auch sehr schmutzige Winkel, in der die gewerbliche Prostitution aller Schattierungen, von der eleganten Freundin wohlhabender Herren bis hin zur völlig verkommenen Tippelschickse, zu Hause war. Und in diesem Viertel war Oberst Brose gewesen; was er wohl dort zu tun gehabt hatte? Der Oberleutnant beschloss, zusammen mit dem Feldwebel vor Ort nachzuforschen, allerdings in Zivil. In Gardeuniform würde er kaum Auskünfte erhalten und als Offizier konnte man sich in dem Stadtgebiet selbst bei Tage nicht sehen lassen.

»Wir sollten klären, was den Ermordeten dazu getrieben hat, ein derartig anrüchiges Viertel aufzusuchen. Nach der Vernehmung von Torgel fahren wir dorthin, aber in Zivil. Sorgen Sie für ein Fahrzeug.«

»Zu Befehl, Herr Oberleutnant. Dann wären hier noch die Berichte der Kartenabteilung und der Ballistik.« Der Feldwebel legte zwei schmale Hefter auf den Tisch. »Wenn Herr Oberleutnant selbst lesen würden, die Ergebnisse sind höchst interessant!«

»Danke, Herr Feldwebel, wir sprechen später darüber. Sie können gehen.«

Schneidmann salutierte und verließ den Raum. Der Oberleutnant griff zuerst zum Bericht der Kartenabteilung. Die Markierungen auf dem Plan, so hieß es, würden keinem erkennbaren Prinzip folgen, sie seien derart willkürlich gesetzt, dass es zweifelhaft sei, ob sie reale Bedeutung hätten. Wedigo betrachtete die beigefügte Karte. Überall gab es rote und blaue Striche, am Deutschen Dom, am Brandenburger Tor, in der Friedrichstraße und und selbst die Mulackstraße wies eine Markierung auf. Es stimmte, in dem Liniengewirr schien kein Sinn zu liegen. Nun nahm sich Wedigo den Bericht der Ballistik vor. Ballistik, der Begriff war ihm aus der Artillerie bekannt, wo es um Schussbahnen und ihre Berechnung ging. Was aber bedeutete dieser im Zusammenhang mit einem Mordfall? Er hätte Schneidmann fragen können, aber das wäre Wedigo peinlich gewesen. Er überlegte kurz, ging in den Aktenraum und sah sich in den Buchregalen um. Vielleicht gab es hier Hinweise zum Thema? Nachdem Wedigo einige Zeit gesucht hatte, wurde er in der Tat fündig. Im ›Handbuch für Untersuchungsrichter als System der Kriminalistik‹ von Hans Gross wurde auf die forensische Ballistik verwiesen. Es hieß im Text, in der forensischen Ballistik würden Geschosse verglichen und Geschosswirkungen beurteilt.

Die Züge und Felder des Laufes einer Waffe hinterließen Spuren auf dem jeweiligen Projektil, wodurch eine Zuordnung zu einer bestimmten Waffe möglich wäre. Genau das tat der ihm vorgelegte Bericht der Ballistik. Das Projektil, mit dem Oberst Brose erschossen worden war, gehörte zu einem Nagant-Revolver. Mit dem gleichen Modell war vorgestern Nacht auf ihn geschossen worden, der Fall nahm immer deutlichere Konturen an.

Der Oberleutnant schlug den Bericht zu und nahm sich eine andere Akte vor. Es war eine Zusammenfassung der Fakten, die Major Nicolai über Baron von Maydell gesammelt hatte. Maydell war 1882 in Reval als Hermann Pratt, Sohn eines Schulmeisters, geboren worden. Der begabte junge Mann war mit siebzehn Jahren nach Moskau gegangen, wo er studiert hatte und offenbar mit Wiktor Michailowitsch Tschernow, dem Redakteur der Zeitung Rewoljuzionnaja Rossija, in Berührung gekommen war. Während der Revolution von 1905 wurde Pratt verhaftet, und er war in den Gefängnissen der Ochrana verschwunden. Dort musste seine Gesinnung völlig verändert worden sein, denn ab 1908 war Pratt unter dem Namen Baron von Maydell für die Ochrana im Auslandseinsatz gewesen. Soweit schien alles klar, doch es gab auch widersprüchliche Informationen; eine lautete, dass ein gewisser Pratt, ein Deutsch-Balte aus Riga, schon 1901 im Dienste der Ochrana-Abteilung in Warschau tätig war. Daneben gab es offenbar einen echten Baron von Maydell aus einem alten baltischen Geschlecht, der in der russischen Armee gedient und bei seinen zahlreichen Auslandsreisen kleinere und größere Aufträge für die ›Abteilung für das Kundschafterwesen‹ im zaristischen Generalstab übernommen hatte. Dazu erwähnte die Akte, beide Maydells, sowohl der echte Baron als auch der eigentliche Pratt, würden mit einer Litauerin und einer Polin zusammenarbeiten, die als Kontakte zum Geheimdienst fungierten. Sogleich trat dem Oberleutnant das Bild der Baronesse von Moltweer und der Gräfin Walewska vor Augen.

Waren die beiden mit den russischen Agentinnen identisch? Hatte ihn der Major deshalb nach Melissa gefragt? Oder war er sozusagen ein Köder, der die Gegenseite anlocken sollte und hatte deswegen im Adlon Quartier bezogen? Nein, das glaubte er nicht, Melissa war keine Spionin; aber ein gewisser Zweifel blieb, sicher war er sich nicht. Wedigos Gedanken waren gerade soweit gediehen, als Feldwebel Schneidmann klopfte und zusammen mit Oberst Broses Burschen Torgel hereintrat. Der Oberleutnant beschloss, seinen Vorgesetzten später mit seinen Überlegungen zu konfrontieren und konzentrierte sich auf den vor ihm stehenden Wilhelm Torgel. Torgels gedrungene Gestalt, seine großen Hände, die breiten Gesichtszüge mit der kurzen Nase und sein naiver Blick ließen auf einen ehrlichen, doch nicht mit besonderen Geistesgaben ausgestatteten Menschen schließen. Wedigo merkte schon nach den ersten Fragen und den bemühten, aber kreuzdummen Antworten, dass sein erster Eindruck ihn nicht getäuscht hatte.

»Sie waren Bursche beim verstorbenen Oberst Brose?«, begann er die Vernehmung.

»Jawohl, Herr Oberleutnant!«, erwiderte Torgel und schlug die Hacken zusammen.

»Da haben Sie sich um alles gekümmert und haben bestimmt auch mitbekommen, wer alles zu Besuch kam?«

»Jawohl, Herr Oberleutnant!« Torgel wiederholte sein Manöver.

»Wer besuchte denn nun den Herrn Oberst, mehr Damen oder mehr Herren?«, fragte Wedigo geduldig weiter.

Torgel antwortete erneut mit: »Jawohl, Herr Oberleutnant!«

»Das ist doch keine Antwort, Mann!«, wies ihn Wedigo zurecht.

»Jawohl, Herr Oberleutnant!«

»Übernehmen Sie das Verhör«, wandte sich der junge Offizier genervt an den Feldwebel, »vielleicht gelingt es Ihnen, mehr von dem Mann zu erfahren. Fragen Sie vor allem nach den Besucherinnen, die dieser Schulze gesehen hat.«

»Das sind zwei schnieke Damen, Herr Oberleutnant«, meldete sich Torgel überraschend zu Wort. »Die gnädige Frau Gräfin und die gnädige Baronesse, immer piekfein gekleidet und gut riechend, gar nicht nach Küche wie die Minna oder wie Rosa nach Stall und Kühen.«

»Das glaube ich gern«, lachte Wedigo. »Wann waren denn die Damen zuletzt bei Oberst Brose zu Besuch?«

Torgel dachte nach und man sah ihm an, dass diese Tätigkeit für ihn äußerst anstrengend war. Es dauerte eine Weile und der Oberleutnant wollte schon ungeduldig werden, da hellte sich sein Gesicht auf.

»Am letzten Sonntag ist die gnädige Frau Gräfin zu Besuch gekommen«, gab er mit freudiger Miene bekannt.

»Der Herr Oberst hat gesagt, das ist aber eine Überraschung. Dann ist auch noch die gnädige Baronesse gekommen – und ich musste Kaffee kochen.«

Mehr war aus dem Mann nicht herauszubekommen. Weder wusste er, wie lang die Frauen geblieben waren, noch wollte er etwas von den Gesprächen gehört oder sonst etwas erfahren haben. Auch an den von Schulze erwähnten späteren Herrenbesuch konnte sich Torgel nicht erinnern. Wedigo brach schließlich die Anhörung ab und schickte den Mann zurück nach Lichterfelde. Die Gräfin und ihre Freundin hatten also den Oberst besucht, aber einen Beweis dafür, dass Melissa eine Spionin war, erhielt er nicht. Sicher gab es für den Besuch eine harmlose Erklärung, zumindest hoffte er das.

Inzwischen war es Mittag. Nachdem sich Wedigo ins Adlon begeben und sich in Zivil gekleidet und auch der Feldwebel sich umgezogen hatte, fuhren beide in einem Kraftwagen in die Gartenstraße. Das Haus Nr. 6 entpuppte sich als neu gebautes Mietshaus mit Klinkerfassade. Die Wohnungen machten einen gediegenen Eindruck. Für Wedigo schien das Haus sozial in Ordnung. Neben einem Kaufmann und einem höheren Beamten der Königlich Preußischen Staatseisenbahn wohnten zwei Witwen im Haus, die an alleinstehende Herren untervermieteten. Oberst Brose war keinem von ihnen bekannt und niemand wollte ihn im Haus gesehen haben. Gerade beschlossen der Oberleutnant und sein Feldwebel unverrichteter Dinge wieder zu gehen, da kam ihnen am Hauseingang ein Postbote entgegen, der die Nachmittagspost austrug.

»Kennen Sie einen Herrn Brose?«, fragte Wedigo ihn aus einer plötzlichen Eingebung heraus.

Der Mann stutzte und blieb stehen. »Das ist seltsam, dass Sie mich das fragen, Herr«, antwortete er. »Ich glaube, das war letzte Woche, da hat mich hier an der Tür ein Herr angesprochen, der sich mit Brose vorstellte. Er fragte, ob in der Post vielleicht ein Brief für ihn war. Ein Geschäftspartner hatte offenbar die falsche Anschrift notiert und schon mehrfach waren ihm deswegen Briefe nicht zugestellt worden, obwohl er diesen bereits informiert hatte. Kurz und gut, ich sollte, falls noch einmal Post für Karl Brose hierher gesendet wird, diese an sein Büro in der Mulackstraße 15 weiterleiten.«

»In die Mulackstraße 15?«, fragte Wedigo verwundert. »Die liegt doch im Scheunenviertel?«

Das Scheunenviertel war äußerst verrufen. Hier traf sich die Unterwelt und vor allem Zuhälter und Prostituierte wohnten in diesem Amüsierviertel. Die Mulackstraße war besonders bekannt und berüchtigt. Im Haus Nr. 15 befand sich eine Kneipe, die sogenannte Mulackritze. Das Lokal war ein bekannter Ganoventreffpunkt, und immer wieder kam es dort zu Schießereien. 1907 hatte die Kneipe fette Schlagzeilen auf den Titelseiten des Berliner Tageblatts und der Berliner Zeitung am Mittag gehabt. Ein Schmiedegeselle, ein gefürchteter Zuhälter mit Händen wie Kanaldeckel, schoss einer Näherin in die Brust. Sie hatte sich geweigert, für ihn anschaffen zu gehen. Der Loddel kam nach Moabit in den Knast. Die Dirne überlebte Dank ihrer dicken Korsage und hieß seitdem ›die unsterbliche Hure‹.

»Dorthin wollte der Oberst seine Post geschickt haben?«

»Ja, Herr, das hat mich auch gewundert, denn der Herr war wirklich gut gekleidet und sehr großzügig«, antwortete der Postmann. »Aber da er gut bezahlt hat, dachte ich, alles geht in Ordnung.«

»Haben Sie bereits Post für Herrn Brose in die Mulackstraße zugestellt?«, hakte der Oberleutnant nach.

Der Briefträger überlegte laut: »Der Herr sprach mich am letzten Mittwoch an. Am Donnerstag und am Freitag gab es Post auf seinen Namen, die in die Gartenstraße adressiert war und die ich weitergeleitet habe. Und heute ist ein größerer Umschlag dabei.«

»Dann muss ich Sie auffordern, mir diesen zu übergeben«, wies ihn Wedigo an.

»Das darf ich nicht«, widersprach der Postbote. »Überhaupt, wer sind Sie denn?«

»Oberleutnant von Wedel«, nannte Wedigo seinen Namen. »Das ist eine militärische Kommandosache. Feldwebel Schneidmann wird Ihnen die Karte seiner Dienststelle geben, sollten Ihre Vorgesetzten Fragen haben.«

»Nein, nein, Herr Oberleutnant, das ist natürlich in Ordnung. Ich habe selbst gedient, in Spandau beim Garde-Grenadier-Regiment Nr. 5, Befehl ist Befehl, da beißt die Maus keinen Faden ab, wie meine Erna immer zu sagen pflegt.«

Der Mann salutierte. Dann griff er in seine Tasche und reichte Wedigo einen braunen Umschlag.

Der Oberleutnant dankte mit einem Nicken und der Postmann lief weiter. Wedigo betrachtete den Umschlag.

Vorn stand in großen, mit einem Stift geschriebenen Druckbuchstaben der Name Broses und die hiesige Anschrift. Hinten war als Absender ein Eduard Urbanitzky, Neu Sandez, angeführt. Wedigo konnte mit dem Namen nichts anfangen. Neu Sandez, das wusste er, lag jedenfalls in Ungarn und dort war das 32. Deutsche k.u.k. Landwehrinfanterieregiment stationiert. Ein entfernter Vetter aus der österreichischen Linie der Familie hatte als Leutnant in Neu Sandez Dienst getan.

Er öffnete den Umschlag. Darin befand sich ein weiterer Umschlag mit dem Absender ›Aufgabepostamt Eydtkuhnen/Ostpreußen‹. Der zweite Umschlag enthielt ein zusammengefaltetes Blatt, auf dem von oben bis unten Ziffernfolgen standen.

»Ein Geheimcode, Feldwebel«, sagte der Oberleutnant, »können Sie damit etwas anfangen?«

»Nein, Herr Oberleutnant, aber wir haben für solche Fälle eine spezielle Dechiffrierabteilung, die sich mit der Decodierung von Nachrichten beschäftigt und in der Regel binnen vierundzwanzig Stunden zu Ergebnissen kommt.«

»Gut, wir fahren am besten gleich ins Ministerium und veranlassen Entsprechendes. Sie kümmern sich bitte auch darum, was es mit dem Aufgabepostamt Eydtkuhnen/Ostpreußen auf sich hat. Die Nachforschungen in der Mulackstraße müssen warten.«

Die beiden Männer bestiegen den Kraftwagen und Wedigo dachte während der Fahrt noch einmal über die merkwürdige Postzustellung des Obersts nach. Warum hatte Brose darum gebeten, dass ihm Briefe in die Garten- und in die Mulackstraße zugestellt werden sollten?

Mulackstraße. Irgendetwas an dem Straßennamen kam dem Oberleutnant bekannt vor, er wusste nur nicht, was es war. Der Wagen hielt am Ministerium. Es war gerade zwei. Wenn er sich beeilte, konnte er es noch rechtzeitig zum Rennen schaffen. Er musste Melissa sehen, es gab einiges zu klären!

Wedigo ließ den Feldwebel mit dem Umschlag aussteigen und sich dann zum Adlon bringen. Dort wies er den Fahrer an, auf ihn zu warten und zog sich rasch die Uniform an. In des Kaisers Kleid machte ein Mann, besonders der Offizier, immer eine gute Figur. Bei einer derartigen Veranstaltung wie ein Trabrennen galt daher die Uniform, zumal die der Garde, als durchaus angemessen und stilvoll.

Der Oberleutnant stieg in den Wagen und ließ sich nach Mariendorf bringen, wo er kurz vor drei ankam. Zeitgleich fuhr Prinz Oskar von Preußen, der fünfte Sohn des Kaisers, mit seinem Gefolge vor, um die Trabrennbahn feierlich zu eröffnen. Besonders die Auffahrt der Wagen bot einen schönen Anblick. Vornehme geschmückte Landauer, einfache Droschken und übervolle Kremser rollten heran. Eine Militärkapelle spielte ein Potpourri von Armeemärschen und bekannten Melodien und von oben schien die Sonne von einem geradezu italienisch blauen Himmel auf das bunte Gewoge des Rennplatzes herab. Am linken Flügel der Tribünenreihe, von der die Besucher einen weiten Blick über die Rennbahn hatten, nahm im eleganten Kaiserpavillon Prinz Oskar von Preußen mit seiner Verlobten Platz. Um das Paar war eine illustre Gesellschaft versammelt, denn am heutigen Eröffnungstag kam alles, was im Rennsport

Rang und Namen hatte, hierher, um das Eröffnungsrennen zu verfolgen. Die Anlage war die modernste in Europa. Das Areal umsäumten Kastanienbäume, am Rande der Bahn standen ein Teehaus, erbaut im Pavillonstil mit geschwungener Terrasse, und das riesige Tribünenhaus. Dichte Scharen, Herren und Damen, drängten sich auf dem Platz zwischen den Tribünenbauten und den Ställen. Hier sah man die gesamte internationale Sportwelt, Inhaber von Rennpferden, Adel und reiche Finanziers sowie eine ganze Wolke von roten und blauen sowie schwarz uniformierten Offizieren, an der Seite den Säbel und in einem Futteral aus Leder einen Feldstecher über die Schulter gehängt. Dazu die edle Weiblichkeit, die Damen der gehobenen Gesellschaft, Künstlerinnen und andere Schönheiten, die zu dem Rennsport in irgendeinem Zusammenhang standen. Dazwischen standen Pferdezüchter und Pferdehändler mit kupferroten Gesichtern und goldenen Uhrketten, Berliner Dandys und staunende Provinzler. Und natürlich sah man überall Pferde, Vollblüter, Zuckergespanne, Harttraber, Passpferde, Hannoveraner, Trakehner, Holsteiner, Araber und Englische Vollblüter.

Wedigo von Wedel kümmerte sich wenig um den ganzen Rummel, er suchte Melissa. Aber in dem illustren Treiben war es schier unmöglich, sie zu finden. Doch Wedigo gab so schnell nicht auf; er bewegte sich elegant durch die Zuschauermenge, immer wieder grüßend, wenn er einem höherrangigen Offizier begegnete, und hielt nach der Gräfin Ausschau. Da und dort traf er auf Kameraden, unter ihnen auch, im Gespräch mit einem älteren Herrn im dunklen Anzug, Leutnant Herwarth von Bittenfeld, den er erst kürzlich im Adlon gesehen hatte. Ein Zufall, weiter nichts. Endlich erblickte er die Gräfin; sie saß an einem Tisch auf der Terrasse des Teehauses. Fast hätte er sie nicht erkannt, obwohl Maria Walewska vor allem durch den riesigen Hut, den sie trug, nicht zu übersehen war. Zum Hut trug sie ein weißes Kleid im asymmetrischen Schnitt und darüber eine leichte Jacke; ihre linke Hand spielte mit einem Sonnenschirm. Sie sah wunderschön aus, dachte Wedigo, Melissa war eine wunderbare Frau. Neben ihr saß ein Herr um die vierzig, der der Gräfin eifrig etwas erklärte. Ein zweiter Herr, etwas jünger als der erste, war ebenfalls am Tisch und hörte dem Gespräch aufmerksam zu. Melissa blickte auf, sah Wedigo und winkte ihm erfreut zu.

»Wedigo, da sind Sie endlich. Ich dachte schon, Sie würden nicht herfinden. Kommen Sie, ich möchte Sie meinen guten Freunden vorstellen. Bruno, das ist Oberleutnant Wedigo von Wedel, Gardeoffizier und Kunstliebhaber. Wedigo, das ist Bruno Cassirer, Galerist und vor allem ein großer Freund des Trabsports. Und last not least Rittmeister Alfred Kiepert, Rittergutbesitzer und Enkel des Ökonomierats Adolf Kiepert, ein guter Freund meines verstorbenen Großvaters.«

Die Männer gaben sich die Hand, und Wedigo nahm neben der Gräfin Platz. Der Rittmeister seinerseits stand auf, verbeugte sich und entschuldigte sich, er habe einen wichtigen Termin. Die Gräfin nickte und wechselte ein paar Worte mit Kiepert.

»Sie interessieren sich für Kunst, Herr von Wedel?«, begann währenddessen der Galerist ein Gespräch mit

Wedigo. »Gibt es eine bestimmte Richtung, die Sie besonders anspricht?«

»Wie man es nimmt«, erwiderte der Oberleutnant, »ich hatte gestern das Vergnügen, den Maler Erich Heckel kennenzulernen und einige seiner Bilder zu sehen. Ich muss sagen, sie gefielen mir ausnehmend gut.«

»Wir waren kürzlich bei einer Vernissage«, warf die Gräfin ein, die den Rittmeister verabschiedet hatte.

»Heckel ist mir zu wild. Mir sagen eher Max Liebermann und Max Slevogt zu«, meinte Cassirer. »Aber nun, gnädige Gräfin und Herr von Wedel, bitte ich, mich ebenfalls zu entschuldigen. Dort läuft mein Chefredakteur und ich muss noch etwas mit ihm abklären.« Er erhob sich, zog den Hut und eilte davon.

»Was meint Ihr Bekannter mit Chefredakteur?«, fragte Wedigo Melissa.

»Bruno ist auch Verleger, er publiziert die Monatsschrift ›Kunst und Künstler‹, Karl Scheffler ist sein Chefredakteur.«

»Mit Ihnen lernt man wirklich jede Menge Leute kennen, Melissa«, entgegnete Wedigo. »Ich würde mich nicht wundern, wenn Sie auch mit Prinz Oskar von Preußen bekannt wären.«

»Das bin ich nicht«, antwortete die Gräfin lächelnd. »Ich war jedoch vor einiger Zeit bei Ina von Bassewitz zum Tee eingeladen, Ina ist die Verlobte des Prinzen; sie sitzt im Kaiserpavillon neben ihm.«

»Ich sage es ja«, meinte Wedigo. »Sie kennen Gott und die Welt. Aber ich bin mir sicher, Ina von Bassewitz hat nichts mit Ihrem Herrn Cassirer zu tun.«

»Da haben Sie natürlich recht, Wedigo. Aber ein entfernter Verwandter der Gräfin ist Gerdt von Bassewitz-Hohenluckow und der hat ein Kinderbuch veröffentlicht.«

Melissa trank einen Schluck Tee und erhob sich.

»Genug von Verlegern und Literatur und Prinzen. Lassen Sie uns ein wenig auf die Promenade gehen und die Besucher sowie die Pferde betrachten. Warum gehe ich sonst zu einem Rennen? Sehen und gesehen werden, das ist meine Devise!«

Sofort bot Wedigo ihr den Arm, Melissa spannte ihren Sonnenschirm auf und beide spazierten los. Sie schlenderten gemächlich durch das Areal und hinüber zu den Pferdeställen, um das dortige Treiben zu betrachten. Vor den Gebäuden hörte er viel Englisch. Es waren Londoner Pferdebesitzer, ehemalige Jockeys und Buchmacher, die sich auf Englisch und in schauderhaftem Berlinerisch mit deutschen Kollegen über die Chancen der jeweiligen Pferde unterhielten. Namen wurden gerufen, Gelächter ertönte und endlich erscholl eine Glocke; ein weiteres Rennen begann.

Wedigo genoss ihre Nähe und den Duft ihres Parfums, das Melissa wie eine zweite Haut umgab. Fast alle seine Zweifel über eine mögliche Agententätigkeit ihrerseits waren verflogen, aber die eine oder andere Antwort zu dem bisher Erlebten wollte er ihr noch entlocken. Die Gräfin plauderte ungezwungen über dies und das.

»Kannten Sie eigentlich auch Oberst Brose?«, stellte der Offizier endlich die Frage, die ihm seit dem gestrigen Atelierfest und den Aussagen Torgels durch den Kopf ging.

»Kannten?«, fragte die Gräfin zurück. »Das klingt so, als sei der Herr tot?«

»Oberst Brose wurde Opfer eines Mordanschlags«, bestätigte Wedigo.

»Das ist ja furchtbar. Welch barbarischer Akt. Und Sie glauben, ich wüsste etwas über die Hintergründe?«, entgegnete Maria Walewska. »Wedigo, Sie überraschen mich stets aufs Neue. Ich hoffe, Sie glauben mir, wenn ich Ihnen sage, dass ich Ihren Offizierskameraden nicht umgebracht habe.«

So leicht ließ sich der Oberleutnant nicht vom Thema abbringen und er setzte neu an; gerade wollte er weiterforschen und Melissa nach dem Besuch fragen, von dem Torgel berichtet hatte, da deutete die Gräfin mit ihrem Schirm nach links.

»Sehen Sie da drüben die gescheckte Stute? Da ist ein wirklich schönes Tier. Kommen Sie, wir schauen uns das Pferd einmal aus der Nähe an.« Sie löste sich von seinem Arm und lief zur Stute, die eben von einem Burschen gestriegelt wurde. Wedigo folgte ihr. Sie standen vor der Box, ein Dunst von Pferden, Heu und Mist lag über allem. Die Stute war von edler Herkunft, ihr braun-rotes Fell glänzte glatt und samtig, der Hals elegant gewölbt. Die Kruppe war nicht nur lang, sondern auch abfallend und die Fesseln schienen schmal und kräftig zugleich zu sein.

»Ich liebe es zu reiten«, schwärmte die Gräfin, während sie der Stute den Hals klopfte. »Sie müssen mich einmal im Sommer auf unserem Gut in Posen besuchen und mit mir durch die Weite galoppieren. Oder mit mir zur Jagd in die Hohe Tatra kommen. Es ist herrlich, wenn der Wind durch das Haar braust und die Hufe immer schneller über den Boden fliegen.«

Der Oberleutnant schwieg, er ärgerte sich, dass Melissa seine Frage nicht ernst genommen und ihm nicht geantwortet hatte. Wie er noch überlegte, ob und wie er einen neuen Anlauf unternehmen könne, kam überraschenderweise sein Kommandeur, Oberst von Friedeburg mit einem Wedigo nicht bekannten, älteren Offizier, der Uniform nach ein Österreicher, um eine Stallecke. Der Oberleutnant grüßte militärisch und von Friedenburg blieb stehen.

»Herr Oberleutnant, sehe ich Sie einmal in charmanter Begleitung. Berlin und das Kriegsministerium scheinen Ihnen gut zu bekommen. Wollen Sie uns der Dame nicht vorstellen?«

»Selbstverständlich, Herr Oberst«, erwiderte Wedigo. »Melissa, das ist mein Kommandeur Oberst von Friedeburg und …«

»Oberst von Krauss-Elislago, Gnädigste«, schnarrte der Fremde, ein schlanker Herr um die fünfzig, und schlug die Hacken zusammen.

»Gräfin Maria Walewska«, stellte sich Melissa selbst vor und schenkte den beiden älteren Offizieren ein strahlendes Lächeln. »Oberleutnant von Wedel war so freundlich, mir außerhalb seines Dienstes Berlin zu zeigen. Ich bin völlig fremd hier und dankbar für seine kompetente und anregende Begleitung.«

»Nun, Gnädigste«, erwiderte von Friedeburg mit einem Lächeln, »wer würde sich nicht glücklich schätzen, für Frau Gräfin den Fremdenführer zu spielen. Ich würde glatt tauschen, doch Sie sehen, die Pflicht ruft und der Gast aus Wien hat dazu die älteren Ansprüche.«

»Ach was, Ansprüche«, mischte sich der Österreicher ein. »Wie wäre es, Kamerad Friedeburg, wenn wir wirklich tauschten? Sie übernehmen Ihren Oberleutnant und ich die charmante Dame?«

»Herr von Krauss-Elislago«, erwiderte die Gräfin scheinbar streng. »Sie sind aber ein Draufgänger, und ich wüsste nicht, ob ich mich allein in Ihre Gesellschaft begeben dürfte. Von euch Wiener Offizieren hört man die unglaublichsten Geschichten. Nein«, fügte sie hinzu, »da bleibe ich lieber bei Herrn von Wedel.«

Oberst von Krauss-Elislago, geschmeichelt, dass die Gräfin ihn für gefährlich hielt, salutierte und ging mit Oberst von Friedeburg weiter.

»Schrecklich, diese alten Männer«, bemerkte Melissa. »Lassen Sie uns rasch weitergehen, ehe die beiden sich an meinen Rockzipfel hängen.«

»Warten Sie, Melissa«, sagte der Oberleutnant und blieb stehen. »Ich habe Sie nach Oberst Brose gefragt und Sie haben mir nicht geantwortet.«

»Was bezwecken Sie mit Ihrer Frage, Wedigo?«, entgegnete die Gräfin. »Natürlich kannte ich den Oberst, allerdings nur von zwei oder drei Begegnungen. Odilie hat ihn vor ein paar Wochen zu einer Ausstellung mitgebracht, und wir haben uns dort angeregt unterhalten. Brose ist – nein, er war, ist wohl richtiger –, er war ein wahrer Kunstmäzen und besaß etliche Bilder, die er von jungen, zumeist noch unbekannten Künstlern erworben hat. Das ist außergewöhnlich für einen Soldaten und sein Mäzenatentum hat besonders Odilie fasziniert. In dem

Gespräch lud Brose sie ein, sich die Bilder bei ihm zu Hause anzuschauen. Odilie konnte ihn natürlich nicht allein aufsuchen, das wäre nicht schicklich gewesen. So haben wir ihn gemeinsam am letzten Wochenende in seiner Wohnung am Kurfürstendamm besucht, und Brose hat uns dort seine Bildersammlung gezeigt. Es sind zum Teil wirklich interessante Stücke darunter. Aber«, sie blieb plötzlich stehen und blickte Wedigo an. »Sind Sie etwa eifersüchtig, Wedigo? Eifersüchtig auf jemanden, der, wie Sie sagen, tot ist?« Melissa verzog die Lippen zu einem leichten Schmollmund. »Eifersüchtige Männer mag ich nicht!«

Mit diesen Worten ließ sie ihn stehen, drehte sich um und ging davon. Wedigo starrte ihr nach. Sie hatte den Besuch offen zugegeben und ihre Erklärung schien plausibel. Oder stimmte das alles nicht, was Melissa gesagt hatte? Was war mit dem Besuch in Paulsborn? Danach hatte er sie gar nicht fragen können. Vielleicht war das auch gut so, denn es war in keiner Weise sicher, dass es wirklich die Gräfin war, die die Wirtsfrau dort gesehen hatte. Wedigo schüttelte den Kopf, er war einfach zu misstrauisch, und er hatte sie mit diesem Misstrauen zutiefst gekränkt. Er musste sich bei Melissa umgehend entschuldigen! Der junge Offizier eilte der Gräfin nach, die eben um das Stallgebäude bog. Als er die Ecke erreichte, war sie bereits in der Menge verschwunden. Er lief weiter in die Richtung des Teehauses, in der Hoffnung, Melissa dort zu finden. Dabei stieß er in seiner Eile mit einem anderen Offizier zusammen, der ihm in den Weg getreten war. »Können Sie nicht aufpassen?«, fuhr er den Mann ärgerlich an. Der Offizier, ein Husarenrittmeister, an der Schnürung der roten Attila und an der Pelzmütze schon von Weitem als solcher zu erkennen, blieb demonstrativ stehen und sah ihn herausfordernd durch sein Monokel an.

»Der Herr Kamerad belieben?«, fragte er im näselnden Tonfall des Kavalleristen. Sein hochmütiges, scharf geschnittenes Gesicht mit den schmalen Lippen und der Hakennase wirkte wie eine Karikatur aus dem Simplicissimus. Dazu zog sich über die linke Wange eine Narbe wie von einem Schmiss.

Wedigo fixierte ihn kalt, dann griff er in die Tasche seines Uniformrocks. »Oberleutnant von Wedel vom 1. Garde-Regiment zu Fuß, zurzeit im Kriegsministerium«, stellte er sich mit knapper Verbeugung vor und reichte dem Husaren seine Karte.

»Rittmeister Freiherr von Mirbach, Leib-Garde-Husaren-Regiment«, erwiderte sein Kontrahent und übergab ebenfalls die Karte. »Wer ist Ihr Sekundant?«

»Oberleutnant von Weiher wird Ihrem Sekundanten zur Verfügung stehen«, entgegnete Wedigo kurz.

Die Offiziere deuteten eine Verneigung an und gingen dann auseinander.

So ein Mist, Melissa war fort und er hatte wegen seines Ungeschicks ein Duell am Hals. Und er wusste noch immer nicht, ob sie mit dem ganzen, seltsamen Geschehen zu tun hatte oder nicht. Dazu verfluchte Wedigo seinen Vorgesetzten Major Nicolai und sein geheimnisvolles Gehabe. Nicolai wusste sicher Bescheid, ob die Gräfin in irgendeiner Verbindung zu Brose gestanden hatte. Er schüttelte den Kopf. Nein, seine Stimmung war wirklich nicht gut. Verärgert lief der Oberleutnant zum Halteplatz des Kraftwagens und stieg in das wartende Fahrzeug.

Er ließ sich ins Kriegsministerium fahren, um sich den Akten zu widmen. Die Arbeit würde ihn ablenken. Vielleicht konnte ihm Feldwebel Schneidmann genauere Auskünfte geben. Schneidmann fungierte sozusagen als rechte Hand des Majors; wenn einer Bescheid wusste, dann war es der Feldwebel. Im Ministerium ließ er sich zuerst mit seinem Regiment in Potsdam verbinden und verlangte, Oberleutnant von Weiher von der 5. Kompanie an den Fernsprecher zu holen. Es dauerte einige Zeit, die Wedigo nutzte, um in den Akten auf dem Schreibtisch Major Nicolais zu blättern. Dabei fiel ihm ein, dass in seinem Büro noch die ausgewählten Personalakten bestimmter Gardeoffiziere lagen, die er heute eigentlich mit den anderen Unterlagen hatte abgleichen wollen. Nun, das konnte er anschließend tun, am Abend würde er viel Zeit für Aktenstudien haben, dachte Wedigo verärgert, Melissa sah er heute bestimmt nicht mehr. Potsdam meldete sich und Oberleutnant von Weiher war am Apparat. Der junge Offizier erklärte dem Kameraden die Situation und bat ihn, als sein Sekundant zu fungieren.

»Nun, mein Lieber, was soll ich dazu sagen?«, neckte ihn dieser. »Kaum bist du in Berlin, schon gerätst du in einen Schlamassel. Du weißt, seine Majestät hat das Duell ausdrücklich verboten. Jetzt fehlt nur noch eine Amour mit einer nicht standesgemäßen Dame und du kannst deinen Rock ausziehen und den Abschied nehmen.«

»Mein Gott, Joseph, ich kann gar nicht anders, als mich mit diesem Schnösel von einem Husaren zu schlagen. Du weißt, wie der Ehrenrat über diese Dinge urteilt.

Wer ein Duell verweigert, gilt als feige! Und überhaupt hättest du sehen müssen, wie der Kerl mich fixiert hat! Und ein Gesicht, sag ich dir, hässlich wie die Nacht!«

»Schon gut, Wedigo, echauffiere dich nicht, natürlich stehe ich dir als Sekundant zur Verfügung. Habt ihr euch bereits geeinigt, wie ihr euch duellieren wollt, mit Säbeln oder mit Pistolen?«

»Das ist mir gleich, ein Husar wird wohl eher zum Säbel greifen, soll sich der Herr aussuchen, was und wie es ihm beliebt!«, antwortete der Oberleutnant.

»Das ist großzügig, wirklich nobel«, meinte Weiher. »Ich weiß nicht, ob ich mich auf so etwas einlassen würde. Nun ja, dann gebe ich dir Bescheid, sobald ich Nachricht habe«, versprach er, und beide beendeten das Telefonat. Wedigo stand auf, öffnete die Tür und rief nach dem Feldwebel. Doch dieser schien irgendwo im Hause unterwegs zu sein. Er beauftragte einen Gefreiten, nach Schneidmann zu suchen.

Der Oberleutnant ging in sein Zimmer und setzte sich an den Schreibtisch. Dort lagen noch die Akten vom Morgen, zum einen die über Baron von Maydell, dann der Bericht der Ballistik und der der Kartographischen Abteilung. Er schob alles zur Seite und holte von der Ablage die Personalakten, die er gestern Abend herausgesucht hatte, die der Herren Horst Bernhard Kurt von Petersdorff, Fritz Erich von Lewinski, genannt von Manstein, Kurt von Schleicher und Oskar von Hindenburg. Er las sie nochmals sorgfältig durch, fand aber nichts Neues, was ihm weiterhalf. Wedigo warf die Akten schwungvoll zur Seite. Er musste mit den Betroffenen selbst sprechen, um sich ein Bild zu machen, ob es Zusammenhänge gäbe.

Jetzt waren auch noch zwei Mappen vom Tisch gefallen; verstimmt stand der Oberleutnant auf und bückte sich, um die Papiere einzusammeln. Dabei stieß er auf die markierte Karte, die Nicolai und er gestern im Gasthaus am Grunewaldsee mitgenommen hatten. Auf dem Stadtplan war auch die Mulackstraße mit einem blauen Strich versehen worden. Bei Nr. 15 gab es sogar einen Punkt; das war das Haus, wohin sich Oberst Brose die Post hatte nachsenden lassen. Es klopfte, der Feldwebel trat ein und salutierte.

»Endlich, Schneidmann, gut, dass Sie kommen. Sind Sie zu einem kleinen Abenteuer bereit?«

»Selbstverständlich, Herr Oberleutnant!«

»Gut, dann werden wir nachher der Mulackstraße einen Besuch abstatten, natürlich in Zivil. Vielleicht finden wir dort Hinweise, was diese Briefe zu bedeuten haben.«

»Jawohl, Herr Oberleutnant, Revolver am Mann?«

»Ein guter Vorschlag, wer weiß, was uns alles in dieser Spelunke erwartet!« Wedigo blickte auf die Uhr. »Jetzt ist es halb sechs. Lassen Sie für halb sieben einen Wagen vorfahren!«

Wedigo zog sich im Adlon um. Während er die Taschen leerte, um das eine oder andere für den Abend einzustecken, kam ihm die Visitenkarte Oberst Broses in die Hände, die er neulich in dessen Wohnung in einem Buch gefunden und, ohne darauf zu achten, mitgenommen hatte. Er überlegte kurz und legte sie dann sorgfältig ein sein Zigarettenetui. Vielleicht konnte ihm die Karte nützlich werden.

Gegen drei viertel sieben kamen die beiden Männer im Scheunenviertel an. Sie ließen den Wagen in der Amalienstraße halten, um nicht aufzufallen, und stiegen aus. Vor ihnen, an der Ecke Hirtenstraße, lag die Destillation von Wilhelm Knötzsch. Der Oberleutnant trug einen einfachen, dunklen Anzug, während der Feldwebel in einem wahren Räuberzivil steckte. Über einer abgetragenen Arbeiterhose hatte er eine graue Jacke gezogen, die unglaublich viele Taschen aufwies. Auf dem Kopf saß eine einfache Batschkappe, wie sie im Milieu üblich war. Wedigo musterte ihn überrascht.

»Mein Gott, Schneidmann, Sie sehen wirklich verboten aus, aber, ich denke, Sie fallen wenigstens nicht auf.«

Der Feldwebel grinste nur und tippte zur Antwort mit einem Finger an seine Mütze. Sie liefen ein Stück durch dunkle, kaum belebte Straßen, bis sie schließlich ihr Ziel, die Mulackstraße, erreichten. Diese trug den Namen des Maurermeisters Jakob Mulack, der vor über zweihundert Jahren das erste Haus in der Gasse erbaut hatte. Die Mulackritze lag in einem schmalen Gebäude von anderthalb Geschossen. In dem kleinen Haus daneben wurden Eisenwaren und Pianos verkauft, ein Stück weiter bot ein Schuhmacher seine Ware an. Von außen wirkte alles recht ärmlich und verkommen. Die Männer traten durch die Tür in die Gaststube. Der Oberleutnant sah sich aufmerksam um; so also sah das Berliner Moulin Rouge aus beziehungsweise sein Arbeiterpendant.

Die Gaststube war ein schmaler, niedriger Raum mit verräucherter Decke und von Rauch geschwärzten Wänden. Das rötliche Licht eines von der Decke hängenden Leuchters tauchte das Zimmer in ein dämmriges Halbdunkel. Der Schankraum war angefüllt von einem Dutzend schlechter Holztische, um die einfache Stühle standen. Im Hintergrund führte eine Tür zur Küche und eine andere rechts von der Theke auf einen Flur und ins Treppenhaus hinaus, von wo es in die obere Etage ging. An einer Wand hing ein Schild ›Tanzen verboten‹, wobei trotz des Verbotsschildes zur Musik aus einem Trichtergrammofon wild getanzt wurde. An der anderen Seite, direkt neben der Wanduhr, befand sich eine Tafel, die verkündete: ›Protistuierten ist der Eintritt in dieses Lokal verboten. Laut Polizei-Verordnung.‹

Der unterstrichene Schreibfehler machte deutlich, dass der Wirt nichts gegen das Gewerbe hatte und das Schild eigentlich nur pro forma an der Wand hing. Auch ein drittes Schild ›Klammern ist verboten‹ hatte keine Bedeutung – Klammern war ein Kartenspiel um Geld und wurde an zwei der hinteren Tische voller Leidenschaft gespielt.

Auf dem Schanktisch stand eine Glasvitrine, in der Zigarren lagen. Hinten auf den Regalen befanden sich Gläser und Krüge und Flaschen mit verschiedenen Schnapssorten in weißer und gelber Farbe. Links zapfte der dicke Wirt, Hermann Lodtke, Bier. Neben ihm stand ein ebenso dickes Frauenzimmer von vielleicht vierzig oder fünfundvierzig Jahren. Die Frau war größer als der Mann, hatte starke Arme und grobe Hände und eine Nase, die vom reichlichen Schnapsgenuss eine Kupferfarbe angenommen hatte. Es war die Frau des Wirtes, die ihre kleinen listigen Augen über die Anwesenden wandern ließ und alles, was im Gastraum geschah, genau beobachtete.

Trotz der frühen Abendstunde war das Lokal geradezu überfüllt; das Publikum bestand überwiegend aus Straßendirnen, die vor Beginn ihrer Tätigkeit noch eine Trinkpause einlegten. Manche von ihnen, die für den Laden liefen und oben in der Dachkammer ihre Arbeitsmöglichkeit hatten, warteten auf die ersten Freier. Neben den Frauen und den Kartenspielern saßen an den Tischen Kerle von üblem Aussehen, mit struppigen Haaren und schlecht gekleidet, die Bier und Schnaps tranken und lautstark miteinander sprachen oder schallend lachten. Es herrschte überhaupt ein großer Lärmpegel, ein Kreischen und Lachen. Einige der grell bemalten Weiber schimpften über den schlechten Verdienst oder über die Schupos, die sie schikanierten. Plötzlich stimmte eine von ihnen ein Lied an, das bald alle mitsangen.

In Berlin, da bin ich gewesen, habe gesehen die blühende Welt. Meinen Namen, den darf ich nicht nennen, denn ich bin ja ein Mädchen für Geld …

Neben der Wirtin hockte auf dem Boden ein stinkender Köter mit bösen Augen, der der Hüter der Lokalität war und beim Eintritt der Fremden geknurrt hatte. Der Wirt seinerseits musterte die beiden Männer scharf und erkannte unschwer, dass die neuen Gäste nicht zu den normalen Besuchern seines Hauses gehörten. Er nickte einem älteren Mann zu, der an der Wand mit einem Schnapsglas in der Hand auf einem Stuhl saß und wie unbeteiligt das Treiben im Gastraum beobachtete. Der Grauhaarige wirkte in dem bunten Treiben wie ein Fremdkörper. Er trug einen schneeweißen Bart, einen grauen, auf Taille gearbeiteten Mantel und den dazu passenden, wenn auch abgetragenen Anzug. Er bemerkte das Zeichen des Wirtes, setzte sich einen Zylinder auf und trat zu dem Oberleutnant, den er mit einer gekonnten Verbeugung begrüßte.

»Graf von Roit«, stellte er sich vor. »Die Herren sind Militärs, das sehe ich gleich. Die Haltung, sage ich immer, die Haltung macht uns so schnell keiner nach. Sind die Herren an einer amüsanten, kleinen Führung interessiert? Es kostet nur ein paar Pfennige, nicht der Rede wert. Das Ganze dauert zwei, drei Stunden, geht durch die bekannten Kneipen und Tanzdielen. Lasterhöhlen inklusive«, fügte er mit einem Augenzwinkern hinzu. »Wer Berlin betritt, darf sich diese modernen Sehenswürdigkeiten nicht entgehen lassen. Kommen Sie gleich mit, wir beginnen mit der Hurenstube, dort erwarten Sie Alma, Minna, Olga, Pauline und Rosa mit ihren speziellen Vorführungen wie ›Der Tanz des Lasters‹, ›Byzantinischer Peitschentanz‹ oder ›Der Gehenkte und die Lasterhafte‹.«

»Danke, der Herr, heute nicht«, erwiderte Wedigo. »Wir sind aus anderen Gründen hier.«

Der Grauhaarige, der offenbar als Animateur und Schlepper fungierte und dem wohl Geldmangel zu seinem obskuren Tun antrieb, schüttelte betrübt den Kopf und schlurfte zurück zu seinem Platz.

»Willste wirklich nicht, schöner Herr?«, mischte sich ein grell geschminktes Frauenzimmer ein, das unbemerkt neben sie getreten war. »Heute Abend fast für umsonst.« Dabei legte sie ihren fleischigen Arm um den Feldwebel, der im Augenblick nicht recht wusste, wie er darauf reagieren sollte.

»Lassen Sie mal, junge Frau«, sprang der Oberleutnant ein. »Wir sind hier nicht fürs Vergnügen.«

»Is heut jarnischt zu wolln?«, fragte die Mollige erneut.

Wedigo schüttelte den Kopf.

»Schade, ein paar Jroschen wärn nich zu verachten jewesen«, sagte das Frauenzimmer und zog schmollend ab.

»Was wollen die Herren denn?«, fragte der Wirt. »Keene Weiber, keenen Schnaps und och keene Molle?«

»Geben Sie uns fürs Erste zwei Bier«, erwiderte der Oberleutnant und warf dem Wirt eine Münze zu, »und ein Bier für den Herrn in Grau. Dann würde ich gern meine Post haben.«

Er zog sein Zigarettenetui hervor und steckte sich eine Juno an, wobei er wie zufällig die Visitenkarte Oberst Broses auf den Tresen fallen ließ. Der Wirt starrte wie hypnotisiert auf den Schriftzug und hob dann langsam den Blick.

»Nach hinten durch, oben dann links«, sagte er mit belegter Stimme und deutete mit dem Daumen auf die seitliche Tür. Er zapfte drei Bier, schob zwei Krüge dem Oberleutnant und dem Feldwebel zu. Das dritte holte sich der angebliche Graf und prostete den Männern dankend zu.

Wedigo nahm einen Schluck von dem faden Getränk, nickte dann dem Feldwebel zu. Die beiden stellten ihre Gläser ab und gingen nach hinten. Sie gelangten in ein enges, dunkles Treppenhaus, in dem es nach Unrat und Urin stank. Eine schmale Holztreppe führte nach oben.

»Warten Sie, Herr Oberleutnant, ich habe eine Lampe dabei.«

Schneidmann zog aus einer Tasche eine Blendlaterne und ließ ihren Strahl auf die abgetretenen Stufen fallen. Vorsichtig stiegen sie nach oben. In der ersten Etage gingen vom Flur verschiedene Türen ab. Rechts an der Wand stand ein breiter Schrank, daneben führte eine Stiege zum Dachgeschoss.

»Oben links, hat der Wirt gesagt«, meinte der Feldwebel, zog seine Waffe und griff zur Klinke der linken Tür. Doch kaum hatte er diese berührt, wurde die Tür aufgestoßen und Schneidmann zur Wand geschleudert. Der Kerl, der herausgestürzt kam, warf sich auf den Feldwebel, packte ihn am Hals und begann ihn zu würgen. Der Oberleutnant riss seinen Revolver hervor und schlug dem Subjekt mit dem Griff auf den Schädel, dass der Angreifer zusammenbrach. Dann zog er Schneidmann, der nach Luft schnappte, auf die Füße.

»Geht es wieder?«, fragte ihn Wedigo.

Schneidmann nickte. »Der Bursche hat mich überrascht, das passiert kein zweites Mal, Herr Oberleutnant.«

Da ertönten von unten laute Stimmen und ein Mann, es war wohl der Wirt, rief: »Packt die Lumpen, das sind Spitzel.«

Ein Trupp polterte die Stufen hoch. Wedigo hob den Revolver und drückte ab, doch nichts geschah. Verdammt, etwas musste sich beim Schlag vorhin verklemmt haben.

»Wo ist Ihre Waffe, Schneidmann?«

Der Feldwebel fuhr mit der Hand in eine der Taschen und blickte dann zu Boden. Der Revolver war ihm beim Sturz entfallen. Zeit zur Suche gab es nicht, der erste

Angreifer erreichte den Treppenabsatz. Wedigo nutzte den Vorteil der oberen Position und trat den Kerl derart vor den Leib, dass dieser taumelnd nach unten stürzte, wobei er einen Burschen mitriss. Dann zog der Oberleutnant den Feldwebel mit sich zur Stiege und beide hasteten ins Obergeschoss. Der Dachboden bestand aus mehreren Verschlägen, die offenbar den Hausdirnen als Liebeslager dienten. Von unten ertönte wütendes Geschrei, die Meute erreichte gerade den ersten Stock. Die beiden Männer verriegelten die Tür und schoben zwei der sich in den Verschlägen befindlichen Bettgestelle vor den Eingang, wo sie diese ineinander verkeilten.

»Das wird unsere Verfolger einige Augenblicke aufhalten. Los, wir klettern über die Gaube aufs Dach!«, befahl Wedigo. Er öffnete das Fenster, welches nur durch einen schmalen Streifen von der Regenrinne getrennt war, und stieg vorsichtig hinaus. Schneidmann folgte, dann ließen sich beide Männer auf das nur wenig geschrägte Dach der nebenan liegenden Schlosserei gleiten. Im Zimmer splitterte die Tür, während der Oberleutnant und sein Feldwebel über das Dach balancierten und an der Regenrinne hinab auf die Mulackstraße kletterten. Sie kamen am Boden an, da ging die Tür der Kneipe auf, doch es waren nur einige Dirnen, die zu ihrer Arbeit aufbrachen. Die Männer eilten an ihnen vorbei und weiter durch die jetzt viel belebteren Gassen zum Platz an der Destillation, wo ihr Fahrzeug mit dem Gefreiten auf sie wartete. Der Soldat kurbelte den Wagen an.

»Zurück ins Ministerium!«, befahl der Oberleutnant, und sie fuhren los. Auf der Rückfahrt hatte Wedigo plötzlich das Gefühl, als folgte ihnen jemand. Er drehte sich um und sah hinter ihnen ein Wagen, der, ganz gleich, wohin sie fuhren, ihre Richtung einschlug. Kurz vor der Wilhelmstraße überholte das Fahrzeug, ein Mercedes und bog dann scharf nach links. Die Insassen konnte Wedigo nicht erkennen, obwohl ihm eine der zwei Personen im Wagen irgendwie bekannt vorkam.

DER SCHÖNSTE PLATZ, DEN ICH AUF ERDEN HAB ...

Als sie am Kriegsministerium ankamen, waren die Fenster im Gebäude bereits dunkel. Von Wedel und Schneidmann stiegen aus, und der Oberleutnant schickte seinen Untergebenen nach Hause.

»Morgen werden wir über die missglückte Aktion sprechen, Feldwebel«, sagte er zu Schneidmann. »Für heute haben wir genug Abenteuer erlebt, machen Sie Dienstschluss!«

Schneidmann dankte, grüßte korrekt und ging; auch Wedigo machte sich auf den Weg ins Adlon.

Eine Stunde später hatte Wedigo sich frisch gemacht und umgezogen und betrat den Rauchsalon, um noch in Ruhe einen Cognac zu trinken, eine Zigarre zu rauchen und über die Ereignisse dieses Mittwochs nachzudenken. Eigentlich hätte er etwas essen sollen, aber der Tag schien ihm auf den Magen geschlagen zu haben, denn Wedigo fühlte sich völlig ohne Appetit. Ein wenig beschäftigte er sich noch gedanklich mit dem Fall, kam aber auf nichts Neues und spürte, wie er müde wurde. Der Oberleutnant leerte sein Glas und wollte gerade aufstehen und sich auf sein Zimmer zurückziehen, als Major Nicolai, in Zivil gekleidet, den Salon betrat und zielsicher auf ihn zusteuerte.

»Herr Major!«, rief Wedigo erstaunt. »Ich dachte, Sie wären …«

»Nicht so laut, Herr Oberleutnant«, erwiderte sein

Vorgesetzter in gedämpftem Tonfall. »Auch im Adlon haben die Wände Ohren.« Er setzte sich in den Sessel neben Wedigo und winkte beiläufig dem Kellner. »Bringen Sie uns noch mal zwei Cognacs! Ich bin auf der Durchreise«, erklärte Nicolai dann. »Komme gerade von Bromberg und muss heute Nacht weiter nach Kiel. Worum es geht, erzähle ich Ihnen ein anderes Mal, heute ist dafür keine Zeit. Wollte nur hören, wie es mit den Ermittlungen läuft, gibt es eine heiße Spur?«

Wedigo fasste kurz das Geschehen des Tages zusammen und berichtete, was die Aktenarbeit und die verschiedenen Untersuchungen erbracht hätten. Den Besuch des Trabrennens berührte er dabei nur knapp und das bevorstehende Duell ließ er gänzlich aus. Der Major hörte aufmerksam zu und unterbrach ihn lediglich, um Verständnisfragen zu stellen. Als der Oberleutnant von der Mulackritze und der vermutlichen Verfolgung erzählte, wirkte er nachdenklich.

»Sie scheinen in ein Wespennest gestoßen zu haben, Wedigo. Man hält Sie für gefährlich und versucht, Gegenmaßnahmen zu ergreifen.«

»Welche Gegenmaßnahmen?«, fragte Wedigo.

»Man wird Sie ausschalten wollen, auf einen weiteren Mord kommt es der Gegenseite nicht an.«

»Wer verbirgt sich hinter diesem geheimnisvollen ›man‹? Es klingt, als wüssten Sie mehr, Herr Major.«

»Ihr Trumpf, Herr von Wedel, ist, dass Sie nicht Bescheid wissen. Ich sagte es Ihnen bereits vorgestern. Ich brauche jemanden, der völlig unvoreingenommen an den Fall herangeht.«

»Und dann überraschend eine Kugel in den Kopf

bekommt, genau wie Oberst Brose? Nein, Herr Major, mit einem mir offen entgegentretenden Feind nehme ich es allemal auf, doch wenn ich nicht weiß, wer mein Feind ist …«

»Ich kann Sie beruhigen«, erwiderte Nicolai. »Sie haben gestern Abend den angeblichen Rittmeister von Lützow gesehen, der Mann, der Sie am Montag angesprochen hat. Dieser Rittmeister war auf Sie angesetzt und ich habe den Mann kurzerhand aus dem Gefecht gezogen.«

»Rittmeister von Lützow sollte mich töten?«, fragte der Oberleutnant erstaunt. »Ich hielt den Mann für einen Schnorrer und Hochstapler, aber nicht für einen Mörder.«

»Er sollte Sie nicht persönlich ermorden«, erklärte der Major. »Er sollte nur auf Ihrer Spur bleiben und einen günstigen Augenblick erkunden, in dem der oder die Täter zuschlagen konnten.«

»Ist Gräfin Maria Walewska ebenfalls in die Angelegenheit verwickelt?«, wollte Wedigo wissen. »Immerhin kannte sie Oberst Brose und hat ihn zusammen mit Baronesse von Moltweer am Sonntag in seiner Wohnung besucht.«

»Sie sollten mit Ihrem endgültigen Urteil noch abwarten, Herr von Wedel«, antwortete der Major lächelnd. »Die Gräfin ist eine höchst interessante Frau mit vielen überraschenden Verbindungen. Ich gebe zu, dass mich ihr Lebenswandel und ihre Kontakte zuweilen etwas irritieren, zumal sie aus dem russischen Teil Polens stammt. Möglicherweise haben wir es sozusagen mit einer Affäre Walewska zu tun. Aber machen Sie sich bitte Ihr eigenes Bild und konzentrieren Sie sich nicht zu sehr auf eine Person. Hinter dem Ganzen steckt weitaus mehr als nur der Versuch, unsere Flugzeugpläne zu entwenden. Dessen bin ich mir inzwischen ziemlich sicher. Ansonsten arbeiten Sie sowohl mit Ihrem Verstand als auch mit Ihrem Gefühl. So und jetzt entschuldigen Sie mich, ich muss zur Bahn.«

Der Major und Wedigo erhoben sich.

»Bis zum Montag, vielleicht auch früher, und eine ruhige Hand bei Ihrem Duell!«

Dann verließ der Offizier den Salon. Der Oberleutnant starrte ihm nach. Woher, zum Teufel, wusste der Major von der Forderung? Und welche Informationen besaß er über die Gräfin, von denen Wedigo nicht einmal ahnte, dass es sie gab? Er merkte, wie sich bei ihm erneut das Gefühl einstellte, er sei nur eine Figur auf dem Schachbrett der Abteilung III b. Wer, aber zum Kuckuck, waren die Kontrahenten? Und welche Figur stellte er dar? Wedigo hoffte, dass er zumindest ein Läufer wäre oder ein Springer. Der Part der Dame schien ihm eindeutig vergeben, er konnte sich sogar vorstellen, wer die weiße und wer die schwarze Dame war. Mit diesen Gedanken begab er sich in sein Hotelzimmer und legte sich zur Ruhe. Es dauerte, bis er einschlief, und er träumte unruhig.

Am nächsten Morgen frühstückte Oberleutnant von Wedel mit großem Appetit und begab sich dann ins Ministerium. Schneidmann war bereits vor Ort und überprüfte den Zustand der Waffen in ihrer privaten Waffenkammer. Er wies den Feldwebel an, die Arbeit zu unterbrechen und Termine mit den vier Offizieren zu vereinbaren, deren Namen Wedigo aus den Akten gezogen hatte, um im direkten Gespräch einen genaueren Eindruck über die jeweilige Persönlichkeit gewinnen zu können. Über den gestrigen Abend würden sie später sprechen. Schneidmann nahm die Angelegenheit sofort in Angriff, und eine halbe Stunde später, der Oberleutnant studierte gerade die neueste Tagespresse, meldete der diensthabende Gefreite den Leutnant von Manstein. Der Offizier kam eben aus der Kriegsakademie in der Dorotheenstraße. Manstein grüßte kurz und nahm auf dem angebotenen Stuhl Platz. Der Gast war von schlanker Gestalt, wobei das Gesicht rundlicher wirkte. Das ausgeprägte Kinn zeugte von starker Willenskraft und die hohe Stirn wies auf einen Denker und Strategen hin. Im Gesicht dominierte die Nase, während der Mund schmallippig verschlossen wirkte. Manstein betrachtete Wedigo aus seinen leicht zugekniffenen Augen.

»Wodurch habe ich die Ehre, zu Ihnen eingeladen zu sein, Herr Kamerad?«, begann er, bevor Wedigo seine Befragung starten konnte. In seiner Stimme lag die Herausforderung eines Mannes, dessen Stammbaum bis ins Jahr 1308 zurückreichte und der sich dessen mit Stolz bewusst war. Die Familie von Manstein hatte eine ganze Reihe von Generalen hervorgebracht und war mit der Geschichte Preußens eng verbunden. Nun, Wedigos Stammbaum war ebenso alt, wenn nicht gar älter und auch seine Familie hatte dem Land in Militär, Politik und Diplomatie vielfach wertvolle Dienste erwiesen. Wedigo war sicher, dass diese Tatsachen Manstein gut bekannt waren. Er entschloss sich, mit offenen Karten zu spielen, und begann mit einem Text, den er sich vorab zurechtgelegt hatte.

»Es geht darum, dass der Verdacht besteht, dass eine feindliche Macht, wir denken an ein Mitglied der Triple Entente, versucht, mittel- und langfristig künftige Generalstabsoffiziere aus den Garderegimentern zu akquirieren, um an geheime Planungen zu gelangen. Ich bin überzeugt, dass weder Sie, Herr von Manstein, noch die anderen Herren, die ich anzusprechen gezwungen bin, damit etwas zu tun haben oder unser Land verraten würden. Doch es besteht die hohe Wahrscheinlichkeit, dass Sie oder ein Kamerad in vergleichbarer Situation Gegenstand eines gezielten Anwerbungsversuches werden könnte, und wir wollten Sie darauf vorbereiten.«

Der Oberleutnant lehnte sich zurück, Major Nicolai hätte das Problem gewiss nicht besser darstellen können, dachte er zufrieden.

»Ich verstehe«, antwortete Manstein und zog sein Zigarettenetui hervor. »Sie erlauben?«

Wedigo nickte und schob Manstein den Aschenbecher zu. Dieser bot ihm das Etui und zündete sich dann, als er ablehnte, selbst eine Zigarette an. Der Leutnant zog den Rauch genüsslich ein und blies ihn langsam wieder aus.

»Ich soll also«, sagte er, »für die Abteilung III b den Lockvogel spielen. Ist das auf Ihren Mist gewachsen oder hat Major Nicolai dabei seine Finger im Spiel? Und wenn ich einwillige, wie stellen Sie sich das Ganze vor?«

Das war genau die Schwierigkeit, die Wedigo vorausgeahnt hatte. Er hatte schlicht keine Ahnung, wie er weiter vorgehen sollte, und Nicolai, der sich in diesen Dingen auskannte, war nicht greifbar. Also musste er improvisieren. Er warf Manstein einen Blick zu und grinste herausfordernd.

»Muss ich Ihnen als angehendes Mitglied der Kriegsakademie wirklich die Abläufe und Vorgehensweise erläutern? Das Ganze ist sozusagen eine verdeckte Operation, Kamerad von Manstein.«

Während er sprach, liefen seine Gedanken weiter. Lockvogel, Manstein hatte es auf den Punkt gebracht, er, Wedigo, schien für den Major genau diese Funktion zu haben. Ob er sich kriminalistisch bemühte, erfolgreich war oder nicht, das hatte im Spiel Nicolais keine Bedeutung. Und das Gleiche galt unter Umständen auch für Gräfin Melissa. Sie besaß einen großen Bekanntenkreis und verkehrte in den unterschiedlichen Milieus; dadurch wurde sie für den Major interessant, und er benutzte sie ebenfalls, um die andere Seite aus ihrem Versteck zu locken. »Ich denke, dass dem Gegner auf diese Art eine Falle gestellt werden kann«, erläutert er. »Er scheint es speziell auf Gardeoffiziere abgesehen zu haben, was sich aus den Karriereerwartungen unserer Kreise erklärt.«

»Das heißt«, warf Manstein spöttisch ein, »Ihre Abteilung sieht in mir den künftigen General oder Feldmarschall im nächsten oder übernächsten Krieg? Ein schmeichelhaftes Kompliment, ich danke. Aber ich verstehe immer noch nicht, wie ich Ihnen helfen soll?«

Wenn er das nur selbst wüsste, dachte Wedigo. Laut sagte er: »Das ist ganz einfach, Sie achten darauf, wer Sie anspricht, wer Sie zu kontaktieren versucht und wer in Ihrer Umgebung und im Regiment beziehungsweise an der Kriegsakademie sich auffällig verhält.«

»Ich soll also nicht nur den Lockvogel spielen, sondern auch ein Spitzel sein und meine Kameraden aushorchen. Nein, Herr von Wedel, da passe ich. Mit solchen

Spielen, Sie erlauben mir die Präzisierung, mit solchen schmutzigen Spielen mögen sich die geheimen Dienste abgeben, aber kein Offizier der Garde. Ich will Sie damit nicht beleidigen, Sie tun im Rahmen Ihrer Arbeit nur Ihre Pflicht. Doch mein Metier ist das nicht. Verdächtige Kontakte, meinetwegen, die wird jeder anständige Soldat, ob Gemeiner, Feldwebel oder Offizier, ohnehin melden. Zu allem anderen sage ich Nein, Herr Kamerad!« Manstein drückte seine Zigarette aus und erhob sich. »Wünsche Ihnen noch viel Erfolg bei Ihrer Agentenjagd!« Er grüßte und verließ das Zimmer.

Das war schiefgegangen, dachte Wedigo. Und das Schlimmste war, der Leutnant hatte mit seinen Aussagen völlig recht gehabt. Spitzeldienste schickten sich nicht für einen Offizier, ganz gleich, was Major Nicolai auch zu diesem Thema sagen mochte.

Das Telefon im Zimmer Nicolais läutete. Der Oberleutnant ging hinüber und nahm den Hörer ab. Am anderen Ende meldete sich Joseph von Weiher. »Hör mal, Wedigo. Ich habe eben mit dem Sekundanten deines Husarenrittmeisters gesprochen, Leutnant Graf von Spee. Übrigens ein famoser Bursche, ein Onkel von ihm ist Konteradmiral und irgendwo im Ostasiatischen Meer unterwegs. Jedenfalls meint er, Ehrensachen dulden keinen Aufschub und schlägt ein Treffen morgen früh um 6 Uhr auf dem Ravensberg vor. Du weißt schon, in der Potsdamer Heide.«

»Gut, und die Waffen?«

»Armeepistolen, ein Barriereduell!«

»Teufel auch, der Rittmeister will es offenbar wissen«, entfuhr es Wedigo.

»Kamerad Spee fand das auch übertrieben, aber du hast deinem Kontrahenten die Wahl gelassen …«

»… und muss damit leben oder sterben. Gut, wann treffen wir beide uns? Ich werde heute in Potsdam in der Kaserne übernachten.«

»Ich hole dich mit einer Droschke um halb sechs ab, Stabsarzt Hölker wird mich begleiten.«

Das Gespräch endete, Wedigo hängte den Hörer ein. Ein Barriereduell, das klang hart. Diese Art von Duell fand nicht aus fester Distanz statt, vielmehr gingen die Duellanten bis zu einer Barriere von zehn Schritt Entfernung aufeinander zu, wobei sie immer wieder feuerten. Mit präzisen Armeepistolen war das für einen oder gar beide eine tödliche Sache. Wenn sein Kontrahent ein Barriereduell forderte, ging es um mehr als um einen zufälligen Rempler. Welche Motive hatte Rittmeister Freiherr von Mirbach für sein Vorgehen? Ihm fielen die Worte Major Nicolais ein: ›Man wird Sie ausschalten wollen, auf einen weiteren Mord kommt es der Gegenseite nicht an‹; nur war ihm nicht klar, inwieweit die Aussage auf den Husarenrittmeister passte oder ob seine Forderung lediglich ein Zufall war.

Wedigo überlegte und rief nach Feldwebel Schneidmann. Der Feldwebel meldete sich, und der Oberleutnant befahl, ihm alle Akten über den Freiherrn von Mirbach zu besorgen. Während der Feldwebel unterwegs war, führte von Wedel ein Gespräch mit Leutnant von Petersdorff, dem Nächsten auf seiner Liste. Der Leutnant entpuppte sich als harmloser junger Offizier mit einem Hang zu Rennpferden und Wetten, Kartenspielen und jungen Tänzerinnen. Er sprach begeistert von einem künftigen Krieg gegen Russland, wo er hoffte, im Osten große Güter zu gewinnen. Von Wedigo auf die Schulden angesprochen, zuckte von Petersdorff mit den Achseln.

»Dass es um meine Jeu-Schulden geht, dachte ich mir schon«, sagte er lässig. »Wissen Sie, Herr Kamerad, ich spiele regelmäßig mit der Tochter von Leopold Koppel Tennis. Der Alte hat Geld wie Heu, das Mädchen ist ganz hübsch. Die Koppels sind zwar Juden, aber ich sage immer, wenn die Mitgift stimmt ...«

Wedigo dankte dem Leutnant für sein Kommen und entließ ihn, ohne weiter auf den Hintergrund einzugehen, weshalb er ihn zu sich gebeten hatte. Der Mann mochte ein leidlicher Soldat sein, ein helles Licht war er sicher nicht und für potenzielle Anwerber gewiss nicht interessant.

Schneidmann kam und brachte ihm die Personalakte des Rittmeisters Freiherr von Mirbach. Wedigo blätterte in den Papieren, aber es war ganz so, wie er es bereits vermutet hatte. Die Mirbachs waren alter preußischer Adel und dem Land seit Jahrhunderten verbunden. Dazu schienen die dienstlichen Beurteilungen des Rittmeisters hervorragend zu sein; kurz, es gab auf den ersten Blick keinen Anlass, dem Husaren in irgendeiner Weise unlautere Motive zu unterstellen. Wedigo blickte von den Akten auf, der Feldwebel stand wartend an der Tür.

»Was gibt es?«, fragte der Oberleutnant.

»Wenn Herr Oberleutnant erlauben, gleich ist die Besprechung der Abteilungsleiter und da Herr Major nicht da ist ...«

»Danke, Schneidmann, das hätte ich glatt vergessen«, antwortete Wedigo.

»Wo findet das Ganze statt?«

»Heute ist das Treffen bei Oberstleutnant Groener, dem Chef der Eisenbahn-Abteilung, im Besprechungszimmer 113 anberaumt«, informierte der Feldwebel anhand seiner Notizkladde.

Fünf Minuten später betrat der Oberleutnant den Raum 113, der außer einem großen Tisch nur ein Dutzend Holzstühle barg. Am Tisch saßen bereits einige Offiziere, die in den vor ihnen liegenden Akten blätterten. Unten ihnen befanden sich mehrere Obristen. Von Wedel salutierte daher und meldete: »Oberleutnant von Wedel, ich vertrete Major Nicolai!«

Einer der Obristen nickte und wies auf einen freien Stuhl neben sich.

»Sie sind neu in unserer Runde«, bemerkte Wedigos linker Nachbar. »Oberstleutnant Renner, Abteilung 1, Russland. Der Kamerad rechts von Ihnen ist Oberst von Bartenwerffer aus der Manöverabteilung und neben ihm sitzt Oberstleutnant von Fabeck von der Zentral-Abteilung. Die beiden Herren, die gerade hereinkommen, sind Oberst Ludendorff, 2. Abteilung, und Oberstleutnant Groener, der Leiter der Eisenbahnabteilung.«

Oberst Ludendorff machte mit seinem kräftigen Schädel, der fliehenden Stirn und dem Kaiserbart einen überaus willensstarken Eindruck. Oberstleutnant Groener wirkte mit seinem fleischigen Gesicht weniger energisch, obwohl man deutlich spürte, dass er gewohnt war, seine Vorstellungen durchzusetzen. Mit den beiden Offizieren war ein dritter Mann ins Zimmer getreten, in dem Wedigo zu seiner Überraschung Oberst von Krauss-Elislago aus Wien erkannte. Der Österreicher nahm neben Ludendorff Platz und schlug ein schwarz eingebundenes Notizbuch auf, in das er sich sogleich vertiefte.

»Meine Herrn«, eröffnete Groener die Sitzung. »Ich begrüße, soweit Sie abkömmlich waren, die Abteilungsleiter und unseren jungen Kameraden von Wedel, der Major Nicolai Abteilung III b vertritt. Die Abteilung III b wurde ausdrücklich zur heutigen Sitzung eingeladen, da wir uns aktuell mit äußerst brisanten Sicherheitsfragen beschäftigen. Dazu gebe ich das Wort an Herrn Oberst von Krauss-Elislago, dem Vertreter unseres österreichischen Bruderheeres. Herr Kamerad!«

Krauss-Elislago legte das Notizbuch zur Seite und bleckte die Zähne. »Kameraden, wir alle wissen, dass Europa auf einem Pulverfass sitzt, welches früher oder später explodieren wird. Soll es doch, sage ich immer, Krieg ist unser Handwerk und wir werden unsere Feinde besiegen, nur müssen wir entsprechend vorbereitet sein. Zur Vorbereitung des zu erwartenden Großkonflikts gehören vor allem strategische und taktische Pläne, dazu eine verbesserte Ausbildung, gesteigerte Rüstungsanstrengungen und permanente Manöver, denn nur im Manöver lässt sich der Ernstfall üben. Im letzten Jahr zeigten die Manöver der XIV., XV. und XVI. Armeekorps, über welch hohen Leistungsstand die reichsdeutschen Armeen verfügen. In diesem Herbst werden die Kaisermanöver in Schlesien sicher Gleiches offenbaren wie auch die bei uns geplanten Manöver an der Adria und in Ungarn. Weiterhin werden unsere Flotten ausgebaut und eine Luftschiffstreitmacht sowie eine motorisierte Luftfahrt aufgebaut, die beide zu den modernsten und leistungsfähigsten der Welt gehören werden. Doch genau hier droht unserem Bündnis Gefahr, denn auswärtige Agenten versuchen, die neusten Errungenschaften unserer beider Reiche sowie deren Umsetzung in Manövern auszuspionieren und vorrangig unsere geheimen Pläne und Konstruktionen zu entwenden. Seit einiger Zeit besteht in Wien an höchster Stelle der Verdacht, dass in einer unserer militärischen Kommandozentralen ein Leck aufgetreten ist, welches wir unbedingt finden und stopfen müssen. Generalstabschef Freiherr von Hötzendorf hat mich daher nach Berlin gesandt, die reichsdeutschen Stellen in dieser Angelegenheit um Mitarbeit zu ersuchen.«

Oberst Ludendorff nickte. »Selbstverständlich, werden wir Sie, Herr Kamerad, unterstützen. Herr Oberleutnant«, wandte sich Ludendorff an Wedigo. »Sie übernehmen es, mit Ihrer Abteilung Oberst von Krauss-Elislago in jeder Hinsicht zu unterstützen«, schnarrte er. »Die übrigen Besprechungspunkte sind für Sie nicht relevant, Sie können sich wieder Ihrer Arbeit widmen!«

Solchermaßen hinauskomplimentiert, erhob sich Wedigo, salutierte und verließ den Raum. Er wusste nicht, ob er sich über den Hinauswurf ärgern oder freuen sollte, entschied sich jedoch für Letzteres, da ihm Besprechungen und Vorträge von jeher ein Graus waren. Oberst Ludendorffs arrogante Art hinterließ bei ihm einen unangenehmen Eindruck, im Gegensatz zu dem Oberstleutnant, der ihm die Anwesenden vorgestellt hatte.

Im Büro erwartete ihn die Nachricht, weder Hauptmann von Schleicher noch Oberleutnant von Hindenburg hätten Zeit für Gespräche, da sie aufgrund verschiedener dienstlicher Angelegenheiten bis Ende des Monats unabkömmlich seien. Wedigo setzte sich an seinen Schreibtisch. Er zündete sich eine Zigarette an, lehnte sich zurück und ließ die aktuelle Lage Revue passieren. Zurzeit hatte er den Eindruck, als komme er im Fall Oberst Broses nicht weiter, obwohl ihm etliche Fakten vorlagen. Die Aktion in der Mulackritze war fehlgeschlagen, über die Aktivitäten Broses wusste er noch immer herzlich wenig. Und welcher Art dessen Verbindung zu Melissa gewesen war, schien ihm nach wie vor ein Rätsel. Vor allem war dem Oberleutnant unklar, wie er weiter vorgehen sollte.

Feldwebel Schneidmann kam und berichtete, er habe neben dem Revolver von gestern Abend alle Waffen überprüft, aber keine Fehler oder Manipulationen feststellen können. Beim Revolver sei der Schlagbolzen verzogen gewesen, das Versagen war, wie Wedigo angenommen hatte, offenbar eine Folge des Schlages gewesen.

»Dann hat die Wache in einem Wirtschaftsraum des Erdgeschosses ein aufgehebeltes Fenster entdeckt«, meldete Schneidmann weiter. »Es könnte sein, dass der Mörder Oberst Broses auf diesen Weg ins Haus gekommen ist. Ich habe den Raum gleich untersucht, Fingerabdrücke gab es keine, aber mehrere dunkle Haare. Ich überprüfe noch, woher die stammen könnten.«

»Tun Sie das!« Wedigo dankte dem Feldwebel und widmete sich der Nachmittagspost, die gerade gebracht wurde. Neben allgemeinen dienstlichen Schreiben fand er unter den grauen Umschlägen ein fliederfarbenes Kuvert. ›Herrn Oberleutnant Wedigo von Wedel‹ lautete die Anschrift, der Absender fehlte. Melissa schreibt, schoss es ihm durch den Kopf. Aber die Gräfin bevorzugte die Farbe Rosa und ihre Briefe schmückte auf der Außenseite meist eine kleine, goldene Grafenkrone. Die Handschrift war weiblich, welche Dame schrieb ihm sonst? Begierig riss er den Umschlag auf und entnahm ihm eine ebenfalls fliederfarbene Karte, auf der in blauen Buchstaben ›Einladung zum Tee‹ stand. Darunter folgten eine ihm bekannte Adresse und eine handschriftliche Anmerkung:

Lieber Vetter! Du denkst hoffentlich daran, dass ich heute meinen Geburtstag feiere. Ich hoffe jedenfalls, Dich zu meinem Thé dansant zu sehen.

Deine Cousine Lucie

Cousine Lucie wurde heute achtzehn, daran hatte Wedigo überhaupt nicht mehr gedacht. Natürlich musste er sich bei ihrem Tanztee sehen lassen, schon aus familiärer Verpflichtung heraus. Lucie war die Tochter aus zweiter Ehe seines verstorbenen Onkels Ernst von Wedel. Als junger Kadett hatte er in den Sommerferien den Onkel mehrfach auf Gut Hoffelde besucht. Tante Anna, eine Geborene von Diest, war immer sehr freundlich zu ihm gewesen und hatte ihn geradezu verwöhnt. Wedigo konnte daher gar nicht anders, als Lucies Einladung nachzukommen, auch wenn er solche ›Thé dansant‹-Veranstaltungen wenig schätzte. Reife Mütter erzählten bei Kuchen und Tee einander, wie reizend und wie fröhlich ihre Töchter seien und welch Glück der zukünftige Gatte mit ihrem ›lieben Kinde‹ haben werde. Backfische warteten auf die gute Partie, und dann gab eine Dame noch gesanglich das eine oder andere Lied zum Besten. Aber, dachte er, vielleicht war es ganz gut, nach den Aufregungen der letzten Tage einmal etwas Normales und Kreuzlangweiliges zu erleben. Besonders, da er sich morgen früh auf Leben und Tod schießen musste.

Der Oberleutnant beendete kurz entschlossen den Dienst und begab sich ins Adlon. Dort speiste er, nahm ein Fichtennadelbad und zog sich um. Er informierte Kuhn darüber, dass er in Potsdam übernachten werde, und schickte den Burschen dorthin, damit dieser alles vorbereiten konnte. Anschließend ließ er sich von einem Angestellten des Hotels Blumen und Konfekt besorgen und fuhr mit dem Strauß und der Pralinenschachtel in einer Droschke zum Thé dansant seiner Cousine.

Anna von Wedel bewohnte mit ihrer Tochter Lucie am Auguste-Victoria-Platz mit Blick auf die Kaiser-Wilhelm-Gedächtniskirche die erste und zweite Etage eines großen Mietshauses. Wedigo erschien pünktlich, denn es schlug gerade halb acht. Schon auf den Treppen zur Beletage vernahm er die Töne des Thé dansant. Ein Diener öffnete und führte ihn in das mit Mäntel gefüllte Vorzimmer. Der Oberleutnant legte Mantel, Hut und Stock ab. Ein zweiter Diener meldete ihn bei den Damen. Lucie löste sich aus einer Gruppe gleichaltriger Freundinnen, nahm voller Freude den Strauß bunter Tulpen, den ihr Wedigo überreichte, und das Konfekt in Empfang und begrüßte ihren Vetter stürmisch.

»Wedigo, ich bin so froh, dass du kommst, uns fehlen sonst die Tänzer, ich meine die guten Tänzer. Warum trägst du keine Uniform? Schade, die steht dir so gut.

Komm, ich will dich meinen Freundinnen vorstellen. Mama ist eben in der Küche, da scheint es ein Malheur gegeben zu haben«, sprudelte Lucie hervor. Sie war eine hübsche, etwas stupsnasige Brünette, schlank und von mittlerer Größe und mit einem wirbelnden Jungmädchentemperament ausgestattet. Sie übergab die Blumen dem wartenden Diener und zog ihren Vetter mit sich. Die Freundinnen, denen sich Wedigo bald darauf vorgestellt sah, waren ebenfalls noch halbe Backfische, die, frisch aus ihren Lyzeen oder Fräuleinstiften entlassen, sich nun auf der Jagd nach dem passenden Ehemann befanden. Der Reihe nach wurden sie Wedigo präsentiert: Bertha, eine fröhliche, leicht rundliche Rotblonde, deren Vater mehre Güter besaß. Gusti, eigentlich Auguste, Tochter eine Herrenhausabgeordneten, ein sehr blasses, anämisch wirkendes Wesen; dann ein Zwillingspaar, Hanna und Klara, beide sehr üppig; und, für Wedigo am auffälligsten, Liliane, eine dunkelhaarige Schöne mit tiefbraunen Rehaugen, die allerdings den Mund nicht aufbekam. Schließlich eine Überraschung. Das reizende Blondchen mit den hell blitzenden Augen und frischen Lippen, das ihm neulich Abend im Adlon zugezwinkert hatte.

»Ilse von Bredow«, stellte sich das junge Fräulein selbst vor. »Mein Vetter Ferdinand ist Oberleutnant im Königin Elisabeth Garde-Grenadier-Regiment Nr. 3 in Charlottenburg und sagt, er kenne Sie gut.«

Wedigo nickte, Ferdinand war ein alter Freund, mit dem er früher viel unternommen hatte. Seitdem dieser allerdings dem Garde-Grenadier-Regiment in Charlottenburg angehörte, waren ihre Treffen seltener geworden und sie hatten sich seit bald einem Jahr nicht mehr gesehen. Dass Ferdinand eine Cousine, und dazu eine derart hübsche, hatte, war Wedigo nicht bekannt gewesen.

»Wir haben uns vorgestern im Adlon gesehen«, verkündete Fräulein Ilse ihren Freundinnen. »Herr von Wedel war in Begleitung einer Dame«, erläuterte sie unverblümt. »Wie war denn Ihr Abend, Herr von Wedel?«

Wedigo wurde einer Antwort enthoben, denn eben kehrte Tante Anna zurück. Er entschuldigte sich bei den Fräulein und ging zu ihr, um sie zu begrüßen. Es war jetzt acht Uhr und allmählich füllten sich die Zimmer. Die Gäste waren zumeist ältere Herren mit ihren Gattinnen, dazu einige Offiziere und verschiedene Verwandte, insgesamt mehr Damen als Herren und kaum ein Heiratskandidat darunter, wie Wedigo belustigt feststellte. Die meisten der Besucherinnen waren wohl auch nicht des Tanzes wegen gekommen. Bis auf das Geburtstagskind und ihre Freundinnen war keine einzige der Damen jung oder attraktiv, auch äußerlich nicht. Ihre Kleidung war dezent und überaus konservativ; in der Mehrzahl bestand der weibliche Besucherteil aus Matronen, wie es Wedigo schien. Ihm tat das Cousinchen leid, dass sie ihren achtzehnten Geburtstag in dieser steifen Gesellschaft begehen musste. Andererseits hatte sie ihre Backfischfreundinnen, die kess genug daherkamen, jedenfalls dieses Fräulein von Bredow. Die Gäste versammelten sich im Salon, wo die Tante präsidierte. Sie hatte ihren bestimmten Sitz am Teetisch und war überaus liebenswürdig. Die Damen tranken Tee, wobei sie den kleinen Finger abspreizten und über die neueste Mode und Ereignisse im Kaiserhaus plauderten. Die Herren sprachen über die Eingabe des Verbandes Deutscher Feuerbestattungsvereine zur Gleichstellung von Erd- und Feuerbestattung und das kürzlich ergangene preußische Feuerbestattungsgesetz. Wedigo gähnte dezent, es war wirklich langweilig. Später begab sich alles in den Speisesalon, wo ein Büfett aufgestellt worden war. Auf einem breiten Tisch waren in appetitlicher Form alle möglichen Delikatessen und Leckereien angerichtet. Dazu schenkten die Diener einen leichten Rheinwein aus, wohingegen die Damen beim Tee blieben.

Immer wieder schaute Lucie sehnsüchtig zum Klavier, bis sich endlich einer der jüngeren Herren erbarmte und einige einfache Walzer und Ländler zu spielen begann. Sogleich sonderte man sich in wechselnde Gruppen, die älteren Herrschaften zogen sich in den Tearoom zurück, während die Offiziere, beide in Wedigos Alter, und ein jüngerer Herr in Zivil, ein entfernter Verwandter, dessen Namen dem Oberleutnant entfallen war, sich um die Fräulein kümmerten. Die vier Herren waren bei den sieben tanzfreudigen jungen Damen ständig im Einsatz. Wedigo drehte mit jedem der Fräulein seine Runden, wobei es Ilse von Bredow gelang, etwas häufiger mit ihm zu tanzen. Während des Tanzes redete sie wie ein Wasserfall, Wedigo begnügte sich damit, Ja und Nein zu sagen oder unverbindlich die Augenbrauen zu heben. Plötzlich sah Fräulein von Bredow ihn direkt an.

»Ich erzähle und erzähle, und Sie haben meine Frage von vorhin noch nicht beantwortet, Herr von Wedel. Also, sagen Sie schon. Wie war Ihr Abend mit jener auffälligen Dame, mit der Mama und ich Sie vorgestern gesehen haben?«

»Sie meinen Baronesse Odilie von Moltweer?«, erwiderte Wedigo. »Ich muss Sie enttäuschen, gnädiges Fräulein, ich bin mit der Dame nur oberflächlich bekannt. Aber das geht Sie eigentlich nichts an, Fräulein von Bredow.«

»Papperlapapp, Vetter Ferdinand sagt immer, ich solle alles fragen, was mich interessiert.«

»So?«, sagte Wedigo belustigt. »Und was sagt Ihre verehrte Frau Mutter zu Ihrer unbezwinglichen Neugier, Fräulein von Bredow?«

»Ach, die Mama …«

Ilse zog kurz einen Schmollmund und schaute dann wieder ganz ernsthaft, wobei ihr ein gewisser Schalk aus den Augen blitzte.

»Sprechen wir doch nicht über Mama, Herr von Wedel, sprechen wir lieber über den Abend, ich bin einfach neugierig, was Sie erlebt haben«, sagte sie und schob sich eine Locke aus der Stirn. Über ihrem Gesicht lag eine feine Röte, wahrscheinlich vom Tanzen. Sie tanzte gut, schwebte fast wie eine Feder. Wedigo fand, dass sie in ihrem hellen Kleid recht niedlich aussah. Ja, der Käfer war ganz nett, das musste er sich eingestehen, wenn ihre junge Frische mit der Schönheit der Gräfin Melissa natürlich nicht zu vergleichen war. Unwillkürlich wanderten seine Gedanken ab.

»An dem Abend war ich auf einer Vernissage«, beantwortete er leicht abwesend die Frage seiner Tanzpartnerin.

»Das ist ein Künstlerfest, nicht wahr? Mama sagt immer, Künstler seien unmoralische Leute, stimmt das?«

»Was? Nein, natürlich nicht«, Wedigos Gedanken kehrten in die Gegenwart zurück. »Auf einer Vernissage werden Bilder gezeigt und es wird geredet, manchmal auch getanzt.«

Fräulein von Bredow schwieg nachdenklich. »Ich habe die Baronesse bereits früher gesehen«, sagte sie dann. »Zusammen mit einer sehr schönen Dame, die eine Gräfin ist und aus Polen stammen soll. Ein baltischer Baron war dabei und ein Russe aus Sankt Petersburg, ein älterer Herr, angeblich ein Fürst, ich glaube aber, er war Offizier. Er wurde von der Gräfin ›Nikolai‹ und von dem Baron einmal ›Oberst‹ genannt. Das war im letzten Jahr an der Ostsee, in Cranz.«

Der Walzer ging zu Ende, Wedigo verneigte sich und führte das Fräulein zurück zum Platz. Er trank einen Schluck aus seinem Glas. Ob das stimmte, was Ilse von Bredow erzählt hatte? Aber warum hätte sie ihre Geschichte erfinden sollen? Ein Treffen der Baronesse und der Gräfin mit dem Balten und einem russischen Offizier in Cranz, einem bedeutenden Badeort der ostpreußischen Küste, zu dem von Königsberg eine eigene Eisenbahnlinie führte. Inmitten des Kur- und Badebetriebs musste eine solche Zusammenkunft kaum auffallen. Bloß, was besagte diese Information?

Der nächste Tanz folgte, jetzt durfte Wedigo sich der runden Bertha widmen, die seine volle Aufmerksamkeit beanspruchte, vor allem, da sie weniger leichtfüßig tanzte als Ilse von Bredow. Berthas Hauptinteresse galt der Pferdezucht und davon erzählte sie in ihrem breiten pommerschen Dialekt. Und irgendwie schien sie auch nach Pferd zu riechen. Danach endete das Tanzvergnügen; Auguste von Bonin trat an das Pianoforte, um, begleitet von einen älteren Herrn, zwei Schumannlieder ›Wehmut‹ und ›Zwielicht‹ zum Besten zu geben. Dann sang die dunkle Liliane mit schwermütiger Stimme:

Ich weiß ein einsam Plätzchen auf der Welt,
liegt ruhig still verborgen,
dort zieht's mich hin, wenn mich der Kummer quält,
wenn plagen mich die Sorgen.
Und fragst du mich, so sag' ich's dir,
es liegt nicht weit, nicht weit von hier.
Der schönste Platz, den ich auf Erden hab,
das ist die Rasenbank am Elterngrab.

»Es geht doch nichts über die wahren Gefühle«, sagte eine Stimme neben Wedigo. Es war Ilse von Bredows Vetter Ferdinand, der kurz vorher erschienen war und zu ihm getreten war.

»*Da zieht's mit Zaubermacht mich immer hin, wenn Menschen mit mir streiten*«, kam die Sängerin jetzt zur zweiten Strophe, »*da fühl ich erst, wie ich verlassen bin, wenn's plagen mich die Leiden …*«

»Du hast morgen früh ein Duell mit Rittmeister von Mirbach?«, fragte der Kamerad leise. »Ich kenne ihn gut, flink mit dem Säbel und ein verflixt guter Schütze.«

»*Da reden mir die Toten zu, die Eltern mein, in ew'ger Ruh*«, klang es von vorn.

»Woher weißt du das?«, fragte Wedigo leise zurück. »Ich habe außer meinem Sekundanten Joseph von Weiher niemandem vom Duell erzählt und Joseph ist kein Schwätzer.«

»*Der schönste Platz, den ich auf Erden hab, das ist die Rasenbank am Elterngrab!*« Die Sängerin schmolz geradezu dahin.

»Komm, wir ziehen uns zurück«, schlug Ferdinand vor. »Hier können wir nicht reden, wir stören sonst die Zuhörer bei ihrem Kunstgenuss.«

Wedigo blickte sich um. Einige ältere Damen warfen ihnen missbilligende Blicke zu. Die beiden Offiziere begaben sich ins Nebenzimmer.

»Ich weiß nicht, von wem die Information stammt, aber das Gerücht deines Duells macht überall die Runde«, sagte der Freund. »Ich fürchte, dass die Polizei eingreifen wird. Du weißt, seit den Affären Ketelhodt und Bennigsen macht die Anti-Duell-Liga gegen die Satisfaktion Front und auch der Kaiser hat sich mehrfach missbilligend geäußert.«

»Du glaubst, das Duell soll verhindert werden?«, fragte Wedigo ungläubig.

»Dies oder jemand will, dass du oder der Rittmeister festgenommen werden.«

Das war allerdings ein Aspekt, den es zu prüfen galt. Möglichweise bestand doch ein Zusammenhang mit der Mordaffäre, überlegte der Oberleutnant. »Du, ich muss wieder zu den Damen. Ich war schon zu spät und muss unbedingt noch mit Lucie sprechen«, unterbrach Ferdinand Wedigos Gedanken.

»Eine ernste Angelegenheit?«, fragte Wedigo den Freund.

»Ich denke, ja. Ich muss nur noch Lucie überzeugen«, erwiderte von Bredow mit einem etwas melancholischen Lächeln.

»Dann wünsche ich dir viel Erfolg. Wenn du mich bitte bei den Damen entschuldigst. Ich brauche Ruhe, um über alles nachzudenken.«

»Das werde ich tun, Wedigo«, verabschiedete ihn der Freund und umarmte ihn. »Wenn du das Duell gewonnen hast, müssen wir uns unbedingt treffen. Auf jeden Fall wünsche ich dir viel Glück und eine ruhige Hand!«

Der Oberleutnant begab sich ins Vorzimmer, wo ihm der Diener Mantel, Hut und Stock reichte. Wedigo drückte dem Mann ein Geldstück in die Hand und verließ die Wohnung. Von der Kirche schlug es zehn, er winkte eine Droschke herbei und ließ sich zum Bahnhof bringen, um von dort nach Potsdam zu fahren. Wedigo hatte Glück und erreichte den letzten Zug.

Auf der Fahrt nach Potsdam dachte er über das nach, was ihm Ferdinand erzählt hatte. Fast sah es aus, als hätte jemand eine Falle errichtet, um ihn an seinen Nachforschungen zu hindern. Oder wollte im Gegenteil dieser Jemand verhindern, dass ihm etwas zustieß? Das Duell war ohnehin völlig blödsinnig und ähnelte dem von Ferdinand erwähnten. Adolf von Bennigsen hatte 1890 die elf Jahre jüngere Elisabeth von Schnehen geheiratet. Aufgrund angeblicher, mehrdeutiger Äußerungen seines jüngeren Nachbarn, Domänenpächter Oswald Falkenhagen, forderte der Landrat diesen zum Duell. Das Pistolenduell fand am Morgen des 16. Januar 1902 bei Alvesrode statt. Bennigsen wurde vom Geforderten beim dritten Schusswechsel tödlich getroffen. An seiner Beerdigung nahmen Reichskanzler von Bülow und die Reichsregierung sowie führende Politiker der Provinz Hannover teil. Der Beleidiger Falkenhagen wurde von der Strafkammer des Landgerichts Hannover zu fünf Jahren Festungshaft verurteilt. Ein unsinniges Geschehen. Dennoch, die Ehre musste verteidigt und der Preis, den es dafür zu zahlen galt, ganz gleich, wie hoch dieser ausfiel, entrichtet werden. Mehr noch als die Duellfrage beschäftigte Wedigo, was Ilse von Bredow erzählt hatte. Gab es eine Verbindung Melissas zu russischen Offizieren? Wenn ja, handelte es sich dabei um normale Bekanntschaften oder steckte doch mehr dahinter? Wieder kam das alte Misstrauen in ihm auf.

Der Zug erreichte Potsdam und Wedigo stieg aus. Eine Droschke brachte ihn in seine Wohnung. Dort legte er ab, wobei ein Zettel aus der Tasche fiel. Es war ein einfaches Blatt Papier, auf dem in rascher Bleistiftschrift einige Sätze standen:

›Ich muss Sie wiedersehen. Am Samstagnachmittag gehen wir gegen zwei Uhr in den Zoo. Seien Sie dort. Ihre Ilse von Bredow‹

Es war Mitternacht, als sich Oberleutnant von Wedel endlich hinlegte und wieder dauerte es eine Weile, bis er eingeschlafen war.

Um fünf Uhr weckte ihn Kuhn und um halb sechs erschienen Oberleutnant von Weiher und Stabsarzt Hölker. Weiher, ein drahtiger Draufgänger, begrüßte Wedigo fröhlich. »Na, altes Haus, die letzte Nacht gut verbracht? Bin gespannt, wer zuerst trifft, habe mit dem Doktor gewettet, dass er heute richtig etwas zu tun bekommt.«

Hölker grinste. Er war als junger Mann von einem entfernten Großonkel mit einem Stipendium bedacht worden, welches ihn in die Lage versetzte, das Medizinstudium gemäßigter anzugehen. Den größten Teil seiner vierundzwanzig Semester verbrachte er als Mitglied der Burschenschaft Neuteutonia und daher vor allem mit Trinken und Fechten. Schließlich musste Hölker zum Examen antreten, in dem er alle Fragen konsequent mit dem Götz-Zitat beantwortet hatte. Der Vorsitzende der Prüfungskommission, ein alter Neuteutone, ließ ihn dennoch bestehen. Also leistete Hölker seinen Einjährigfreiwilligendienst und wurde Stabsarzt. Im Kasino war er für seinen bösartigen Humor und dem schnellen Degen gleichermaßen bekannt wie gefürchtet.

»Bin immer dabei, wenn es etwas zu tranchieren gilt, hoffe natürlich, die andere Seite muss dran glauben«, meinte er trocken.

Sie fuhren mit der Kutsche los. Der Kleine Ravensberg lag etwa vier Kilometer entfernt in südöstlicher Richtung in der Potsdamer Heide. Es war ein frischer Morgen, das Thermometer zeigte lediglich zwei Grad Celsius und der Himmel war düster. Es roch nach Schnee. Weiher ließ die Pferde ausgreifen und sie kamen zehn vor sechs am Duellort an. Die Gegenseite war schon da, jedenfalls stand ein schwarzer Landauer unter den Bäumen. Sonst war niemand zu sehen, auch keine Gendarmen; Ferdinand von Bredows Befürchtung bewahrheitete sich zum Glück nicht, ihr Duell konnte ungestört stattfinden.

Oberleutnant Weiher stieg aus und ging auf das Gefährt zu, um sich mit dem gegnerischen Sekundanten Leutnant Graf von Spee über den Platz und den Ablauf zu besprechen. Es fing an zu regnen, die Temperatur schien sich noch mehr abzukühlen, schließlich ging der Regen in

Schnee über. Die Sekundanten reichten sich die Hände und begannen, das Duellfeld abzumessen. Hölker kramte in seinem Instrumentenkoffer. Wedigo stand an die Kutsche gelehnt und wartete. Sein Blick wanderte über die Baumwipfel, in denen sich im Schneefall da und dort erstes Grün zeigte. Sein Gegner verließ soeben seine Kutsche. Er nickte Wedigo knapp zu und zündete sich in der hohlen Hand eine Zigarette an. Dabei schaute sich der Rittmeister aufmerksam um, als ob ihn etwas störe. Der Schneeregen hörte abrupt auf und die ersten Sonnenstrahlen brachen durch. Die Sekundanten näherten sich, mit je einem Pistolenetui in der Hand, den Duellanten.

Da krachte plötzlich ein Schuss, dicht gefolgt von einem zweiten. Gleichzeitig spürte Wedigo ein scharfes Brennen in der Schulter. Er warf sich auf den feuchten Boden und sah aus den Augenwinkeln, dass sich auch der Rittmeister fallen ließ. Neben ihm war der Leutnant von Spee in Deckung gegangen. Weiher befand sich etwas an der Seite, er lag ebenfalls am Boden und schien am Bein getroffen zu sein. Mirbach rief dem Leutnant etwas zu, das Wedigo nicht verstand. Der Leutnant griff zu den Pistolenetuis, die neben ihm lagen, öffnete sie und warf Mirbach und Wedigo eine Waffe zu. Der Rittermeister fing den Revolver auf, der zweite landete rund drei Meter entfernt von Wedigo. Vorsichtig robbte er näher; wieder knallte es und dicht hinter ihm schlugen Kugeln in einen Baumstamm. Wedigo rollte sich ab, dabei stieß er mit der Schulter an einen Stein und ein stechender Schmerz durchfuhr ihn, dass es ihm fast schwarz vor den Augen wurde. Jetzt feuerte Mirbach, vier-, fünfmal immer in die gleiche Richtung. Jemand schrie, ein Kommando hallte herüber und eilige Schritte entfernten sich durch die Büsche. Wedigo erhob sich und erreichte die Waffen im schnellen Sprung. Er packte sie, sprintete los und rannte in die Richtung, aus der die Stimmen und die Schüsse gekommen waren. Der junge Offizier durchbrach das Buschwerk, welches den Hügel umgab, lief halb rutschend den Hang hinab und gelangte auf eine schmale Lichtung. Auf der gegenüberliegenden Seite zeigten sich am Waldrand drei Gestalten. Einer der Männer drehte sich um und feuerte in Wedigos Richtung, verfehlte ihn aber. Der Oberleutnant antwortete, indem er zwei Kugeln hinterherschickte. Dann war von den Kerlen nichts mehr zu sehen.

»Sinnlos, die Burschen sind entkommen«, hörte er hinter sich eine Stimme. Es war der Rittmeister, der ebenfalls die Verfolgung aufgenommen hatte.

»So habe ich mir unser Rencontre nicht vorgestellt«, sagte er. »Aber ich denke, Herr von Wedel, nach diesem gemeinsamen Abenteuer sind wir quitt. Hier meine Hand!«

Wedigo überlegte nicht lange. Sowohl auf Mirbach als auch auf ihn war geschossen worden, da konnten sie sich wahrhaftig ihre Kugeln sparen. Er schlug in die dargebotene Hand ein.

»Also quitt, doch ich würde zu gerne wissen, wem wir diese Einlage zu verdanken haben«, sagte er.

»Zumal Sie getroffen wurden«, erwiderte der Rittmeister trocken und wies auf Wedigos Schulter. »Ich glaube, das ist nur ein Streifschuss. Meinen Sekundanten scheint es stärker erwischt zu haben. Am besten, wir kehren um und schauen nach ihm.«

Sie gingen den Weg zurück zum Ravensberg. Dort war der Stabsarzt dabei, Oberleutnant von Weiher zu versorgen, der stöhnend am Boden lag und sich das Bein hielt. Als er Wedigo sah, grinste Hölker.

»Wie ich sagte, Arbeit gibt es immer.«

Eine Stunde später saßen der Rittmeister und Wedigo beim Frühstück im Kasino und rekapitulierten ihr Abenteuer. Wedigos Schulter war verbunden, und er hatte eine neue Uniform angezogen. Jetzt genoss er den heißen Kaffee.

»Es sieht fast so aus, als hätten es die Angreifer auf Sie und Herrn von Weiher abgesehen«, sagte der Husar nachdenklich. »Jedenfalls wurden nur Sie beide verletzt. Aber das kann ein Zufall sein. Gut, dass Sie auf Armeepistolen bestanden haben, sonst hätten die Kerle ein leichtes Spiel gehabt.«

»Mein Sekundant sagte mir, Sie forderten ein Barrieduell«, erwiderte Wedigo überrascht.

»Nein, da muss er etwas falsch verstanden haben, ich bin zwar ein leidlicher Schütze, aber ich bevorzuge normalerweise den Säbel«, gab Mirbach zurück.

Da Oberleutnant von Weiher in die Klinik gebracht worden war, konnte die Frage im Augenblick nicht geklärt werden. Die beiden Männer rätselten noch eine Weile über die Angreifer und ihre Motive, dann brach der Rittmeister zum Dienst auf. Wedigo fuhr ebenfalls mit dem Zug um kurz nach neun zurück nach Berlin. Das Geschehen des Morgens beschäftigte ihn in Gedanken weiter. Die Polizei konnte er aufgrund der Duellsituation schlecht mit Nachforschungen beauftragen, am besten schickte er Feldwebel Schneidmann mit einem Gefreiten zum Ravensberg, um das Gelände genauer zu untersuchen. Schneidmann war erfahren, wenn jemand etwas entdecken konnte, dann er.

Um zehn Uhr trat er in sein Büro, als bei Major Nicolai der Fernsprecher läutete. Wedigo nahm ab, es meldete sich der Major selbst.

»Ah, Herr Oberleutnant, offenbar haben Sie alles gut überstanden. Ich komme heute Nachmittag um 16.15 Uhr am Bahnhof an. Sie holen mich ab und berichten.«

»Jawohl, Herr Major!«

»Gut, haben Sie in Sachen Mulackritze etwas unternommen?«

»Ich verstehe nicht, Herr Major«, erwiderte Wedigo. »Meinen Sie eine Hausdurchsuchung?«

»Nein, das würde die Pferde nur scheu machen. Ich meine, dass Sie das Haus beobachten lassen. Irgendwer wird die Post doch abholen.«

»Nein, daran habe ich nicht gedacht«, gab der Oberleutnant kleinlaut zu.

»Das dachte ich mir schon, Sie sind in diesen Dingen Anfänger. Ich habe das am Mittwochabend noch veranlasst. Ein erster Bericht müsste Ihnen heute zugehen. Also, viertel nach vier!« Der Major beendete das Gespräch.

Wedigo ärgerte sich. Auf die Überwachung hätte er selbst kommen können. Ob Schneidmann Bescheid wusste? Höchstwahrscheinlich, er hatte ihm wohl deshalb nichts gesagt, aus Sorge, Wedigo könne sich blamiert fühlen. So ein Unsinn, natürlich hatte der Feldwebel in diesen praktischen Abläufen mehr Ahnung als ein Oberleutnant der Garde, der gerade drei Tage im Amt war.

Wedigo ließ den Feldwebel kommen. Dieser meldete sich, legte ihm die Morgenpost und zwei grüne Hefter vor.

»Was ist das, Herr Feldwebel?«, fragte ihn Wedigo.

»Das eine ist der Überwachungsbericht Mulackritze. Das andere eine Auskunft über die Baronesse Odilie von Moltweer. Die Überwachung hat Major Nicolai angeordnet und mir zudem den Auftrag erteilt, über Baronesse von Moltweer Informationen zu sammeln.«

»Hören Sie, Herr Schneidmann. Ich weiß, dass Sie vielseitige Erfahrungen haben und ich erst seit Kurzem im Geschäft bin. Sprechen Sie mich künftig direkt an, wenn Sie einen Vorschlag haben, was am besten zu tun wäre und was ich aus irgendeinem Grund nicht angeordnet oder schlicht vergessen habe«, sagte Wedigo und deutete auf die beiden grünen Hefter.

»Jawohl, Herr Oberleutnant!«, gab der Feldwebel zur Antwort und seine Stimme ließ eine gewisse Anerkennung durchblicken. Kaum ein Vorgesetzter gab gern Fehler zu, schon gar nicht ein junger Offizier gegenüber einem altgedienten Feldwebel.

»Gut, Sie nehmen sich ein Fahrzeug und zwei Gefreite sowie Ihre üblichen Untersuchungswerkzeuge und fahren nach Potsdam zum Ravensberg …«

Wedigo erläuterte Schneidmann kurz, was sich heute früh ereignet hatte und dass dieser am Ort des Schusswechsels nach etwaigen Spuren oder Hinweisen suchen sollte. Dann gab er ihm noch den Auftrag, für 16 Uhr ein

Fahrzeug bereitzuhalten, damit der Major vom Bahnhof abgeholt werden konnte. Der Feldwebel wiederholte die erteilten Aufträge, salutierte und meldete sich ab.

Der Oberleutnant griff zu den grünen Heftern, deren Inhalt ihn mehr interessierte als die aktuelle Morgenpost. Doch er kam nicht zu ihrer Lektüre, erneut läutete der Fernsprecher. Er nahm den Hörer ab und meldete sich. »Oberleutnant von Wedel, wer spricht?«

»Friedeburg. Herr Oberleutnant, was war da heute früh los? Eine Schießerei in meinem Regiment, ein Duell? Oberleutnant von Weiher liegt in der Klinik, Stabsarzt Hölker kann nicht aufgetrieben werden! Das ist eine Schweinerei! Ich erwarte von Ihnen einen ausführlichen Bericht. Sie melden sich Punkt 16 Uhr bei mir.«

Schon hatte der erboste Oberst aufgelegt. Zum Teufel, da hatte jemand geplaudert. Zum Zweiten konnte er schlecht an zwei Orten gleichzeitig sein. Wedigo schüttelte den Kopf. Mit dem Problem beschäftigte er sich später, jetzt waren erst einmal die Berichte dran. Er öffnete die erste Mappe. Es handelte sich um eine tabellarische Darstellung, wer, wann am Mittwoch- und Donnerstagabend das Lokal in der Mulackstraße betreten und verlassen hatte. Neben den akribisch vermerkten Zeitangaben gab es Bemerkungen wie ›Arbeiter‹, ›bekannter Kleinkrimineller‹, ›offenbar Militärperson‹, ›Kaufmann‹ etc. Ein sehr gemischtes Publikum, wobei Wedigos Aufmerksamkeit primär den Militärpersonen galt. Doch er sah sich enttäuscht, denn diese waren durchweg einfache Soldaten und Unteroffiziere, wie der Beobachter aus sich Wedigo nicht erschließenden Quellen festgestellt hatte. Bislang hatte die Überwachung offenbar nichts Konkretes ergeben, stellte Wedigo fest.

Es klopfte kurz, der wachhabende Gefreite trat ein und meldete Oberst von Krauss-Elislago.

»Herr Oberst«, begrüßte ihn der Oberleutnant und erhob sich. »Was kann ich für Sie tun?«

»Sorgen Sie für besseres Wetter«, erwiderte von Krauss-Elislago. »Da draußen schneit es, ekelhaft.« Er ließ sich schwer auf einen der Sessel fallen. »Nun, ich habe es bereits in der gestrigen Sitzung gesagt, weshalb ich in Berlin bin. Und Ihre Abteilung wurde angewiesen, mit mir zusammenzuarbeiten. Deshalb bin ich sehr verwundert, Herr Oberleutnant, erst heute früh – und ganz nebenbei – zu erfahren, dass am Anfang der Woche der frühere Leiter der Abteilung III b hier im Hause ermordet wurde. Das ist eine zentrale Information und ich ersuche Sie, Herr von Wedel, mich umgehend auf den aktuellen Stand zu bringen!«

Wedigo überlegte kurz, bevor er antwortete. Oberst Ludendorff hatte die klare Anweisung erteilt, einen Befehl, den Vertreter des österreichischen Bündnisbruders in jeder Hinsicht zu unterstützen. Aber hieße das, Oberst von Krauss-Elislago über alles en détail zu informieren? Der Oberleutnant fühlte sich auf einem sehr unsicheren Terrain. Er wünschte, Major Nicolai hätte einen früheren Zug genommen und säße an seiner Stelle.

»Ich bin erst am Montag zu der III b abkommandiert worden«, begann er langsam. »Es ist richtig, dass ich dabei war, als Oberstleutnant Heye und Major Nicolai den ermordeten Oberst Brose entdeckten. Dass der Mord einen Bezug zu Ihren Fällen hat, konnte ich zu diesem Zeitpunkt nicht wissen und habe dies auch erst Ihrer Äußerung eben entnommen.«

»Aber das ist doch klar, Herr Kamerad. Wir haben es mit einer russisch-französischen Spionageoffensive zu tun. Und ich bin überzeugt, hinter dem Ganzen verbirgt sich eine ungeheure Schweinerei«, polterte der Oberst los. »Sie wissen, was auf dem Balkan los ist. Montenegro belagert trotz allen diplomatischen Drucks weiterhin die türkische Festung Skutari. In Serbien vereinbaren die Kaufleute einen Boykott aller österreichisch-ungarischer Waren und fordern die bulgarischen und griechischen Kaufleute auf, ebenfalls mitzumachen. Dahinter stecken die Franzosen und die Russen, die uns unter wirtschaftlichen Druck setzen wollen.«

»Ich verstehe nicht, was der Mord an Oberst Brose damit zu tun hat?«, wandte der Oberleutnant ein.

»Das ist ein Mosaikstein im großen Ganzen, und nur wenn wir alle Informationen, alle Mosaiksteine zusammenfügen, gelangen wir zu einem Bild der Lage«, dozierte von Krauss-Elislago.

Er schwieg, stand auf und trat zur Tür. Dort drehte sich der Oberst noch einmal zu Wedigo um.

»In diesem Sinne, Herr von Wedel, erwarte ich täglich Ihren Bericht!«

Der Oberst ging.

Einen täglichen Bericht? Wedigo schüttelte den Kopf. Nein, die Angelegenheit musste Major Nicolai übernehmen. Er glaubte nicht, dass sein Vorgesetzter jeden Tag Oberst von Krauss-Elislago rapportieren würde, auch wenn dieser Chef der Militärkanzlei des österreichischen Thronfolgers Franz Ferdinand war. Apropos Bericht,

Wedigo fiel ein, dass er bislang noch keine Rückmeldung aus der Chiffrierabteilung im Hinblick auf den codierten Brief des Obersten bekommen hatte. Die vierundzwanzig Stunden waren längst vorüber. Er würde den Feldwebel beauftragen, bei den Herren einmal nachzuhaken.

Der Oberleutnant wandte sich dem zweiten Hefter zu, dessen Inhalt sich mit der Baronesse beschäftigte. Dabei stieß er an die Postmappe, die vom Tisch fiel. Ärgerlich über sein Ungeschick bückte sich Wedigo, um die Meldungen und Schreiben, die herausgerutscht waren, aufzusammeln. Dabei fiel sein Blick auf einen weißen Umschlag mit einem Krönchen; ein Brief der Gräfin, wenn auch nicht in Rosa gehalten. Neugierig und gleichsam begierig, was Melissa geschrieben hatte, riss Wedigo den Umschlag auf und zog ein hellblaues Blatt hervor:

Lieber Wedigo!

Ich habe seit Tagen nichts von Ihnen gehört, wo waren Sie? Ich versuchte Sie mehrfach zu erreichen, allein vergeblich. Wie wäre es, wenn wir am Sonntag einen Ausflug unternehmen würden? Ich weiß schon wohin, lassen Sie sich überraschen … Bis Sonntag um zehn im Adlon.

Ihre Melissa

PS: Ich muss Sie unbedingt sehen!

Das war typisch für diese Frau, sie glaubte nach Belieben über andere Leute verfügen zu können. Und sie hatte mit keinem Wort den Mittwoch erwähnt. Aber ihm blieb eigentlich keine Wahl, wenn er mehr über die Gräfin und ihre Kreise erfahren wollte, musste er auf ihre Spiele eingehen. Andererseits schien es Wedigo ein angenehmes Abenteuer, mit einer schönen Frau, einen unerwarteten Ausflug zu unternehmen. Wedigo entschied sich, er würde am Sonntag im Adlon auf Melissa warten und dann sehen, was bei ihrem Treffen passierte. Bisher war nur auf ihn geschossen worden, er war durchs nächtliche Berlin gerast und war in ein Duell geraten. Vielleicht durfte er am Sonntag Löwen und Tiger jagen. Aber nein, die gab es nur im Zoo. Ihm fiel Ilse von Bredows nächtlicher Zettel ein, den Zoo würde er morgen besuchen. Möglicherweise hatte auch Fräulein von Bredow eine Überraschung parat, dachte Wedigo – und musste über sich selbst lächeln.

Er steckte den Brief ein und wandte sich endlich der Mappe ›von Moltweer‹ zu. Zunächst gab es einige genealogische Angaben. Die Familie zählte zum mecklenburgisch vorpommerschen Uradel. Sie stammte aus der Gegend um Ratzeburg, wo für das Jahr 1246 ein Ort namens Multwern oder Moltswen angeführt wurde. Schon 1194 erwähnte eine Urkunde einen gewissen Bernardus de Molswer. Es folgte eine mögliche Verwandtschaft der Baronesse mit den genannten Moltweers oder Moltswehrs, die nicht erwiesen sei. Über die Baronesse selbst gebe es keine besonderen Angaben. Sie sei erstmalig vor drei Jahren als Kurgast in den verschiedenen Ostseebädern, unter anderem auch in Cranz, als allein reisende, vermögende Dame aufgetreten, hieß es, und habe dort allerlei Bekanntschaften, vor allem mit Militärpersonen geknüpft, weswegen man auch auf sie aufmerksam geworden sei. Es habe aber nie einen Anlass gegeben, der den Anfangsverdacht, die Baronesse sei im russischen Auftrag unterwegs, bestätigte. Vor anderthalb Jahren habe man daher die Beobachtung eingestellt und könne daher nicht sagen, wo sie sich in dieser Zeit aufgehalten und befunden habe. Sicher sei einzig, dass die Baronesse aus dem Baltikum und zwar aus der Gegend von Riga stamme. Es folgte eine Liste von Namen einzelner Persönlichkeiten, welche in Kontakt mit Frau von Moltweer gestanden hatten. Wedigo überflog die Liste und war überrascht. Das Ganze las sich wie ein Auszug aus der offiziellen preußischen Rangliste. Nahezu jeder, der in den Garderegimentern Rang und Namen hatte, war vertreten. Kein Wunder, dass die Baronesse in Verdacht geraten war, eine Agentin zu sein. Andererseits, es waren stets die gleichen Familien, deren Mitglieder in den besten Regimentern dienten und die in der Gesellschaft den Ton angaben; von da ließen sich die Kontakte durchaus erklären. Dennoch, die Lücke der letzten anderthalb Jahre stimmte den Oberleutnant nachdenklich. Er blätterte weiter in der Liste und stieß auf einen Namen, der ihn stutzen ließ: ›Rittmeister Alfred Kiepert‹. Das war doch der Herr, den ihm die Gräfin vorgestern auf dem Rennplatz vorgestellt hatte. In der Akte war sein Name zusätzlich mit einem Stern versehen. Wedigo blätterte weiter, fand aber keinen Hinweis darauf, was dieser bedeutete. Schneidmann würde sicher Bescheid wissen, doch der war am Ravensberg. Er blickte auf die Uhr, kurz vor eins. Der Feldwebel müsste bald zurückkehren. Wedigo stand auf und gab dem Gefreiten im Vorzimmer den Befehl, dass Feldwebel Schneidmann nach seiner Rückkehr sofort zu ihm kommen solle. Dann ging der Oberleutnant zum Mittagessen ins Kasino. Es gab den üblichen Freitagsfisch, der dick paniert im Fett schwamm, und trockene Salzkartoffeln. Wedigo probierte ein Stück Fisch und schob dann den Teller zurück; der Fisch war absolut ungenießbar. Er begnügte sich mit einem Kaffee, der auch nicht besonders schmeckte. Als er um drei viertel zwei in sein Büro zurückkehrte, wartete dort bereits der Feldwebel auf ihn.

»Herr Oberleutnant, melde mich vom Ravensberg zurück.«

»Setzen Sie sich und berichten Sie, ob und was Sie gefunden haben!«

»Nun, es gibt Einiges, aber durch das Schneetreiben sind die meisten Spuren verwischt worden, Herr Oberleutnant«, antwortete Schneidmann und berichtete, wie er mit dem Gefreiten das Gelände abgesucht und dabei vor allem nach den Patronenhülsen gesucht habe.

»Wieder dieses russische Kaliber, Herr Oberleutnant«, sagte er. »Wir haben fünf Hülsen diesen Typus gefunden, neben den Hülsen, die von Ihren Mauserpistolen stammen.« Schneidmann stellte eine Pappschachtel mit mehreren Metallhülsen auf den Tisch.

»Gut, geben Sie die Fundstücke zur Ballistik. Haben Sie sonst noch etwas entdeckt?«

»Auf einem Feldweg gab es eine Öllache, die Angreifer haben offenbar einen Kraftwagen benutzt. Ich habe die Landgendarmerie gebeten, uns zu melden, ob zu der betreffenden Uhrzeit irgendwelche Fahrzeuge gesichtet wurden.«

»Sehr gut, Herr Feldwebel!«, lobte Wedigo die Eigeninitiative seines Untergebenen.

»Sonst gibt es nichts zu vermelden.«

»Dann müssen wir warten, was die Ballistik ergibt und was die Gendarmerie beobachtet hat«, meinte der Wedigo. Er schlug den Ordner über die Baronesse auf und suchte nach der Liste mit den Namen und in dieser den Namen Kiepert. Dann schob er die Akte Schneidmann zu.

»Können Sie mir erklären, was dieser Stern hier bedeutet?«, fragte er und wies auf die Stelle im Bericht.

»Das heißt, es gibt über die entsprechende Person eine eigene Sonderakte«, erläuterte Schneidmann. Es las den Text: »›Rittmeister Alfred Kiepert‹. Der Name sagt mir etwas. Wir müssten in unserem hiesigen Archiv etwas über den Rittmeister haben. Warten Sie, Herr Oberleutnant, ich schaue nach.«

Der Feldwebel verschwand im Archivraum und kehrte bald darauf mit einem schmalen Ordner zurück, den er Wedigo vorlegte.

»Danke, Herr Feldwebel. Gibt es eigentlich schon Nachricht aus der Chiffrierabteilung?«

»Nein, Herr Oberleutnant, offenbar hat man dort Probleme mit dem Code. Auf die Nachricht aus Ostpreußen warten wir ebenfalls noch. Ich werde mich sofort darum kümmern und nachfragen, was da los ist.«

»Gut, tun Sie das!«

Der Feldwebel salutierte und verließ das Zimmer. Der Oberleutnant öffnete den Ordner und studierte die Einträge:

›Kiepert, Alfred; Husarenrittmeister und Rittergutsbesitzer in Marienfelde, Dorfstraße 20-25 … enge Verbindung zu Lady MacLeod alias Margaretha Geertruida Zelle alias Mata Hari, welche lange Jahre in Paris und Wien als Tänzerin lebte … 1907 Auftritt im Varieté Wintergarten … Wohnung in Berlin Nachodstraße 39 (mit Kiepert) … Vorstellung für seine Majestät … Auslandsaufenthalte Rom, Ägypten (mit Kiepert?), Monte Carlo … zuletzt in Berlin Januar dieses Jahres … Kontakt zu Kronprinz Wilhelm von Preußen (?)‹

Beigefügt war ein Bild des Offiziers in Uniform und eins in Zivil sowie mehrere Tanzfotos seiner Geliebten, die Wedigo als äußert freizügig empfand. Worauf war er da gestoßen? Konnte es sein, dass diese Lady MacLeod oder wie die Dame auch hieß, sich aufgrund ihrer zweifelsfreien Attraktivität als Agentin betätigte, die offenbar Kontakte zu den höchsten Kreisen suchte und auch gefunden hatte? Hatte der Rittmeister damit zu tun? War der Bekannte der Gräfin sowie der Baronesse das Bindeglied zwischen den verschiedenen Zirkeln? Eine Tänzerin als Spionin? Auch auf der gemeinsam besuchten Vernissage hatte es Tänze gegeben, doch nicht in der Art, wie sie wohl diese Künstlerin betrieb. Wedigo schlug die Akte zu. Das waren alles nur Mutmaßungen, in Wirklichkeit wusste er gar nichts. Er hatte das deutliche Gefühl, von all diesen Informationen überflutet und nicht in der Lage zu sein, die richtigen und notwendigen Schlüsse zu ziehen. Zum Glück kam heute Nicolai zurück, obwohl – es klopfte und der wachhabende Gefreite trat ein, grüßte militärisch und übergab eine Nachricht. Der Oberleutnant dankte und wartete, bis der Mann das Büro wieder verlassen hatte. Dann las er das Papier. Der Regimentsadjutant Oberst von Friedeburgs, Oberleutnant von der Marwitz, teilte ohne weitere Erklärung mit, der anberaumte Termin sei aufgehoben. Wedigo seufzte erleichtert auf, zumindest das Problem schien vorerst gelöst, wobei er gern gewusst hätte, was die Ursache dieser Veränderung war. Er überflog die übrigen Meldungen, ein paar Berichte zum Balkankrieg, Informationen zur aktuellen Heeresvorlage, nichts von Belang. Dann machte er sich daran, für den Bericht an Nicolai eine Liste mit den bisher ermittelten Fakten zusammenzustellen. Es war halb vier, als der Oberleutnant den Stift zur Seite legte. Er beschloss, sich ein wenig die Beine zu vertreten. Ihm blieb noch etwas Zeit, bevor er zum Bahnhof fahren musste. Nach der Zeit am Schreibtisch tat eine Runde um den Block sicher gut. Als Wedigo die Straße betrat, hörte er die quiekenden Töne eines Leierkastens. Die Melodie kannte er, das war das Lied, welches gestern Ilses Freundin Liliane gesungen hatte:

Der schönste Platz, den ich auf Erden hab, das ist die Rasenbank am Elterngrab.

DAS CAFÉ DES WESTENS

Pünktlich um 16.15 Uhr holte der Oberleutnant seinen Chef Major Nicolai am Hauptbahnhof Friedrichstraße ab. Nicolai wirkte sehr aufgeräumt und begrüßte seinen Untergebenen mit breitem Lächeln.

»Schön, dass Sie Ihr Duell überstanden haben. Ich bin von der Fahrt hungrig. Schlage vor, wir fahren jetzt ins Kasino in die Soorstraße. Dort speist man gut und Sie berichten mir detailliert, was sich in den letzten Tagen ereignet hat und vor allem, wie der Stand der Ermittlungen ist.«

Zwanzig Minuten später waren sie in Charlottenburg und in der Kaserne des Königin Elisabeth Garde-Grenadier-Regiment Nr. 3. Sie setzen sich in den mit Wandspiegeln ausgekleideten Speiseraum, der zu dieser Zeit völlig leer war. Der Major bestellte ein Schnitzel und dazu ein Bier. Wedigo fand auf der Karte nichts, was ihn ansprach und nahm lediglich einen kleinen Mokka. Die Ordonanz brachte bald das Bestellte und Nicolai begann mit Appetit sein Schnitzel zu verspeisen, während der Oberleutnant in Ruhe einen Abriss der letzten Tage gab. Anschließend gingen die Herren ins holzgetäfelte Raucherzimmer, um eine Zigarre zu rauchen und ein Cognac zu sich zu nehmen. Wedigo zog seine Liste hervor und legte sie auf den mit Messing beschlagenen Rauchertisch.

»Ich habe versucht, die bekannten Fakten kurz zusammenzustellen, Herr Major«, erklärte er.

Nicolai nickte. »Eine systematische Vorgehensweise ist immer hilfreich, lassen Sie mal sehen, was Sie notiert haben.«

Er nahm die Liste und las sie halblaut durch:

›Donnerstag, 3. April, nachts Einbruchsversuch im Büro Oberstleutnant Gundelachs, die Fotofalle zeigt Mann in Gardeuniform, die Person und der Dienstgrad bleiben unbekannt; Täter kann entkommen. Der Zugang erfolgte wahrscheinlich durch Fenster eines Wirtschaftsraums im EG.

Montag, 7. April circa 5 Uhr morgens, Kriegsministerium Wilhelmstraße, Büro Oberstleutnant Heye: Doppelmord an Oberst Brose und an dem Wachsoldaten Gefreiter Becker. Geraubt werden mehrere Akten (Signaturen XV-1, XVI-2 sowie XVII-8). Am Tatort Fund einer Gardelitze in Gold (Offizierslitzen d. Garde-Regimenter zu Fuß Nr. 2–4) sowie Fingerabdrücke wie im Fall Gustav Wölkerling. Verbindung zu Raswedka und Ochrana denkbar sowie zu den feindlichen Agentenführern Oberst Batjuschin oder Oberst Martschenko.

Gemäß Personalakte war Oberst Brose 1899 auf einem Sprachkurs in Russland (Kasan). Stand in Kontakt zum britischen Militärattaché in St. Petersburg Guy Percy Wyndham.

Abends: Falscher Ulanenrittmeister 1. Garde-Ulanen-Regiment von Lützow vermittelt Kontakt zu Gräfin Melissa Maria Walewska, diese kennt den Mann angeblich nicht.

Spätabends Entführungsversuch von Wedels mit Mercedes Doppel-Phaeton 28, Schusswechsel in Höhe Grunewaldsee, Paulsborn. Mann mit Narbe.

Dienstag, 8. April. Entdeckung Tatort Grunewaldsee (Entführung Wedel). Dort Fund einer Hülse einer russischen 7,62 × 38 mm Nagantpatrone.

Im Haus Paulsborn wohnte Baron von Maydell mit angeblicher Familie (Ehefrau, Schwager, Tochter, zwei Diener). Erhielt Besuch von blonder Dame im Mercedes Doppel-Phaeton 28. Verbindung zur Gräfin Walewska? Kartenfund, Markierungen verweisen u. a. auf Mulackstraße.

Am Nachmittag Hausdurchsuchung in der Wohnung Oberst Broses. Hinweise auf teuren Lebenswandel, Entdeckung Mühlenbild. Das gleiche Bild findet sich im Atelier Heckel.

Abends: Atelierfest Heckel. Begegnung Wedels mit Baronesse Odilie von Moltweer und mit Baron Johannes von Maydell, angeblich Vetter des verdächtigen Barons. Maler Heckel kannte Oberst Brose, wusste, dass er tot ist. Hinweis auf ›blau‹ (?).

Mittwoch, 9. April. Vernehmung Torgels, Bursche von Oberst Brose. Berichtet von Damenbesuch am Sonntag, 6. April. Beschreibungen passen auf Baronesse von Moltweer und auf Gräfin Walewska. Besuch wird später von der Gräfin bestätigt, angeblich harmloser Hintergrund. Weiterer Besuch durch Herrn mit blassem Gesicht und ausgeprägt militärischer Haltung (Maydell?). Besucher kam gegen sieben Uhr und ging nach acht.

Nachmittags. Aufgrund Befragung Fw Schneidmanns Hinweis auf Besuche Oberst Bs. in der Gartenstraße. Dort wird Post sichergestellt, Absender: Aufgabepostamt Eydtkuhnen/Ostpreußen, derzeit beim Dechiffrieren. Zweite Postadresse in der sogenannten Mulackritze. Anschließend Besuch von Wedel beim Trabrennen. Dort weitere Bekannte der Gräfin kennengelernt: Bruno Cassirer, Galerist und Verleger sowie Rittmeister Alfred Kiepert, Rittergutbesitzer und früher in enger Verbindung zur Tänzerin Lady MacLeod (Agentin?), ebenfalls bekannt mit Baronesse von Moltweer!

Abends: Versuch, zusammen mit Fw Schneidmann in der ›Mulackritze‹ Broses Post zu bekommen, scheitert; Kampfsituation, Flucht und Verfolgung.

Donnerstag, 10. April. Vernehmung der Gardeoffiziere Leutnant von Manstein und Leutnant von Petersdorff, ohne Ergebnis. Abends Hinweis auf Kontakte Baronesse von Moltweer mit russischen Offizieren in Cranz, Zeugin: Fräulein von Bredow.

Freitag, 11. April, 6 Uhr Potsdam Ravensberg. Vor Beginn des Duells Überfall durch drei Unbekannte. Hülsen von russischer 7,62 × 38 mm Nagantpatrone am Tatort wie bei Brose und bei Paulsborn. Ölspuren.

Überwachungsbericht ›Mulackritze‹ ohne Ergebnis.‹

»Ganz anständig, Ihre Liste«, lobte der Major. »Könnte noch etwas systematischer aufgebaut sein, aber insgesamt ein guter Überblick. Und das mit dem Fenster im Erdgeschoss war mir neu. Wir haben also eine große Anzahl Fakten vorliegen, dennoch wissen wir immer noch nicht, wer den Oberst und den Gefreiten ermordet hat. Wir sollten überlegen, wie wir weiter vorgehen, um endlich dem Täter auf die Spur zu kommen und ihn überführen zu können. Was schlagen Sie vor, Herr Oberleutnant?«

»Darf ich Herrn Major zunächst etwas fragen?«, erwiderte Wedigo vorsichtig.

»Nur zu, fragen Sie, wir sind im offenen Austausch!«

»Ich denke mir den Fall in etwa so«, begann Wedigo. »Dem Gegner geht es um Aufmarschpläne, Manöverstrategien und um technische Neuerungen, vor allem in der Aeronautik. Neben der herkömmlichen Spionage setzt der Feind, den wir in einem Mitglied der Triple Entente vermuten, zu neuen Formen an. Man versucht junge, begabte Gardeoffiziere zu gewinnen, die langfristig Karrierechancen haben und somit früher oder später besonderes Wissen besitzen, welches der Gegner abschöpfen möchte. So habe ich Ihre Darlegungen verstanden, Herr Major.«

»Das ist richtig«, sagte Nicolai und klopfte die Asche seiner Zigarre ab. »Kombinieren Sie weiter!«

»Nun, die Methoden, jemanden als Agenten für eine feindliche Macht zu gewinnen, sind vielfältig. Das habe ich den Akten, die Sie mir gaben, entnommen. Die Motive sind meist Schulden und persönliche Habgier, vielleicht auch Rache oder Enttäuschung, weil jemand nicht befördert wurde. Oder der Betreffende fürchtet einen wie immer gearteten Skandal.«

Der Major nickte.

»Der ermordete Oberst Brose war in Künstlerkreisen bekannt und er stand, wie intensiv auch immer, mit Gräfin Walewska und der Baronesse von Moltweer in Kontakt. Vielleicht weil er selbst ermittelte, vielleicht war er aber auch das sogenannte Leck. Die beiden Damen spielen jedenfalls eine wichtige Rolle. Wenn ich mir anschaue, mit wem ich es bislang zu tun gehabt habe, werde ich, auch im Hinblick auf meine Unterbringung im Hotel Adlon, das Gefühl nicht los, dass ich, zumal ich der Garde angehöre, bewusst als Köder verwendet wurde und werde. Genauer als Köder für Gräfin Walewska. Dies auch, da Sie, Herr Major, offenbar mein Tun genau beobachten beziehungsweise beobachten lassen. Können Sie meine Vermutung bestätigen?« Wedigo von Wedel beendete seine Ausführungen und sah den Major herausfordernd an.

Nicolai lachte lauthals. »Großartig, Herr von Wedel, Sie haben den Nagel auf den Kopf getroffen. Der Sachverhalt ist genau so, wie Sie ihn schildern. Ein junger, natürlich talentierter Gardeleutnant wird in die Abteilung III b berufen und an vorderster Front, also im Adlon, in Stellung gebracht, und schon beißt der Fisch an. Mit dem kleinen Unterschied, dass Sie durchaus selbstständig agieren und kombinieren, da Sie, was ich nicht ahnen konnte, aber natürlich sehr begrüße, eine kriminalistische Ader besitzen. Sodass sich der Köder, ein unschönes, doch treffendes Wort, in eine Art Harpune verwandelt hat, um im Bild zu bleiben. Allerdings weiß ich nach wie vor nicht, wie wir Ihre Gräfin einzuordnen haben. Ist sie wirklich eine russische oder französische Spionin? Oder eher eine Femme fatale, die es liebt, mit Männern zu spielen – oder beides?«

»Sie kennt erstaunlich viele höhere Persönlichkeiten«, warf Wedigo ein, dem das Thema Gräfin und Köder unangenehm war.

»Das passt zum Bild«, sagte Nicolai trocken. »Die Dame muss sich in den höchsten Kreisen bewegen, ein wichtiger Bestandteil ihres Spiels und ihrer Rolle. Aber, wie gesagt, so ganz im Klaren bin ich mir mit der Gräfin nicht. Und Ihnen geht es sicher ähnlich. Für eine Mörderin halte ich sie jedenfalls nicht.«

Wedigo bestätigte die Aussage.

»Was dagegen die Baronesse angeht«, fuhr der Major fort, »scheint die Angelegenheit einfacher. Ihren Komplizen, den falschen Rittmeister, habe ich, wie Sie wissen, bereits aus dem Verkehr gezogen. Die Kontakte der Baronesse zu Maydell und zu Rittmeister Kiepert sind weitere, deutliche Indizien wie auch der Bericht Ihrer Zeugin. Es würde mich nicht wundern, wenn die Dame plötzlich verschwinden würde oder dies zumindest versuchte.«

»Sie lassen die Baronesse überwachen?«, fragte der Oberleutnant.

»Die Baronesse und die Gräfin«, bestätigte der Major. »Wobei die Überwachung nicht immer gelingt; vor allem unsere schöne Gräfin besitzt die Fähigkeit, sich einer Beobachtung plötzlich zu entziehen.«

Wedigo musste unwillkürlich lächeln, auch der Major schien nicht alles über Gräfin Walewska und ihr Tun zu wissen, was ihn ein wenig beruhigte.

»Halten Sie auf jeden Fall weiter Kontakt zur Gräfin, dazu bleiben Sie bis auf Weiteres im Adlon wohnen«, schloss der Major das Thema ab. »Was das sonstige Vorgehen betrifft«, er nahm die Liste des Oberleutnants zu Hand und überflog nochmals, was dieser notiert hatte. »Sie schreiben hier«, wandte er sich dann an Wedigo, »dass die Vernehmung der Gardeoffiziere kein Ergebnis gebracht hätte. Sie haben nur zwei Herren befragt?«

»Meine Befragungsliste umfasste vier Kandidaten, zwei von ihnen, Hauptmann von Schleicher und Oberleutnant von Hindenburg, ließen sich entschuldigen. Allerdings glaube ich, nachdem ich die Akte über Baronesse von Moltweer und die Namen der Persönlichkeiten, welche mit ihr in Verbindung standen, gelesen habe, dass meine Auswahlkriterien nicht greifen. Es handelt sich faktisch um einen Auszug aus der Rangliste. Fast jeder, der in den Berliner und Potsdamer Garderegimentern Rang und Namen hat, ist vertreten.«

»Nun, dafür gibt es möglicherweise einfache Erklärungen«, meinte Nicolai. »Die Baronesse besucht einen Ball, sie ist eine attraktive Frau, wird mehrfach zum Tanz aufgefordert und schon ist die Liste um ein Dutzend Namen gewachsen.«

»Könnte es nicht vielleicht sein«, warf Wedigo ein, »dass das Fräulein von Moltweer weiß, dass sie überwacht wird und bewusst die Anzahl ihrer Bekannten vergrößert? Es kann ja nicht sein, dass die halbe Garde im Dienste feindlicher Mächte steht!«

»Ein guter Gedanke«, meinte Nicolai. »Ein Blatt versteckt man am besten im Wald unter Blättern.« Der Major drückte seine Zigarre aus. »Eine geschickte Tarnung ist alles.« Er winkte der Ordonanz. »Bringen Sie uns noch zwei Cognacs!«

Der Gefreite brachte das Gewünschte. Die beiden Männer tranken.

»Sie werden sich also weiter der Gräfin widmen, und schauen Sie, dass Sie mehr über Broses Künstlerkontakte erfahren. Die Beobachtung der Mulackritze wird fortgesetzt und die Überwachung der Baronesse verstärkt. Parallel dazu werde ich im Ministerium eine interne Überprüfung vornehmen. Wenn wir einen Maulwurf im Hause haben, müsste doch etwas zu finden sein. Schneidmann soll der Nagant-Angelegenheit nachgehen und in der Nähe Ihres Duellortes nach Zeugen suchen; irgendjemand hat heute früh sicher etwas beobachtet. Den österreichischen Kameraden nehme ich Ihnen natürlich ab. Um die Herren von der Garde kümmern wir uns nächste Woche. Wann treffen Sie die Gräfin?«

»Die Gräfin?«, fragte Wedigo. »Woher wissen Sie, dass sie mir ein Treffen vorgeschlagen hat, Herr Major?«

»Als Sie Ihre Liste vorhin aus der Brieftasche holten, fiel mir ein weißer Umschlag mit einer Krone auf – also, wann sehen Sie die Dame wieder?«

Etwas zögernd berichtete Wedigo von dem Zehn-Uhr-Termin am Sonntag und dem geplanten Ausflug.

»Sehen Sie«, sagte Nicolai, »die Dame wird aktiv. Das ist ein gutes Zeichen. Aber, Sie erlauben mir den Ratschlag, haben Sie bei Ihrem kleinen Tête-à-Tête unbedingt Ihren Revolver dabei, in der Umgebung der Gräfin lebt es sich gefährlich. Morgen nehmen Sie sich frei und spannen aus, vielleicht besuchen Sie den Zoo«, fügte der Major grinsend hinzu. »Ach ja, Oberstleutnant Heye ist seit vorgestern in anderen Funktionen tätig. Ab sofort habe ich die Abteilung III b übernommen.«

»Ich gratuliere, Herr Major.«

»Danke. Ich fahre jetzt nach Potsdam zu Oberst von Friedeburg, dem ich ein paar Erklärungen geben will. Wir haben zwar heute schon über den Fernsprecher miteinander gesprochen, aber ich ziehe eine direkte Kommunikation vor, zumal Ihr Kommandeur noch Fragen hatte. Friedrich und ich sind alte Bekannte. Der Fahrer soll Sie an der Bahn absetzen, das Gespräch könnte länger dauern. Wir sehen uns am Montag!«

Die Offiziere erhoben sich. Der Major zeichnete die Rechnung ab, dann verließen sie das Kasino. Der Oberleutnant wurde am Bahnhof am Stuttgarter Platz abgesetzt, und der Major fuhr nach Potsdam. Wedigo sah dem Wagen nach. Es war schon fast unheimlich, was Nicolai alles zu wissen schien. Woher wusste er nur von der Verabredung mit Ilse? Oder war seine Bemerkung reiner Zufall gewesen? Mit seinem Kommandeur schien der Major ebenfalls geredet zu haben. Und er war offiziell Abteilungsleiter, wenigstens gab es jetzt Klarheit in der Verantwortlichkeit. Der Zug kam, Wedigo fuhr zum Bahnhof Friedrichstraße und nahm von dort eine Droschke, die ihn ins Adlon brachte.

Im Hotel genoss er ausgiebig den mondänen Badeluxus – wer konnte sagen, wie lange sein hiesiger Aufenthalt noch dauerte – und zog sich zum Abendessen um, das er wieder im Hause einnahm. Es war gerade halb acht, als Wedigo das Hotelrestaurant betrat. Im Kamin brannte das Feuer und verbreitete eine angenehme Wärme. An einigen Tischen saßen bereits Abendgäste und dinierten. Ein Ober geleitete ihn zu einem seitlichen Platz direkt am Fenster, der durch eine Säule ein wenig verdeckt lag. Wegen eines Wandspiegels schräg gegenüber, war es jedoch möglich, wenn Wedigo sich etwas vorbeugte, den Raum im Blick zu haben. Er hatte die Tage genutzt, um ab und zu in Gross' ›Handbuch für Untersuchungsrichter als System der Kriminalistik‹ hineinzuschauen und dort unter anderem einen kleinen Artikel über die Anwendung von Spiegeln bei Observationen gefunden, den er mit großer Aufmerksamkeit gelesen hatte. Jetzt blätterte der Oberleutnant allerdings in der Speisekarte. Seit heute früh hatte er nichts Richtiges gegessen, dafür zu viel Kaffee und die beiden Cognacs getrunken, sein Magen knurrte. Die Karte bot ein ansprechendes Freitagsmenu, und Wedigo entschied sich als Auftakt für Silberlachs mit Pahlbohnenfumé, Paprika und Escabechegemüse. Der Lachs zerging auf der Zunge. Es folgten Zander mit Kraut und schließlich Kaninchen in Estragonsauce mit Speck und Stockkartoffeln. Dazu trank er einen leichten Niersteiner. Der Oberleutnant war gerade beim Kaninchen, dessen Fleisch durch die Sauce einen wunderbar zartwürzigen Geschmack hatte. Er beugte sich vor und griff nach seinem Glas, als er im Spiegel die Gräfin in den Raum treten sah. Maria Walewska war heute in eleganter Garderobe. Sie trug einen Pelzmantel aus silbernen Zobelfellen und dazu einen Hut, der in Form und Farbe mit dem Mantel korrespondierte, und von dem Wedigo nach dem Bild der Spiegelung nicht sagen konnte, aus welchen Stoffen oder Fellen er hergestellt worden war. Die Gräfin kam nicht allein. An ihrer Seite befand sich ein groß gewachsener Herr. Er half ihr aus dem Mantel, den er mit herrischer Geste einem Kellner weiterreichte und seinen oben drauf warf. Unter dem Pelz trug Maria Walewska ein silberfarbenes Seidenkleid, von dem selbst aus der Ferne ein fast magischer Hauch auszugehen schien. Einige Gäste drehten sich zu ihr um, was Wedigo verstand, die Gräfin war eine Erscheinung. Ihr Haar war zu einem kunstvoll frisierten Gebilde hochgesteckt. Um den schlanken Hals lag eine Perlenkette und die Schultern bedeckte ein leichtes Spitzentuch, durch das die Haut hindurchschimmerte. Es war eine ungewöhnliche Kleidung, sogar für das Adlon, aber die Gräfin war auch eine ungewöhnliche Frau. Der Anzug ihres Begleiters hingegen war von einer eher schlicht wirkenden, dennoch sehr teuren Eleganz, die herzustellen nur den besten Schneidern gelang. Das glatt rasierte Gesicht mit den scharfen Zügen und den schmalen Lippen kam Wedigo bekannt vor, er hatte den Mann, er mochte um die fünfzig sein, schon einmal gesehen, konnte ihn aber im Augenblick nicht einordnen. Das Paar wurde an einen Tisch geleitet, der unmittelbar auf der anderen Seite der Säule lag, hinter der sich Wedigos Platz befand. Von Melissa war im Spiegel nur der aparte Rücken zu sehen, ihr Begleiter wurde ganz durch die Säule verdeckt. Wedigo schob seinen Teller zur Seite; der Ober brachte nun als Nachspeise Rhabarber mit Joghurteis und Lakritz. Vorsichtig zog sich der junge Offizier aus dem Spiegelblickwinkel zurück und lehnte sich nach hinten. Deutlich hörte er Melissas vertraute Stimme, die lediglich ein Potaufeu von der Seezunge und danach etwas Hummer verlangte, während ihr Begleiter mit energischer Stimme und einem kaum merkbaren östlichem Akzent eine Gänseleber-Terrine und anschließend ein Berliner Eisbein mit Kraut bestellte. Ihr Gespräch, das Wedigo mit leichten Gewissensbissen belauschte, drehte sich um Belanglosigkeiten und gemeinsame Bekannte. Der Oberleutnant wollte schon aufstehen, um Melissa zu begrüßen, da hörte er den Namen des Baron von Maydells fallen.

»Sie sagen, Sie sehen Maydell heute Abend, Gräfin?«, fragte der Mann. »Ich wusste nicht, dass er noch in Berlin ist?«

»Er ist hier, Fürst, und ich weiß, wo ich ihn finde …«

Die Gräfin ließ ihren Satz offen und eine Gesprächspause trat ein. Teller klapperten, offenbar wurden die ersten Speisen serviert.

»Haben der Herr noch einen Wunsch?«, fragte der Ober, der an Wedigos Tisch getreten war.

»Danke, nein«, antwortete der Oberleutnant knapp, denn er wollte nicht riskieren, dass die Gräfin seine Stimme hörte und erkannte. Der Mann verneigte sich und zog sich so lautlos zurück, wie er gekommen war.

Was nun? Sollte Wedigo warten, bis Maria Walewska und ihr Fürst ihr Mahl beendet hatten und aufbrachen? Nein, Wedigo entschloss sich, einfach einen Bogen zu schlagen und zu hoffen, dass die Gräfin ihn nicht erblickte. Und wenn schon, dachte er, Melissa wusste, dass er im Adlon residierte, eine Begegnung wäre nichts Ungewöhnliches. Andererseits ging es um Maydell und da sollte und wollte Wedigo dranbleiben. Wenn er aber der Gräfin folgen wollte, durfte seine Anwesenheit nicht bemerkt werden. Er winkte dem Kellner und bat um die Rechnung. Diese kam in einem Etui, der Oberleutnant prüfte sie, legte einen Schein hinein und erhob sich. Er lenkte seine Schritte in den Nebensaal, von dem ebenfalls eine Tür hinaus ins Foyer führte. Von dort begab er sich in den Rauchsalon, aus dem heraus er durch die Glastür die Eingangshalle im Blick behalten konnte. Der Oberleutnant lehnte sich zurück, zündete eine Zigarette an und wappnete sich mit Geduld.

Nach gut einer Stunde wurde diese belohnt. Die Gräfin und ihr Begleiter durchquerten das Foyer und verließen das Adlon. Wedigo folgte, so nah es ihm möglich war. An der Tür sah er, wie beide in einen Wagen stiegen. Es war ein schwarzer Adler 20/50, der gleiche Fahrzeugtyp, den kürzlich die Baronesse und die Gräfin gefahren hatten. Der Oberleutnant eilte hinaus und hatte Glück. Ihm gelang es, eine freie Kraftdroschke zu finden, er sprang hinein und gab dem Fahrer die Anweisung, dem Adler zu folgen. Auf einmal fiel ihm ein, wo er den Fürsten gesehen hatte, auf der Trabrennbahn im Gespräch mit Leutnant Herwarth von Bittenfeld! Ein eigentümlicher Zufall, den er überdenken musste.

Die Autofahrt führte durch den Tiergarten zur Joachimstaler Straße und weiter bis zum Kurfürstendamm, wo der Wagen der Gräfin vor dem Café des Westens hielt. Die Gräfin stieg allein aus und ihr Begleiter fuhr weiter. Wedigo entschied, Maria Walewska zu folgen, zahlte und verließ die Droschke.

Das Café hieß in Künstlerkreisen ›Café Größenwahn‹ und galt als Treffpunkt der literarischen und malerischen Avantgarde. Es gab in der Stadt unterschiedliche Künstlerquartiere. Eine gewisse Konzentration der Ateliers und Dichtermansarden fand sich im Umkreis des Savigny-Platzes; dieser Umkreis zog sich über ganz Charlottenburg, Schöneberg und Wilmersdorf in einem großen Bogen um den Kurfürstendamm bis hin zum Café des Westens.

Der junge Offizier hatte von dem Café bereits im Kasino gehört und in der Zeitung gelesen. Im Allgemeinen lehnte man in seinen Kreisen das Treiben im Café vehement ab, vor allem Adolf Stein von der Kreuzzeitung schrieb mit Abscheu von der dortigen sittlichen Verderbnis. Die sogenannten Künstler im Café des Westens, meinte Stein, seien alles Gesindel und hätten den

Westen Berlins in einen moralischen Sumpf verwandelt. Wedigo schreckten diese Worte nicht ab, er war neugierig, was ihn dort erwartete, und froh, nicht in Uniform zu sein, sonst hätte er das Haus nicht betreten können. Über den Bogen des Eingangs las er die unübersehbaren Lettern ›Café des Westens‹, darüber ›Spielsäle‹ und ›Billardsäle‹. Es war nach zehn Uhr und das Café war bereits sehr voll. Ein Stimmengewirr schlug Wedigo entgegen, dazu ein Schwall heißer, mit Zigarettenrauch, Alkoholdunst und anderen Gerüchen durchsetzter Luft. Er sah sich um, hinten an der Theke schwamm alles in einem rotgelben Licht. Auf den Barhockern saßen etliche elegante Herren und einige Damen in seidenen Kleidern und betrachteten gelangweilt die übrigen Gäste. Daneben drängten sich die Gäste an den Tischen, Sekt perlte in den Gläsern, dickbäuchige Flaschen mit goldenen und silbernen Köpfen ragten aus den Eiskübeln. In Korbsesseln saßen Pärchen, junge Männer und ältere Frauen um die vierzig, die mit kalten Augen um sich blickten. In der Mitte des Raumes drehten sich die Paare in größter Enge. Ein kleines Orchester spielte Tanzlieder. Etwas entfernt von dem Trubel sah Wedigo die Gräfin sitzen. Sie hatte mitten in einer fröhlichen Gesellschaft Platz genommen und trank soeben aus einem Weinglas, das ihr überreicht worden war. Vorsichtig schob er sich näher und es gelang ihm, an einen unweit stehenden Tisch einen Platz zu finden, ohne von Maria Walewska bemerkt zu werden. Unauffällig spähte Wedigo hinüber. An der Seite der Gräfin erkannte er die Baronesse und neben dieser befand sich, sichtlich angetrunken, Kamerad von Bittenfeld. Dem Paar gegenüber, eingerahmt von einer rötlichen Blonden mit kessem Mund und einer hochgewachsenen Brünetten, erkannte er Baron Maydell. Auf seinem Schoß saß, eng an ihn geschmiegt, ein blutjunges Mädchen, das kaum älter als fünfzehn war.

»Bist du nur an dem Tun anderer Leute interessiert, wartest du auf jemanden oder warum biste hier?«, unterbrach eine rauchige Frauenstimme seine Beobachtung. Wedigo drehte sich um und sah einen hübschen Kopf mit dunklen Augen vor sich.

»Ich heiße Mia«, fuhr sie fort, »und bin durstig. Bestell uns was, dann spricht es sich leichter.«

Wedigo wollte nicht aus seiner Rolle fallen und winkte einem Kellner, der sich gerade in der Nähe befand. Der Mann kam mit schweren Schritten näher.

»Ich trinke Sekt und du am besten auch«, entschied Mia.

Amüsiert über das Auftreten des Fräuleins ließ Wedigo eine Flasche Matheus Müller kommen. Er betrachtete sein Gegenüber genauer. Fräulein Mia war eine gazellenhaft schlanke Brünette mit großen Augen, die wie zwei tiefe Seen wirkten und in ihrer Schwärze wie Onyxsteine funkelten. Ein wenig erinnerte sie ihn an eine Raubkatze, einen auf Beute lauernden Tiger.

»Ich habe dich neulich gesehen, mein unbekannter Kavalier, wie heißt du?«, fragte Mia.

»Wo haben Sie mich gesehen?«, erwiderte Wedigo erstaunt.

»Bei Erich auf dem Atelierfest, du bist irgendwann mit der Dame da drüben im Haus aufgetaucht«, Mia wies mit der Hand zum Tisch der Gräfin. »Hat sie dich heute versetzt?«

Der Sekt kam und enthob ihn einer Antwort. Der Kellner öffnete gekonnt die Flasche und goss ihnen ein, sie prosteten sich zu.

»Also, ich bin Mia, kannst mich ruhig duzen, und wie heißt du?«

Er entschied, auf Mias lockere Art einzugehen, vielleicht konnte er auf diese Weise Neues erfahren, da sich das Fräulein offenbar in der Kunstszene auskannte.

»Ich bin Wedigo.«

»Prost, Wedigo!« Sie stießen erneut an.

»Wedigo ist ein doller Name, du bist wohl von Adel? Nun, das zählt hier nicht. Im Café zählt anderes, zählt allein die Kunst zu leben. Fast alle hier sind Künstler oder Literaten. Der Mann an der Bar zum Beispiel«, Mia zeigte auf einen Herrn im dunklen Anzug, »das ist Alfred Kerr, du weißt schon, der Theaterkritiker.«

Wedigo nickte. Kerrs Name hatte er gehört.

»Neben ihm sitzt Paul Cassirer, seine Frau Tilla ist Schauspielerin am Lessingtheater. Ihr erster Mann war der Maler Eugen Spiro, der lebt aber heute in Paris.«

»Warte mal, Mia, dieser Paul Cassirer, hat der etwas mit Pferden zu tun?«

»Nein, du meinst seinen Vetter Bruno, der ist aber heute Abend nicht da.«

Eine schwarzhaarige Frau mit strengen, nahezu bösen Augen kam am Tisch vorbei und winkte Mia kurz zu.

»Das ist Else, sie scheint heute wieder ihre Launen zu haben, hoffentlich ist Herwarth, ihr geschiedener Mann, nicht da. Die beiden geraten leicht in Streit.«

»Herwarth von Bittenfeld? Der sitzt doch da drüben.«

»Nein, Herwarth Walden, eigentlich heißt er Georg Lewin«, erklärte Mia. »Else ist wirklich sehr eigen und …«

»Wer war denn neulich Abend noch bei Heckels Atelierfest?«, versuchte Wedigo den Redefluss Mias in eine Richtung zu lenken, mit der er mehr anfangen konnte.

»Jede Menge Leute«, antwortete Mia und leerte zum dritten Mal ihr Glas. Wedigo schenkte nach und winkte dem Kellner, eine neue Flasche zu bringen. »Franz und Maria waren da, später kam noch Gottfried und irgendwann tauchten der Gustav mit der Margarethe und dem Erich aus München auf.«

»Was sind das für Leute, Mia?«, hakte Wedigo nach, dem die Vornamen nichts sagten.

»Das weißt du nicht? Gib mir bitte eine Zigarette, dann erklär ich alles!«

Der Oberleutnant zog sein Etui hervor und bot Mia eine Juno an. Sie nahm die Zigarette, er gab ihr Feuer.

»Danke«, Mia inhalierte tief den Rauch, hielt ihn einen Augenblick in der Lunge und blies ihn wieder aus. »Die Margarethe ist aus Bern. Sie ist für die freie Liebe und kämpft für die Rechte der Frau. Eine wahre Syndikalistin und Antimilitaristin.«

In Gedanken wiederholte der Oberleutnant die beiden Begriffe. Was eine Syndikalistin war, wusste er nicht, das andere Wort war allerdings deutlich. Er merkte, wie ihn das Gespräch mehr und mehr irritierte, ja erschreckte. Die Leute hier gehörten offenbar einer völlig anderen Welt an und beschäftigten sich mit Themen, die ihm fremd waren und auf den ersten Blick sehr verdächtig wirkten. Die zweite Flasche Schampus kam und binnen kurzer Zeit leerte Mia zwei weitere Gläser. Ihre Aussprache trübte sich deutlich.

»Der Erich ist Anarchist und Schreiber, er kennt in München Gott, die Welt und alle anderen. ›Mühsam geht die Welt zugrunde‹, sagt er immer. Der Gustav Landauer wohnt drüben in Hermsdorf und ist, obwohl er Sozialist ist, mit einem russischen Fürsten befreundet. Da war auch noch ein anderer Russe, ein unangenehmer Typ. Schwarzes, raspelkurzes Haar und böse Augen. Ich kannte ihn nicht, ich weiß auch nicht, wer ihn eingeladen hat. Der Maler jedenfalls nicht, es gab später noch Streit …« Mia hielt inne und presste die Hand an die Stirn. »Oh Gott«, stöhnte sie, »mir ist schlecht, alles dreht sich. Gleich muss ich kotzen!«

Verdammt, dachte Wedigo, das würde Aufsehen erregen, warum musste sie auch so viel trinken. Andererseits hatte er den Sekt bestellt und – seine Tischdame begann langsam vom Stuhl zu rutschen. Carl sprang auf, um ihr zu helfen.

»Lass mal, ich mach das schon. Ihr Kerle könnt Frauen ohnehin nicht helfen.«

Die schwarzhaarige, herbe Frau, die Mia als Else bezeichnet hatte, stand plötzlich am Tisch. Sie schob Wedigo mit Nachdruck zur Seite und beugte sich über die Trunkene.

»Oh, Mia, du bist ja schon wieder über die Wupper. Komm, ich bringe dich raus. Und Sie, mein Herr«, sagte sie mit strenger Stimme, »besorgen eine Droschke, wenn Sie schon ein Vergnügen daran finden, junge Fräulein abzufüllen, dann kosten Sie den Spaß auch bis zur Neige aus.«

Wedigo hielt sich nicht mit Erklärungen auf. Er verbeugte sich kurz und eilte nach draußen, wo er eine Kraftdroschke heranwinkte. Er musste eine Weile warten, bis Else und Mia herauskamen. Sie waren nicht allein, die Baronesse begleitete die beiden und stützte Mia, die sich kaum auf den Beinen halten konnte. Verflixt, von der Dame wollte Wedigo nicht gesehen werden. Er drückte dem Chauffeur rasch einen Schein in die Hand und verschwand im Schatten des nächsten Hauseingangs. Von dort hörte er die Dunkelhaarige schimpfen.

»Ist der Kerl doch einfach verschwunden. Der wollte dich wahrscheinlich abschleppen Mia, ich habe es dir so oft gesagt. Trau keinem Mann! Wie hieß denn dein Kavalier?«

»Ich weiß nicht mehr«, jammerte Mia. »Ich kannte ihn, weiß aber nicht mehr woher.«

Der Oberleutnant wischte sich erleichtert über die Stirn.

»Mir ist so schlecht«, klagte das Fräulein weiter.

»Komm, wir fahren. Die Droschke hat der Kerl wenigstens besorgt.«

Die beiden Frauen verfrachteten Mia ins Innere und die Baronesse stieg ebenfalls ein, dann fuhr der Wagen los und verschwand bald darauf um die Ecke. Else wandte sich ab und kehrte ins Café zurück. Dem Oberleutnant fiel ein Stein vom Herzen. Seine verdeckte Ermittlung wäre beinahe schiefgegangen. Er überlegte, ob er, trotz dieser Else, nochmals ins Café gehen sollte, da hörte er vom Eingang die ihm vertraute Stimme der Gräfin. Hastig stieg er in eine andere Droschke und ließ sich zurück ins Adlon fahren.

Ganz gleich, was die Gräfin noch unternehmen würde. Für heute glaubte Wedigo von Wedel genug erlebt zu haben. Als er das Hotel erreichte, schlug es halb zwölf. Er begab sich in seine Hotelwohnung. Kuhn schlief bereits im Vorzimmer. Der Bursche fuhr auf und der Oberleutnant winkte ab. Kuhn sank zurück in seine Träume. Wedigo gähnte und legte sich seinerseits in sein Bett.

Am Samstagmorgen saß Wedigo gegen zehn Uhr beim Frühstück, das heute aus zwei Eiern im Glase, einer Butterstulle und duftenden Kaffee bestand, und überflog die Meldungen der Zeitung: ›Das Wetter in Mitteleuropa ist ungewöhnlich kalt, die Baumblüte wurde durch die Nachtfröste der letzten Tage empfindlich getroffen. Schneestürme toben über Ungarn … Emmeline Pankhurst nach achttägigem Hungerstreik aus dem Gefängnis entlassen … mehrere Petroleumdepots in Kafa El Sheikh, Ägypten explodiert … Morgen findet in Zürich die erste vollständige Aufführung von Richard Wagners Parsifal außerhalb Bayreuths statt …‹, da fiel ein Schatten auf das Papier. Er blickte hoch und sah in das feiste Gesicht eines ihm unbekannten Mannes im bürgerlichen Anzug. Dieser nahm, ohne zu fragen, am Tisch Platz und zog eine Blechmarke hervor.

»Kriminalpolizei, Kriminalkommissar Ernst Gennat. Wenn Sie, Herr Oberleutnant von Wedel, mir bitte unauffällig folgen würden«, er wies mit der Hand zur Tür, wo die Silhouette zweier Polizeiwachtmeister zu sehen war. »Ich habe da einige Fragen.«

»Geht es um den Fall Brose?«, fragte Wedigo überrascht. »Der fällt doch nicht in Ihren Zuständigkeitsbereich.«

»Über den Fall Brose können wir später reden«, erwiderte der Kommissar ruhig, »wenn ich jetzt bitten darf, wir fahren zum Polizeipräsidium am Alexanderplatz.«

»Gut, dort werde ich wohl telefonieren können? Ich möchte meinen Vorgesetzten, Major Nicolai informieren.«

»Das wird sicher möglich sein«, antwortete Gennat.

Wedigo trank noch einen Schluck Kaffee und erhob sich; er nahm seinen Mantel und den Hut und verließ mit dem Kommissar, gefolgt von den Wachtmeistern, das Hotel. Sie stiegen in eine wartende Kraftdroschke und fuhren los. Der Oberleutnant musterte den neben ihm sitzenden Gennat unauffällig. Der Kommissar war von schwerer Statur und hatte ein breites Gesicht. Er durfte Anfang dreißig sein, das Haar war militärisch kurz geschnitten, erste Geheimratsecken zeichneten sich ab. Die buschigen Augenbrauen ließen auf eine gewisse hartnäckige Energie schließen. Was der Mann wohl von ihm wollte? Nun, das würde sich gewiss klären. Wedigo schien es, als wäre er arretiert worden, was natürlich Unsinn war.

Nach einer Viertelstunde Fahrt erreichte der Wagen den Alex und hielt vor dem gewaltigen roten Backsteinbau. Hopfengeruch hüllte sie ein, als sie der Droschke entstiegen. Rechts vom Polizeipräsidium lag das größte Bierunternehmen Berlins. Wedigo blickte sich um. Rings um den Platz standen die großen Warenhäuser *Tietz*, *Wertheim* und *Hahn*. Kreuz und quer fuhren Straßenbahnen und Pferdekutschen sowie Automobile aller Marken. Menschen eilten, gingen, liefen oder promenierten. Der Alexanderplatz war das wahre Zentrum der Stadt.

Der Oberleutnant wurde in ein karges Büro geleitet und gebeten, Platz zu nehmen. Der Kommissar setzte sich hinter den Schreibtisch und schlug eine Akte auf. Gennat wirkte auf Wedigo wie eine orientalische Figur. Wie ein Buddha thronte er hinter seinem Tisch.

»Hören Sie, Herr Kommissar«, ergriff der Oberleutnant das Wort, als dieser nur in der Akte blätterte und nichts sagte. »Sie holen mich von meinem Frühstück, machen geheimnisvolle Andeutungen und jetzt schweigen Sie. Also bitte, ich habe die Woche genug um die Ohren gehabt und für heute ist anderes geplant, kommen Sie zur Sache; um was geht es?«

»Gern, Herr Oberleutnant. Kennen Sie eine gewisse Martina Miller?«

»Nein«, erwiderte Wedigo. »Der Name sagt mir nichts.«

»Das ist seltsam«, meinte Gennat, wobei er den Offizier aufmerksam betrachtete. »Sie sind gestern Abend mit dem Fräulein im Café des Westens gesehen worden.«

»Ich war im Café des Westens, aber der Name sagt mir nichts, es sei denn, Sie meinen ein Fräulein namens Mia, eine schlanke Brünette mit großen, dunklen Augen.«

»Genau, das Fräulein meine ich, und das Fräulein ist tot«, kam es wie Peitschenhieb von Gennat. »Sie wurde ermordet. Wo waren Sie in der Nacht zwischen elf und ein Uhr?«

Die Nachricht traf Wedigo wie ein Schlag. Mia war tot! Die junge Frau schien ihm so lebenshungrig und fröhlich gewesen zu sein. Tot, das war schrecklich; aber was sollten diese impertinenten Fragen? Er hatte sie nicht getötet.

»Sie verdächtigen mich, mit dem Tod einer jungen Dame zu tun zu haben, die ich erst gestern Abend kennengelernt habe?«, entgegnete der Oberleutnant empört. »Halten Sie mich für einen Mörder? Wie kommen Sie nur auf solch einen Unsinn?«

»Mord ist eine Realität, kein Unsinn. Ich habe hier eine Aussage vorliegen, dass Fräulein Miller am Dienstag der Woche auf einem Atelierfest war, das Sie, Herr von Wedel, ebenfalls besucht haben. Das ist doch richtig, oder?«

»Mia, also Fräulein Miller, sagte gestern Abend, dass sie das Fest besucht habe. Aber ich habe sie nicht gesehen, ich kannte sie überhaupt nicht.«

»So, so«, sagte Gennat und blätterte in seinen Akten. »Wie war das denn gestern Abend?«, fuhr er mit der Vernehmung fort. »Erzählen Sie doch, wie und warum Sie das junge Fräulein im Café des Westens getroffen haben – dort verkehren Offiziere eigentlich nicht.«

»Ich bin aus bestimmten Gründen im Café gewesen, die aber nichts zur Sache tun. Ich war dort zwischen zehn und halb elf, setzte mich an einen freien Tisch und kam mit Fräulein Mia, so stellte sie sich vor, ins Gespräch. Wir tranken Sekt, wir plauderten und dann wurde dem Fräulein übel, ich besorgte eine Droschke …«

»Und brachten das reizende Fräulein nach Hause«, unterbrach ihn der Kommissar.

»Nein!« Wedigo schüttelte verärgert den Kopf. Langsam reichte ihm das Ganze. »Eine mir bekannte Dame, die Baronesse Odilie von Moltweer, hat das Fräulein in der Kraftdroschke begleitet. Ich bin mit einem anderen Wagen direkt ins Hotel gefahren.«

»Und wie erklären Sie sich das Faktum, dass Ihre Visitenkarte am Tatort neben der entkleideten und erwürgten Toten gefunden wurde?« Der Kommissar hatte lächelnd seinen besten Trumpf ausgespielt.

Der Oberleutnant blickte Gennat sprachlos an. Er hatte Mia keine Karte gegeben, er hatte ihre keine Gewalt angetan und er hatte sie nicht erwürgt! In diesem Augenblick ging die Tür auf, und Major Nicolai trat herein.

»Guten Tag, Herr Kommissar«, begrüßte er Gennat und nickte Wedigo aufmunternd zu. »Ihr Vorgesetzter, Herr von Trescko, war so freundlich, mir zu gestatten, mich direkt über die Angelegenheit zu informieren, weswegen Sie Oberleutnant von Wedel befragen und, wenn nötig, den einen oder anderen Irrtum aufzuklären.« Der Major setzte sich.

»Vorab, Kamerad von Wedel ließ sich um halb zwölf gestern Abend im Hotel am Empfang seinen Zimmerschlüssel geben und hat das Hotel danach nicht mehr verlassen. Zeugen sind der Nachtportier Herr Pfeiffer und der Bursche des Oberleutnants, Kuhn. Nach Aussage des Portiers ist Herr von Wedel mit einer Kraftdroschke ins Adlon zurückgekehrt. Der Fahrer wird sich, da bin ich sicher, sollte es nötig sein, finden lassen und die Tatsache und die Zeiten bestätigen.«

»Und die Visitenkarte des Herrn von Wedels am Tatort?«, wandte Gennat ein. »Eine Visitenkarte, mein

Lieber«, erwiderte der Major kühl. »Eine Visitenkarte kann jeder irgendwo herhaben und an passenden Orten deponieren. Möglicherweise aber steht der Versuch, Herrn von Wedel als Täter dastehen zu lassen, im Zusammenhang mit unserer dienstlichen Tätigkeit im Kriegsministerium. Wir sind dort, Herr Kommissar, mit einer äußerst wichtigen und delikaten Staatsangelegenheit beschäftigt, die strikter Geheimhaltung unterliegt. Es könnte allerdings sein, dass wir unter Umständen auf Ihre kriminalistischen Fachkenntnisse zurückgreifen werden; in Anbetracht dieses Mordes scheint mir das sehr wahrscheinlich. Kommen Sie bitte am Montag um zehn in mein Büro im Kriegsministerium.« Der Major reichte dem überraschten Gennat seine Karte und erhob sich. Auch der Oberleutnant stand auf. Der Kommissar überlegte kurz und schüttelte fast resignierend den Kopf.

»Dann habe ich mich wohl geirrt, Herr von Wedel, und entschuldige mich für die Unannehmlichkeiten, die ich Ihnen bereitet habe. Ich werde am Montag kommen, Herr Major. Vielleicht haben Sie ja doch die eine oder andere Information, die den Fall des toten Fräulein Millers aufzuklären hilft.«

Nicolai und der Oberleutnant sagten darauf nichts. Die beiden Männer grüßten knapp und verließen das Büro des Kommissars, der mit grimmigem Lächeln sitzen blieb.

Unten stiegen sie in einen Kraftwagen, der sie zum Kriegsministerium brachte.

»Sie haben Glück, mein lieber Wedel, dass Ihr Bursche nicht auf den Kopf gefallen ist. Als er mitbekam, wie Sie von der Polizei fortgebracht wurden, hat er sofort im

Ministerium angerufen. Ich war zufällig im Büro und habe unverzüglich die notwendigen Hebel in Bewegung gesetzt, um zu klären, was geschehen ist. Jetzt erzählen Sie mal, was gestern Abend wirklich passiert ist.«

Der Oberleutnant berichtete von seiner Beobachtung beim Abendessen und wie er der Gräfin und ihrem Begleiter bis zum Café des Westens nachgefahren sei. Er unterbrach seine Darstellung, als sie das Ministerium erreichten und setzte den Bericht im Büro Nicolais fort. Aufmerksam verfolgte der Major Wedigos Darstellung und vor allem die Namensangaben der Toten schienen ihn besonders zu interessieren.

»Was Sie beobachtet und herausbekommen haben, Herr von Wedel, ist höchst brisant«, sagte er, als der Oberleutnant endete. »Ich fürchte, das junge Fräulein ist wegen des Ihnen Erzählten ermordet worden. Gleichzeitig hat der Täter versucht, Ihnen den Mord anzuhängen, wobei die Indizien aus meiner Sicht ziemlich schwach waren.«

»Dem Kommissar haben sie offenbar genügt, sodass er mich mitten beim Frühstück aufsuchte und mitnahm«, erwiderte Wedigo.

»Sie müssen den Mann verstehen, die Hinweise waren deutlich. Wahrscheinlich wollte der Täter Zeit gewinnen, früher oder später hätte Kommissar Gennat gemerkt, dass die Dinge anders liegen. Der Mann hat Qualitäten. Er hat schon einige verwickelte Fälle aufklären können. Daher habe ich Gennat für den Montag zu mir ins Büro bestellt; sein Chef Hans von Tresckow schuldet mir noch einen Gefallen, und wenn wir den Mann zur Mitarbeit gewinnen können, wäre das für unsere Arbeit unter Umständen sehr hilfreich. Doch zurück zu unserem Fall.« Der Major blickte auf seine Notizen. »Das tote Fräulein hat einige Namen genannt. Eine Syndikalistin aus der Schweiz namens Margarethe, einen Anarchisten aus München namens Erich, ich vermutete, damit ist Erich Mühsam gemeint. Ferner fiel der Name Gustav Landauer aus Hermsdorf. Hier kommen die Russen ins Spiel. Ein Fürst wird erwähnt und ein noch anderer Russe. Anarchisten«, wiederholte der Major. »Sie wissen, dass der bekannteste russische Anarchist ein Fürst ist, Fürst Pjotr Alexejewitsch Kropotkin?«

»Die Gräfin sprach ihren Begleiter ebenfalls mit Fürst an«, sagte Wedigo nachdenklich. »Ich habe den Fürsten schon einmal gesehen, ich weiß nur nicht, wo das war. Er war glatt rasiert, das Gesicht hatte scharfe Züge und er dürfte um die fünfzig sein.«

»Dann war es nicht Kropotkin«, erklärte der Major. »Fürst Kropotkin ist beinahe siebzig, hat eine Glatze und trägt einen struppigen Vollbart.«

»Sind die russischen Anarchisten nicht für die Attentate auf den letzten Zaren verantwortlich?«, fragte Wedigo. »Was ist, wenn es gar nicht um Spionage, sondern um die Vorbereitung eines Attentats geht? Im Mai heiratet Prinzessin Viktoria und sowohl der englische König als auch der Zar werden dem Ereignis beiwohnen.«

»An ein Attentat habe ich bislang nicht gedacht«, entgegnete Nicolai. »Aber Sie haben wahrhaftig recht, Herr Oberleutnant. Indizien dafür gibt es genug, in Russland sind die Anarchisten seit Jahrzehnten aktiv. Zar Alexander II. wurde Opfer eines Bombenattentats. 1904 fielen der Generalgouverneur von Finnland und der russische Innenminister Anschlägen zum Opfer. 1905 wurde Großfürst Sergei Alexandrowitsch Romanow durch eine Bombe getötet. Und erst vor anderthalb Jahren erschoss ein Anarchist Ministerpräsident Stolypin in einem Kiewer Theater. Es könnte also durchaus sein, dass wir die ganze Zeit von einem völlig falschen Szenarium ausgegangen sind. Möglichweise ist Oberst Brose zufällig auf die Sache gestoßen. Er verkehrte in Künstlerkreisen, wo es etliche Menschen gibt, die sich mit dem Sozialismus und dem Anarchismus beschäftigen und den Ideen dieser Ideologien anhängen. Vielleicht hat er etwas beobachtet, vielleicht ein Gespräch mitbekommen, wir wissen es nicht und werden es auch nie erfahren.«

Nicolai schien nachzudenken, denn er schwieg eine Zeit lang. »Wir könnten alle festnehmen lassen«, sagte er schließlich.

»Damit fassen wir aber nicht unbedingt die Köpfe der Gruppe«, erwiderte der Oberleutnant, »und erfahren möglichweise auch nicht, was wirklich geplant ist.«

»Sie haben sich in der Tat in unser Metier eingearbeitet«, kommentierte der Major anerkennend. »Und bisher sind das alles Vermutungen. Vielleicht stimmt die Annahme nicht, und wir schrecken durch eine oder mehrere Festnahmen das Wild auf, das wir eigentlich erlegen wollen. Nein, wir müssen anders vorgehen. Ich schlage vor, Sie bleiben an der Gräfin dran. Ich bin überzeugt, die Dame weiß mehr, als wir vermuten. Und selbst wenn Gräfin Walewska nichts mit dem Ganzen zu tun hat«, fügte Nicolai mit einem Lächeln hinzu. »Sie verkehrt in Kreisen, in denen es Personen gibt, die sicher etwas mit dem Geschehen und möglicherweise mit den Morden zu tun haben.«

»Die Baronesse ist zu Fräulein Miller in den Wagen gestiegen«, sagte Wedigo. »Sie könnte den Tod des Fräuleins veranlasst haben.«

»Was zu beweisen wäre«, entgegnete Nicolai. »Aber damit soll sich Gennat beschäftigen, als Kriminalpolizist ist die Aufklärung von Mord sein täglich Brot.«

»Warum überlassen wir der Polizei nicht auch den Fall Brose?«, fragte Wedigo. »Mir ist schon klar, dass es dabei um Fragen der Geheimhaltung geht, aber Gennat könnte sich mit dem äußeren Rahmen beschäftigen, sozusagen die Oberfläche abklären.«

»Die Sachverhalte werden nur schwer voneinander zu trennen sein«, erwiderte der Major. »Gennat kommt jedenfalls Montag, dann werden wir sehen, was er übernehmen kann und will. So und jetzt ist für heute genug getan. Ich bin am Nachmittag auf einer Jagd und Sie, Herr von Wedel, haben gewiss ebenfalls noch andere Dinge vor. Bis Montag, Herr Oberleutnant!«

Wedigo war entlassen und begab sich ins Hotel.

Das Wetter hatte sich gegenüber gestern völlig verändert, die Temperaturen kletterten auf achtzehn Grad Celsius, und Wedigo kleidete sich entsprechend hell und frühlingshaft. In einer Stunde würden die Bredows den Zoo aufsuchen. Er hatte also noch Zeit und setzte sich in das Raucherzimmer, um seine Zeitungslektüre vom Morgen fortzusetzen. Ein Artikel beschäftigte sich mit der Deutschen Arktischen Expedition vom letzten Sommer und der Frage, ob deren Leiter Herbert Schröder-Stranz noch am Leben sei. Ein anderer Artikel berichtete, dass die Abgeordneten des Preußischen Abgeordnetenhauses wegen der Umtriebe in der Malerei über Kunst und die erlaubten Grenzen debattierte. Das passte zu seinen aktuellen Erlebnissen, dachte Wedigo. Schließlich war es halb zwei, Zeit für ihn, aufzubrechen. Eine Droschke brachte ihn zum Zoo.

Der Zoologische Garten hatte 1844 in Berlin seine Türen geöffnet. Zur Reichsgründung 1871 konnte dann das neue Antilopenhaus mit seinen vier Minaretttürmen bewundert werden. Diesem Bau folgten das indische Elefantenhaus und das malerische Elefantentor, das japanische Stelzvogelhaus, das ägyptische Straußenhaus und andere Häuser im arabischen Baustil. Dazu errichtete man zahlreiche Musikpavillons und Restaurants. Der Besucherstrom wuchs stetig und auch der Tierbestand erlebte eine Blüte; die Zahl der gezeigten Tiere übertraf mittlerweile die des Londoner Zoos bei Weitem.

Wedigo stieg beim Elefantentor aus und begab sich, nach Errichtung des Eintrittspreises, auf eine Zoorunde. Einen Ort, wo sie sich treffen konnten, hatte Fräulein von Bredow nicht genannt. Doch Wedigo war sicher, dass die Familie früher oder später, wenn man sich an all den Elefanten, Löwen und anderen wilden Tieren satt gesehen hatte, im Zoorestaurant einkehren und bei dem schönen Wetter auf einer der Terrassen Platz nehmen würde. Er lenkte seine Schritte zum Restaurant, wo er trotz der Besucherfülle einen Platz fand und bei der Kellnerin Kaffee bestellte. Wedigo sah sich um; die unterschiedlichsten Menschen bevölkerten die Terrasse. Drüben saßen etliche junge Herrn mit der Kreissäge auf dem Kopf und tranken ihrer Molle, wobei sie nach allen Seiten unternehmungslustige Blicke warfen. Eine Schar junger Mädchen, der Kleidung nach vom Lande, flanierten an der Gruppe vorüber, was Anlass zu allerlei Bemerkungen der jungen Männer gab, worauf die Damen erröteten, kicherten und sich unweit ihrer Verehrer niederließen. An einem anderen Tisch schräg von ihm war eine gutbürgerliche Familie versammelt. Der Vater, ein dicker Mann mit einer Weste, an der eine breite Uhrkette hing, und mit einer Melone ausgestattet, die er gerade auf den Tisch legte, wischte sich mit einem Taschentuch die Stirn. Die Mutter, eine runde Matrone mit blühenden Wangen, putzte währenddessen dem jüngsten Kind, einem Knirps von vielleicht fünf Jahren, die Nase. Die Übrigen, zwei Jungen im Alter von zehn und zwölf sowie ein Mädchen, welches dreizehn oder vierzehn Jahre sein musste, beschäftigten sich mit einem Hüpfspiel, bis der Vater sie an den Tisch kommandierte. Die beiden Jungen balgten sich ein wenig wie junge Hunde, gaben jedoch auf ein strenges Wort des Vaters sofort Ruhe. Das Mädchen aber saß still da und sah sich mit einem ernsten, fast altklug scheinenden Blick um, wobei ihre Augen länger auf Wedigo verweilten.

»Schaut euch alles gut an«, erklärte nun der Vater mit dröhnender Bassstimme seiner hoffnungsvollen Nachkommenschaft. »Die Tiere sind sehr kostbar. In der Zeitung stand neulich eine Preisliste der Firma Hagenbeck für Zootiere. Ein Paar bengalische Tiger kostet sechstausendfünfhundert Mark, ein ausgewachsenes Nilpferd gute zehntausend Mark und ein nubischer Löwe tausendfünfhundert Mark …«

Wedigo, der mit einem gewissen Amüsement dem Vortrag lauschte, wurde von dem Erscheinen Ilse von Bredows, begleitet von zwei älteren Damen, in denen Wedigo die Mutter und wahrscheinlich eine Tante vermutete, abgelenkt. Er erhob sich und näherte sich der Gruppe. Fräulein von Bredow hatte ihn bereits bemerkt, winkte ihm zu und lenkte ihre Begleiterinnen zielstrebig in Wedigos Richtung. Der Oberleutnant zog mit verbindlichem Lächeln den Hut und sah dabei an einem der Tische den Mann mit der Narbe sitzen, der ihm kürzlich die Pistole in die Seite gedrückt hatte. Wedigo eilte an der verblüfften Damengruppe vorbei und hin zum Tisch des Mannes. In diesem Augenblick schaute der Kerl in seine Richtung und erkannte den Oberleutnant. Der Mann sprang auf und drängte sich rücksichtslos durch die Gäste aus dem Lokal. Wedigo folgte ihm sofort, er wurde aber, da er nicht die gleiche Rücksichtslosigkeit an den Tag legen wollte, aufgehalten. Schließlich stand er vor dem Restaurant und schaute sich suchend nach dem Narbenmann um. Beim Vogelhaus bog gerade eine Gestalt in den Weg, der zu den Hirschparkanlagen führte. Das musste der Bursche sein. Ohne lange zu überlegen, lief Wedigo hinterher, obwohl er nicht sicher war, wirklich dem Richtigen zu folgen. Er passierte das Kängurugehege, kam dann zum Wisentpark und erreichte schwer atmend das Antilopen- und Giraffenhaus. Von dort lief er weiter und tauchte in den schweren Dunst des Ziegengeheges. Wedigo hielt inne, er war ziemlich außer Atem und vom Verfolgten war nichts mehr zu sehen; er schien die Spur des Narbenmannes verloren zu haben. Und jetzt? Ilse von Bredow und vor allem ihre Mutter durften sein Verhalten als sehr unpassend empfunden haben. Wedigo entschloss sich daher, den Zoo umgehend zu verlassen. Er begab sich ruhigeren Schrittes zum Elefantenhaus und dem dortigen Ausgang, wo er eine Droschke zu finden hoffte. Draußen erwartete ihn eine weitere Überraschung. Gerade war Gräfin Walewska dabei, in einen Kraftwagen zu steigen. Es war ihr schwarzer Adler 20/50. Sie schien ebenfalls den Zoo besucht zu haben, das hieß, sie befand sich in Gesellschaft. Neben ihr stand der ältere Herr, den Wedigo bereits gestern als ihren Begleiter gesehen hatte, und öffnete ihr die Wagentür. Im Auto saß die Baronesse Moltweer und auf dem Fahrersitz hatte Herwarth von Bittenfeld Platz genommen, der offenbar den Chauffeur spielte. Der Motor lief bereits. Melissa sah Wedigo kommen, winkte ihm freundlich zu, rief etwas und setzte sich. Der Herr, den die Gräfin gestern Abend Fürst genannt hatte, schlug die Tür zu und der Adler fuhr davon. Unwillkürlich trat Wedigo zur Straße, denn der Fürst drehte sich gerade zu ihm um. Ohne zu zögern, kam er auf den Oberleutnant zu.

»Fürst Wladimir Alexandrowitsch Troinitzky«, stellte er sich vor. »Habe ich die Ehre mit Oberleutnant von Wedel?«

»In der Tat, mein Name ist Wedigo von Wedel«, bestätigte der junge Offizier. »Mit was kann ich Ihnen behilflich sein?«

»Danke der Nachfrage, mit gar nichts, mein Bester, mit gar nichts. Nur hat mir Maria Walewska von Ihnen erzählt, als wir gestern Abend im Adlon speisten. Waren Sie nicht ebenfalls dort? Nun, Sie werden die Gräfin wohl morgen treffen, vielleicht werde ich auch an dem Ausflug teilnehmen. Aber für heute muss ich mich zu meinem Bedauern verabschieden. Ich bin mit Oberst von Krauss-Elislago verabredet. Sie entschuldigen mich, Herr von Wedel. Es war mir eine besondere Freude, Sie persönlich kennenzulernen.«

Der Russe grüßte mit einer knappen Verneigung und ging schnellen Schrittes zu einem zweiten Kraftwagen, der mit laufendem Motor etwas abseits wartete. Troinitzky stieg ein und das Fahrzeug fuhr los. Als der Wagen an Wedigo vorbeikam, glaubte er für einen kurzen Augenblick neben dem Fürsten den Mann zu sehen, welchen er gerade verfolgt hatte. Doch er war sich seiner Wahrnehmung nicht ganz sicher. Ehrlich gesagt, verwirrte ihn das Ganze allmählich. Maria Walewska schien von Bekannten und Verehrern geradezu umschwärmt zu sein, wie Motten zum Licht flogen, kamen sie zu ihr. Wedigo fühlte eine jähe Eifersucht in sich aufsteigen. Nein, er hatte keine Lust, sich in diesen bizarren Reigen einzureihen. Trotz allem was er für die Gräfin empfinden mochte, als Lückenbüßer war er sich zu schade. Aber der Major erwartete von ihm, dass er sich weiter um die schöne Polin kümmerte und herausbekam, ob und wie weit sie im Fall Brose verstrickt war. Er blickte auf seine Uhr. Zehn nach drei, ein langer Nachmittag und der Abend lagen vor ihm, denn das Treffen mit Ilse von Bredow hatte er verdorben. Was nun? Ob er dem Major von seiner Begegnung berichten sollte? Immerhin hatte er den Mann mit Narbe sowie die Baronesse gesehen. Der eine war ein Entführer und die Baronesse möglicherweise die Mörderin von Martina Miller.

Welche Rolle Kamerad von Bittenfeld spielte, war ihm ebenfalls unklar. Er war ihm in letzter Zeit recht häufig begegnet, zu häufig für Wedigos Geschmack. Am besten, dachte Wedigo, kehrte er ins Hotel zurück und trank einen Kaffee. Er winkte also eine Droschke herbei, die ihn vorm Adlon absetzte. Dort ließ er sich Kaffee bringen, aß ein Stück Obstkuchen und studierte einige Journale. Gegen Abend zog sich Wedigo um und machte sich auf, ein wenig unter den Linden zu bummeln. Er traf einige Regimentskameraden, darunter die stets zu allerlei Aktivitäten aufgelegten Herren von Helldorf und von Natzmer. Nach dem Besuch dreier Lokale landete die Gruppe schließlich in einem Tingeltangel, dessen Programm Wedigo derart langweilte, dass er sich verabschiedete und sich zurück zum Hotel begab. Er nahm noch eine Weile in dem Rauchsalon Platz, wo er einen Cognac trank und eine Zigarre rauchte. Eine schwere, duftende Wolke umhüllte ihn, doch wie er da saß, überkam ihn eine große Unzufriedenheit; der Tag war nicht gut verlaufen. Vom Frühstück weg war er zum Polizeirevier am Alex gebracht und dort als Mordverdächtiger befragt worden. Zwar hatte Nicolai ihn aus der Situation befreien können, doch das weitere Geschehen war unbefriedigend geblieben. Das Treffen mit Ilse von Bredow hatte er durch seine Verfolgungsjagd verpatzt und der Narbengesichtige war ihm entkommen. Die unerwartete Begegnung mit der Gräfin hatte mehr Fragen aufgeworfen, als Antworten erbracht, und der ganze Abend war schlicht langweilig gewesen. Ein insgesamt wenig amüsanter Tag, dachte er verstimmt und blies Rauchkringel in die Luft. Irgendwo hoffte er, dass noch etwas geschehen würde; doch weder zeigten sich die Gräfin oder ihre Freundin, die zweifelhafte Baronesse, und auch Major Nicolai tauchte nicht überraschend auf. Er drückte die Zigarre aus und erhob sich seufzend. Wedigo begab sich auf sein Zimmer. Dort fand er ein Briefchen Fräulein von Bredows vor, dessen tadelnder Inhalt seine Stimmung noch mehr sinken ließ. Missmutig legte sich der Oberleutnant zu Bett.

Am Sonntagmorgen stand er für seine Verhältnisse spät auf und war gerade beim Frühstück, als die Gräfin, gekleidet in einem engen, weißen Kraftwagenkleid, im Speiseraum erschien.

»Guten Morgen, mein lieber Wedigo«, begrüßte sie ihn. »Haben Sie unsere Verabredung vergessen, da Sie noch am Frühstücken sind? Lassen Sie alles stehen und liegen, wir werden das herrliche Wetter nutzen und draußen in der Natur picknicken, sodass Sie sicher nicht hungern müssen!«

»Melissa«, rief der Oberleutnant. »Ich habe nicht damit gerechnet, dass Sie heute wirklich kommen.«

»Es ist Sonntag und es ist gerade zehn Uhr, wir treffen uns im Adlon, draußen herrscht herrliches Frühlingswetter, was soll da zu rechnen sein?«, neckte ihn die Gräfin. »Kommen Sie, mein Wagen wartet, wir wollen die Sonne nutzen, wer weiß, was uns der April noch alles an Wetterkapriolen zumuten wird.«

Langsam erhob sich Wedigo. Es war seine Aufgabe, sich um die Gräfin zu kümmern, hatte der Major gesagt. Wenn er mit der Gräfin ausfuhr, folgte er seiner Pflicht. Einer angenehmen Pflicht, wie sich Wedigo eingestand, aber solche Pflichten wollten erfüllt werden. Melissa war schon hinausgelaufen, er beschleunigte seinen Schritt und eilte dem weißen Kleid nach.

Draußen stiegen sie in den Adler, den Wagen der Gräfin, von dem Wedigo fälschlicherweise angenommen hatte, dass dieser der Baronesse gehöre. Der Motor lief bereits, der Chauffeur gab Gas.

»Wohin fahren wir?«, fragte Wedigo die Gräfin.

»Lass dich überraschen«, antwortete sie und schlang plötzlich die Arme um ihn und gab ihm einen Kuss. »Hast du wirklich gedacht, ich käme nicht zu unserem Treffen? Nur weil ich gestern aus gewissen Notwendigkeiten heraus in Begleitung den Zoo besuchte, vergesse ich doch unsere Verabredung nicht!«

Wedigo schüttelte seine Verwunderung ab und zog seinerseits Melissa an sich. Jener Duft, der ihn schon am ersten Abend ihrer Begegnung verwirrt hatte, umhüllte beide. Diesmal dauerte der Kuss länger.

Endlich löste sich Melissa sanft aus seiner Umarmung und sah ihn mit einer Mischung von Neugier und Belustigung an.

»Wedigo, ich entdecke ständig neue Seiten an dir. Offenbar stimmen die Aussagen des Gardelieds, ›Donnerwetter‹!«, zitierte sie mit einem Lächeln den Text. Sie strich sich eine Locke aus der Stirn und rückte etwas zur Seite. Der Oberleutnant lehnte sich zurück, er musste an seinen Mottenvergleich denken und wusste nicht, ob er zu dieser Gattung gehörte oder ob er seinerseits einen exotischen Falter eingefangen habe. Die ganze Situation mutete ihm seltsam an – er lachte laut auf und die Gräfin sah ihn befremdet an.

»Was hast du? Habe ich etwas Komisches gesagt?«

Wedigo beschloss, mit offenen Karten zu spielen. »Melissa, ich weiß einfach nicht, ob es an mir liegt oder an meinen Gardelitzen, dass ich hier bei dir sitze und – nun, ja, dir nahe bin.«

»Mein Lieber, wo bitte sind an deinem Anzug Gardelitzen befestigt?«, gab sie leichthin zur Antwort. »Ich bin jung, und ich will das Leben genießen, und heute genießen wir gemeinsam, das ist doch ganz einfach. Wozu sich unnötige Gedanken machen? So und jetzt erzähle ich dir, wohin wir fahren. Unsere Tour geht zum Müggelsee. Und dort – lass dich überraschen!«

Sie fuhren an der Spree entlang bis zum Städtchen Neukölln und von dort weiter nach Treptow und Cöpenick. Während sie dahinfuhren plauderte die Gräfin unbefangen über Bekannte und Freunde. Wedigo versuchte, das Gespräch auf die Baronesse und Maydell zu bringen, aber Melissa meinte nur, sie habe Odilie zwar erst kürzlich getroffen, aber nicht weiter mit ihr gesprochen und wisse nicht, wie diese ihr Wochenende verbringe. Von von Maydell habe sie schon länger nichts gehört. Dann erzählte Melissa von einem Theaterstück, das gerade Schauspieler und der Regisseur Franz Arnold im Lustspielhaus an der Friedrichstraße einstudierten.

»Es heißt ›Die spanische Fliege‹ und ist wirklich lustig. Eine spanische Tänzerin besucht ihren früheren Geliebten, einen Senffabrikanten namens Klinke. Dessen überaus moralische Frau ist die Präsidentin eines Bundes für Mutterschutz. Sie möchte um jeden Preis die Heirat ihrer Tochter mit einem Rechtsanwalt verhindern, der angeblich ein Mann mit Vergangenheit ist. Doch der Rechtsanwalt ist im Besitz eindeutiger Papiere über Klinkes frühere Affäre mit der Tänzerin. Sein Wissen droht er mit Getöse aufzudecken, um derart die Heirat mit der Tochter zu erzwingen. Ein herrliches Durcheinander, die spießige, bürgerliche Doppelmoral wird wunderbar entlarvt«, schwärmte die Gräfin.

»Das heißt, der Anwalt erreicht sein Ziel durch Erpressung?«, fragte Wedigo nach. »Das scheint mir kein legitimes Mittel zu sein.«

»Ach, Wedigo«, erwiderte Melissa. »Du bist wirklich altmodisch. Im Krieg und in der Liebe ist alles erlaubt; sagt euer Clausewitz, das ist dir als Offizier doch längst bekannt!«

Sie passierten jetzt die Einmündung der Dahme in die Spree und erreichten gegen halb zwölf den Luftkurort Friedrichshagen am Müggelsee. Der Wagen folgte der Straße zum Seeufer und hielt schließlich vor einem Tor, dessen Flügel bei Ankunft des Fahrzeugs langsam nach innen schwangen. Über einen Kiesweg lenkte der Fahrer auf einen Vorplatz einer weißen Villa zu.

»Wir sind angekommen. Lass uns aussteigen. Wir werden bereits erwartet!«

Schon hatte Melissa das Auto verlassen, Wedigo folgte ihr. Die Fassade des Hauses war im klassischen Stil gehalten, zwei Säulen umgaben den breiten Türbereich und eine weite Fensterfront ließ Licht ins Innere fluten. Die Gräfin lief leichtfüßig die Stufen zum Eingang empor. Gerade als sie den oberen Absatz erreichte, öffneten sich die Türflügel und der Herr, den der Oberleutnant im Adlon und am Zoo in Begleitung Melissas gesehen hatte, Fürst Troinitzky, trat heraus und begrüßte Melissa mit einem formvollendeten Handkuss. Dann wandte er sich Wedigo zu und reichte ihm die Hand. »Es freut mich, Herr von Wedel, Sie in meinem Haus begrüßen zu dürfen. Kommen Sie, wir haben nur auf die Gräfin und Sie gewartet, um in See zu stechen. Der Bootssteg ist direkt hinterm Haus.«

Mit diesen Worten geleitete der Fürst seine Gäste durch die Eingangshalle zur Seeterrasse.

Auf dem See lag eine weiße, fast zwanzig Meter lange und gute sieben Meter breite Segeljacht, die, bis auf die Tatsache, dass sie nur einen Mast besaß, wie eine verkleinerte Ausgabe der Schonerjacht Germania von Gustav Krupp von Bohlen und Halbach aussah. Der Fürst genoss Wedigos Staunen.

»Ich habe mir erlaubt«, sagte er, »mich – wie Ihr Kaiser mit seinem Schiff Meteor – beim Schiffsbau inspirieren zu lassen. Allerdings habe ich auf eine Besatzung von vierzig Mann verzichtet und kann meinen Gästen auch nur einen Salon bieten. Doch denke ich, fürs Erste mag das genügen. Die übrigen Herrschaften sind bereits da, wir haben nur auf Sie gewartet und wollen gleich ablegen, wenn Sie gestatten.«

AM MÜGGELSEE

Mit einem verbindlichen Lächeln reichte der Fürst der Gräfin den Arm, um sie über den Steg an Bord zu geleiten. Vorn am Bug stand der Name in kyrillischen Buchstaben ›Venus‹, wie Wedigo entzifferte. An Deck waren die anderen Gäste bereits versammelt. Es waren Bruno Cassirer, der Verlegerfreund der Gräfin, mit seiner Gattin Else. Dann zwei jüngere Schauspieler, der eine groß gewachsen und von hagerer Gestalt, der andere kleiner, beide sehr unkonventionell in bunten Farben gekleidet. Neben ihnen standen der Maler Heckel und drei junge Fräulein, die Wedigo auf dessen Atelierfest gesehen hatte. Das eine Fräulein, eine Rotblonde mit kessem Mund, hatte im Café des Westens, so glaubte er, am Tisch der Gräfin gesessen. Ferner war ein älterer, wohlbeleibter Herr mit Halbglatze, ein jüdischer Geschäftsmann namens Goldstein, wie ihm Melissa zuraunte, begleitet von seiner Tochter, einem hübschen Fräulein von vielleicht siebzehn Jahren, anwesend. Ganz in der Nähe stand ein dunkel gekleideter Jüngling mit wirrem Haupthaar und einem etwas schmuddeligen Äußeren; nach Auskunft der Gräfin ein Dichter aus gutem Haus, dem bislang der Erfolg versagt geblieben sei. An der Reling lehnten zwei Herren von militärischem Aussehen, die der Fürst Wedigo als Baron Myschkin und Graf Lichatschow vorstellte und die den Oberleutnant lediglich mit einem knappen Nicken begrüßten. Ein wahrhaftig gemischtes Publikum, dachte Wedigo. Fürst Troinitzky gab ein Zeichen und die Crew, fünf Matrosen und der Steuermann, legten ab und hissten die Segel. Langsam glitt das Schiff auf den See hinaus.

Das Wasser glitzerte hell in der warmen Mittagssonne und ließ silberne Blitze tanzen. Da und dort zeigten sich andere Segler, die flink hin und her kreuzten, während am östlichen Rand ein Lastenboot behäbig vorwärtskroch. Es war brütend heiß, doch im Westen sammelten sich kleine Wolken am Himmel. Schwalben haschten im Sturzflug nach den Mücken.

Ein Steward erschien und servierte den Gästen eisgekühlten Champagner. Nun hob der Fürst sein Glas und begrüßte die Gäste.

»Liebe Freunde und Gäste, ich heiße euch alle an Bord herzlich willkommen. Wir wollen heute eine Segeltour unternehmen, wobei der Kurs offen ist. Zunächst geht unser Törn bis Treptow und dann die Dahme entlang in Richtung Langer See. Anschließend könnten wir zum Seddinsee segeln und, wenn der Gosener Graben schon zum Kanal ausgebaut worden wäre, weiter zum Dämeritzsee. Leider gibt es den Kanal nicht, sodass wir in die Große Krampe hinein- und bis zum Dörfchen Müggelheimfahren. Von dort bringen uns Pferdedroschken zum Waldrestaurant Müggelhort, wo wir zu Abend speisen, während die Venus zurücksegelt und uns bei Dunkelheit als Abendstern wieder abholt. Vielleicht wird aber auch alles ganz anders, lassen Sie sich überraschen!«

Die Gäste applaudierten, dann verstreute man sich und unterhielt sich, wie es sich gerade ergab. Melissa steuerte auf Bruno Cassirer zu. Wedigo stand einen Augenblick allein an der Reling, da trat der Maler zu ihm.

»Nun, sind Sie mit Ihrem Bild Oberst Broses schon weiter, Herr von Wedel?«, fragte er.

»Ehrlich gesagt, nein, und ich habe auch nicht verstanden, was Sie neulich mit ›Blau‹ meinten?«

Doch ehe Heckel antworten konnte, wurde er von Lea Goldstein angesprochen, die ihn im Hinblick auf ein Bild, das ihr Vater kaufen wollte, etwas fragte. Melissa kam hinzu, hakte sich bei Wedigo ein und zog ihn mit sich. »Du musst unbedingt Louis van der Ham kennenlernen. Das ist der Jüngling mit den wirren Locken. Ein anarchistischer Dichter, der deutsche Guillaume Apollinaire. Louis ist wunderbar verrückt!«

»Van der Ham klingt nach einem Holländer?«

»Das ist ein angenommener Name, seine Familie würde es Louis nie verzeihen, wenn er die Gedichte unter seinem Familiennamen veröffentlicht.«

»Sind sie denn so schlimm?«, fragte Wedigo.

»Die Familie hält Louis' Werke für äußerst anstößig«, bemerkte die Gräfin leichthin, »aber da ist Louis. Frage ihn selbst!« Sie wandte sich an den Dichter, der an der Reling lehnte und auf den See starrte, wobei sich seine Lippen lautlos bewegten.

»Louis, ich darf Ihnen einen guten Freund vorstellen, Wedigo von Wedel.« Schon wandte sich die Gräfin ab und lief zum Bug, wo sie zum Fürsten trat. Wedigo verstand nicht, was Melissa mit ihrer Vorstellung bezweckt hatte, viel lieber hätte er weiter mit Heckel gesprochen. Auch dem Dichter schien nicht viel an einer Unterhaltung gelegen zu sein und so beendeten beide, nach einem kurzen Austausch von Höflichkeitsfloskeln, ihr Gespräch.

Melissa, die er für einen Augenblick nicht auf Deck gesehen hatte, unterhielt sich mit Troinitzky sowie dem Baron Myschkin und dem Grafen Lichatschow, die dazugekommen waren. Das Quartett schien sich prächtig zu amüsieren, wie es Wedigo aus der Ferne vorkam. Warum hatte sie ihn mitgenommen, wenn sie sich ständig mit anderen beschäftigte? Und hatte dieser Fürst nicht gestern noch behauptet, er sei unsicher, ob er am Ausflug teilnehmen werde? Jetzt schien er der Einladende zu sein und alles zu gestalten. Diese ständigen Verwirrspiele, und er war schon wieder darauf hereingefallen. Ärgerlich wandte sich Wedigo zum Heck, wo sich Herr Goldstein und seine Tochter befanden. Er gesellte sich zu ihnen und plauderte bald ganz angenehm mit den beiden über die neusten Musikwerke und das Theater. Lea Goldstein war recht hübsch und das helle Frühlingskleid stand ihr gut. Zudem schien das junge Mädchen gebildet und durchaus belesen zu sein. Den alten Goldstein langweilte das literarische Geplauder und er wandte sich schließlich geschäftlichen Themen zu. Der Bankier erzählte, er habe aus sicherer Quelle erfahren, dass der aktuelle Balkankrieg in Wahrheit ein Kampf der Kruppwerke gegen die französische Compagnie des Forges et Aciéries de la Marine et d'Homécourt sei und in der Hinsicht seine Wertpapierdepots neu ausgerichtet. Der Tochter war dieser Bereich peinlich und sie lenkte geschickt das Gespräch auf Pferde und Pferderennen und erzählte von ihrer Leidenschaft für das Tennisspiel.

»Da kennen Sie vielleicht die Tochter von Leopold Koppel?«, fragte Wedigo.

»Sie meinen Rahel Koppel, Herr von Wedel? Sie ist eine gute Spielerin, vor allem wenn sie mit Horst im Duo spielt«, antwortete Lea Goldstein.

»Horst, das ist doch Leutnant von Petersdorff?«, hakte Wedigo nach.

»Ja, Horst Bernhard Kurt von Petersdorff«, bestätigte das Fräulein. »Papa hält ihn für einen Mitgiftjäger, doch das sagt Papa von jedem jungen Mann. Ich finde Horst nett, obwohl er offenbar gern Karten spielt. Aber Rahel wird ihm das Kartenspiel schon abgewöhnen«, fügte sie lachend hinzu.

Die Jacht erreichte soeben die Rohrwallinsel in Höhe von Cöpenick und fuhr steuerbord einen Bootssteg an.

»Die erste Überraschung«, verkündete Fürst Troinitzky. »Hier erwartet Sie unser Mittagsmahl!«

Die Jacht wurde vertäut. Die Gäste verließen das Boot und begaben sich an Land. Dort führten sie wartende Diener zu einem imposanten Villengebäude, das etwas versteckt unter dichten Eichenbäumen angesiedelt war. Im Innern wurden die Gäste in einen mit Spiegeln und Gemälden üppig ausgestatteten Saal geleitet, wo sie um eine große, mit kostbarem Porzellan und fein gestaltetem Silberbesteck gedeckte Tafel Platz nahmen. Sogleich wurden von Dienern die Speisen aufgetragen. Den Anfang machte eine Gemüsesuppe, gefolgt von Taube in einer Rosmarinsauce mit Zitrone, Petersilie und Himbeere. Den Hauptgang bildete ein geschmortes Rippenstück mit Salzkartoffeln und Bohnen. Zum Nachtisch servierte die Küche Fürst-Pückler-Eis. Zum Essen selbst wurde ein leichter Moselwein gereicht. Wedigo saß neben einem der jungen Fräulein, die er auf Hecklers Fest und, da war er sich mittlerweile sicher, auch im Café des Westens gesehen hatte. Ihm gegenüber hatten die Goldsteins Platz genommen, rechts von ihm war der Dichterjüngling, der sich zum Glück ganz seiner Nachbarin, der Frau des Verlegers, widmete. Die Gräfin hatte sich ans andere Ende der Tafel zwischen dem Fürsten und Baron Myschkin gesetzt. Wedigo ärgerte sich über Melissas bewusster Distanz, versuchte aber, sich nichts anmerken zu lassen, und plauderte mit Lea Goldstein und dem kessen Fräulein, das Ruth hieß. Fräulein Ruth bestand darauf, nur mit ihrem Vornamen angesprochen zu werden, und gab an, sie sei Schauspielerin in einer Revue. Dabei plapperte sie unentwegt über ihre Ballettauftritte und ihre Chorgesangspartien, wobei sie in ihrer erzählerischen Dramatik derart komisch war, dass Lea Goldstein mehrfach hell auflachte und auch Wedigo schmunzeln musste. Mitten in ihrer Unterhaltung, sie waren gerade beim Nachtisch, leuchtete plötzlich draußen ein greller Blitz auf und kurz darauf krachte es ohrenbetäubend. Ein Fenster sprang auf und die Flügel stießen derart kräftig gegen die Wand, dass das Glas in Dutzende von Splittern zersprang. Die Damen schrien auf, Diener eilten, die Öffnung zu versperren, durch die der Wind kalten Regen trieb. Das Wetter war umgeschlagen und die Schwüle des Mittags entlud sich in einem heftigen Gewitter und stürmischen Regenschauern.

»Ein wahres Aprilwetter«, meinte Bankier Goldstein. »Ein Glück, dass wir nicht draußen mit der Jacht auf dem Wasser sind, zumal Lea Gewitter nicht ausstehen kann.«

Wieder krachte es ohrenbetäubend, ein zweites Fenster zersprang, und es wehte kalt und nass herein. Lea

Goldstein suchte Schutz bei ihrem Vater und das Fräulein Ruth drängte sich dicht an Wedigo.

»Liebe Gäste«, ließ sich eben der Fürst hören. »Sie sehen, die zweite Überraschung kommt von außen und war so nicht geplant. Ich schlage vor, wir ziehen in die beiden Salons im ersten Stock um. Hier unten scheint es für den Augenblick etwas ungemütlich zu werden.«

Die Gäste standen eilig auf und begaben sich über die Marmortreppe in die erste Etage. Während Wedigo die Stufen hinaufstieg, bemerkte er Melissa an seiner Seite.

»Hast du dich bei Tisch gut unterhalten?«, fragte sie spöttisch. »Die kleine Tänzerin scheint sehr anlehnungsbedürftig zu sein.«

»Ich glaube, jeder von uns war in anregende Gespräche vertieft«, entgegnete Wedigo mit einer leichten Schärfe. Ehe er das Thema weiter verfolgen konnte, trat ein Bediensteter zu ihm und bat, mit ihm zu kommen, er werde im blauen Zimmer erwartet.

»Wer will mich sprechen?«, fragte Wedigo erstaunt.

»Zwei Herren, es sei dringend, mehr vermag ich nicht zu sagen«, erwiderte der Diener. Wedigo überlegte, wer es sein könnte; nur der Major liebte derartige Überraschungen. Doch dass Nicolai hier auf der Insel sein sollte, war zu unwahrscheinlich. Wer konnte ihn dann sprechen wollen? Und der Diener hatte von »zwei Herren« gesprochen. Aus Neugier entschloss sich der Oberleutnant, dem Mann zu folgen und dem geheimnisvollen Treffen beizuwohnen. Er wollte sich bei Melissa entschuldigen, doch die Gräfin war schon weitergeeilt.

Kurz darauf öffnete der Diener eine Tür und Wedigo trat in den mit blauen Samttapeten ausgeschlagenen

Raum. Das Zimmer diente als Arbeits- und Besprechungsraum. Am Fenster befand sich ein Sekretär und vor einem Kamin standen ein runder Tisch. Baron Myschkin und Graf Lichatschow saßen in einem Sessel und blickten zur Tür. Der Gastgeber Fürst Wladimir Alexandrowitsch Troinitzky lehnte am Kamin.

»Ah, Herr von Wedel«, begrüßte ihn der Fürst. »Schön, dass Sie die Zeit für ein kleines Gespräch gefunden haben. Die Herren kennen sich schon. Nehmen Sie bitte Platz. Ich selbst darf mich gleich entschuldigen, ich muss mich um die übrigen Gäste kümmern. Und bitte«, er machte eine Geste zu einem Cognacschwenker und den Gläsern, »bedienen Sie sich nach Gusto.«

Mit diesen Worten verließ Troinitzky den Raum. Wedigo setzte sich mit einer knappen Verbeugung den Herren gegenüber. Er goss sich einen Cognac ein und wartete in Ruhe darauf, was sich aus der Situation entwickeln würde. Offenbar legte der Gegner seine Karten auf den Tisch. Einen Augenblick herrschte Schweigen, nur das Rauschen des Regens war zu hören, ab und zu donnerte es und irgendwo im Haus spielte jemand Klavier.

»Zigarette?« Baron Myschkin, ein hagerer Mann mit scharfen Gesichtszügen und einem Schmiss auf der Wange, als ob er einer Corporation angehört hatte, beugte sich vor und präsentierte Wedigo ein silbernes Etui. Der Oberleutnant dankte und bediente sich, worauf Myschkin ebenfalls eine Zigarette nahm und das Etui wieder einsteckte. In diesem kurzem Moment erhaschte Wedigo einen Blick auf ein Monogramm, welches außen zu sehen war: NSB. Seltsam, kein M, aber vielleicht war das Etui ein Erbstück. Der Baron gab ihm Feuer, dann begann der Graf zu sprechen. Er war deutlich älter als der Baron, von kräftigem Körperbau und mit einem wahren Stiernacken versehen. Das Gesicht wirkte unfertig und vor allem die hellblauen Augen passten nicht zu den grobschlächtigen Zügen.

»Sie wundern sich gewiss über dieses kurzfristige und unangekündigte Treffen. Nun, ungewöhnliche Situationen erfordern ungewöhnliche Maßnahmen. Wir brauchen Ihre Unterstützung.«

»Meine Unterstützung?«, wiederholte Wedigo fragend.

»Oder Ihre Hilfe, nennen Sie es, wie Sie wollen. Ich will Ihnen erklären, worum es geht. Wir wissen, dass Sie seit Anfang der Woche zum Kriegsministerium abkommandiert sind und zwar zur Abteilung III b, genauer zu Major Nicolai.«

Wedigo machte unwillkürlich eine Geste der Überraschung. Woher hatte dieser angebliche Graf sein genaues Wissen? Das waren interne Informationen, Nicolai hatte recht gehabt, es musste im Ministerium eine undichte Stelle geben.

»Wir wissen auch, dass Sie sich mit dem Tod von Oberst Brose beschäftigen und sogar schon an einer Abteilungsleitersitzung teilgenommen haben. Sie sind also, obwohl erst dreiundzwanzig Jahre alt und gerade Oberleutnant, bereits an verantwortungsvoller Stelle und das gefällt uns.«

»Wer ist ›uns‹?«, fragte Wedigo mit Schärfe.

»Dazu kommen wir später«, schob der Graf die Frage zur Seite. »Zunächst sollen Sie hören, was wir wollen. Das können Sie sich wahrscheinlich denken. Wir wollen Informationen.«

»Meine Herren, das ist doch absurd«, der Oberleutnant schüttelte den Kopf. »Ich sollte Ihnen Informationen über meine Arbeit geben, über die Sie angeblich so gut Bescheid wissen. Wollen Sie mich bestechen, erpressen oder zwingen? Womit denn, meine Herren? Ich denke, wir betrachten das Ganze als Scherz und ich gehe jetzt!«

Der Oberleutnant erhob sich, da öffnete sich eine zweite Tür und sein alter Bekannter, der Mann mit der Narbe, kam ins Zimmer. Diesmal hielt er in jeder Hand einen Revolver und beide waren auf Wedigo gerichtet.

»Nehmen Sie doch bitte wieder Platz, Herr von Wedel«, sagte der Baron.

Widerstrebend setzte sich Wedigo. Der Narbenmann postierte sich am Fenster, während der Graf ruhig, als sei nichts weiter geschehen, seine Rede fortsetzte. »Wir wollen Informationen und das hätten wir Ihnen gern am letzten Montag mitgeteilt. Leider waren Sie nicht bereit, unserer Einladung wirklich zu folgen. Doch zu Ihren Fragen. Nein, wir wollen Sie nicht bestechen. Geld haben Sie genug und Sie sind auch kein Spieler wie der eine oder andere Ihrer Kameraden. Und Erpressung?« Der Graf wandte sich an den Baron. »Gibt es etwas, womit Herr von Wedel erpressbar wäre?«

»Man hat Herrn von Wedel beschuldigt, Fräulein Martina Miller, genannt Mia, ermordet zu haben. Aber offenbar …«

»Habt Ihr das Mädchen umgebracht?«, rief Wedigo empört.

Der Graf lächelte kalt. »Es passiert so viel in der Welt. Verbrechen, Morde. Gräfin Maria Walewska zum Beispiel ist eine schöne Frau und Ihnen zugeneigt …«

»Die Gräfin ist Ihr Lockvogel«, antwortete Wedigo verächtlich. »Ich glaube nicht, dass Sie Ihre eigene Agentin umbringen.«

»Sie müssen uns nicht immer unterbrechen«, tadelte ihn der Graf. »Die Gräfin ist eine Schönheit und Ihnen, wie ich sagte, sehr zugeneigt. Dann wäre noch das Fräulein von Bredow!«

Wedigo sprang auf und stürzte sich auf Lichatschow. Im gleichen Augenblick fühlte er einen dumpfen Schmerz am Hinterkopf und ging zu Boden. Als er zu sich kam, saß er, Hände und Füße gebunden, wieder im Sessel. Ihm gegenüber befand sich nur noch der Baron.

»Hören Sie, Wedel, Sie haben Zeit bis morgen früh. Entweder Sie gehen auf unser Angebot ein und werden unser Informant, wobei wir uns durchaus erkenntlich zeigen würden. Also Information gegen Information oder wir werden uns näher mit der Gräfin und Fräulein von Bredow beschäftigen. Glauben Sie mir, wir können sehr unangenehm werden.«

Der Baron gab einer Person, die hinter Wedigo stehen musste, einen Wink, und ihm wurde mit groben Händen ein Knebel in den Mund geschoben. Dann verließen die Männer den Raum. Die Tür schlug zu, kurz waren noch Geräusche zu hören, dann war es still. Nur der Regen klopfte eintönig gegen die Scheiben.

Die Zeit verging schleppend.

Die Fesseln schmerzten und das Atmen fiel ihm schwer. Wedigo kämpfte mehr und mehr mit dem Brechreiz, den ihm der Knebel verursachte. Er versuchte diesen mit der Zunge vorzuschieben. Nach einer schieren Ewigkeit gelang es ihm, den Knebel aus dem Mund zu stoßen. Erleichtert atmete er einige Male tief ein und aus. Was nun, sollte er um Hilfe rufen? Aber was, wenn ihn die falschen Leute hörten? Nein, es musste eine andere Möglichkeit geben. Er schaute sich, soweit dies ging, im Zimmer um. Vor dem Kamin war ein etwa vierzig Zentimeter hohes Metallgitter angebracht. Vielleicht konnte er mithilfe der Metallspitzen seine Fesseln lösen. Wedigo warf sich mit aller Kraft nach links und dann nach rechts. Ihm gelang es derart, seinen Sessel in Bewegungen zu versetzen, dass dieser kippte und zu Boden stürzte. Der Aufprall war hart, Wedigo fiel auf die Schulter, wo ihn vorgestern die Kugel gestreift hatte und ein stechender Schmerz durchdrang ihn. Er unterdrückte ein Stöhnen und versuchte, ruhig zu bleiben. Angestrengt lauschte er, ob jemand sein Tun wahrgenommen hatte und nachsehen käme; doch alles blieb still. Langsam robbte er Zentimeter um Zentimeter zum Kamingitter. Sofort drehte er sich zur Seite, kam, nach einigen vergeblichen Versuchen, mit den Händen an das Metall und begann, die Fesseln am Gitter entlang zu bewegen. Lange Zeit mühte er sich ab, und gerade hatte er das Gefühl, dass seine Anstrengungen zum Erfolg führten, da wurde die Tür geöffnet. Verdammt, dachte er, alles war vergebens.

»Wedigo! Was ist mit dir passiert?« Es war die Gräfin; sie stürzte zu ihm und umarmte ihn heftig.

»Mach die Tür zu, dass uns keiner sieht«, befahl Wedigo ruhig.

Melissa reagierte sofort und schloss die Tür. »Wer hat das getan?«, rief sie entsetzt.

»Darüber sprechen wir später«, gab Wedigo zurück. »Hilf mir erst mal!«

Die Gräfin sah sich suchend um. Sie fand auf dem Sekretär ein Brieföffner, mit dessen Hilfe es ihr gelang, Wedigos Fesseln zu lösen.

»Ich habe dich überall gesucht, keiner wusste, wo du warst. Ich hatte schon befürchtet, du wärest auch auf der Jacht gewesen. Die hat sich bei dem Sturm losgerissen. Wir sitzen hier fest.«

»Du sagtest auch. Wer war denn noch auf der Jacht?«

»Der Fürst und Baron Myschkin sowie Graf Lichatschow, die ungestört über etwas reden wollten. Jedenfalls behauptet das ein Diener. Aber sag mir endlich, Wedigo, wer um Gottes willen hat dich gefesselt?«

»Kannst du dir das nicht denken, Melissa?«

In der Tür stand die Baronesse und neben ihr der Narbenmann. Natürlich waren sie bewaffnet; die Mündungen ihrer Revolver zeigten auf Wedigo.

»Du steckst dahinter, Odilie?«, rief die Gräfin. »Ich fand dein Gerede über Spionage und Agenten immer amüsant, aber jetzt hört der Spaß auf. Steck die Waffe weg und erklär mir gefälligst, was das alles soll!«

»Tu doch nicht so unschuldig, du weißt genau, dass das kein Spiel ist!« Die Baronesse richtete ihre Waffe auf Melissa. »Und du scheinst mir die Seiten gewechselt zu haben. Es tut mir leid, meine Liebe, Verrat wird bestraft!«

»Ach, hier sind Sie. Wir suchen Sie überall, ein Boot hat angelegt, wir können zurückfahren«, ertönte eine Stimme. In der Türöffnung standen der Maler Erich Heckel und Fräulein Ruth. Die Baronesse und ihr Begleiter wandten sich zu den Sprechern um, Wedigo reagierte sofort. Er schlug dem Narbengesichtigen derart gegen die Hand, dass dieser vor Schmerz aufschrie und seine Waffe fallen ließ. Der Mann drehte sich um und floh aus dem Zimmer. Die Baronesse hingegen behielt die Ruhe und drückte ab – doch nichts geschah. Dafür sprang die Gräfin vorwärts und stieß Odilie von Moltweer zur Seite. Jetzt krachte ein Schuss, aber die Kugel verfehlte ihr Ziel und schlug in die Wand ein. Schon war Wedigo bei ihr, stolperte jedoch, und die Baronesse drängte sich an dem überraschten Heckel vorbei und eilte die Treppe hinab.

»Spielt Ihr Theater?«, fragte das Fräulein. »Der Auftritt wirkte sehr echt!«

»Theater«, wiederholte Wedigo. »Fast kommt es mir so vor.« Er schaute Melissa forschend an, bückte sich und steckte die Waffe ein. Es war ein Nagantrevolver. Wedigo eilte den Fliehenden hinterher. In der Eingangshalle stieß er auf den Rest der Gäste.

»Herr von Wedel«, hielt ihn Bankier Goldstein auf. »Wir dachten schon, Sie seien mit unserem Gastgeber und seiner Venus vom Winde verweht worden. Hoffentlich ist dem Fürsten nichts passiert. Was war das für ein Knall? Und wer waren die Dame und …«, Goldstein suchte nach der richtigen Bezeichnung und entschied sich für: »… ihr Begleiter, die eben in sehr unziemlicher Eile an uns vorbeirannten?«

»Wo sind die beiden hin?«, rief Wedigo und schob den Bankier zur Seite.

»Das Paar ist zum Anlegesteg gelaufen«, antwortete Lea Goldstein und zeigte zum Eingang. Wedigo ließ beide ohne ein Wort stehen und eilte nach draußen. Es war inzwischen Abend geworden, das Wasser lag dunkel und düster vor ihm und das Boot – Wedigo zog den Revolver und rannte, so schnell er konnte, zum Anlegesteg, doch er kam zu spät. Das Boot, welches die Gäste aufnehmen sollte, legte gerade mit Odilie von Moltweer und dem Narbenmann ab. Der Abstand zum Steg war bereits zu groß, als dass er noch hätte an Bord springen können. Er sah, wie das Schiff in die dunkle Nacht davonglitt; die Baronesse und ihr Helfer waren erneut entkommen – und er saß auf dieser vermaledeiten Flussinsel fest. Langsam kehrte Wedigo zum Haus zurück.

Dort war alles in heller Aufregung, denn Fräulein Ruth hatte inzwischen erzählt, was sich im blauen Zimmer ereignet hatte. Die Nachricht, dass nun auch das zweite Boot verschwunden war, trug nicht gerade zur Beruhigung bei. Die verbliebenen Gäste versammelten sich im kleinen Salon, der neben dem Speisesaal lag. Es waren der Verleger Cassirer mit seiner Gattin Else, die beiden jüngeren Schauspieler, zu denen sich zwei der Atelierfestfräulein gesellt hatten. Dann der Maler Heckel und Fräulein Ruth sowie der Bankier mit seiner Tochter Lea und der dunkel gekleidete Jüngling mit dem wirrem Haar; dazu Wedigo und die Gräfin, insgesamt dreizehn Personen. Man begann, die Lage, in der sich die Gruppe befand, aufgeregt zu diskutieren.

»In der Dunkelheit verkehren keine Boote mehr«, meinte der Verleger. »Wir werden wahrscheinlich im Haus übernachten müssen.«

»Wir kommen also heute hier nicht weg«, rief eine der Freundinnen Ruths, »das geht nicht, ich habe heute Abend noch eine Einladung.«

»Sie haben doch gehört, Schiffe fahren jetzt nicht mehr«, sagte einer der Schauspieler. Zum Haus gehört zwar ein schmales Ruderboot, aber in das passen nicht alle hinein. Bis morgen früh bleiben wir sicher auf der Insel.«

»Es gibt Schlimmeres«, ließ sich der Dichterjüngling hören. »Das Essen ist hervorragend und der Weinkeller sicher gut bestückt.«

Während das Fräulein sich weiter echauffierte, wandte sich Goldstein an Wedigo. »Warum wurde denn auf Sie geschossen?«

»Das ist eine lange Geschichte«, antwortete Wedigo ausweichend. »Die Frau, die geschossen hat …«

»Die Frau«, mischte sich der Maler ein, »ist angeblich eine Baronesse und nennt sich Odilie von Moltweer. Sie ist häufig auf Vernissagen und Atelierfesten zu sehen und spielt dort die Mäzenatin.«

»Bei einer solchen Ausstellung habe ich Odilie kennengelernt«, erklärte die Gräfin. »Sie hat schon immer seltsame Geschichten erzählt, aber dass sie auf jemanden schießen würde …«

Melissa schüttelte den schönen Kopf. Wedigo betrachtete sie. Ihre Empörung schien echt zu sein, doch er glaubte ihr nicht. Zu viel an dem Ganzen war unklar und wirr. Er winkte einem Diener, der im Hintergrund wartete und orderte einen Whisky. Während die übrigen Gäste weiter über die Lage diskutierten, zog Wedigo Melissa zur Seite. Beide setzten sich in eine Sesselgruppe am Rande.

»Melissa«, begann Wedigo, »du hast dich lang und breit mit dem Fürsten und seinen speziellen Gästen,

Baron Myschkin und Graf Lichatschow, unterhalten. Die drei sind verantwortlich dafür, dass ich gefangen und gefesselt wurde. Mit dem Fürsten warst du im Adlon essen und gestern im Zoo und auch sonst gibt es Hinweise, dass du mit dem Geschehen in Verbindung stehst. Sag mir jetzt, was du weißt, und ich werde alles tun, um dich, soweit es möglich ist, aus der Sache herauszuhalten.«

Die Gräfin sah ihn mit ihren großen, grünblauen Augen an und schwieg eine Weile. Dann schüttelte sie erneut den Kopf. »Du spionierst mir nach, Wedigo? Das hätte ich nicht von dir gedacht. Jedenfalls habe ich mit dem Überfall auf dich nichts zu tun. Hast du es schon vergessen? Ich habe dich vorhin befreit und wenn ich Odilie nicht gestoßen hätte, wäre ihr Schuss sicher folgenreich gewesen. Nein, Wedigo, ich habe dir nichts zu sagen.« Damit erhob sich Melissa.

»Und was ist mit deinem Besuch im Forsthaus Paulsborn und bei Oberst Brose?«, rief er ihr zornig nach.

Die Gräfin winkte nur ab und ging zurück zu den Übrigen. Verärgert und voller Zweifel blickte ihr der Oberleutnant nach. Dann stand er auf und gesellte sich ebenfalls zu den anderen Gästen. Der Bankier und der Verleger hatten inzwischen begonnen, die Dienerschaft zu befragen. Die Villa war vom Fürsten bis morgen gemietet worden, da er offenbar mit Übernachtungsgästen gerechnet hatte. Es standen insgesamt sieben Schlafräume zur Verfügung und zufälligerweise blieb für Wedigo ein einzelnes Zimmer übrig. Wäsche wurde zur Verfügung gestellt. Morgen früh um neun, versicherte der Seniordiener, würde ein Boot kommen, mit dem die Reisenden nach Cöpenick übersetzen könnten. Man nahm ein leichtes Nachtmahl zu sich und begab sich alsbald zur Ruhe. Nur Erich Heckel und Herr van der Ham plauderten noch ein wenig im Rauchsalon.

Die Schlafräume lagen alle im oberen Stockwerk, Wedigos Zimmer befand sich im Westflügel und ging übereck, sodass er sowohl die Dahme als auch Teile der Insel überblicken konnte. Doch es war zu dunkel, mehr als die Silhouetten der Bäume und das Schattenspiel des Wassers konnte er nicht erkennen. Auf der Seeseite folgten drei weitere Zimmer, in denen die beide Schauspieler, die Cassirers und am Ende der Bankier mit seiner Tochter untergebracht waren. Zur Landseite hin lag das Zimmer der Gräfin und Fräulein Ruths, dann kamen die beiden anderen Fräulein und endlich der Maler sowie Herr van der Ham. Die Dienerschaft war im Ostflügel untergebracht. Wedigos Schlafraum war der kleinste, es gab gerade Platz für ein Bett, eine schmale Anrichte und einen Stuhl. Auf dem Bett hatte einer der Bediensteten ein Nachtgewand gelegt und auf der Anrichte zur Waschschüssel, der Seife und dem Handtuch einen Wasserkrug sowie eine Kerze gestellt. Wedigo zog den Revolver aus der Tasche und deponierte ihn auf dem Nachttisch. Dann wusch er sich, kleidete sich um und ging ins Bett. Ein Blick auf die Uhr, es war halb elf. Er löschte das Licht und drehte sich um. Eine Weile dachte er über die Gräfin und ihre Rolle in der Angelegenheit nach, danach schlief Wedigo ein.

Er wurde wach von einem tappenden Geräusch und leisen Stimmen. Wedigo richtete sich auf und lauschte, dann sank er beruhigt auf sein Kissen zurück. Das waren der Maler Heckel und der Dichter van der Ham, die unten gesessen und sich unterhalten hatten und jetzt zu Bett gingen. Wedigo gähnte und schloss wieder die Augen – und blieb wach. Er warf sich hin und her, wechselte mehrfach die Lage, vergeblich, der Schlaf kam nicht mehr. Es war einfach zu stickig im Zimmer, er brauchte Luft! Wedigo stand auf und öffnete das linke Fenster, das zum Wasser hinausging.

Der Mond schien, in seinem Licht glänzte still der Fluss. Ein Käuzchen krächzte klagend, aus weiter Ferne drangen ungewisse Geräusche. Vielleicht half es, dachte Wedigo, wenn er noch einen kleinen Rundgang machte. Der Oberleutnant wandte sich dem Fenster ab und zog seine Kleidung an. Leise, um niemanden zu wecken, öffnete er die Tür und schlüpfte hinaus auf den Gang. Er durchquerte ihn, erreichte das Treppenhaus und stieg die Stufen zum Eingangsbereich hinab. Die Vordertür war verschlossen, aber Wedigo fand nach kurzem Suchen eine seitliche Nebenpforte, die offen war und trat hinaus in die Nacht. Das Gewitter hatte die Temperatur abgekühlt, doch es war viel wärmer als die Tage zuvor und der Frost war einem lauen Frühlingswind gewichen. Vom Wasser her roch es modrig. Wedigo lenkte seine Schritte zum Ufer und hielt erstaunt inne. Am Steg lag die weiße Jacht des Fürsten, Troinitzky war im Schutz der Nacht zurückgekehrt!

Rasch verließ Wedigo den Weg und trat zur Seite. Er suchte unter einer Baumgruppe Deckung; gerade noch rechtzeitig, denn auf dem Deck der Venus erschienen mehrere Gestalten, deren dunkle Silhouetten sich im Mondlicht deutlich von den weißen Aufbauten des Seglers abhoben. Es waren insgesamt vier Personen, die das Schiff verließen und an Land gingen. Wer sie genau waren, konnte Wedigo nicht erkennen, doch ihr verstohlenes Auftreten ließ nichts Gutes ahnen. Der Oberleutnant duckte sich und drückte sich tief in das Buschwerk, denn die Gruppe schlug den Weg ein, auf dem er eben noch spaziert war. Verflixt, er hatte den Revolver im Zimmer gelassen! Die Männer kamen direkt an seinem Versteck vorbei und blieben stehen. Wedigo befürchtete schon, er sei entdeckt worden, doch man wartete offenbar nur auf eine weitere Person.

»Wissen wir eigentlich, in welchem Zimmer sich dieser Offizier aufhält?«, fragte eine Stimme, in der Wedigo die des Narbengesichtigen erkannte.

»Pratt sagt, sein Informant habe ihm berichtet, Wedel habe ein Eckzimmer bekommen«, erwiderte ein anderer, den Wedigo nicht kannte.

»Und Maria Walewska?«

Das war die Baronesse! Sie musste zurückgekommen sein, um sich an Melissa wegen ihres Eingreifens zu rächen. Offenbar hatte die Gräfin doch nichts mit der Intrige zu tun, dachte Wedigo erleichtert. Aber ihm fielen auch ihre zahlreichen Kontakte zur Baronesse und das Treffen mit dem Fürsten ein und die alten Zweifel stiegen wieder auf.

Vom Haus näherte sich jetzt geduckt eine Gestalt, einer der Diener, offenbar der Informant. Der Mann sagte etwas, das Wedigo nicht verstand. Der nächste Satz aber ließ ihn fast aufspringen.

»Baron von Maydell lässt Ihnen mitteilen, alles sei bereit und er wisse, wo die Gräfin zu finden sei.«

Maydell war im Haus, richtig, der eine Kerl hatte den Namen Pratt genannt, das war der ursprüngliche Name des angeblichen Barons. Und er hatte es auch auf Melissa abgesehen. Wedigo musste handeln und zwar rasch.

»Einige der Herren haben sich eben erst zu Bett gelegt«, informierte der Diener weiter.

»Gut, wir warten noch eine Viertelstunde, bis wir zuschlagen«, befahl die Baronesse. »Sonst noch etwas?«

»Nein, das ist alles«, antwortete der Verräter.

Die Baronesse gab einen der Männer einen Wink. Der trat hinter den Diener und schlug hart mit einem Holz oder Stab zu. Der Getroffene stürzte mit einem Ächzen zu Boden und verstummte.

»Der Mohr hat seine Schuldigkeit getan«, bemerkte Odilie von Moltweer kalt. »Nehmt ihm den Schlüssel ab und werft den Kerl in die Büsche!«

Wedigo rollte sich zur Seite. Es gelang ihm, aus der Gefahrenzone zu kommen, da schlug dort, wo er eben gelegen hatte, der Körper des Dieners auf. Vorsichtig beugte sich der Oberleutnant über ihn; der Mann atmete nicht mehr, neben ihm lag ein Leichnam. Blutgeruch stieg ihm in die Nase; ein weiterer Toter, die Baronesse schreckte vor nichts zurück.

»Noch eine Zigarette, dann gehen wir ins Haus.«

Die Moltweer zog ein Etui hervor und entnahm diesem eine Zigarette. Sie ließ sich hinter vorgehaltener Hand Feuer geben und rauchte schweigend.

Wedigo glitt langsam nach hinten. Er musste vor den Verbrechern im Haus sein und Melissa warnen. Auch lag im Zimmer der am Abend erbeutete Revolver – und im Innern wartete irgendwo verborgen Baron Maydell alias Pratt auf das Kommen seiner Spießgesellen.

Dem jungen Offizier gelang es, einzelne Büsche als Deckung nutzend, den Nebeneingang ungesehen zu erreichen. Er drückte die Klinke nieder; vergeblich, die Tür war in der Zwischenzeit zugesperrt worden. Einen Augenblick stand er wie erstarrt, bevor er sich abwandte und so schnell es ging zur Hausecke schlich. Vorsichtig schob er den Kopf vor. Wie erwartet kamen die Baronesse und ihre Genossen auf das Haus zu. Am Eingang gab sie einem der Männer einen Befehl; dieser blieb als Posten am Tor zurück. Nun öffnete einer der Kerle mit dem Schüssel des Dieners die Tür, und die Baronesse und die Männer traten ins Haus. Wedigo ging zu Boden und kroch schlangengleich im Schatten der Hauswand auf den Wächter zu. Dieser schien seine Aufgabe nicht allzu ernst zu nehmen, denn er hatte sich auf die Steinstufen gesetzt und sich eine Zigarette angezündet. Er rauchte und schaute prüfend um sich. So war ein ungesehenes Herankommen schier unmöglich. Wedigo versuchte den alten Trick. Er nahm einen Kiesel vom Boden auf und warf ihn, dass dieser auf der anderen Seite des Rauchenden aufschlug. Sofort war der Mann auf den Beinen, zog eine Waffe hervor, entsicherte diese und bewegte sich in die Richtung, aus der das Geräusch gekommen war. Wieder war ein Laut zu hören, diesmal wohl von einem Tier. Der Wächter tat drei weitere Schritte in die Dunkelheit. Wedigo schnellte empor, erreichte in zwei weiten Sprüngen den Eingang, wo er sich sofort hinter eine Säule niederkauerte. Der Posten fuhr herum, doch verpasste er um einen Sekundenbruchteil Wedigo. Argwöhnisch kam er zurück, wobei er sich nach allen Seiten umsah. Jetzt war er an der Säule, Wedigo trat mit aller Kraft an das Bein des Mannes und schlug ihm die Faust in den Leib. Der Kerl stürzte zu Boden und krümmte sich vor Schmerzen. Schon war der Offizier über dem Liegenden und schob ihm ein Taschentuch als Knebel in den Mund, worauf er ihn mit dem Gürtel fesselte und entwaffnete, bevor dieser überhaupt zu reagieren vermochte. Den Gefesselten versteckte Wedigo im Schatten der Säule, anschließend eilte er mit dessen Waffe in der Hand ins Haus. Er kam in das dämmrige, nur durch eine Nachtlampe kaum erhellte Vestibül. Er war keine Sekunde zu früh, denn von oben erklangen Schreie, eine Frauenstimme rief laut um Hilfe, dann fielen zwei Schüsse und Schritte polterten die Treppe nach unten, und Menschen hasteten die Stufen hinab. Wedigo nahm hinter einem Sessel Deckung, da erreichte die erste Person den Vorraum. Es war die Gräfin, die nur im Morgenmantel auf bloßen Füßen flüchtete. Ihr folgten zwei Männer, in denen Wedigo den Narbengesichtigen und den Balten erkannte.

»Halt, Ihr Mörder!«, rief Wedigo. Er hob die Waffe, zielte und schoss zweimal kurz hintereinander. Der Narbenmann schrie auf und brach in die Knie. Der Baron sprang indes zur Seite und tauchte in einen Nebengang, wo er in der Dunkelheit verschwand. Wedigo war es nicht möglich, ihm zu folgen, denn Melissa warf sich weinend in seine Arme. Er fuhr ihr tröstend über das Haar und versuchte sie zu beruhigen. Doch die Gräfin drückte sich umso fester an ihn, und er fühlte das aufgeregte Schlagen ihres Herzens.

Inzwischen war das ganze Haus auf den Beinen. Heckel und der Dichter erschienen auf der Treppe. Stimmen schwirrten durcheinander und jeder wollte wissen, was passiert war. Schließlich versammelten sich die Gäste in ihrer Nachtgewandung im unteren Salon. Wedigo bat alle, hier zu warten, während er das Haus durchsuchte. Er überließ Bruno Cassirer den Revolver des Narbengesichtigen. Frau Cassirer und Lea Goldstein nahmen sich der Gräfin an. Nun machten sich der Maler und Wedigo sowie zwei Diener an eine Überprüfung des Hauses. Im oberen Stockwerk waren zwei Türen aufgebrochen; die eine führte in Wedigos Zimmer, die andere zum Raum, wo die Gräfin und Fräulein Ruth genächtigt hatten. Sonst gab es keine Auffälligkeiten, doch musste jemand durch die Schüsse verwundet worden sein, denn auf dem Gang und in Wedigos Zimmer fanden sich Spuren frischen Blutes; doch niemand der Gäste, auch nicht Melissa, war im Geringsten verletzt worden. Der von Wedigo überwältigte Verbrecher und der Verwundete wurden versorgt und in den Keller verbracht. Den Leichnam des draußen Getöteten trugen Diener ins Haus und bahrten ihn in einer Kammer auf. Am Schluss teilte der Offizier Wachen ein, um einem erneuten Besuch vorzubeugen. Die Jacht war natürlich längst verschwunden.

Wedigo befragte die Anwesenden, was sie jeweils erlebt beziehungsweise gesehen hatten. Viel war es nicht, die meisten waren erst von den Schüssen wach geworden, nur Fräulein Ruth erzählte, jemand sei in das von ihr und der Gräfin bewohnte Schlafgemach eingedrungen, doch dann sei alles so schnell gegangen, dass sie eigentlich nicht wirklich wisse, was tatsächlich geschehen sei.

Es war jetzt halb zwei und man beschloss, für den Rest der Nacht noch ein paar Stunden Schlaf zu bekommen. Wedigo wies den Seniordiener an, gleich morgen früh in dem Ruderboot, das zum Haus gehörte, persönlich nach Cöpenick zu fahren und dort die Landgendarmerie zu verständigen. Die Kommandant solle unbedingt diese Fernsprechnummer anrufen, schärfte er dem Mann ein und gab ihm die Nummer Major Nicolais mit. Dann schaute er noch einmal nach der Gräfin, der Else Cassirer ein Schlafmittel verabreicht hatte. Melissa schlief in einem leeren Gesindezimmer, das einer der Diener bewachte. Wedigo trat leise ein. Das Mondlicht fiel durch das Fenster und zauberte einen hellen Schein auf Melissas Gesicht. Still lag sie da, ein leises Lächeln auf den schönen Lippen. Sie wirkte so unschuldig, dass in Wedigo alle Zweifel verflogen. Er beugte sich zu ihr und gab ihr einen Kuss auf die Stirn. Dann verließ er den Raum und kehrte zurück in seine Kammer, wo er alsbald, trotz aller Aufregungen, in einen tiefen, traumlosen Schlaf fiel.

Ein lautes Klopfen weckte ihn, schlaftrunken richtete sich Wedigo auf und schaute auf seine Taschenuhr, die er neben seinem Bett deponiert hatte. Gütiger Himmel, es war bereits acht Uhr! Wieder pochte es an der Tür, dann wurde diese geöffnet und sein Bursche Kuhn trat, mit einer Uniform über dem Arm, ins Zimmer.

»Guten Morgen, Herr Oberleutnant!« Kuhn grüßte militärisch. »Ich bringe Ihre Uniform. Major Nicolai erwartet Sie in zwanzig Minuten zum Frühstück.«

»Kuhn, wie bist du hierhergekommen?«

»Der Herr Major ließ mich abholen und erteilte

Order, Ihnen eine frische Uniform zu bringen. Wir sind mit einem Zug der Stabskompanie gerade auf der Insel eingetroffen.«

Der Anruf schien sofort Wirkung gezeigt zu haben, Nicolai hatte umgehend gehandelt.

»Gut«, sagte Wedigo, »dann rasier mich, ich will den Major nicht warten lassen!«

Bereits eine Viertelstunde später meldete sich der Oberleutnant bei Nicolai. Dieser saß im kleinen Speisesalon beim Frühstück und wies auf den Stuhl ihm gegenüber. Ein Diener brachte frischen Kaffee und Eier; Brötchen und Marmelade sowie Wurst und Käse befanden sich auf dem Tisch. Wedigo trank einen Schluck Kaffee und griff zu einem Brötchen.

»Ich sehe, Sie haben guten Appetit, Herr Oberleutnant«, meinte Nicolai lächelnd. »Kein Wunder bei dem, was Sie gestern erlebt haben. Was war denn genau los? Berichten Sie!«

Wedigo begann mit seinem Zoobesuch am Samstag und dem Zusammentreffen mit dem Narbengesichtigen sowie mit dem Fürsten. Er erzählte von der gestrigen Schiffsfahrt und dem Versuch der Herren Myschkin und Lichatschow, ihn durch Erpressung zur Mitarbeit zu zwingen. Knapp berichtete Wedigo von dem Überfall auf ihn und von seiner Festsetzung und wie er mithilfe der Gräfin freigekommen und die Baronesse unerwartet aufgetaucht sei. Nicolai nickte bei dem einen oder anderen, als ob ihm die Dinge längst bekannt wären beziehungsweise er eine derartige Entwicklung erwartet hatte. Der Schilderung der nächtlichen Ereignisse lauschte er mit besonderer Aufmerksamkeit.

»Tja«, meinte der Major, als Wedigo geendet hatte. »Der Fall Brose scheint immer größere Kreise zu ziehen. Jedenfalls kommt die Angelegenheit ziemlich in Fahrt. Wir haben dank Ihres Einsatzes zwei Gefangene, die früher oder später auspacken werden. Wir kennen die Namen beziehungsweise die angeblichen Namen der Hauptagierenden, und wir haben eine Bestätigung dafür erhalten, dass im Ministerium ein Verräter, ein Maulwurf sitzt. Die Baronesse von Moltweer und Maydell alias Pratt sowie der Fürst scheinen die wahren Drahtzieher zu sein. Ihre Gräfin dagegen ist wohl eher zufällig in das Geschehen geraten, obwohl aus meiner Sicht noch die eine oder andere Frage offen bleibt. Und der Mord an Oberst Brose ist ebenfalls noch nicht geklärt.«

Es klopfte und Feldwebel Schneidmann, den Nicolai mitgebracht und mit der Sichtung der Spuren beauftragt hatte, trat in den Salon. »Melde, Herr Major, dass jetzt alle Gäste wach sind und zu den gestrigen Ereignissen befragt werden können. Nur eine Person fehlt, die Gräfin Walewska!«

»Da stecken Maydell und die Baronesse dahinter. Die haben Melissa entführt«, rief der Oberleutnant.

»Gemach, Herr von Wedel, gemach. Lassen Sie uns erst hören, was Schneidmann zu berichten hat«, beruhigte ihn der Major. »Sie waren im Zimmer der Gräfin, Feldwebel?«

»Jawohl, Herr Major. Es gibt dort keine Hinweise, die auf eine Entführung hindeuten. Keine Kampfspuren, keine Unordnung oder sonstige Anzeichen. Einer der Diener behauptet, er habe die Gräfin kurz vor dem Ablegen des Ruderbootes aus dem Haus gehen sehen. Das sei in der Dämmerung kurz nach fünf Uhr gewesen.«

»Gibt es weitere Boote auf der Insel?«

»Der Mann sagt, das nicht, ist sich aber nicht sicher.«

»Danke, Herr Feldwebel. Sie können die übrigen Herrschaften in den Salon bitten, ich komme in zehn Minuten.«

Schneidmann ging.

»Das Verhalten der Gräfin ist mir unverständlich«, sagte Wedigo. »Warum ist sie heimlich verschwunden?«

»Nun«, erwiderte Nicolai lächelnd, »die Dame liebt Mystifikationen. Wahrscheinlich hat sie sich einen Platz im Boot besorgt und versucht nun, auf eigene Faust die Baronesse zu finden. Ein gefährliches, höchst törichtes Unterfangen. Sie kümmern sich bitte darum, für die Vernehmungen brauche ich Sie nicht. Und, das fällt mir gerade ein, um zehn kommt Ihr *Freund*, Kommissar Gennat ins Ministerium. Lassen Sie sich nach Cöpenick übersetzen und nehmen Sie eine Kraftdroschke, dann könnten Sie es noch schaffen. Erzählen Sie dem Mann alles, was Sie wissen, Gennat hat einen guten Ruf und wird möglicherweise andere Muster als wir erkennen. Ansonsten, gute Arbeit, Herr Oberleutnant, wir sind jedenfalls einige wichtige Schritte weitergekommen. Und jetzt sputen Sie sich!«

Wedigo sprang auf und eilte zum Anleger, wo Kuhn auf ihn wartete. Beide stiegen in die Polizeijolle und ließen sich umgehend nach Cöpenick bringen. Mit einem Kraftwagen ging es zurück nach Berlin, wo von Wedel gleichzeitig mit Kriminalkommissar Gennat am Kriegsministerium eintraf.

Wenn Gennat verwundert war, dass ihn der Oberleutnant und nicht Nicolai empfing, ließ er sich das nicht anmerken. Sie gingen in das Büro im ersten Stock. Wedigo ließ vom Gefreiten Kaffee aus dem Kasino kommen. In der nächsten Stunde wies er Gennat in die Lage ein und berichtete, was in der vergangenen Woche alles geschehen war. Der Kommissar hörte dem jungen Offizier aufmerksam zu und machte sich dabei auf einem Block Notizen. Als Wedigo seine Darstellung beendete, nickte Gennat und schwieg einen Augenblick, wobei er seine Aufzeichnungen studierte.

»Ich denke«, sagte er dann ruhig, »ich denke, Sie und Major Nicolai sowie Ihr Feldwebel haben gute und solide Arbeit geleistet. Ich habe trotzdem noch ein paar Fragen. Ist bislang geklärt, was der ermordete Brose im Büro seines Nachfolgers wirklich wollte?«

»Major Nicolai geht davon aus, dass der Oberst Hinweise auf das sogenannte Leck im Ministerium suchte.«

»Die Frage ist, warum suchte er die Hinweise im Büro von Oberstleutnant Heye?«, meinte Gennat. »Dieser Frage sollte auf jeden Fall nachgegangen werden. Das zweite, was mir aufgefallen ist. Warum ist die Sache mit der obskuren Postadresse in der Mulackritze nicht weiter verfolgt worden?«

»Das Lokal wird beobachtet, der Major hofft, derart Informationen über die besonderen Kontakte des Toten zu bekommen«, erwiderte Wedigo.

»Das ergibt Sinn, dennoch würde ich dem Wirt etwas einheizen, der Mann weiß sicher mehr, zumindest müsste er die Kontaktleute gesehen haben, wenn er sie nicht sogar kennt. Das Einheizen könnte ich übrigens von Polizeiseite aus übernehmen, wir haben unsere eigenen Methoden. Drittens: Sie sagen, Ihnen sei nach Ihrem Abenteuer ein Wagen gefolgt. Bei dem Überfall bei Ihrem Duelltreffen spielte ein Wagen ebenfalls eine Rolle.«

Wedigo hatte erst gezögert, ob er dem Kommissar von seinem Rencontre erzählen sollte, sich dann aber dafür entschieden, da das Duell ganz offenbar nicht vollzogen worden war und er es für wichtig hielt, von dem Angriff zu berichten.

»Ich werde mich mit der örtlichen Gendarmerie in Verbindung setzen«, fuhr Gennat fort, »ob dort Informationen über ein Fahrzeug vorliegen, das könnte eine wichtige Spur sein. Wie war das noch mit der Waffenwahl? Sie sprachen von einem Missverständnis?«

»Das hat sich geklärt, die beiden Sekundanten haben sich telefonisch besprochen und dabei ging offenbar eine Information verloren.«

»Ich halte wenig von diesen neumodischen Geräten«, sagte Gennat. »Auch nichts davon, Stimmen und Musik auf Metallplatten zu ritzen. Sie werden sehen, das sind Modeerscheinungen, von denen in hundert Jahren niemand mehr spricht.«

»Ich finde eine Fernsprechverbindung durchaus hilfreich«, widersprach Wedigo. »Wie sind Sie eigentlich im Fall Martina Miller weitergekommen? Ich habe Ihnen doch erzählt, dass die sogenannte Baronesse mit dem Opfer davonfuhr. Ich bin überzeugt, die Frau hat etwas mit dem Tod Mias zu tun, wenn sie nicht selbst die Mörderin ist.«

»Ich gebe zu, dass mein Anfangsverdacht falsch war«, räumte der Kommissar vorbehaltlos ein. »Mittlerweile haben wir die Aussage eines Kraftdroschkenkutschers vorliegen, der bestätigt, dass Martina Miller auf ihrer Heimfahrt von einer gut gekleideten Dame begleitet wurde. Diese habe ihm die Anweisung gegeben, in die Eichendorffstraße zu fahren, wo beide ausgestiegen seien. Der Mann meint, die Frau sei ihm wegen ihres sehr dunklen Haars, ihrer vollen Lippen und den schräg geformten Wangen aufgefallen, sie habe irgendwie fremdländisch gewirkt.«

»Das müsste die Beschreibung der Baronesse sein«, bestätigte Wedigo.

»Die Dame ist mit dem anderen Fräulein, dem es offenbar nicht gut ging, ins Haus gegangen. In der Wohnung der Toten wurden in der Tat einige schwarze Haare entdeckt, die von der Baronesse stammen können. Nur sind Haare leider nicht nummeriert, sodass ich Ihrer Verdächtigen nichts beweisen kann.«

»Gibt es Fingerabdrücke?«

»Nein, nur die der Toten.«

Beide Männer schwiegen.

»Was schlagen Sie vor, wie wir weiter vorgehen?«, fragte Wedigo.

»Ich denke, ich übernehme die Polizeiarbeit und kümmere mich vor allem um die Fahndung nach der Baronesse und dem angeblichen Baron. Dann würde ich gern den einen oder anderen aus diesen Künstlerkreisen vernehmen, ich fürchte aber, dass so etwas leicht einen Pressewirbel auslöst.«

Es klopfte und der Gefreite trat ein. Er salutierte und übergab dem Oberleutnant einen grauen Umschlag.

»Der Bericht der Decodierungsabteilung«, meldete er.

»Sie gestatten?«, wandte sich Wedigo an den Kommissar, als der Soldat abgetreten war. Gennat nickte und der Offizier öffnete den Umschlag. Er überflog den Inhalt und stieß einen Pfiff aus.

»Das wird Major Nicolai sehr freuen«, sagte er zu Gennat. »Sie entschuldigen, dass ich Ihnen nichts weiter zum Inhalt sagen kann, das Ganze scheint mir sehr brisant. Mein Chef wird entscheiden, wie es weitergeht.«

»Gut, dann werde ich mich an meinen Teil der Arbeit machen. Grüßen Sie bitte Ihren Chef, ich gebe morgen oder übermorgen Bescheid, ob und was sich Neues ergeben hat.« Gennat erhob sich und Wedigo geleitete den Kommissar zur Tür, wo er ihn verabschiedete.

Die Hinweise und Ratschläge des Kriminalisten zeugten von Professionalität, Gennat hatte völlig recht, dachte Wedigo. In dem ganzen Agentenwirrwarr war ihnen der Fall Brose etwas außer Sicht geraten. Natürlich stand der Mord im Zusammenhang mit dessen Entdeckungen. Oberst Brose war getötet worden, weil er einer breit angelegten russischen Agentenaktivität auf die Spur gekommen war. Das dechiffrierte Schreiben schien dies jedenfalls zu beweisen. Aber irgendwie hielt Wedigo diese Erklärung nicht für ausreichend, er hatte das Gefühl, dass hinter dem Mord noch etwas ganz anderes verborgen war. Wieder kamen ihm die kryptischen Worte des Malers in den Sinn. Er musste unbedingt mit dem Mann reden, am besten heute noch. Jetzt wollte er erneut die Akte Brose durchgehen, vielleicht stieß er in den Papieren auf etwas, das bisher übersehen worden war. Der Oberleutnant ließ sich vom Gefreiten Neumann die Akte bringen und machte sich an die Arbeit.

Gut zwei Stunden verbrachte Wedigo mit den Papieren. Er ging zwischendurch zum Essen und studierte anschließend weiter die Seiten. Die Uhr zeigte gerade halb vier, da ging die Tür auf und Major Nicolai trat ein. Er wirkte regelrecht aufgekratzt und schien mit dem, was er auf der Insel in Erfahrung gebracht hatte, sehr zufrieden. Der Major setzte sich in den Besuchersessel.

»Wir sind endlich fertig mit den Vernehmungen. Viel Neues wussten die Gäste nicht zu sagen und wer heute Nacht auf wen geschossen hat, ist bislang noch nicht geklärt. Dafür haben aber die Vögel, die Sie heute Nacht einfingen, gesungen, die ganze Tonleiter hinauf und hinunter. Es ist so, wie wir vermutet haben. Oberst Martschenko und die Raswedka sind die Drahtzieher im Spiel, Baronesse von Moltweer und Baron Maydell die Akteure vor Ort«, informierte er Wedigo. »Es ging und geht in der Tat darum, junge Offiziere als Perspektivagenten zu gewinnen. Nur war nicht Gräfin Walewska auf Sie angesetzt, sondern die Moltweer. Offenbar hat Martschenko ein ähnliches Verfahren bereits in Wien durchgeführt. Namen wussten die Befragten angeblich nicht zu benennen. Aber die werden wir schon erfahren.«

»In Wien«, wiederholte Wedigo. »Dazu passt das Schreiben, das uns heute die Dechiffrierabteilung geschickt hat«, sagte er und schob dem Major den erhaltenen Brief zu. Nicolai nahm ihn und studierte ihn ausführlich.

»Das ist ja ein regelrechte Bestellliste«, rief er aus und zitierte: »›Erwarte Angaben über Truppenstärke Przemyślany, Lemberg, Tarnów sowie Aufmarschplan Galizien. Kontakt Bromberg meiden, Treffen Prag.‹«

»Der Inhalt entspricht den Chiffren des Zahlenblatts aus dem Brief für Oberst Brose, den wir in der Gartenstraße Nr. 6 sichergestellt haben«, erläuterte Wedigo. »Der Absender war ein gewisser Eduard Urbanitzky, Neu Sandez und auf dem zweiten Umschlag stand ›Aufgabepostamt Eydtkuhnen/Ostpreußen‹. Feldwebel Schneidmann wollte klären, was der Absender bedeutet.«

»Das müsste bereits geschehen sein«, sagte der Major. Er stand auf, öffnete die Tür zum Nebenzimmer und rief nach dem Feldwebel. »Was ist mit dem Aufgabepostamt? Haben Sie Nachricht?«

»Jawohl, Herr Major, das Aufgabepostamt Eydtkuhnen hat eine schriftliche Auskunft erteilt. Das Schreiben kam heute mit der Mittagspost. Bitte, Herr Major!«

Der Feldwebel überreichte Nicolai eine Postmitteilung, der Major las: »›Aufgabepostamt Eydtkuhnen/Ostpreußen, Freitag, 11. April 1913. Betr.: Anfrage Kriegsministerium Abteilung III b. O. a. Brief wurde an Nikon Nizetas, Wien, postlagernd Postamt am Fleischmarkt als Geldsendung mit 6.000 Kronen verschickt. Gz. Maier, Oberpostsekretär.‹«

Er sprang mit dem Brief in der Hand auf.

»Es geht wirklich um die k.u.k. Armee. Diese Nachricht wird das Evidenzbüro in Wien brennend interessieren. Ich werde die dortigen Kameraden sofort verständigen. Oder noch besser, ich informiere Oberst von Krauss-Elislago, der, wie Sie wissen, sich in Berlin aufhält. Mensch, Wedel, da könnte uns ein Riesenfisch an den Haken gegangen sein.«

Er wollte zur Tür hinauseilen, da hielt ihn ein Ruf Wedigos zurück.

»Augenblick, Herr Major, wissen Sie, dass Fürst Troinitzky, als ich ihn am Samstag erstmals traf, behauptete, er sei mit dem Oberst bekannt und habe eine Verabredung mit ihm?«

Nicolai blieb stehen und wandte sich um. »Verdächtigen Sie Oberst von Krauss-Elislago, er hätte mit der Angelegenheit zu tun? Troinitzky kann bewusst versucht haben, Verwirrung zu stiften.«

»Das mag sein«, erwiderte Wedigo. »Aber nur jemand aus dem Generalstab ist in der Lage, die im Brief gewünschten Auskünfte zu geben. Das sind absolute Geheimpapiere, normale Soldaten wie ein Unteroffizier Wölkerling haben zu solchen brisanten Informationen sicher keinen Zugang.«

»Sie haben wieder einmal recht, Herr Oberleutnant«, entgegnete Nicolai langsam. »Wir müssen leider mit allem rechnen. Zum Glück kenne ich in Wien im Evidenzbüro den Major i. G. Ronge persönlich. Maximilian ist ein hervorragender Mann, Oberst Redl hat ihn ausgebildet und gefördert, wobei ich Redl weniger schätze. Ich mag Redls sanfte Sprechweise nicht, er ist eher schlau als intelligent und talentiert. Ganz anders ist Major Ronge, der Kamerad hat wirklich etwas auf dem Kasten und weiß, bedacht zu handeln. Er ist durch und durch loyal und absolut vertrauenswürdig. Ich werde gleich mit ihm telefonieren, dann sehen wir weiter.«

Der Major eilte in sein Arbeitszimmer, um das Gespräch nach Wien anzumelden.

Wedigo blätterte noch einmal in Broses Akte. Alles schien völlig normal zu sein. Kadettenausbildung in Groß-Lichterfelde, später die Kommandierung an die

Kriegsakademie, dann die Sprachausbildung in Kasan, von 1900 bis 1910 Leiter der Abteilung III b. Dazu die Abschriften seiner Beurteilungen, Listen der Manöverteilnahmen, nirgends etwas Ungewöhnliches, nirgends ein Hinweis. Dennoch, Oberst Brose musste etwas über die russische Agentenaktivitäten in Erfahrung gebracht haben, der codierte Brief war ein deutlicher Beleg. Vielleicht hatte der Oberst auch gewusst, wer der Maulwurf im Ministerium war. Nein, nicht vielleicht, ganz sicher! Der Oberst hatte den Verräter gekannt und war getötet worden, damit er sein Wissen nicht preisgeben konnte. Aber warum hatte er den Namen nicht genannt oder zumindest einen Hinweis hinterlassen? Oder hatte er das und dieser war vom Täter entfernt worden? Oder musste nur gefunden werden?

Die Tür ging auf und ein Gefreiter teilte mit, Wedigo solle umgehend zu Major Nicolai ins Büro kommen.

»So, Herr von Wedel, die Angelegenheit kommt in Fahrt. Ich habe Ronge den Brief vorgelesen und er teilt unsere Meinung, dass nur ein Generalstabsoffizier die Kenntnisse haben könne, um die geforderten Antworten zu geben. Wir haben ausgemacht, dass unsere Abteilung einen zweiten Brief aufsetzt, der anstelle des ersten nach Wien gesandt wird. Kamerad Ronge will den Chef der Staatspolizei von Gayer einweihen und ihn um Amtshilfe bitten, damit das betreffende Postamt rund um die Uhr überwacht wird. Früher oder später holt der Verräter den Brief und dann haben wir den Kerl! Alles dank des Schreibens von Oberst Brose, das Sie entdeckt haben. Gute Arbeit, wirklich gute Arbeit, Herr Oberleutnant!«

»Danke, Herr Major. Die eigentliche Arbeit hat aber wohl der Oberst geleistet. In diesem Zusammenhang ist mir etwas aufgefallen.«

Wedigo legte Nicolai seine Überlegungen dar, wobei er auch auf Kriminalkommissar Gennats Bemerkungen zum Fall Brose hinwies. Der Major hörte aufmerksam zu.

»Das heißt«, sagte er, als der Oberleutnant endete, »Sie gehen davon aus, dass Brose den Verräter kannte und er entweder auf eigene Faust ermittelte, weil ihm dieser persönlich bekannt war oder weil er keinem in der Abteilung mehr traute. Und Sie glauben, es gäbe weitere Unterlagen Broses über das Spionagegeschehen. Tja«, überlegte Nicolai, »zum einen wäre zu klären, wen der Oberst in seiner militärischen Laufbahn alles kennengelernt hat und zu wem er näher in Kontakt stand. Zum anderen müsste ich mich mit meinem Vorgänger Oberstleutnant Heye näher beschäftigen, denn Brose hat seinem Nachfolger offenbar nicht vertraut. Eine heikle Angelegenheit.«

»Oberst Brose wurde im Arbeitszimmer des Oberstleutnants ermordet«, warf Wedigo vorsichtig ein.

»Genau und auf diesen Sachverhalt sind wir bislang überhaupt nicht eingegangen«, rief der Major. »Manchmal ist man wirklich blind! Nun, dann wissen wir, was wir zu tun haben. Wir müssen sämtliche Verbindungen und Kontakte und Begegnungen und so weiter überprüfen, die der Oberst je hatte. Eine Aufgabe für Feldwebel Schneidmann, Sie brauche ich vor Ort. Finden Sie Ihre schöne Gräfin und machen Sie der Dame klar, dass die Zeit für Spiele vorbei ist. Maria Walewska kennt sich in der Künstlerwelt aus, sie soll Ihnen helfen, die Kontakte Broses zu finden. Setzen Sie Ihren Charme ein, aber sagen Sie der Gräfin in aller Deutlichkeit, dass sie sich in gefährlichen Kreisen bewegt hat und wir ihr Tun durchaus genauer betrachten könnten. Vielleicht kann Sie Ihnen auch sagen, wer in der Nacht geschossen hat. Ich wollte Sie eigentlich nach Ihrem Erfolg aus dem Adlon ausquartieren, doch in Anbetracht Ihrer neuen Aufgabe bleiben Sie bis Ende des Monats dort. Die Zahlstelle wird protestieren, aber nur mit Speck ist diese Art von Mäusen zu fangen. Gennat fahndet nach der Baronesse und Maydell, sagten Sie?«

»Das haben wir vereinbart. Er schlug auch vor, die Mulackritze direkter ins Visier zu nehmen.«

»Die Idee ist gut, ich schicke einen Trupp meiner Jungs in Zivil hin, die sollen den Laden auseinandernehmen. Gut, Sie können gehen und sich auf die Jagd begeben.«

»Jawohl, Herr Major!«

Wedigo trat zur Tür, da hielt ihn ein Ruf des Majors zurück.

»Herr von Wedel, ich habe gestern bei den Bredows diniert, vielleicht sollten Sie sich bei Fräulein Ilse für Ihren unkonventionellen Abschied im Zoo entschuldigen, die junge Dame schien mir sehr irritiert. Und jetzt gehen Sie!«

Der Oberleutnant salutierte und trat ab.

Wedigo verließ das Ministerium. Natürlich würde er sich bei den Bredows entschuldigen, nur hatte er dafür bislang keine Zeit gefunden. Fürs Erste würde er Ilse von Bredow Blumen zukommen lassen. Aber um einen Besuch würde er nicht herumkommen. In gewisser Weise freute er sich, das Fräulein wiederzusehen. Gedankenverloren lief der Oberleutnant die Wilhelmstraße in Richtung des Adlon, als ihn eine bekannte Stimme ansprach.

BLAUE NACHT IM BALLHAUS

»Wedigo, träumst du am hellichten Tag?« Es war die Gräfin, ganz in Schwarz gekleidet und mit einem Schleier vor ihrem Gesicht, als befände sie sich in Trauer.

»Melissa«, rief Wedigo überrascht. »Fast hätte ich dich nicht erkannt. Wieso bist du heute früh einfach verschwunden?«

»Das erkläre ich dir später«, erwiderte die Gräfin. »Es ist gut, dass ich dich hier treffe, ich muss mit dir sprechen. Ich brauche deine Hilfe!«

»Dann gehen wir ins Hotel, dort sind wir ungestört.«

»Nein, im Adlon sind zu viele Menschen. Lass uns eine Droschke nehmen und Erich besuchen.«

Wedigo überraschte der Vorschlag, andererseits kam er ihm gelegen, denn den Maler hatte er ohnehin noch einmal aufsuchen wollen. Er winkte einer Kutsche und Wedigo half der Gräfin beim Einstieg.

»Nach Steglitz in die Markelstraße«, befahl er. Einige Minuten schwiegen beide, dann wandte sich die Gräfin Wedigo zu.

»Ich glaube, ich muss dir einiges erklären«, begann sie zögerlich.

Wedigo nickte und wartete ab, welche Erklärung sie abgeben und was sie diesmal erzählen würde.

»Heute Nacht«, sprach sie weiter und legte wieder eine Pause ein. Sie wirkte anders, nicht mehr so selbstsicher und unnahbar, sondern unruhig und aufgewühlt.

»Melissa, wenn du mir schon als Scheheradzade deine Märchen erzählst, dann bitte ohne ständige Unterbrechungen«, wies Wedigo sie zurecht. »Sage, was du zu sagen hast, nicht mehr und nicht weniger.«

»Du bist seit heute Abend so anders als sonst«, erwiderte Melissa und sah ihn mit großen Augen verwundert an. »Aber, damit du siehst, dass ich es ehrlich meine, will ich dir alles erzählen, zumindest das, was ich weiß. Es geht um die Nacht auf der Insel. Wir waren zu Bett gegangen, Ruth schlief bereits, da hörte ich auf dem Gang Geräusche. Als ich vorsichtig die Tür öffnete und hinausspähte, sah ich, wie Odilie sich an deiner Zimmertür zu schaffen machte. Ich nahm einen Revolver, öffnete die Tür und schoss!«

»Du hast heute Nacht geschossen?«, fragte Wedigo ungläubig. »Woher hattest du die Waffe?«

»Ich, also … Ich habe auf der Jacht einen Revolver gefunden. Ich war im Waschraum und da fand ich ihn auf der Ablage. Ich habe die Waffe eingesteckt, ich weiß selbst nicht, warum. Als ich wieder an Deck war, beobachteten mich diese beiden Männer, die dich später gefangen setzten. Irgendwie muss man mir meine Überraschung über den Fund angesehen haben. Baron Myschkin und Graf Lichatschow merkten offenbar, dass etwas nicht stimmte, und gaben dem Fürsten einen Wink. Troinitzky zog mich in ein Gespräch, in dem er die merkwürdigsten Dinge fragte. Ich verstand wirklich nicht, was er von mir wollte, und es gelang mir ganz gut, die Herren von meiner weiblichen Harmlosigkeit zu überzeugen. Bei dem Revolver handelte es sich um eine sehr kleine Waffe, die ohne Probleme in meine Handtasche passte. Ich behielt ihn und dachte nicht weiter daran. Erst als wir uns zur Ruhe legten, fiel mir die fremde Waffe wieder ein und ich legte sie auf meinen Nachttisch. Wir gingen alle zu Bett, bei mir im Zimmer logierte Fräulein Ruth. Sie schlief sofort ein, nur mich ließen die Ereignisse des Tages keinen Schlaf finden. Dann hörte ich, wie gesagt, Geräusche und sah draußen Odilie an deiner Tür. Ich schrie laut auf, da tauchte aus deinem Zimmer eine zweite Gestalt auf. Ich dachte erst, du wärst es, erkannte dann aber an den Umrissen und an der Größe, dass du es nicht sein konntest. Ich hatte grauenhafte Angst, die beiden hätten auch dich ermordet, und rief um Hilfe. Odilie sprang auf mich zu, ich schoss zweimal; dann flüchtete ich. Den Rest kennst du.«

Melissas Aussage passte zu den Abläufen und erklärte, warum trotz der Blutspuren niemand der Anwesenden verwundet worden war. Sie musste Odilie oder die zweite Gestalt, wahrscheinlich Maydell, getroffen haben.

»Gut, der Ablauf mag so gewesen sein, wie du es schilderst. Aber es bleiben noch Fragen offen. Wo befindet sich deine Waffe jetzt? Und warum bist du heute früh einfach ohne Abschied gegangen, um nicht entflohen zu sagen?«

»Ich war um fünf Uhr wieder wach. Als ich aufstand und aus dem Fenster schaute, glaubte ich, im Garten einen Mann zu sehen, der gar nicht auf der Insel sein konnte. In dem Augenblick geriet ich so in Panik, dass ich nur noch an Flucht denken konnte.«

»Wen hast du im Garten gesehen?«

»Leutnant Herwarth von Bittenfeld! Doch ich bin mir nicht sicher, ob ich mich nicht getäuscht habe. Aber vorhin, als ich das Adlon betrat, um dir eine Nachricht zu hinterlassen, sah ich ihn wieder. Er saß in der Lounge und winkte mir zu.«

»Woher kennst du den Leutnant?«

»Er tauchte vor einem halben Jahr auf einer musikalische Soiree auf, verschwand dann wieder, um sich seit etwa drei Monaten regelmäßig im Café des Westens und in anderen beliebten Lokalen sowie auf Vernissagen sehen zu lassen. Er ist immer freundlich und drängt sich in keiner Weise auf. Er scheint eine Menge Geld zu haben. Odilie muss ihm sehr gefallen«, sagte Melissa nachdenklich, »beide sind häufig unterwegs und verkehren in den verrücktesten Lokalen. Nun ja, jeder nach seiner Fasson.«

Wedigo kam die Szene vor Augen, die er kürzlich im Café des Westens beobachtet hatte. Da saßen Leutnant von Bittenfeld und neben ihm Odilie von Moltweer.

»War der Leutnant mit Oberst Brose bekannt?«, fragte Wedigo aus einer Intuition heraus.

»Nein, das ist mir jedenfalls nicht aufgefallen. Obwohl, so ganz sicher bin ich mir nicht. Erich könnte dir dazu mehr erzählen, wir sind gleich bei seinem Atelier.«

»Ich werde Heckel sicher befragen, doch erlaube mir noch eine Frage an dich. Du warst mit dem Fürsten im Adlon zum Essen, wie gut kennt Ihr euch?«

Die Gräfin schüttelte den Kopf.

»Darüber möchte ich nicht sprechen, Wedigo; jedenfalls nicht heute.«

Die Droschke hielt, Melissa öffnete den Schlag und

sprang gewandt aus der Kutsche; das Gespräch war offenbar für sie zu Ende. Der Oberleutnant folgte ihr kopfschüttelnd, früher oder später würde er erfahren, was die Gräfin und den Fürsten verband.

Sie traten ins Haus und klopften an der Tür, die zu Heckels Atelier führte. Der Maler öffnete und begrüßte sie überrascht.

»Wollt Ihr über unser Seeabenteuer plaudern oder was führt euch zu mir?«, fragte er die Gräfin.

»Nein, Herr Heckel«, schaltete sich der Oberleutnant ein, »es geht um Oberst Brose. Sie sprachen neulich davon, dass Herr Brose Blau geliebt habe. Was meinten Sie damit? Es klingt reichlich mysteriös.«

Der Maler lachte.

»Nein, da habe ich mich falsch ausgedrückt. Karl liebte Blau als Farbe und Blau als Situation. Er sprach öfter von ›blauen Nächten‹, was er damit meinte, weiß ich allerdings nicht.«

»Es ging um das Tanzen, eine blaue Nacht ist eine Ballnacht«, erklärte die Gräfin.

»Oberst Brose tanzte?«, fragte Wedigo überrascht.

»Natürlich tanzte er, ich habe ihn selbst in Bühlers Ballhaus gesehen. Das ist ein Tanzlokal im Hof der Auguststraße, zu dem das normale Publikum keinen Zugang hat. Erst im Herbst wollen die Wirtsleute Fritz und Clara Bühler es richtig eröffnen, bis dahin ist das Ballhaus ein Geheimtipp.«

»Dort hat Brose getanzt? Mit wem denn?«

»Brose war sehr beliebt. Es gab einige Fräulein aus den Varietés, die gern mit ihm ausgingen; er war sehr spendabel.«

»Die Baronesse war häufig mit Karl unterwegs«, sagte Heckel. »Ich hatte überhaupt das Gefühl, die beiden seien ein Paar.«

»Odilie und der Oberst? Nie im Leben!«, rief die Gräfin. »Der Oberst hat die Baronesse doch erst vor Kurzem kennengelernt.«

»Nein, das stimmt nicht«, widersprach der Maler. »Ich habe Karl mit dieser Frau schon vor einem halben Jahr im Café des Westens gesehen, wo sie eng miteinander tanzten. Jedenfalls«, fügte er etwas unsicher hinzu, »glaube ich, dass es Karl gewesen ist.«

Wedigo betrachtete Melissa. Sie schien von der Information des Malers überrascht zu sein. Sie schüttelte den Kopf.

»Als wir am vorletzten Sonntag Oberst Brose wegen des Bildes besuchten, ist mir nichts aufgefallen, was für eine Vertrautheit der beiden gesprochen hätte. Im Gegenteil, ich hatte das Gefühl, als herrsche eine unterschwellige Spannung zwischen Odilie und dem Oberst. Wir waren im Anschluss bis zum frühen Morgen unterwegs, zuletzt auf einem Fest von Louis van der Ham. Und Odilie hat sich da prächtig mit allen möglichen Männern amüsiert. Sie sagte, sie räche sich, niemand würde sie ungestraft versetzen.«

»Hat sie Brose damit gemeint?«, hakte Wedigo nach.

»Nein, das glaube ich nicht. Eher den Leutnant. Er wollte uns ursprünglich begleiten, zeigte sich dann aber nicht.«

Der Maler hatte dem Gespräch kaum zugehört. Ihm schien es gleichgültig zu sein, ob Wedigo und die Gräfin seinen Beobachtungen Glauben schenkten.

»Ich habe einige neue Bilder aufgehängt; gleich kommen die Goldsteins, die Tochter Lea hat demnächst Geburtstag und möchte ein Bild als Geschenk. Wenn Ihr euch die Bilder anschauen wollt?«

»Gern«, sagte die Gräfin.

»Sagen Sie, Herr Heckel«, fragte Wedigo, während sie in den ersten Stock stiegen, »kannte Oberst Brose einen Leutnant namens Herwarth von Bittenfeld oder könnte er diesem bei Ihnen einmal begegnet sein?«

»Das kann ich nicht sagen«, erwiderte der Maler. »Auf einer Vernissage gehen so viele Leute ein und aus. Es ist möglich, aber ich weiß es nicht.«

Sie traten ins Atelier. Heckel hatte an den Wänden Bilder aufgehängt. Erneut bewunderte Wedigo die farbliche Vielfalt und Tiefe und das Können des Malers. Es waren zumeist Landschaftsbilder, aber auch Personendarstellungen, darunter mehrere Akte. Ein Bild zeigte ein grün-weiß gestreiftes Sofa, auf dem ein nacktes Mädchen ruhte. Vor dem Sofa lag ein grellroter Pantoffel und an der Wand darüber hingen Bilder. Wedigo zweifelte, ob der Maler die richtige Auswahl für ein junges Fräulein getroffen hatte. Während er das Bild skeptisch betrachtete, läutete es an der Tür.

»Das werden die Goldsteins sein«, sagte Heckel. »Ihr entschuldigt mich.«

Er eilte nach unten.

»Die ›Liegende‹ scheint dir zu gefallen«, neckte Melissa Wedigo, die seine Reaktion auf das Bild wahrgenommen hatte. »Ich glaube, Heckel hat nach der Natur gemalt, vielleicht möchtest du das Fräulein kennenlernen?«

»Darum geht es nicht. Ich frage mich nur, was Vater Goldstein von solchen Bildern hält, zumal die Tochter dabei ist.«

Melissa lachte »Du bist wahrhaftig ein Spießbürger, wie er im Buch steht, Wedigo! Es geht um die Kunst, und der junge, menschliche Körper ist Kunst in Reinnatur.«

Die Goldsteins wurden ins Atelier geführt.

»Gräfin Walewska und Herr von Wedel«, rief der Bankier erfreut. »Sie haben sich von den Abenteuern auf der Insel offenbar erholt. Wollen Sie auch Bilder von Erich Heckel kaufen? Ich hoffe, Sie lassen uns den Vortritt, Lea hat am nächsten Samstag Geburtstag und wünscht sich ein Bild.«

Der Bankier hätte wohl noch länger geredet, doch Lea war bereits zu den Gemälden geschritten und stand vor ›Mittag in der Marsch‹, dem Bild, das Melissa gefallen hatte.

»Papa«, rief sie. »Ich glaube, ich habe meine Wahl bereits getroffen. Das Bild möchte ich.«

Wedigo und Melissa verabschiedeten sich und verließen das Haus.

»Schade, das Bild hätte ich auch genommen«, meinte die Gräfin. »Bringst du mich nach Hause? Nach den Ereignissen der Nacht fühle ich mich wie ein Hasenfuß.«

Wedigo winkte einer Droschke.

»Du musst mir nur sagen, wo du wohnst?«

»Ach, stimmt, das weißt du ja noch nicht. Fahren Sie zum Auguste-Viktoria-Platz«, rief Melissa dem Kutscher zu. »Das ist gegenüber der Kaiser-Wilhelm-Gedächtniskirche«, erklärte sie Wedigo.

»Das weiß ich«, murmelte er. Dort wohnte auch

Ilse von Bredow, aus irgendeinem Grund erzeugte der Gedanke bei ihm ein mulmiges Gefühl.

»Ich habe Hunger«, sagte die Gräfin plötzlich. »Lass uns vorher im Hotel Fürstenhof essen. Die Karte soll gut sein, mich reizt, dass das Haus direkt über der U-Bahn errichtet wurde. Ich findet es irgendwie aufregend, mir vorzustellen, dass unter meinen Füßen der Verkehr braust. Ich wollte dir auch noch deine Frage nach dem Fürsten beantworten.«

Wedigo war einverstanden und gab dem Kutscher entsprechend Anweisung.

Eine halbe Stunde später saßen sie im Fürstenhof. Das Luxus-Hotel gehörte den Brüdern Aschinger, zwei aus Württemberg zugewanderten Schwaben, die Berlins größten Gastronomiebetrieb aufgebaut hatten. Ihnen gehörten auch das Weinhaus Rheingold am Potsdamer Platz, das Palasthotel und das Hotel Fürstenhof, in dem Wedigo und die Gräfin zu Abend aßen.

Melissa liebte es heute deftig und orderte einen Kasseler Braten. Wedigo schloss sich dem Deftigen an und bestellte Eisbein mit Sauerkraut und Erbsenpüree.

»Ich habe mit den Aktivitäten Odilies nichts zu tun, Wedigo«, sagte Melissa. »Ich wusste zwar, dass sie mit den merkwürdigsten Leuten bekannt ist, aber ihre verrückten Geschichten hätte ich nie für wahr gehalten.«

»Was für Geschichten hat denn die Baronesse erzählt?«

»Sie sprach vom Internationalismus und Arbeitersolidarität. Alle Völker müssten einig sein.«

»Das klingt, als ob sie der Reichstagsfraktion der Sozialdemokraten angehört«, meinte Wedigo. »Eine

Baronesse als Arbeiterführerin kann ich mir schlecht vorstellen. Wenn die Dame wirklich von Adel ist.«

»Du magst sie nicht?«

»Ich halte deine Freundin für eine Agentin und Mörderin. Und vergiss nicht, du hast heute Nacht auf sie geschossen. Aber, ich habe dich unterbrochen. Was hat sie noch erzählt?«

»Ja, ich habe auf Odilie geschossen, weil ich dachte …«

Die Gräfin brach ab und nahm einen Schluck des Hausweins, den sie zu ihrem Braten bestellt hatte.

»Also sie sprach ständig von Revolutionen und von dem Aufstand in Petersburg 1905 und dass eines Tages der große Knall käme. Dann lachte sie wieder und zitierte Verse von Stéphane Mallarmé, Paul Verlaine und Stefan George.«

»George ist dieser Dichter, der einen Jüngerkreis um sich versammelt«, sagte Wedigo. »Die beiden anderen kenne ich nicht.«

»Komm in den totgesagten park und schau:
Der schimmer ferner lächelnder gestade.
Der reinen wolken unverhofftes blau
Erhellt die weiher und die bunten pfade«,

zitierte die Gräfin träumerisch und schob ihren Teller zur Seite.

»Odilie ist einfach völlig verrückt und dass sie gemordet haben soll, kann ich nicht glauben. Aber vielleicht doch«, fügte sie nach kurzer Pause hinzu.

»Was ist mit dem Fürsten?«, hakte Wedigo nach. »Du wolltest mir erzählen, woher du ihn kennst.«

»Der Fürst – nun, Wladimir Alexandrowitsch hat mich einmal aus einer sehr großen Gefahr gerettet und ich bin ihm zu tiefem Dank verpflichtet. Daher habe ich Odilie dem einen oder anderen Künstler, Maler, Literaten oder auch Offizier, der zu meinem Bekanntenkreis zählt, vorgestellt und sie zu Einladungen und Empfängen mitgenommen. Ich sah darin nichts Verwerfliches.«

»Du kennst also Troinitzky schon länger?«

»Ich kenne ihn seit langer Zeit, sehr langer Zeit«, antwortete sie und ein dunkler Schatten huschte über ihr schönes Gesicht. »Aber, Wedigo, darüber möchte ich heute nicht reden. Die Dinge, die damit verbunden sind, schmerzen zu sehr. Lass uns jetzt das Thema beenden. Bringe mich nach Hause, ich bin von den gestrigen Abenteuern noch völlig erschöpft und todmüde.«

Der Oberleutnant zahlte, sie brachen auf. Draußen bestiegen sie eine Kraftdroschke und fuhren bis zur Wohnung der Gräfin, die drei Häuser von dem der Familie von Bredow lag. Wedigo verabschiedete sich mit einem Handkuss und ließ sich ins Adlon bringen. Er rauchte in der Lounge ein Zigarette und ging in sein Zimmer. Die Uhr zeigte elf, als er sich zu Bett legte.

Am Dienstagmorgen beauftragte Wedigo Kuhn, Ilse von Bredow einen Blumenstrauß und eine Karte zu bringen, auf der er sich für den Zwischenfall entschuldigte. Dann überflog er die Zeitung, die voller Meldungen und Kommentare zum Attentat des Anarchisten Raphael Sanchez Allegre auf den spanischen König Alfons XIII. am letzten Sonntag war, und ansonsten, neben Lokalnachrichten, vom belgischen Generalstreik und dem Eisenbahnunglück in Bulgarien berichtete. Um acht ging er ins Ministerium. Es war ein milder, sonniger Morgen, der April schien sich endlich zum Frühling entschlossen zu haben.

In der Abteilung warteten Major Nicolai und Kriminalkommissar Gennat auf ihn; es gab Neuigkeiten.

»Wir haben sie«, begrüßte ihn Nicolai. »Kommissar Gennat gelang es heute Nacht, Baron Maydell alias Pratt und die sogenannte Baronesse im Metzer Eck in der Metzer Straße festzunehmen.«

»Nun, eigentlich haben wir nur den Baron festsetzen können«, korrigierte Gennat. »Der Mann ist dank Ihrer Schüsse verwundet und konnte sich nicht wehren. Fräulein von Moltweer gelang es dagegen, während der Fahrt aus der Grünen Minna herauszuspringen und zu Fuß zu fliehen. Aber wir haben die Fingerabdrücke an der Tür gesichert und mit denen verglichen, die Feldwebel Schneidmann am Tatort im Büro Oberstleutnant Heyes aufgenommen hat und die schon aus Wien bekannt sind. Alle drei Abdrücke sind identisch; Baronesse von Moltweer ist somit eindeutig als Mörderin und Agentin überführt!«

Wedigo schüttelte zweifelnd den Kopf.

»Herr Major«, sagte er, »was ist mit den Tatsachen, die wir gestern erörtert haben? Sie erinnern sich, Oberst Brose musste sterben, weil er wusste, wer der Verräter im Ministerium war und ist.«

»Richtig, Herr Oberleutnant, die Klärung steht noch aus. Aber eins nach dem andern. Jetzt werden wir diesen Maydell vernehmen. Früher oder später wird uns die Baronesse ins Netz gehen. Vielleicht weiß ja die Gräfin Walewska, wo ihre Freundin sich aufhält oder verstecken könnte.«

»Möglicherweise hat sie sogar die Festnahme beobachtet«, warf Gennat ein. »Dann ist sie unserem Wagen gefolgt und hat Fräulein von Moltweer bei ihrer weiteren Flucht geholfen.«

»Wann erfolgte die Festnahme?«, fragte Wedigo.

»Das war exakt um 17.15 Uhr«, gab Gennat Auskunft. »Warum fragen Sie?«

»Um diese Uhrzeit waren die Gräfin und ich beim Maler Erich Heckel. Und wenn Sie meinem Wort nicht glauben, Bankier Goldstein und seine Tochter kamen dazu und können meine Angaben bezeugen. Danach waren wir Essen im Hotel Fürstenhof. Gegen halb elf setzte ich die Gräfin an ihrer Wohnung am Auguste-Viktoria-Platz ab.«

Der Kommissar lachte.

»Das ist ja eine ganze Sammlung von Alibis.«

»Sie verstehen, Herr Gennat, dass ich nach den Erfahrungen des letzten Samstags vorsichtig geworden bin«, erwiderte Wedigo.

»Gut, gut«, meinte Nicolai, »dann hat die Gräfin der Baronesse eben nicht geholfen, oder gibt es noch anderes, was Sie bezweifeln?«

»Das tue ich, Herr Major«, bestätigte Wedigo und berichtete, was ihm der Maler und die Gräfin über Oberst Broses Verhältnis zu der Baronesse erzählt hatten.

»Ich weiß nicht, was Sie haben«, sagte der Major, als Wedigo endete. »Das passt alles wunderbar zusammen. Brose hatte eine Affäre mit der Baronesse. Diese entlockte ihm Informationen. Als er merkt, dass sie ihn hintergeht, macht Brose sich daran, auf eigene Faust ihre Hintermänner zu ermitteln. Als alter Profi dürfte er gewusst haben, wo er mit seiner Suche am ehesten Erfolg hat. Ihm gelingt es sogar, der Baronesse den bewussten Postbrief zu entwenden. Diese bemerkt den Raub und sucht ihn zusammen mit Gräfin Walewska auf. Beide bedrohen Brose oder stellen ihm ein Ultimatum. Als er dies nicht einhält, folgt Fräulein von Moltweer dem Oberst auf seinem nächtlichen Streifzug ins Ministerium. Schlank wie sie ist, dürfte es ihr ein Leichtes gewesen sein, durch das Fenster im Wirtschaftsraum einzudringen. Brose mag ihr erzählt oder angedroht haben, was er vorhatte, daher wusste die Baronesse ihn zu finden und ermordete ihn. Vielleicht weiß Ihre Gräfin wirklich nichts von dem Ganzen, andererseits ist sie im letzten halben Jahr ständig mit der Baronesse gesehen worden. Sie kennt diesen Fürsten, und sie hat Maydell und sein Gefolge in Paulsborn aufgesucht, wofür es Zeugen gibt. Ich halte sie für eine Mittäterin.«

»Was suchte Oberst Brose morgens um vier Uhr im Büro von Oberstleutnant Heye?«, entgegnete Wedigo. »Solange diese Frage nicht eindeutig beantwortet ist, bleibt aus meiner Sicht der Fall ungeklärt.«

»Der Einwand Oberleutnants von Wedel ist berechtigt, Herr Major«, schaltete sich der Kriminalkommissar ein. »Die Frage muss geklärt werden, sonst ist unser ganzes Indiziengebäude auf Sand gebaut.«

»Zumal es sein kann«, schob Wedigo nach, »dass die Baronesse für die Tatzeit ein Alibi hat.«

Er berichtete von Melissas Aussage, sie seien auf dem Fest Louis van Hams gewesen.«

»Das ist in der Tat eine Information, die, wenn sie

stimmt, die Sachlage komplett verändert«, sagte Nicolai. Er überlegte einige Zeit, dann sprach er weiter. »Wir gehen folgend vor. Sie, Herr Kommissar, darf ich bitten, dieses Alibi zu überprüfen. Herr Oberleutnant, Sie bleiben an Oberst Brose dran. Ich will alles über sein anderes Leben wissen. Wir müssen herauskriegen, was er wirklich wusste. Ich kümmere mich um die Wiener Spur und lasse intern nach Fürst Troinitzky fahnden. Unsere Botschaft in Sankt Petersburg hat sicher genauere Informationen. Ich werde übrigens auch unseren Kontaktmann in Warschau nach Gräfin Walewska befragen. Sie, Herr Oberleutnant, können Ihre Verbindung zur Gräfin trotzdem weiterhin pflegen. Die Dame scheint Ihnen einiges anzuvertrauen, was uns weiterhilft. Aber seien Sie vorsichtig, es ist aus meiner Sicht durchaus denkbar, dass Ihre *Freundin* mehr in die Geschichte verwickelt ist, als Sie bisher annehmen. Und überlegen Sie. Selbst, wenn die Baronesse nicht für den Mord an dem Oberst verantwortlich ist, wie kommen ihre Fingerabdrücke ins Büro?«

»Auf jeden Fall ist sie die letzte Person, mit der die ermordete Martina Miller gesehen wurde«, ergänzte Gennat.

»Das wäre es, meine Herren, wir treffen uns morgen um die gleiche Zeit; an die Arbeit!« Der Major beendete die Sitzung.

Wedigo stand auf und ging in sein Büro. Das war alles zu verrückt. Gestern Morgen hatte er gedacht, der Fall habe sich gelöst und nun schien alles wieder offen zu sein. Er setzte sich an seinen Schreibtisch, nahm ein Blatt und einen Bleistift hervor und begann, eine Fallskizze anzulegen. Im Zentrum platzierte er Oberst Brose, rechts oben setzte er ein X für den Mörder. Darunter schrieb er *Baronesse M.*, etwas tiefer *Pratt* und *Fürst P.* sowie die Namen *Myschkin* und *Lichatschow*. Auf der anderen Seite schrieb er *III b* und die Mitarbeiter, also *Heye*, *Nicolai* und *Schneidmann*. Gegenüber setzte er *Maler*, *Gräfin*, *Mia*, *Ruth* und – aus einer plötzlichen Eingebung heraus *Leutnant HvB*. Das musste fürs Erste genügen. Nun begann Wedigo, Verbindungslinien zwischen den einzelnen Namen zu ziehen.

Es klopfte und Feldwebel Schneidmann trat ein.

»Herr Oberleutnant, ich habe hier eine Liste der dienstlichen Kontakte von Oberst Brose.«

»Danke, Herr Schneidmann, Sie können gehen.«

Doch der Feldwebel blieb stehen. Er deutete auf das Skizzenblatt.

»Mit Verlaub, Herr Oberleutnant. Ich sehe, Sie verdächtigen die Mitarbeiter der Abteilung III b. Dann sollten Sie auch Oberstleutnant Gundelach und Major Kopsch anführen, deren Abteilungen mit dem neuen Flugzeugtyp beschäftigt sind.«

»Das ist ein wertvoller Hinweis, Herr Feldwebel.«

»Danke, Herr Oberleutnant – und sagen Sie mir, wenn Sie mir die Bitte erlauben, Bescheid, wenn ich außer Verdacht bin.«

Schneidmann salutierte und ging. Wedigo schaute ihm sinnend nach. Es war wahrhaftig schwierig, bei einer solchen Tätigkeit nicht völlig das Vertrauen in andere Menschen zu verlieren. Er fügte die Namen *Gundelach* und *Kopsch* hinzu und griff nach der Liste. Es handelte um zehn eng beschriebene Seiten, auf denen Schneidmann in seiner korrekten Unteroffiziershandschrift in säuberlichen Tabellen Namen, Daten sowie den militärischen Hintergrund der Kontakte des Obersts notiert hatte. Wedigo arbeitete sich durch die Liste, sie war ein wahres Kompendium der höheren preußischen Armeeführung. Oberst Brose schien nahezu jedem General und Obristen irgendwann in seiner Laufbahn begegnet zu sein. Nein, so kam er nicht weiter, es war schier unmöglich, alle Namen zu überprüfen. Er als kleiner Oberleutnant befand sich zu weit unten in der Hierarchie, als dass er sich einfach an die Ranghohen wagen konnte. Aber, durchfuhr es ihn, den Feldwebel hatte er offen verdächtigt. Andererseits hatte es den Fall Wölkerling gegeben; ein einfacher Unteroffizier konnte durchaus im Hinblick auf militärische Geheimsachen beträchtliche Kenntnisse besitzen. Dennoch, es schien Wedigo absurd, gegenüber einem Mann wie dem Feldwebel, den er als mutig und integer erlebt hatte, ein derartiges Misstrauen an den Tag zu legen. Das Gleiche galt eigentlich auch für Major Nicolai, nur war es im Geheimdienstgeschäft nicht professionell, einzelnen eine Generalabsolution zu erteilen und anderen nicht.

Wedigo hatte schlicht keine Ahnung, wie er dieses Dilemma lösen konnte. Es war Mittag. Er entschied, das Büro zu verlassen, um an der frischen Luft einen klaren Kopf zu bekommen. Er steckte die Liste ein; er würde sie später noch einmal in Ruhe lesen.

Draußen war es sehr warm geworden. Wedigo wandte sich dem Tiergarten zu, um dort ein wenig im Grünen zu spazieren und sich zu entspannen. Zum Essen gehen würde er später.

Zu dieser Mittagsstunde waren viele Spaziergänger

unterwegs. Würdige Damen mit ihren Kindern und Gouvernanten, fröhliche Backfische, natürlich unter Aufsicht einer strengen Tante oder einer sonstigen Matrone. Schlanke Dienstmädchen beim Einkauf, die sich unter den Bäumen trafen und mit Handlungsgehilfen der Banken scherzten. Dann einige müßig schlendernde Herren, der Verdauung wegen zu Fuß unterwegs. Ab und zu ein Fräulein der besseren Gesellschaft zu Pferde, mitunter von einem Leutnant begleitet, der eifrig plauderte. Die Bäume im frischen Grün, auf den Wiesen erste Blumen in Rot und Gelb und über allem lag ein Hauch von Frühling; dem Oberleutnant umgab ein in jeder Hinsicht buntes Treiben.

Während Wedigo langsam durch den Park spazierte, ging er in Gedanken die Namen der Liste durch. Jede Menge Kontakte über Kontakte, auch Oberst Friedrich von Friedeburg war aufgeführt; ob er nach Potsdam fahren und seinen Kommandeur um Unterstützung bitten sollte? Vielleicht konnte der Oberst ihm helfen, er würde die auf der Liste angeführten Kameraden sicher kennen. Die Idee schien ihm gut, und Wedigo beschloss, am Nachmittag mit dem Zug nach Potsdam zu fahren.

»Herr von Wedel, so in Gedanken verloren. Träumen Sie oder werden Sie gleich wieder für ein Wettrennen trainieren und uns davoneilen?«

Vor ihm stand Ilse von Bredow in Begleitung seiner Base Lucie von Bonin; er hatte die Fräulein nicht kommen sehen. Beide trugen helle Frühlingskleider, nebst kleinen Hüten und weißen, mit Spitzen besetzten Sonnenschirmen. An ihrer Seite befand sich eine würdige

Dame, die alte Kinderfrau Lucies, die den Oberleutnant streng musterte.

»Wie schön, den Damen zu begegnen«, entgegnete Wedigo galant und verbeugte sich. »Nein, verehrtes Fräulein von Bredow, heute trainiere ich nicht, sondern genieße in Ruhe die warme Sonne und die reizvollen Anblicke, die einem der Frühling gönnt.«

Die beiden jungen Fräulein kicherten geschmeichelt und Ilse von Bredow ließ sich sogar zu einem gnädigen Nicken herab.

»Nun, so ganz fürs Leben verloren scheinen Sie nicht zu sein und Ihre Blumen heute früh waren allerliebst. Ich denke, Lucie, da sollte ich gnädig sein und das Ungemach, das Sie Mama und mir am Samstag bereiteten, vergessen. Kommen Sie doch heute Nachmittag um halb vier zum Kaffee. Mama wird sich gewiss freuen.«

»Ich danke«, erwiderte der Oberleutnant. »Ich komme gerne. Meine Verehrung und Grüße an Ihre Frau Mutter.«

Er salutierte und wartete, bis sich die Fräulein mit ihrer Begleitung entfernt hatten. Einen Augenblick schaute Wedigo dem schönen Bild hinterher. Die Mädchen waren ganz reizvolle Geschöpfe, vor allem Ilse von Bredow gefiel ihm ausnehmend gut. Dann wandte sich sein Denken Gräfin Melissa zu und eine andere Wärme stieg in ihm auf, als er an den vergangenen Sonntag dachte. Wedigo seufzte. Er konnte nicht umhin, sich einzugestehen, dass sozusagen zwei Herzen in seiner Brust schlugen, und fühlte sich von diesem faustischen Problem leicht verwirrt. Vielleicht hätte er doch nicht so schnell die Einladung annehmen sollen, zumal er eigentlich hatte nach Potsdam fahren wollen. Etwas verärgert über sich selbst und seine Wankelmütigkeit verließ Wedigo den Park in Richtung Brandenburger Tor.

Eine andere Idee drängte sich ihm auf. Da er am Nachmittag ohnehin am Auguste-Viktoria-Platz sein würde, könnte er vorher der Gräfin einen Besuch abstatten. Vielleicht kannte Melissa den einen oder anderen auf der Liste und hatte diesen womöglich in Gesellschaft Oberst Broses gesehen. Es war natürlich riskant, ihr die Liste zu zeigen. Wenn die Gräfin wirklich eine Agentin war, wurde die Gegenseite dadurch gewarnt. Wedigo schob den Gedanken von sich, er glaubte Melissa. Sie wusste sicher mehr, als sie zugab, aber eine Spionin war sie seiner Meinung nach nicht. Ein Besuch Melissas statt Oberst von Friedeburgs, ganz sicher war das ein guter Tausch. Etwas mit sich zufriedener begab sich der Oberleutnant ins Adlon, um zu Mittag zu speisen. Dann ließ er sich vom allgegenwärtigen Kuhn frisch rasieren, zog sich in Zivil um und nahm eine Droschke, die ihn zur Wohnung der Gräfin brachte.

Es war zehn vor drei, als Wedigo an Melissas Tür läutete. Kurz darauf öffnete ein adrett gekleidetes Mädchen. Der Oberleutnant grüßte freundlich, reichte seine Karte und bat darum, bei der Gräfin gemeldet zu werden.

»Die Gräfin empfängt noch nicht«, antwortete sie und wollte ihm die Tür vor der Nase zuschlagen.

»Hör, mein schönes Kind«, sagte Wedigo leicht verärgert. »Mein Name ist von Wedel und die Gräfin kennt mich. Du gibst sofort die Karte ab«, befahl er. »Deine Herrin wird mich sicher empfangen.«

Der militärische Ton schien das Mädchen mehr zu beeindrucken als seine vorherige Freundlichkeit, und sie ließ ihn in den Flur treten. Das Mädchen verschwand durch eine Tür in die hinteren Räume und kehrte nach zwei Minuten wieder. Sie knickste, bat Wedigo um Hut und Mantel und führte ihn in den Salon.

»Die gnädige Frau Gräfin wird gleich kommen und bittet Herrn von Wedel, vorerst Platz zu nehmen.«

Der Oberleutnant sah sich neugierig um. Der Salon war mit Orientteppichen ausgelegt, schwere Brokatvorhänge waren halb zugezogen und ließen nur spärliches Tageslicht eindringen. Um ein mit Samt bezogenes Sofa standen mehrere Sessel, daneben waren zwei mit Messing beschlagene Beistelltische aufgestellt. Auf der anderen Seite des Salons befand sich ein runder Esstisch, um den sich sechs Stühle gruppierten. Gegenüber füllte eine Anrichte nahezu die ganze Wandseite aus. Frauenfiguren, die Glaskugeln trugen, dienten als Stehlampen und verbreiteten ein gelblich-milchiges Licht. Von der Decke hing ein Kristallleuchter. An den Wänden sah Wedigo Gemälde: Stillleben, Tierbilder und fremde Landschaften in manierierter Malart. Etliche große Pflanzenkübel mit Palmen und Gummibäumen verbreiten einen eigenartigen Geruch und schufen eine fast skurrile Atmosphäre. Wedigo betrachtete das ganze Ensemble mit Erstaunen. Die Einrichtung schien so gar nicht zum Bild zu passen, das er von Gräfin Melissa und ihren Vorlieben gewonnen hatte.

»Überrascht, mein Lieber? Wenn man eine möblierte Wohnung mietet, muss man eben nehmen, was man bekommt. Doch ich finde das Ganze, ehrlich gesagt, herrlich spießbürgerlich!«

Melissa war in den Salon getreten. Sie trug einen blumichten Schlafrock und ihr unfrisiertes Haar fiel in wilder ungebändigter Lockenpracht bis zu den Hüften hinab. Sie schüttelte lachend den Kopf, dass die Haare nur so flogen.

»Du musst Marie sehr beeindruckt haben, dass sie dich einließ. Du siehst selbst, Wedigo, ich bin nicht empfangsfähig und habe zu tun. Was gibt es so Dringendes?«

Wedigo, dem die Situation peinlich war, wandte sich zur Tür.

»Entschuldige, dass ich dich gestört habe …«

»Jetzt bist du da, also, um was geht es?«

Die Gräfin setzte sich in einen der Sessel, griff nach einer emaillierten Dose, der sie eine Zigarette entnahm. Wedigo gab ihr Feuer, sie lehnte sich zurück und schlug die Beine übereinander, wobei der Morgenmantel verrutschte und ihr rechtes Knie zu sehen war. Der Oberleutnant blickte irritiert zur Seite, Damen präsentierten sich so nicht. Sie lächelte, als sie seinen Blick bemerkte, korrigierte aber den Mantel nicht. Wedigo hatte das Gefühl, eine neue Seite Melissas kennenzulernen.

»Ist dir ein Name auf der Liste geläufig?«, begann er, zog dann die Blätter hervor und reichte diese der Gräfin.

Melissa beugte sich vor und griff nach den Papieren. Dabei verschob sich der Mantel über der Brust und gewährte dem errötenden Oberleutnant einen tiefen Einblick. Die Gräfin schien nichts bemerkt zu haben und lehnte sich wieder zurück. Sie blies Rauch aus und überflog die Liste, um sie danach achtlos auf den Tisch zu werfen.

»Das sind alles bekannte Persönlichkeiten, über die du besser Bescheid weißt als ich. Ich verstehe nicht, wie ich dir helfen soll.«

Melissa zog den Stoff des Morgenrocks weit über das Knie und blickte ihn fragend an.

»Dann entschuldige«, sagte Wedigo. »Es war mehr eine Idee. Ich dachte …«

Melissa gähnte und schien sich, ihrem Gesichtsausdruck nach, sehr zu langweilen.

»Ich will nicht weiter stören und verabschiede mich.«

»Tu das«, erwiderte sie mit gleichgültiger Stimme. »Ich erwarte ohnehin bald Besuch. Wir treffen uns heute Abend zehn Uhr vor Bühlers Ballhaus in der Auguststraße. Da kannst du dich nach deinem toten Bekannten erkundigen. Jetzt entschuldige mich, Marie muss mich frisieren und ankleiden.«

Melissa stand auf und Wedigo erhob sich ebenfalls. Sie trat zu ihm und gab ihm einen flüchtigen Kuss auf die Wange. Ein Duft eines fremdartigen Parfums, gemischt mit dem der Zigarette, umgab Wedigo für einen Moment. Dann schritt sie aus dem Raum. Der Oberleutnant folgte ihr, griff im Flur nach Mantel und Hut und verließ die Wohnung.

Als er auf das Trottoir trat, schlug eine Uhr viertel, er hatte noch etwas Zeit und beschloss, ein wenig die Straße entlang zu laufen, um seine Gedanken zu sortieren. Dies war eine ganz andere Melissa, als er sie gestern und am Sonntag erlebt hatte. Eine wahre Femme fatale, voller Lockung und Reiz, unberechenbar und gefährlich; die alten Zweifel kamen wieder, und er fragte sich, ob er ihr die Liste nicht hätte zeigen sollen.

Wedigo lief zur Gedächtniskirche, einmal um diese herum und zurück. Er stand vor dem Haus der Bredows, es schlug halb vier und Wedigo trat ein. Er stieg in die erste Etage und läutete. Wie neulich öffnete ein Diener, nahm Mantel und Hut in Empfang und führte den Oberleutnant in den Salon. Dort saßen am gedeckten Esstisch Frau von Bredow und ihre Tante Anna, die beiden Fräulein sowie Ilse von Bredows Vetter Ferdinand. Wedigo begrüßte die älteren Damen mit einem Handkuss, verbeugte sich vor Ilse und Lucie und nickte dem Freund zu, der im Hinblick auf Lucie ein Stück weitergekommen zu sein schien.

»Wir warten nur auf Pastor Heym und seine Frau, dann ist die Runde komplett und wir können mit dem Kuchen beginnen«, verkündete Ilse. »Also Kind«, tadelte ihre Mutter, »als ob es immer nur um Kuchen und Amüsement ginge. Es gibt Pflichten im Leben, der Herr von Wedel und dein Vetter sind beide Offiziere und werden mir zustimmen.«

»Sind Sie aus Pflichtbewusstsein hier, Herr von Wedel?«, fragte ihn Ilse, ohne weiter auf die Worte ihrer Mutter einzugehen. »Ich sah Sie bereits vor einer halben Stunde dort unten laufen und in ein Nebenhaus eintreten.«

»Was erzählst du denn da, Ilse?«, rief Frau von Bredow.

»Lass Ilse erzählen, liebe Tante«, mischte sich Ferdinand ins Gespräch. »Sie sagt das nur, um Freund Wedigo zu necken. Von hier oben sieht man gar nichts.«

»Doch!«, erwiderte das Fräulein. »Kommen Sie Wedigo, ich zeige es Ihnen.«

Trotz der Proteste der Mutter sprang der Wildfang auf und zog den Oberleutnant mit sich zum Alkoven. Wedigo entschuldigte sich und folgte. In der Tat war es möglich, den Eingang zum Haus der Gräfin einzusehen. Gerade wollte er zurücktreten, als dort ein Kraftwagen hielt. Aus dem Fahrzeug stieg Fürst Troinitzky und wandte sich zur Haustür der Gräfin Walewska.

»Nun, habe ich recht?«

»Sie sind eine gute Beobachterin, Fräulein von Bredow«, antwortete Wedigo langsam und setzte sich wieder.

Es klingelte und kurz darauf wurden der Pastor Heym und seine Gemahlin hereingeführt. Die Damen begrüßten die neuen Gäste, das Mädchen trug Kaffee, Schlagsahne und Marmorkuchen sowie eine Nusstorte auf, die sehr gelobt wurde. Ein Gespräch über theologische Fragen und Gemeindeprobleme kam auf, Heym, ein kräftiger Mann mit fliehender Stirn und einem starken Schnurr- sowie Kinnbart, saß im Reichstag für die Fortschrittliche Volkspartei, zu deren rechtem Flügel er gehörte. Er wetterte gegen seinen Amtsbruder Nithack-Stahn, der ihm als Dramatiker und Pazifist suspekt war. Wedigo hörte nur mit halbem Ohr zu, zumal ihn Fräulein Ilse mit Fragen nach seinem aktuellen Tun bombardierte. Sie habe gehört, er sei jetzt im Kriegsministerium. Den ganzen Tag Akten zu wälzen, müsse doch sehr langweilig sein. Das sei es, bestätigte Wedigo. Ob er sich schon einmal duelliert habe, wechselte Ilse abrupt das Thema. Beinahe hätte Wedigo bejaht, doch ein Blick des Freunds bewahrte ihn vor dieser Unachtsamkeit.

»In dem Haus, in das Sie vorhin gingen, wohnt eine sehr schöne Dame, eine polnische Gräfin«, sagte das Fräulein. »Kennen Sie die Gräfin?« Ilse blickte ihn aufmerksam an. Zum Glück hatte ihre Mutter die letzten Sätze mitbekommen und intervenierte.

»Ilse, frag doch Herrn von Wedel keine Löcher in den Bauch. Du hast das doch alles schon am Sonntag gefragt. Sie müssen wissen, Herr Oberleutnant«, wandte sie sich an Wedigo. »Am letzten Sonntag waren Ilses Patenonkel Oberst von Friedeburg, dazu Oberstleutnant Heye, Major Nicolai und Major Herwarth von Bittenfeld, der gerade aus Washington kommt, bei uns zu Gast. Der Major von Bittenfeld ist der Vetter meines verstorbenen Mannes. Die Herren trafen sich früher alle halbe Jahre bei uns und haben diese Tradition auch nach dem Tod meines Mannes vor fünf Jahren beibehalten. Es sind alles Kameraden, Friedrich von Friedeburg ist, wie gesagt, Ilses Pate, und Oberstleutnant von Heye der Pate des Neffen Major von Bittenfelds. Ilse hat die Herren mit Fragen nach Ihnen regelrecht gelöchert. Walter hat uns aber erklärt, warum Sie am Sonntag im Zoo so eilig davonrannten.«

Ilse von Bredow wurde rot und verstummte, und auch Wedigo fühlte sich bei der Wendung, die das Gespräch genommen hatte, weniger wohl. Zum Glück ergriff wieder der wortgewaltige Pastor das Wort und ließ sich über das Trinkerelend in den Berliner Gemeinden und das Trinkerheim Kreuztal aus. Eine halbe Stunde später verabschiedete sich der Oberleutnant zusammen mit seinem Freund Ferdinand. Er war schon an der Tür, als ihm Ilse nacheilte. »Sie sind mir doch nicht böse, Wedigo, weil Sie schon gehen?«, fragte sie und blickte ihn fast furchtsam an, sodass er sie beruhigte. »Nein, Ihnen, Fräulein Ilse, kann ich nicht böse sein.«

Böse war Wedigo sicher nicht, aber mit sich selbst war er nicht im Reinen. Das frische Bild des Mädchens und das Melissas waren zu große Kontraste.

Wenigstens hatte der Besuch bei den Bredows weitere Informationen gebracht, und er wollte die neuen Teile gleich in sein Puzzle einfügen. Wedigo verabschiedete sich von Ferdinand, der mit ihm gern noch ins Kasino gegangen wäre, um von Lucie zu schwärmen. Eine Droschke fuhr ihn ins Kriegsministerium. Unterwegs überdachte er die Ereignisse des Tages und fasste einen Entschluss. Wenn er überhaupt jemandem vertrauen konnte, dann war das Feldwebel Schneidmann, und er würde den Mann ab sofort in seine Pläne einbeziehen. Was den Major betraf, war Wedigo weniger sicher. Ihn störten die ganzen Kreuz- und Querverbindungen und er wollte warten, bis er einen Beweis der Zuverlässigkeit Nicolais erhalten würde.

Im Büro traf er beide Männer im Gespräch an.

»Herr von Wedel, mit Ihnen hätte ich heute nicht mehr gerechnet«, begrüßte ihn Nicolai. »Aber gut, dass Sie kommen, es gibt Neuigkeiten. Baron Maydell alias Pratt hat sich in seiner Zelle vergiftet. Kommissar Gennat ist außer sich und versucht mit allen Mitteln, herauszubekommen, woher der Mann das Gift hatte. Baronesse Moltweer wurde im Grunewald gesehen, konnte jedoch erneut entkommen. Ihr Alibi und das der Gräfin für den Morgen des 7. April hat Gennat überprüft und die Angaben stimmen. Beide Frauen können also mit den Mord an Oberst Brose nichts zu tun haben.«

»Das heißt, der Mord und die Spionagegeschichten hängen nicht miteinander zusammen?«, fragte Wedigo.

»Nicht unbedingt, aber es sind zwei unabhängige Tatstränge denkbar, ein Fall Brose und ein Spionagefall. Jedenfalls läuft in Wien die Fahndung nach dem Verräter auf Hochtouren. Und Feldwebel Schneidmann wird heute Nacht mit einem Trupp Marinesoldaten die Mulackritze auseinandernehmen. Was haben Sie Neues?«

Wedigo erzählte in Umrissen, was er im Laufe des Tages erfahren und auch kombiniert hatte. Er holte die Fallskizze aus seinem Büro und erklärte die Zusammenhänge.

»Wenn ich Sie, Herr Major, und Feldwebel Schneidmann aus dem Kreis der Verdächtigen herausnehme, bleiben Oberstleutnant Heye, Oberstleutnant Gundelach und Major Kopsch übrig. In Heyes Zimmer fand der Mord statt und die Fingerabdrücke der Baronesse wurden entdeckt. Im Büro Oberstleutnant Gundelachs wurde der erste Eindringling fotografiert. Major Kopsch hat keine Funktion, jedenfalls taucht er in keinem Zusammenhang auf. Heye und Brose kannten sich auch privat, Heye ist der Pate des Neffen des Majors von Bittenfeld, Leutnant Karl von Bittenfeld. Dieser ist häufig in Künstlerkreisen anzutreffen, in denen auch Oberst Brose verkehrte und in dem Gräfin Walewska sowie die Baronesse zu Hause waren und sind. Brose soll die Letztere gut gekannt haben. Beide Frauen agieren im Auftrag des Fürsten.«

»Troinitzky alias Oberst Martschenko«, fügte der Major hinzu. »Den Hinweis schickte uns vor einer Stunde Sankt Petersburg.«

»Hat sich auch Warschau gemeldet?«, fragte Wedigo nach.

»Noch nicht, aber fahren Sie mit Ihren Darlegungen fort, Herr von Wedel.«

»Der Auftrag des Fürsten lautete, junge Gardeoffiziere

als zukünftige Agenten zu gewinnen. Leutnant von Bittenfeld gehört zu meinem Regiment, dem 1. Garde-Regiment zu Fuß. Er könnte einer der Angeworbenen sein.«

»Das ist denkbar, aber damit erklären Sie nicht den Mord an Brose und, wir sollten es nicht vergessen, den Mord an dem Gefreiten. Und, ehrlich gesagt, das ist mir alles sehr zufällig und ohne einen wie immer gearteten Beweis. Ich kenne Kamerad Heye seit Jahren genau wie Ihren Kommandeur; unmöglich, dass Wilhelm in einen Mord verstrickt ist. Genauso gut könnten Sie mich verdächtigen.«

»Das stimmt, Herr Major, das hatte ich, aber dann wäre meine Arbeit hier sinnlos. Ich gebe auch zu, mir fehlt noch mehr als ein Glied in der Kette. Heute Abend jedenfalls folge ich Oberst Broses Spuren und besuche zusammen mit Gräfin Walewska das Ballhaus in der Auguststraße.«

»Seien Sie vorsichtig«, meinte Nicolai. »Die Dame ist höchst gefährlich.«

»Das weiß ich, Herr Major, doch ich glaube, ich werde mich vor ihren Fängen zu hüten wissen.«

»Gut, dann an die Arbeit. Vielleicht wissen wir morgen mehr.«

»Einen Augenblick«, sagte Wedigo und wandte sich dem Feldwebel zu. »Herr Feldwebel Schneidmann, hier meine Hand.«

Der Feldwebel fragte, indem er die Hand ergriff: »Außer Verdacht?«

»Außer Verdacht«, bestätigte Wedigo.

Der Major, der den Vorgang mitbekommen hatte, grinste.

»Das, meine Herren, begießen wir später, erst einmal klären wir unseren Fall«, schloss er die Sitzung.

Wedigo begab sich zurück ins Adlon, wo er ein leichtes Abendessen zu sich nahm, badete und sich dann eine Stunde hinlegte, denn der Abend würde anstrengend werden. Im Bad gingen ihm Nicolais Worte durch den Kopf. Angenommen, Heye war nicht in die Sache verwickelt, wer blieb dann im Karussell der Verdächtigen übrig? Oberstleutnant Gundelach? Über den Mann wusste er nichts außer, dass dieser technisch sehr interessiert war. Wedigo hatte allmählich das Gefühl, als drehe er sich im Kreis.

Mit einer Kraftdroschke fuhr er gegen zehn Uhr in die Auguststraße, wobei er zur Sicherheit einen Revolver mitnahm. Das Ballhaus sollte erst im September eröffnen, war aber schon jetzt ein beliebter Treffpunkt. Es war von der Straße durch einen Hof getrennt. Im Erdgeschoss des Hinterhauses traf sich ein Publikum aus Arbeitern, kleinen Angestellten und Handwerkern und schwofte zu aktuellen Gassenhauern. Im Obergeschoss, im sogenannten Spiegelsaal, war die bessere Gesellschaft versammelt, aber auch Künstler und Poeten kamen hier zusammen. Im Keller des Hauses befand sich eine Kegelbahn. Wedigo stieg aus dem Wagen. Es war noch nicht zehn, er zündete sich eine Zigarette an und wartete. Zehn Minuten vergingen, um ihn war ein stetes Kommen und Gehen, nur die Gräfin zeigte sich nicht. Nach der dritten Zigarette, es war jetzt halb elf, entschied sich Wedigo, allein in das Ballhaus zu gehen. Zunächst begab er sich in den ersten Stock. Allein, heute Abend war der Ball der höheren Etage spärlich besucht. Nur wenige Paare drehten sich auf der glitzernden Tanzfläche und vielleicht ein Dutzend Personen saß in den Sesseln am Rande. Wedigo fragte einen gelangweilten Kellner nach Oberst Brose.

»Ältere Offiziere in Zivil gibt es hier häufiger, auch in Begleitung junger Fräulein«, meinte der Mann und ließ das Markstück, welches ihm Wedigo gab, in die Tasche gleiten.

»Vielleicht ist Ihnen die Dame eher bekannt, die den Herrn begleitete«, sagte der Oberleutnant. Er beschrieb zunächst die Baronesse und dann Melissa, während er dem Kerl eine weitere Münze zuschob.

»Die Frauen kenne ich«, sagte der Kellner. »Da gab es vor einer oder zwei Wochen einen Streit. Die Dunkelhaarige kam mit einem älteren Herrn, der könnte Ihr Offizier gewesen sein. Kräftig gebaut, fester Schnurrbart, militärisches Auftreten. Die beiden tanzten. Dann erschien ein jüngerer Mann. Er sah das Paar, drängte auf die Tanzfläche und begann, den Alten zu beschimpfen. Ich weiß nicht, was passiert wäre, wenn nicht eine Blonde erschienen wäre und den Jüngeren beruhigt hätte.«

»Fielen Namen?«

»Ja, aber ich kann mich nicht genau erinnern. Vielleicht Hans oder Karl oder Wilhelm, ich weiß es nicht mehr.«

»Gut, ich danke Ihnen. Ist heute nicht viel los?«

»Nee, heute ist blauer Abend, also Lumpenball im Erdgeschoss, da zieht es die meisten Besucher hin. Oben wird es erst gegen zwölfe voller. Und im Keller ist Preiskegeln.«

Wedigo ging nach unten. In der Tat war der Saal im Erdgeschoss brechend voll mit Leuten in schrillen und bunten Verkleidungen. Auf der Bühne spielte ein kleines Orchester und Sänger und Sängerinnen stimmten bekannte Lieder an. Eben ertönte das Walzerlied aus ›Puppchen‹: *Flieg, du kleine Rumplertaube, flieg in meine Wolkenlaube.* Wedigo sah sich suchend um, doch die Gräfin konnte er in dem Gewimmel und bei dem diffusen Licht nirgends entdecken. Er drängte sich durch die Menge, fand sie aber nicht. Vorn sangen sie: *Und der Himmel hängt voller Geigen …* Eine weibliche Maske winkte und kam zu ihm. Die Frau hob die Maske in die Höhe, es war die Revuesängerin Ruth.

»Hallo, Wedigo«, begrüßte sie ihn vertraulich. »Sind Sie heute hier, um meinen Auftritt zu sehen? Heute ist blauer Abend und es gibt ein Preissingen. Wie gefalle ich Ihnen?«

Erst jetzt sah Wedigo, dass das Fräulein in einer Garde-Uniform steckte. Sie spannte etwas über ihrer Brust, stand dem jungen Ding aber durchaus.

»Natürlich singe ich ohne Maske, dafür mit Hut«, sagte sie lachend.

»Mit einer Offiziersmütze?«

»Natürlich, wenn schon, dann richtig!«, bestätigte Ruth. »Karl hat mir alles geliehen.«

»Wer ist Karl?«

»Kennen Sie Ihren Kameraden nicht? Leutnant Herwarth von Bittenfeld gehört doch Ihrem Regiment an.«

Wahrhaftig, Fräulein Ruth trug die Uniform seines Regiments. Oberst von Friedeburg würde über eine derartige Verwendung wenig begeistert sein und überhaupt gehörte es sich nicht, das Ehrenkleid der Nation für den Tingeltangel zur Verfügung zu stellen. Das Fräulein musste seine Gedanken erahnt haben.

»Jetzt schauen Sie nicht so streng, Wedigo. Fritzi Massary tritt im Metropol genauso auf und alle sind begeistert.«

Wedigo nickte, den Auftritt hatte er mit Melissa letzte Woche gesehen und als gelungen empfunden. Aber bei einer Uniform aus dem eigenen Regiment lag die Sache plötzlich anders.

»Ich habe schon ein paar Mal gewonnen, mit Uniform und auch ganz normal. Beim letzten Auftritt hat sich Karls Onkel richtig aufgeregt. Ah, das Zeichen, ich muss auf die Bühne.«

Fräulein Ruth eilte nach vorn und Wedigo schaute ihr nach. Karls Onkel hatte sich aufgeregt, wieder ein Teil zum Ganzen, nur wusste er nicht, wohin es gehörte und wie es passte. Auf der Bühne stand nun das Fräulein und sang das Gardelied: *»Donnerwetter, Donnerwetter, wir sind Kerle …«*

Ruth machte das ganz nett, auch wenn sie natürlich nicht die Klasse der Massary besaß und ihre Stimme manchmal etwas brüchig wirkte. Aber ihr Auftritt in Uniform war reizvoll und der Applaus des Publikums entsprechend groß. Wedigo applaudierte ebenfalls und dabei fiel sein Blick auf einen seitlich stehenden Mann, der ihm bekannt vorkam. Die Kleidung des Mannes war einfach und er trug eine Arbeitermütze. Dennoch, Wedigo war sicher, er hatte ihn schon einmal gesehen. Der Fremde wandte sich gerade zur Treppe, die zur Kegelbahn führte, da fiel es Wedigo ein, Das war der angebliche Baron Myschkin, einer der Schurken, die ihn auf der Rohrwallinsel niedergeschlagen und gefesselt hatten. Der Oberleutnant drängte durch die Menge und folgte Myschkin nach unten.

Hier herrschte ein noch größeres Getöse als oben. Eine Gruppe Herren hatte ihre Überröcke abgelegt, die Ärmel hochgekrempelt und stand mit Biergläsern in der Hand und Zigarre rauchend beim Anlauf und feuerte lautstark ihre Kegler an. Die Kugeln rollten über die Bahn und krachten in die Kegel, worauf Jubelgeschrei oder Buhrufe folgten. Mittendrin sah Wedigo Leutnant Herwarth von Bittenfeld. Er schien wieder einiges getrunken zu haben, denn er schwankte leicht. Die Übrigen waren durch einen Wurf abgelenkt und Myschkin nutzte den Augenblick und trat dicht an den Leutnant, um ihm etwas mitzuteilen. Wedigo folgte ihm unauffällig, was in dem Zigarrendunst nicht schwer war. Doch es war zu laut, um zu verstehen, über was die Männer sprachen. Den Gesten nach schienen die beiden zu streiten und plötzlich packte Herwarth von Bittenfeld den Russen, schüttelte ihn und stieß ihn von sich, dass der Mann zu Boden ging. Myschkin sprang wieder auf und rannte hinaus, von verächtlichem Lachen der Kegler begleitet. Wedigo überlegte, ob er den Kameraden ansprechen sollte, aber die Situation schien ihm nicht geeignet. Er wandte sich zum Gehen, um oben auf den Leutnant zu warten. Da kehrte Myschkin in Begleitung einiger übel aussehender Gestalten zurück. Die Burschen fingen sofort an, auf die Kegelbrüder einzuschlagen, während Myschkin auf den Leutnant losging. Ein wahrer Riese wandte sich Wedigo zu, der seinen ersten Fausthieben knapp ausweichen konnte. Er schlug zurück und landete zwei oder drei Treffer, wurde aber mehr und mehr zurückgedrängt. Um ihn herum brüllte und schrie es, weitere Männer kamen hinzu und mischten sich in die Schlägerei ein. Stühle gingen zu Bruch, Gläser und Krüge wurden geworfen oder als Schlag- oder Wurfinstrumente eingesetzt, längst waren Freund und Feind kaum mehr zu unterscheiden. Eben gelang es Wedigo, unter einem Hieb wegzutauchen und wieder Raum zu gewinnen, da sah er zu seiner Überraschung, wie Feldwebel Schneidmann mit einem Trupp Männer hereinstürmte. Seine Leute und er trugen Zivil, aber Wedigo erkannte auf den ersten Blick, dass sie Soldaten waren und kräftig auszuteilen vermochten. Der Feldwebel zog dem Riesen mit einem Knüppel einen gewaltigen Schlag über, dass der Kerl in die Knie ging und machte sich daran, auch die anderen Kämpfe nachhaltig zu beenden. Von den Angreifern lagen vier am Boden, ansonsten gab es jede Menge Blessuren. Myschkin aber war verschwunden – und auf der Kegelbahn lag leblos die Gestalt des Leutnants Herwarth von Bittenfeld; in seiner Brust steckte ein Messer. Wedigo trat zu dem Kameraden, kniete sich nieder und fühlte den Puls, doch es war nichts mehr zu machen, der Leutnant war tot. Erschüttert richtete sich Wedigo auf, ein Mord war direkt vor seinen Augen passiert und er hatte ihn nicht verhindern können. Der Offizier fasste sich und wies einen der Soldaten an, die Polizei zu verständigen.

»Eine böse Sache«, wandte sich Wedigo dann an Schneidmann. »Ein Kamerad wird direkt vor unseren Augen getötet.«

»Das hätten Herr Oberleutnant kaum verhindern können«, meinte der Feldwebel.

»Sie haben recht, ich kann wohl von Glück sagen, dass ich nicht selbst dort liege«, erwiderte Wedigo. »Wo kamen Sie denn auf einmal her, Herr Feldwebel? Ich dachte, Sie wollten mit Ihren Männern zur Mulackritze?«

»Der Major meinte, ich solle mal nach Ihnen schauen, er traue dem Frieden nicht«, antwortete Schneidmann.

»Danke, ohne Ihr Eingreifen wäre die Sache noch schlechter ausgegangen.«

Zum zweiten Mal an diesem Tag reichten sich die beiden Männer die Hand. Eine halbe Stunde später trafen Kriminalkommissar Gennat und Major Nicolai sowie einige Polizisten ein. Der Tatort wurde gesichert und genau vermessen. Dann ließ Gennat die Anwesenden zum Ablauf des Geschehens befragen und die vier Festgenommenen zur Wache bringen. Gleichzeitig veranlasste er eine Fahndung nach dem Mörder und die Kontrolle der Ausfallstraßen.

Es war nach Mitternacht, als Major Nicolai, Kommissar Gennat und Wedigo endlich Zeit für eine Besprechung fanden. Sie zogen sich in das Büro Fritz Bühlers zurück. Der Oberleutnant schilderte das Geschehen und was er vorher erfahren hatte.

»Das sieht ganz so aus, als wäre Ihre Vermutung, Leutnant Herwarth von Bittenfeld sei in die Spionageaffäre verstrickt gewesen, stimmig«, sagte Nicolai. »Nur kann ich mir auf das Ganze immer noch keinen Reim machen.«

»Wir sollten umgehend zur Wohnung des Leutnants fahren und eine Hausdurchsuchung vornehmen«, schlug Gennat vor. »Da wird sich bestimmt das eine oder andere finden.«

Es klopfte an der Tür und ein Wachmeister trat ein. »Sie entschuldigen, Herr Kommissar, da draußen ist ein Fräulein, das sich nicht abweisen lässt. Es wartet schon eine halbe Stunde und behauptet, eine wichtige Nachricht für Herrn von Wedel zu haben.«

»Lassen Sie die Dame eintreten«, befahl der Major. »Was wetten wir«, wandte er sich an Wedigo. »Das ist Ihre schöne Gräfin, die alles gestehen will.«

Die Tür wurde geöffnet und hereinkam, noch immer in Gardeuniform, Fräulein Ruth.

»Nanu«, rief der Major, »Wusste gar nicht, dass unsere Garde so hübsche Offiziere besitzt. Was gibt es, Fräulein?«

»Herr von Wedel«, stieß das Fräulein aufgeregt hervor. »Stimmt es, dass Leutnant Herwarth von Bittenfeld etwas Schlimmes passiert ist? Das ist bestimmt wegen der Baronesse geschehen!«

»Setzen Sie sich erst mal, junges Fräulein, und atmen Sie tief durch«, versuchte der Major sie zu beruhigen. »Dann erzählen Sie uns in aller Ruhe, was Sie wissen.«

»Erst will ich wissen, was mit Karl ist«, erwiderte Ruth fast trotzig.

»Ihr Freund wurde ermordet«, antwortete Gennat ohne Schnörkel und betrachtete ihr Gesicht, um festzustellen, wie sie reagierte.

Die Reaktion des Fräuleins war anders als er wohl erwartet hatte. Sie brach nicht in Tränen oder in Schluchzen aus, sondern nickte nur.

»Das habe ich befürchtet«, sagte sie mit leiser Stimme.

»Wieso?«, rief Wedigo. »Wieso haben Sie befürchtet, dass der Leutnant ermordet werden würde?«

»Nicht, dass er ermordet werden würde, sondern ich hatte Sorge, dass er sich in großer Gefahr befände.«

»Warum glaubten Sie das?«, hakte Gennat nach.

»Vielleicht sollte ich erzählen, was ich heute erlebt habe«, begann Ruth und blickte den Oberleutnant an, der sie aufforderte, weiterzusprechen.

»Ich habe an dem heutigen Gesangswettbewerb teilgenommen, der alle vier Wochen stattfindet. Nach meinem Auftritt und den der übrigen Teilnehmer zog sich das Preisgericht zurück. Nach einer Viertelstunde wurden die Sieger bekannt gegeben. Ich habe den dritten Platz gewonnen, was ganz in Ordnung ist, und wollte mit meinen Freundinnen und natürlich auch mit dem Leutnant feiern. Plötzlich waren alle weg, ich konnte nur Roswitha finden, Sie haben sie, Herr von Wedel, am Sonntag kennengelernt. Alle anderen waren, wie gesagt, fort, und als wir hörten, dass es auf der Kegelbahn eine Schlägerei geben hatte, suchten Roswitha und ich uns eine Droschke. Wir fuhren zur Gräfin Walewska, da wir dachten, dass alle dorthin gegangen seien. Das war schon ein paar Mal der Fall gewesen, und ich hatte auch mit Karl, also mit Leutnant Herwarth von Bittenfeld, ausgemacht, die Uniform zur Gräfin zu bringen, dort wollte er sie abholen. Der Leutnant wohnt in Potsdam und der Weg wäre zu weit gewesen. Roswitha fühlte sich müde und wollte nicht mehr mit; also setzte ich sie an ihrer Wohnung ab. Ich ließ die Droschke zum Auguste-Viktoria-Platz fahren. Als ich dort ankam und unten klingelte, machte niemand auf, aber mir war, als ich nach oben schaute, als ob dort ein Schatten zu sehen war. Ich dachte, Melissa wäre schon zu Bett und ärgerte mich, dass ich die Droschke hatte fahren lassen. Da ging die Haustür auf und die Baronesse kam heraus. Zum Glück blieb sie stehen und drehte sich zu jemandem um, und ich konnte mich in einer Toreinfahrt verbergen. Ich war ja dabei gewesen, als die Baronesse am Sonntag auf der Insel herumschoss und wusste daher, dass sie gesucht wurde. Daher versteckte ich mich. Odilie von Moltweer war nicht allein, und ich hörte, wie sie zu der anderen Person sagte, Leutnant Herwarth von Bittenfeld werde langsam lästig und müsse ausgeschaltet werden. Ihre Begleitung lachte auf und sagte etwas, das ich nicht verstand. Dann kam eine Kraftdroschke, die Baronesse stieg ein und fuhr davon.«

»Die zweite Person nicht?«, fragte der Kommissar.

»Nein, ich glaube, die ist ins Haus zurück.«

»War es die Gräfin?«, fragte Wedigo.

»Das kann ich nicht sagen«, antwortete Ruth. »Ich habe sie nicht gesehen und die Stimme war undeutlich.«

»Das muss Gräfin Walewska gewesen sein, wer sonst?«, meinte Nicolai. »Sie steckt doch hinter dem Ganzen, da können Sie sagen, was Sie wollen, Wedigo!«

Er schien seine bisherige Ruhe verloren und sich ganz auf die Gräfin eingeschossen zu haben.

»Eine Frage noch, Fräulein«, sagte der Kommissar mit strenger Miene. »Warum haben Sie nicht sofort die Polizei verständigt?«

»Als Frau in Uniform?«, antwortete Ruth und schüttelte den Kopf. »Welcher Polizist hätte mir geglaubt?«

»Dann sind Sie gleich hierher gekommen?«, fragte Wedigo.

»Es dauerte, bis ich eine Droschke fand, aber so eine

Uniform wirkt wenigstens bei Kutschern wahre Wunder, besonders, wenn ein Fräulein sie trägt. Ich bin jedenfalls wieder zum Ballhaus gefahren und wollte nach Karl schauen. Ich hörte, dass dem Leutnant etwas passiert war und Herr von Wedel hier sei. Der Wachtmeister hat mich aber nicht vorlassen wollen und ich habe fast eine Stunde gewartet. Ich wäre ja nach Hause gefahren, aber ich hatte kein Geld mehr für eine weitere Droschkenfahrt.«

Man merkte dem Fräulein an, dass sie den Tränen nah war.

»Sie haben uns sehr geholfen«, meinte jetzt der Kommissar ganz väterlich. »Man wird Sie nach Hause fahren.« Er stand auf und trat zur Tür. »Wachtmeister Strobel, bringen Sie das Fräulein nach Hause und seien Sie höflich!«

»Jawohl, Herr Kommissar«, antwortete Strobel und zwirbelte seinen Schnurrbart. »Wenn Sie bitte kommen würden, Fräulein, heute haben Sie freie Fahrt in der Grünen Minna!« Strobel reichte dem Fräulein galant den Arm und die beiden verließen den Raum.

»Wir müssen sofort in die Wohnung der Gräfin und der Dame einige Fragen stellen«, sagte Gennat. »Das sieht ganz nach einer Affäre Walewska aus.«

»Das werden wir erledigen«, entgegnete Nicolai. »Wenn Sie inzwischen in die Potsdamer Wohnung des Leutnants fahren könnten. Hoffentlich kommen Sie nicht zu spät und die Baronesse war schneller und hat bereits alles ausgeräumt.«

»Keine Sorge, Herr Major, ich sagte schon, die Ausfallstraßen werden kontrolliert.«

»Na, hoffen wir das Beste. Herr von Wedel, wir brechen auf und nehmen Feldwebel Schneidmann und einen von Herrn Gennats Polizisten mit. Am liebsten einen Fachmann für Türen. Dann ist das Ganze hochoffiziell; wer weiß auch, was uns dort erwartet.«

Wedigo nickte, sein Vertrauen in die Gräfin war ziemlich ins Wanken geraten.

Zehn Minuten später hielten sie vor dem Haus, in dem Wedigo vor gut zwölf Stunden gewesen war. Sie klingelten mehrmals und als keiner reagierte, öffnete der Polizist mit einem Dietrich die Haus- und die Etagentür. Die Wohnung war völlig dunkel, selbst das übliche Nachtlicht war erloschen. Feldwebel Schneidmann und der Wachtmeister zogen ihre Taschenblendlaternen hervor und leuchteten den Flur aus. Das Erste, das ihnen auffiel, war die umgeworfene Garderobe. Da war etwas passiert, Wedigo zog rasch die Tür zum Salon auf; der Feldwebel trat neben ihn und leuchtete hinein. Vor ihren Blicken zeigte sich ein unglaubliches Chaos. Sämtliche Polster waren umgeworfen und aufgeschlitzt, die Blumenkübel hatte man mitsamt den Pflanzen ausgeleert und alle Bilder von der Wand gerissen und die Leinwand aufgeschnitten. Die Kugellampen und ihre Karyatiden lagen zerschmettert am Boden.

»Da hat jemand etwas intensiv gesucht«, meinte der Major. »Fragt sich, ob unsere Gräfin im Haus war oder nicht.«

Wedigo lief es kalt den Rücken hinunter. »Wir müssen nach der Gräfin suchen, schnell!«

Sie durchsuchten die übrigen Räume, überall bot sich das gleiche Bild. In der Küche war der Boden mit

Geschirr und Besteck bedeckt. In einem anderen Zimmer waren die Bücherregale entleert und umgestürzt worden. Im Ankleideraum und im Schlafzimmer hatten die Einbrecher die Kleider und die Matratzen zerfetzt, es herrschte ein unbeschreibliches Durcheinander. Sie öffneten die Tür zur Kammer am Ende des Flurs. Dort lag, die Hände und Füße gefesselt und das so schöne Gesicht von Schlägen entstellt, Marie, das Mädchen der Gräfin. Tot. Sie war erdrosselt worden.

DIE DUNKLEN WASSER DER SPREE

Nachmittags um 16 Uhr, eine endlose Nacht lag hinter ihnen. Kommissar Gennat war aus Potsdam zum Auguste-Viktoria-Platz geeilt, und die Offiziere und der Feldwebel hatten mit ihm den Tatort inspiziert. Sämtliche Zimmer waren nochmals akribisch durchsucht worden, doch ohne Ergebnis. Dafür war Gennat in der Wohnung des toten Leutnants in Potsdam fündig geworden: Mitten auf dem Esstisch lag ein Nagant-Revolver. Mit diesem Modell war der Oberst erschossen worden, die Ballistik prüfte gerade die Geschosse. Auf dem Revolver hatte Schneidmann zudem die Abdrücke des Leutnants gesichert. Nun saßen Major Nicolai, Kommissar Gennat, der Feldwebel und Wedigo im Büro des Majors und zogen erste Bilanz.

»Mittlerweile geht es um sieben Morde«, sagte gerade der Kommissar. »Oberst Brose und der tote Wachsoldat Becker, Martina Miller, der Diener auf der Rohrwallinsel, Baron Maydell, Leutnant Herwarth von Bittenfeld und das Mädchen der Gräfin Marie. Das sind mir entschieden zu viele Tote. Meine Herren, das ist ein Fall für die Kriminalpolizei und nicht mehr für das Militär.«

»Nein, das ist es nicht«, sagte Nicolai ruhig. Er zog eine Schublade auf und entnahm dieser ein Papier, das er Gennat reichte. Dieser nahm es und las stirnrunzelnd den Text. Überrascht gab er das Schreiben dem Major zurück.

»Ich wusste nicht, dass höchste Kreise …«, begann er.

»Woher sollten Sie auch diese Information haben?«, erwiderte Nicolai. »Jedenfalls unterliegt die Angelegenheit der höchsten Geheimhaltungsstufe. Sie sind bis auf Weiteres unserer Abteilung zugeordnet, die Aufklärung des Geschehens genießt absolute Priorität. Wir sollten zuerst unsere Informationen und jeweiligen Schlussfolgerungen austauschen, bevor wir weiter agieren. Feldwebel Schneidmann, beginnen Sie!«

»Jawohl, Herr Major!« Der Feldwebel holte ein Notizbuch hervor. »Die Faktenlage ist eindeutig. Alle diese Morde stehen im Zusammenhang mit der Spionagetätigkeit Oberst Martschenkos alias Fürst Troinitzky. Gräfin Walewska sowie die Baronesse Moltweer sind die ausführenden Agenten des Russen. Wir haben daktyloskopische Spuren der Baronesse am Tatort gefunden, die zudem belegen, dass die Dame bereits seit Jahren für den russischen Geheimdienst arbeitet. Sie wurde mit der später ermordeten Martina Miller gesehen, sie war auf der Rohrwallinsel, sie war mit Leutnant Herwarth von Bittenfeld offenbar befreundet und sie kannte Oberst Brose. Ferner wurde sie gesehen, als sie die Wohnung der Gräfin verließ, in der wir zwei Stunden später das tote Mädchen auffanden. Für mich sind die Fakten eindeutig, die Baronesse ist die eigentliche Drahtzieherin, auch wenn sie nicht alle Morde selbst begangen haben kann. Zumindest die Abdrücke des Leutnants auf dem Revolver und ihr Alibi für den 7. April sprechen derzeit dagegen. Warum allerdings Herwarth von Bittenfeld Oberst Brose getötet haben sollte, entzieht sich meiner Kenntnis.« Der Feldwebel endete.

Es klopfte und ein Gefreiter brachte den Bericht der Ballistik. Der Major überflog ihn und informierte die anderen der Runde. »Es ist eindeutig, mit dem gefundenen Revolver wurde Oberst Brose erschossen!«

Kurz herrschte Schweigen, dann ergriff Kriminalkommissar Gennat das Wort.

»Ich teile weitgehend die Ansichten Herrn Schneidmanns, denn sie entsprechen den Fakten: Ich bin aber überzeugt, dass die Baronesse den Revolver in der Wohnung des Leutnants deponierte. Ihr Alibi für die Tatnacht habe ich überprüft. Ich halte es jedoch für möglich, dass sich die Zeugen geirrt haben. Wer kann mit Gewissheit sagen, wer sich um vier morgens noch auf einem Künstlerfest befindet oder nicht. Es könnte auch sein, dass die Gräfin für ein Alibi gesorgt hat. Sie musste nur erzählen, die Baronesse sei gerade in einem anderen Raum oder mit jemandem im Gespräch, und jeder glaubte, die Dame sei noch vor Ort. Die Fingerabdrücke auf dem Revolver können von einem Besuch des Leutnants bei der Baronesse stammen. Er sieht die Waffe irgendwo herumliegen und betrachtet sie; schon zeigt der Revolver seine Abdrücke. Ich halte ferner diese Gräfin für weitaus mehr in das Geschehen verwickelt, als bisher angenommen wurde. Sie kannte Oberst Brose, kannte den Leutnant, der sogar ihr Auto fuhr. Sie war auf der Insel, sie stand in engem Kontakt zu Fürst Troinitzky alias Oberst Martschenko. Es könnte sein, dass ihr Mädchen etwas herausgefunden oder zufällig mitbekommen hat, was gegen Maria Walewska verwendet werden konnte, und sie zu erpressen versuchte und daher sterben musste. Der

Zustand ihrer Wohnung und ihr Verschwinden dienten lediglich der Tarnung.«

Gennat schwieg. Es war an Wedigo seine Sicht der Dinge darzulegen, wie er es vor seinem Besuch im Ballhaus bereits getan hatte. »Die Aussage des Kellners und Fräulein Ruths sowie die Fingerabdrücke auf dem eindeutig als Tatwaffe erkannten Revolver unterstützen meine These. Ich bin überzeugt, Leutnant Herwarth von Bittenfeld hat Oberst Brose getötet. Offenbar konkurrierten beide um die Baronesse oder der Leutnant nahm dies an; es kam mehrfach zum Streit und deshalb entschloss sich der Leutnant, seinen Nebenbuhler zu töten. Vielleicht war er ja auch bereits nachrichtlich tätig und Oberst Brose hat dies entdeckt und musste aufgrund seines Wissens sterben. Die Baronesse hat dies sicher zu nutzen gewusst, und als der Leutnant bei ihr nicht locker ließ, für seine Beseitigung gesorgt.«

Major Nicolai, der sich die ganze Zeit über Notizen gemacht hatte, wirkte in sich gekehrt. »Meine Herren«, sagte er, »all Ihre Ausführungen beinhalten Tatsachen sowie höchst interessante Vermutungen. Ich denke, unsere Aufgabe ist es jetzt, die Faktenlage zu erweitern und abzusichern. Ich selbst werde einige Gespräche im Ministerium zu führen haben, auch im Hinblick auf die Wiener Angelegenheit. Kommissar Gennat bitte ich, die Befragungen der Zeugen fortzusetzen. Haben Sie eigentlich etwas Neues im Hinblick auf die verschiedenen Kraftwagen, die bislang im Geschehen auftauchten?«, wandte er sich direkt an den Polizisten.

»Es gibt einige Spuren«, antwortete dieser vorsichtig. »Der Kraftfahrzeugbestand ist allerdings riesig. Im ganzen Reich gab es im letzten Jahr etwa dreiundvierzigtausend Personenwagen, wovon etwa gute zehn Prozent in Berlin und Umgebung gemeldet sind. Das heißt, wir müssen fast fünftausend Fahrzeuge und Fahrzeughalter überprüfen, eine Riesenangelegenheit.«

»Gut, das wird einige Zeit kosten«, meinte Nicolai, »aber es ist notwendig. Feldwebel, Sie erkundigen sich auf Ihrer militärischen Ebene. Was wissen beziehungsweise wussten die Untergebenen des Leutnants von ihm? War er beliebt, gab es Auffälligkeiten? Und so weiter, Sie kennen sich aus.«

»Ich kehre in die Truppe zurück«, sagte Wedigo. »Herwarth von Bittenfeld gehörte meiner Einheit an, und ich werde mich im Kameradenkreis und im Kasino umhören.«

»Einverstanden, das Adlon ist jetzt nicht mehr nötig, obwohl ich mit dem Gedanken spielte, Sie weiter dort residieren zu lassen. Vielleicht versucht die Gräfin, mit Ihnen in Kontakt zu treten.«

»Das könnte sie auch an anderer Stelle«, erwiderte Wedigo. »Ehrlich gesagt, kann ich mir auf Dauer einen derartig aufwendigen Lebenswandel nicht leisten. Wenn auch das Hotel bezahlt ist, sind die Zusatzkosten kolossal hoch. Mit einem Salär von hunderteinundvierzig Mark im Monat kommt man nicht weit.«

»Nun, Sie werden sicher seitens der Familie eine ordentliche Zulage erhalten«, meinte Nicolai. »Ansonsten müssen Sie eine gute Partie finden«, fügte er trocken hinzu. »Die Rechnungsabteilung hat uns das Adlon ohnehin gestrichen. So, meine Herren, das wäre es vorerst. Ich informiere Sie, wenn es Neuigkeiten gibt oder wir uns treffen müssen. Der Tod der Leutnants und des Mädchens werden offiziell als Unfälle deklariert, intern wissen wir natürlich Bescheid. Der Mord an Oberst Brose bleibt, was die Presse und Öffentlichkeit angeht, nach wie vor geheim.«

Die Sitzung endete, drei Stunden später war der Oberleutnant wieder in seiner angestammten Wohnung in der Potsdamer Siefertstraße.

Am nächsten Morgen meldete sich Wedigo zum Dienst zurück. Oberst von Friedeburg ließ sich von seiner Tätigkeit im Ministerium berichten, was Wedigo sehr allgemein tat. Daher wies ihn der Oberst darauf hin, dass das illustre Berliner Leben mit Pferderennen und die allnächtlichen Amüsements vorbei sei und ab sofort wieder Disziplin herrsche.

In den nächsten Tagen lief alles nach Routine ab. Um halb sieben weckte ihn Kuhn. Von 7.15 bis 8.15 Uhr war Instruktionsstunde, um halb neun ging es zum Exerzieren. Um 12 Uhr war Parole, um 13 Uhr gemeinsames Essen im Kasino, ab halb drei Dienst im Gelände mit Schießen und diversen Reitübungen.

Die nächsten Wochen vergingen in zäher Routine. Wedigos Nachforschungen kamen fast gänzlich zum Erliegen, da ihn der tägliche Dienst und die Vorbereitung für die Frühjahrsmanöver nahezu völlig in Beschlag nahmen. Zudem wuchsen die Spannungen auf dem Balkan derart, dass man in Militärkreisen mit einem baldigen Krieg rechnete und die Übungen der Truppe zusätzlich verstärkte. In Österreich kam es in den Landesteilen Bosnien und Herzegowina sogar zur Ausrufung des Ausnahmezustands. Im Kasino fieberten seine Kameraden und diskutierten, ob im Falle eines Krieges das Reich gegen Frankreich und Russland losschlüge.

»In vierzehn Tagen sind wir in Paris!«, verkündete Leutnant von Natzmer. Doch am 5. Mai einigte sich die Botschafterkonferenz der europäischen Großmächte in London auf einen Entwurf zu einem Vorfrieden auf dem Balkan, und ein Krieg schien fürs Erste gebannt.

Acht Tage später saß Wedigo mit den Offizierskameraden Oberleutnant von Helldorf, Leutnant von Natzmer und Oberleutnant von Weiher im Kasino am Tresen. Die vier Herren waren bei der dritten Flasche und diskutierten eifrig über die Ermordung des preußischen Militärattachés Oskar von Lewinski in München durch einen Arbeitslosen.

»Das ganze rote Pack gehört außer Landes gejagt«, sagte soeben von Helldorf. Seine Majestät der Kaiser hat ganz recht, wenn er von vaterlandslosen Gesellen spricht.«

»Das mit dem Tod ist schon etwas Eigenartiges«, warf Natzmer zusammenhanglos ein. Wie immer wenn der Leutnant etwas getrunken hatte, wurde er philosophisch. »Im Krieg und für Kaiser und Vaterland ist das eine klare Sache. So ein Heldentod bei Sonnenuntergang, das ist einfach schön und erhaben. Aber von so einem Kerl getötet zu werden oder auch bei einem Unfall umzukommen wie Kamerad Leutnant Herwarth von Bittenfeld, scheint mir völlig sinnlos.«

»Karl war überhaupt in den letzten Wochen vor seinem Tod verflixt melancholisch«, sagte Joseph von Weiher. »Da gab es Probleme mit Frauen und es ging um Geld. Sein Onkel hat ihm wohl die Zulage gekürzt. Karl hat alles versucht, nur der Alte wollte seinen Entschluss nicht zurücknehmen. Obwohl er doch selbst Offizier ist und genau wusste, wie knapp es bei uns oft hergeht. Karl hat sogar seine Verlobte mit ins Ministerium genommen, um den Alten rumzukriegen. Hab sie mal gesehen, schniekes Weib, sag ich euch!«

»Wie hieß die Verlobte?«, fragte Wedigo interessiert.

»Ich weiß es nicht mehr«, antwortete Joseph von Weiher. »Kam aus dem Baltikum. Jedenfalls mochte der Alte sie nicht, du kennst ihn doch aus deiner Zeit im Ministerium, Oberst Brose.«

»Oberst Brose war der Onkel Leutnant Herwarth von Bittenfelds?«, fragte Wedigo überrascht. »Ich dachte, es sei Oberstleutnant Heye gewesen.«

»Heye ist sein Patenonkel, aber Karl war über acht Ecken mit Brose verwandt und sprach von ihm als seinen Onkel. Heye mochte das Fräulein, ihm hat Karl seine Baltin ebenfalls vorgestellt«, erklärte Joseph.

»Aber warum erfolgte das Ganze im Ministerium?«

»Ich glaube, so offiziell war das mit der Verlobung nicht. Die Familie hatte für Karl eine andere Braut vorgesehen, und er scheint sich gewehrt zu haben«, steuerte Oberleutnant von Helldorf bei. »Auch Heye enttäuschte ihn, denn er nahm plötzlich Front gegen die Verbindung mit der Baronesse.«

»Der arme Kerl war danach völlig fertig«, bestätigte Joseph von Weiher. »Du erinnerst dich doch der Geschichte mit der Waffenwahl bei deinem Duell. Der Sekundant deines Gegners, Leutnant Graf von Spee, war über den Revolver und das Barriereduell ebenso erstaunt wie ich und rief extra im Regiment an. Er bekam Karl an den Fernsprecher, der ihm das Ganze bestätigte, was natürlich Blödsinn war. Zumal er es nicht wissen konnte«, fügte Joseph hinzu.

Wedigo nickte nachdenklich. Er konnte es nicht wissen, sein Verdacht gegen Leutnant Herwarth von Bittenfeld bekam neue Nahrung. Er musste noch einmal mit Nicolai reden, unbedingt. Sie wechselten das Thema und kamen auf Sport, Pferderennen und Fußball. Am Wochenende spielte die Elf des Deutschen Reiches in Freiburg im Breisgau gegen die Schweiz. Kamerad von Helldorf, der sich für alle Sportarten interessierte, war auch begeisterter Anhänger dieser englischen Ballsportart und redete endlos über mögliche Spielzüge und die Finessen des Spiels.

Am nächsten Mittag rief Wedigo im Ministerium an. Er bekam Feldwebel Schneidmann an den Apparat, der ihm mitteilte, der Major sei in Wien und werde erst am Montag nächster Woche nach Berlin zurückkehren.

Dann erreichte ihn ein Brief Ilse von Bredows. Er war ihr zuletzt vor zwei Wochen bei einer Abendgesellschaft seiner Tante begegnet. Wieder war das Fräulein sehr keck aufgetreten, dennoch hatte Wedigo die Gespräche mit ihr genossen und gestand sich ein, dass Ilse und ihre ganze Art ihm sehr gefielen. Nun lud sie ihn ein, mit ihr und ihrer Freundin Lucie sowie Ferdinand von Bredow einen längeren Ritt durch den Tiergarten zu unternehmen und anschließend zu picknicken. Ferdinand würde ihm einen Braunen zur Verfügung stellen. Wedigo sagte sofort zu.

Nach der anstrengenden Woche freute er sich auf den Ausflug und vor allem auf das Wiedersehen mit Ilse von Bredow.

Am Sonntag fuhr Wedigo mit der Eisenbahn nach Berlin. Eine Droschke holte ihn vom Bahnhof ab und brachte ihn zur Wohnung Ferdinands. Der Braune war ein kräftiger Hengst. Er könne mitunter etwas störrisch sein, besitze aber insgesamt gute Laufeigenschaften, versicherte Ferdinand dem Freund. Die Herren trafen die Fräulein um elf am Brandenburger Tor. Gemächlich ritten sie in den weiten Park. Ein Reitknecht folgte mit den Picknickkörben. Es war ein warmer Maiensonntag, nach den Kältetagen am Anfang des Monats kam der Frühling mit ganzer Kraft. Alles duftete frisch und leuchtete in vielfältigem Grün. Ilse und Lucie waren ebenso frühlingshaft gekleidet und wirkten in ihrer Erscheinung und fröhlichen Art wie zwei muntere Waldgöttinnen. Inzwischen waren die Fräulein zum ungezwungeneren Du übergegangen, was beide Herren begrüßten. Wedigos Blick ging immer wieder zu Ilse von Bredow, was das Fräulein durchaus bemerkte. Das Gespräch drehte sich um Gesellschaftliches, die Damen, als Leserinnen der *Gartenlaube*, waren über die aktuellen Ereignisse bestens informiert.

»In einer Woche ist Pfingsten, und Prinzessin Victoria Luise heiratet. Das wird sicher ein wunderbares Fest«, schwärmte Wedigos Cousine Lucie. »Alle hohen und höchsten Herrschaften werden in Berlin sein. Der Kaiser und alle Prinzen, der englische König Georg und der russische Zar Nikolaus.«

»Schon die Verlobung mit Prinz Ernst August von

Hannover im Februar in Karlsruhe war ein großes Ereignis«, ergänzte Ilse von Bredow. »Verlobung ist eigentlich noch schöner als Hochzeit, denn da hat man doch die Vorfreude. Nicht wahr, Wedigo?«, fragte sie nicht frei von Hintergedanken.

Ferdinand grinste und Wedigo nickte abwesend. Sie ritten durch eine dicht bestandene Allee. Rechts hatte er durch eine Baumlücke auf einem parallelen Weg eine Reiterin gesehen, deren Haltung ihm bekannt vorkam. Kurzerhand lenkte er den Braunen durch die Baumreihe zum Nachbarpfad. Er hatte sich nicht getäuscht, er kannte die Dame; dort ritt Gräfin Maria Walewska und neben ihr befand sich die Baronesse von Moltweer! Durch das Hufgeräusch gestört, drehten die Frauen ihre Köpfe in Wedigos Richtung. Die Baronesse sah ihn zuerst und reagierte sofort. Sie gab ihrem Tier die Sporen und galoppierte, gefolgt von der Gräfin, mit wildem Tempo davon. Wedigo setzte, ohne zu zögern, hinterher. Hinter sich hörte er die überraschten Rufe seiner Begleiter, doch es blieb keine Zeit, um längere Erklärungen abzugeben. Den Frauen vor ihm gelang es zunächst, einen Vorsprung von einem Dutzend Pferdelängen zu gewinnen. Sie jagten unter den Bäumen hin und quer über die Wiesen. Die Haare Melissas lösten sich und folgten ihr wie ein heller Schleier. Wedigo spornte den Braunen an und kam den Fliehenden langsam näher. Nun tauchten die drei wieder in eine Waldzone ein. Wedigo war jetzt nur noch vier oder fünf Längen hinter ihnen. Zweige schlugen ihm ins Gesicht, er bückte sich und wich einem Ast aus. Für einen Augenblick fiel er zurück, doch sein Tier kam auf dem weichen Boden immer besser voran, und als sie das Wäldchen verließen, hatte er nahezu den Abstand aufholen können. Sie waren jetzt im südwestlichen Teil des Tiergartens in der Nähe des Neuen Sees kurz vor der Löwenbrücke. Die Baronesse blickte sich um und sah ihn unmittelbar hinter sich. Erschrocken rief sie etwas der Gräfin zu. Diese lenkte ihr Tier nach rechts, während Fräulein von Moltweer einen scharfen Haken schlug. Aus einem Instinkt heraus folgte Wedigo der Gräfin, die ihr Pferd auf einen Wasserlauf zutrieb. Das Ufer fiel an der Stelle ab und schien zudem sumpfig zu sein, ein Sprung konnte unter diesen Umständen leicht misslingen. Die Gräfin erreichte nun das Ufer. Ihr Pferd zögerte, sie schlug mit der Peitsche auf das erschöpfte Tier ein, dieses bäumte sich steil auf. Die Reiterin rutschte nach hinten, verlor den Halt und stürzte mit einem Schrei zu Boden. Wedigo sprang vom Pferd und eilte zu der Gestürzten. Sie lag bewegungslos vor ihm, die Augen waren geschlossen und sie schien ohnmächtig zu sein. Besorgt fühlte er ihren Puls, der schnell und regelmäßig schlug; die Gräfin öffnete die Augen und richtete sich kurz auf und ließ sich dann wieder zurücksinken. Sie schien vom Sturz ganz benommen zu sein, aber sonst aufgrund des weichen Bodens unverletzt. Hinter ihm erklang Hufschlag. Wedigo erhob sich, Ferdinand und die Damen erreichten die Unfallstelle.

»Was ist passiert?«, fragte Cousine Lucie. »Hat sich die Dame verletzt?«

»Nein, ich glaube nicht. Sie war nur kurz ohnmächtig, ob ihr sonst etwas passiert ist, wird ein Arzt klären«, erklärte Wedigo. »Wir müssen sie in eine Praxis bringen.«

Der Reitknecht wurde losgeschickt, eine Droschke zu besorgen. Lucie tupfte das Gesicht der Liegenden mit ihrem Eau de Toilette ab und schob ihr ein Tuch unter den Kopf. Die Gräfin öffnete erneut die Augen. Ilse von Bredow betrachtete sie erstaunt.

»Das ist die Gräfin, die drei Häuser neben uns wohnte«, wandte sie sich an Wedigo. Du kennst sie also doch! Warum bist du ihr hinterhergeritten?«

»Das ist eine lange Geschichte. Ich werde euch das später erklären«, antwortete Wedigo.

»Sie sagt etwas«, rief Lucie. »Sie nennt deinen Namen, Wedigo!«

Mit ihrer linken Hand gab Melissa ihm ein Zeichen, näher zu ihr zu kommen. Er neigte sein Ohr ihrem Mund zu. »Wedigo«, flüsterte sie. »Du musst mich in meine Wohnung bringen. Es ist lebenswichtig. Ich muss in die Wohnung und dir etwas geben. Aber rasch, bevor Odilie dort ist.«

»Das ist doch wieder eine Ihrer Geschichten, Gräfin«, gab Wedigo kühl zur Antwort. »Warum sollte ich Ihnen noch einmal glauben?«

»Bitte, glaub mir, Wedigo«, flehte sie. »Dieses eine Mal noch! Wir müssen in die Gartenstraße.«

»Ihre Wohnung befindet sich in der Gartenstraße?«, fragte er erstaunt. »Welche Hausnummer?«

»Nummer sechs.«

Das war das Haus, wohin sich Oberst Brose die Post hatte bringen lassen. Vielleicht war doch etwas an ihrer Geschichte dran. Der Reitknecht kehrte mit der Droschke zurück. Mithilfe Ferdinands gelang es, die Gräfin aufzurichten und in den Fond zu legen. Der Oberleutnant überließ die Pferde dem Knecht und stieg zur Gräfin in die Kutsche. Ilse von Bredow hatte das Ganze aufmerksam verfolgt; nun trat sie an den Kutschenschlag.

»Ade, Herr von Wedel«, sagte sie kühl. »Ich weiß nicht, ob mir Ihre tollen Verfolgungsaktionen zusagen. Ihre enge Bekanntschaft mit dieser blonden Dame, die Sie mit Ihrem Vornamen anspricht, gefällt mir jedenfalls ganz und gar nicht.«

Wedigo sagte nichts, er hoffte nur, die Dinge später klären zu können. Jetzt war nicht die Zeit dafür, wenn es stimmte, was Melissa gesagt hatte. Er nannte dem Kutscher die Adresse und die Droschke fuhr los. Die Gräfin lag mit geschlossenen Augen in die Polster gelehnt und schwieg. Es schien ihr nicht gut zu gehen. Wedigo wollte schon dem Kutscher Bescheid geben, die Charité anzufahren, da legte sie ihm ihre kühle Hand auf den Arm.

»Lass, Wedigo«, sagte sie matt, als ob sie seine Gedanken erraten hätte. »Ich brauche keinen Arzt, ich habe etwas Kopfschmerzen, aber das geht vorüber.«

Schweigend fuhren sie weiter. Nach einer halben Stunde erreichten sie die Gartenstraße. Er bezahlte den Kutscher und führte sie vorsichtig die Treppen hinauf in den dritten Stock. Die Gräfin schloss auf und beide traten in die Wohnung, die lediglich aus drei Zimmern und einer Küche bestand. Sie schaute sich um und führte Wedigo in das Wohnzimmer. Die Tapeten waren dunkel, es roch muffig und ungelüftet. Das Ganze wirkte recht armselig und war in keiner Weise mit der letzen Wohnung der Gräfin vergleichbar. Melissa hatte seinen Blick bemerkt und lächelte entschuldigend.

»Ich kann mir zurzeit nicht aussuchen, wo ich bleibe.

Diese Absteige gehört zu einem Netz von Wohnungen, die Troinitzky angemietet hat.«

»Also arbeiten Sie doch für den Fürsten oder soll ich sagen für Oberst Martschenko?«

Die Gräfin seufzte. »Ich werde dir gleich alles erklären, Wedigo. Ich bin durstig, ich mache uns einen Tee. Nimm schon einmal Platz.«

Der Oberleutnant setzte sich auf einen Sessel. Die Gräfin holte aus der Küche einen Samowar, und bald standen zwei dampfende Tassen Tee vor ihnen. Sie zog ein Tütchen mit weißem Pulver hervor, das sie in ihre Tasse schüttete. »Das hilft gegen die Kopfschmerzen«, erklärte die Gräfin. Sie tranken, Wedigo lehnte sich zurück und schaute seine Gastgeberin auffordernd an.

»Ich muss weit ausholen«, begann Melissa. »Ich stamme aus einer alten polnischen Adelsfamilie, eine meiner Ahninnen soll sogar die Geliebte Napoleons gewesen sein, und man munkelt, es flösse heißes, korsisches Blut in unseren Adern. Jedenfalls waren wir stets bereit, für die polnische Freiheit zu kämpfen, besonders gegen die Knute des Zaren. Doch das wurde den Meinen zum Verhängnis. Meine beiden Brüder und mein Vater landeten in russischen Zuchthäusern und wurden zum Tode verurteilt. Ich war damals siebzehn, wurde ebenfalls verhaftet und nach Sankt Petersburg gebracht. Oberst Batjuschin stellte mich vor die Wahl, für die Raswedka tätig zu sein – dann, versprach mir der Oberst, sollten der Vater und die Brüder nur nach Sibirien verbannt werden – oder dass das Urteil vollstreckt würde. Ich hatte keine andere Wahl und sagte zu. Zunächst war ich in Paris und Wien eingesetzt, seit zwei Jahren bin ich in Deutschland. Inzwischen hatte der Fürst, also Oberst Martschenko, aber ich habe mir angewöhnt, ihn immer bei seinem Tarnnamen zu nennen, die Führung der Auslandsagenten übernommen. Die Aufgaben in Berlin waren leicht, ich musste lediglich junge Offiziere für die Mitarbeit für die Raswedka gewinnen, ab und zu Nachrichten weiterleiten oder Gäste unterbringen und Kontakte zur besseren Gesellschaft herstellen. Dazu gehörte, dass ich das Leben einer großen Dame führte und in den höchsten Kreisen wie auch in der Künstlerwelt verkehrte. Ich gebe zu, ich genoss dieses Dasein in Glanz und Luxus und vergaß zeitweise, warum ich eigentlich dieses Leben führe. Aber ich habe auch einiges für die polnische Sache tun können. So sprach ich kürzlich mit dem Kronprinzen und überzeugte ihn, dass er, wenn es einmal zu einem Krieg gegen Russland käme, sich für ein freies Polen einsetzen würde. Ansonsten war die Zeit in Berlin recht angenehm. Doch seit einem halben Jahr haben sich die Dinge verändert. Der Fürst, also Oberst Martschenko, sandte die Baronesse von Moltweer und Baron von Maydell hierher, die ganz bestimmte Tatsachen erkunden sollten und weitaus härter an ihre Aufträge herangingen.«

»Nun, Spionage ist ein schmutziges Geschäft«, sagte der Oberleutnant.

»Das ist es, ich hatte es nur verdrängt. Zunächst dachte ich, mit beiden gut auszukommen, denn sie waren aus dem gleichen Grund wie ich zur Raswedka gekommen. Maydell war kein Baron, sondern hieß eigentlich Hermann Pratt und war der Sohn eines Lehrers. Während der Revolution von 1905 wurde er verhaftet und in den

Gefängnissen der Ochrana sozusagen umgedreht. Odilie teilt sein Schicksal; auch sie wurde damals verhaftet. Sie kam mit der Revolution durch die Anarchistin Emmy Goldmann in Kontakt. Odilie heißt in Wahrheit von der Reck und ist tatsächlich eine Baronesse.«

»Sie haben mir also nicht die Wahrheit gesagt, als Sie behaupteten, Sie hätten Odilie erst auf einer Vernissage kennengelernt«, sagte Wedigo.

»Unser erstes Treffen fand wirklich auf einer Vernissage statt«, korrigierte ihn Melissa. »Aber sonst hast du recht, ich habe dir nicht alles gesagt. Doch sag selbst, wie hätte ich anders handeln können, ohne dass meine Tarnung aufgeflogen wäre?«

Der Oberleutnant zuckte die Achseln und die Gräfin erzählte weiter. »Odilie lernte in kurzer Zeit viele wichtige Persönlichkeiten kennen. Dann machte sie sich an deinen Kameraden Herwarth von Bittenfeld heran und verdrehte ihm völlig den Kopf. Vielleicht beruhte das zeitweise auf Gegenseitigkeit, denn ich hatte den Eindruck, dass sie sich auch in ihn verliebt hatte. Er nahm sie sogar mit ins Ministerium und stellte sie seinem Patenonkel Oberstleutnant Heye vor. Doch dessen Freund Oberst Brose muss Heye vor Odilie gewarnt haben. Da war etwas mit Fingerabdrücken, die Brose erkannt hatte, ich habe es nicht ganz verstanden. Wobei ich glaube, dass der Oberst selbst ein Auge auf Odilie geworfen hatte. Als wir ihn am Sonntag vor seinem Tod besuchten, machte er einige Bemerkungen, die mir merkwürdig vorkamen.«

»Hat die Baronesse Oberst Brose getötet?«, fragte Wedigo.

»Nein, das ist unmöglich, wir waren doch auf dem Fest von Louis. Ich glaube aber, dass sie ins Ministerium eingebrochen hat. Sie sagte zu mir, der Besuch bei Heye habe doch zumindest ein Gutes gehabt und lachte.«

»War dann der Leutnant der Mörder?«

»Ich weiß es nicht, Wedigo. Ich weiß auch nicht, ob er wirklich spionierte. Aber darum geht es nicht, Odilie veränderte sich plötzlich. Sie ließ den Leutnant links liegen und fing an, in seiner Gegenwart heftig mit anderen Männern zu flirten. Dann begann sie regelrecht über Leichen zu gehen. Sie muss es gewesen sein, die Mia getötet hat. Der Fürst fing an zu drängen, es ging um Flugzeugpläne und andere Informationen, und er stellte uns ein Ultimatum. Deswegen der Ausflug am Sonntag. Als sie dann auf der Insel gegen dich vorgingen, musste ich eingreifen. Verstehst du das, Wedigo?« Melissas Augen füllten sich mit Tränen. Der Oberleutnant bemühte sich, darauf nicht einzugehen. Er wollte jetzt die Wahrheit und sich nicht durch angebliche Gefühle ablenken lassen.

»Was geschah dann und vor allem, was wolltest du eigentlich von mir?«, drängte er, wobei er sie unwillkürlich wieder mit dem vertrauten Du ansprach.

»Ich wollte dich schützen. Du weißt, dass ich in der Nacht schoss, aber nicht um Odilie zu töten, sondern um sie zu warnen. Sie und Maydell verschwanden zunächst. Dann aber erschien sie eines Mittags bei mir und war völlig aufgelöst. Das war der Tag, als wir uns für das Ballhaus verabredet hatten. Maydell war inzwischen festgenommen und im Gefängnis vergiftet worden, und sie hatte den Verdacht, der Fürst habe seine Finger dabei im Spiel gehabt. Sie zeigte mir ein schwarzes Notizbuch und sagte, damit habe sie alle in der Hand und könne den Fürsten und den ganzen Ring hochgehen lassen. Sie war voller Hass und Wut, so hatte ich Odilie zuvor nie erlebt. Sie erzählte unter Tränen, Maydell sei ihr wie ein Bruder gewesen und sie werde seinen Tod rächen. Ich solle ihr dabei helfen.«

»Du?«, fragte Wedigo. Er fühlte sich auf einmal sehr müde. »Wie solltest du ihr helfen?«

»Mir sind einige Berliner Agenten der Raswedka bekannt. Aufgrund ihrer persönlichen Kontakte und wegen der Angaben des Notizbuches kennt Odilie ebenfalls weitere führende Topleute sowohl hier als auch in Wien. Wenn wir unser Wissen zusammenlegen und auspacken würden, wäre der Fürst verloren.«

Der Oberleutnant gähnte erneut, er spürte, wie seine Müdigkeit, trotz der Bedeutung von Melissas Bericht, zunahm.

»Odilie verließ dann die Wohnung und sagte, sie müsse noch jemanden treffen, dann werde sie wiederkommen«, erzählte die Gräfin weiter, »dabei vergaß sie, das Notizbuch mitzunehmen. Ich bemerkte es erst, als sie fort war, und wollte es gerade genauer studieren, als du unangemeldet erschienst. Deswegen war ich so ungehalten. Als du gingst, konnte ich mich endlich an das Büchlein machen. Ich las es und war mitten im Lesen, als Martschenko erschien. Marie gelang es, ihn abzuwimmeln. Ich entschloss mich, sofort meine Zelte abzubrechen.«

»Warum?«

»Ich fürchtete um mein Leben, mit Martschenko ist nicht zu spaßen. Kurz, ich hatte Angst und bin geflüchtet. Die arme Marie sollte noch Kleidung aus der Wohnung holen und wurde dabei von den Leuten Martschenkos erwischt und getötet.«

»Und die Baronesse?«

»Die musste Martschenkos Leute begleiten, konnte sich aber absetzen, wie sie erzählte. Ich selbst tauchte unter und fand Zuflucht in dieser Wohnung, die Martschenko, ohne es zu wissen, bezahlt. Die Baronesse traf ich erst vor ein paar Tagen. Sie wollte das Notizbuch zurück, doch ich weigerte mich, es ihr zu geben; es ist meine Lebensversicherung. Da sagte sie etwas Merkwürdiges. Es sei ohnehin egal, ob ich das Notizbuch hätte oder nicht. Ihretwegen könnte ich mit dem Büchlein machen, was ich wolle.«

Wedigo hörte die letzten Sätze wie aus weiter Ferne. Ihm fielen die Augen zu, und er sank zur Seite.

Die Gräfin betrachtete ihn, strich mit der Hand liebkosend über sein Gesicht und stand auf. Sie holte aus einer Anrichte der Schublade ein Tintenfass, dazu Feder und Papier, setze sich an den Tisch und begann zu schreiben. Schließlich war sie fertig, löschte die Schrift und legte den Bogen vor den Oberleutnant. Nach einem Augenblick des Zögerns entnahm sie ein kleines Paket einer Reisetasche und legte dieses dem Brief bei. Sie notierte ein Postskriptum und verließ mit leisen Schritten das Zimmer und die Wohnung.

Als Wedigo erwachte, dunkelte es bereits. Er fuhr auf und sah sich verwirrt um, dann kam ihm die Erinnerung: Melissa hatte ihn erneut hereingelegt und war verschwunden. Wahrscheinlich war wieder alles gelogen, was sie gesagt hatte. Verärgert über die eigene Vertrauensseligkeit und Dummheit erhob er sich; da fiel sein Blick auf den Brief und das Päckchen. Er steckte beides zu sich und verließ die Wohnung. Auf der Straße fand er zum Glück schnell eine Droschke, die ihn zum Bahnhof brachte.

Es war dunkle Nacht, als der Oberleutnant seine Potsdamer Wohnung erreichte. Kuhn entzündete die Lampen und Wedigo setzte sich an seinen Schreitisch und begann den Brief der Gräfin Maria Walewska zu lesen.

Lieber Wedigo!

Verzeih mir meinen unhöflichen Aufbruch, doch ich denke, derart französisch Abschied zu nehmen, ist für uns beide das Beste. Ich war nicht ganz fertig mit meinem Bericht, als das Pulver endlich wirkte und du einschliefst. Es ist so, Baronesse Odilie und ich erfuhren kürzlich, dass das, was uns an die Raswedka und Oberst Martschenko band, gelöst ist. Mein Vater verstarb vor einem Jahr, die Mutter folgte und den Brüdern gelang die Flucht nach Zürich. Ich bin also frei. Odilies Bindung war eine andere, welche, habe ich nie erfahren, doch auch diese scheint beendet. Aber eben dieses andere bindet sie durch einen Eid, den sie einst schwur. Der Eid, Rache zu nehmen für alles, was sie erlebt und erlitten hat. Ich weiß nicht genau, was das ist und was sie vorhat, doch ich fürchte Schlimmstes. Odilie sagte kürzlich, an Pfingsten werde es in Berlin ein wahres Feuerwerk geben. Was immer sie damit meinte, mir scheint in ihren Worten eine große Gefahr verborgen. Seid auf der Hut, du und dein Major, der mich so gern beschatten hat lassen. Vielleicht gelingt es euch, Odilie von ihrem Tun abzuhalten. Ich ziehe weiter, wer weiß, vielleicht sehen wir uns wieder? Ach, sage deinem kleinen Fräulein, es müsse nicht eifersüchtig auf mich sein. Wir wissen, unser kleines Tête-à-Tête konnte nicht von Dauer sein.

Aus vollem Herzen
Deine Melissa, Gräfin Maria Walewska.

PS: Das kleine Notizbüchlein, von dem ich sprach, füge ich bei. Ich brauche es nicht mehr, alles Wichtige habe ich anderen Ortes notiert. Es gehörte wohl Oberst Brose; du magst selbst herausfinden, wie es in Odilies Besitz gelangte. Nutze es und vernichte Martschenko!

Ein eigentümliches Schreiben, dachte Wedigo, ganz im Stil dieser seltsamen und faszinierenden Frau, und er bedauerte für einen Augenblick, sie verloren zu haben. Ob sie beide eine Zukunft hätten haben können? Nein, wahrscheinlich nicht, ganz sicher nicht! Er griff zu dem schwarzen Notizbuch – und verbrachte den Rest der Nacht bis in die frühen Morgenstunden mit der ihn packenden Lektüre. Nach zwei Stunden Schlaf erhob sich der Oberleutnant. Er machte sich frisch, ließ sich von Kuhn rasieren und zog eine neue Uniform an. Der prüfende Blick in den Spiegel folgte und dann begab er sich zum Kommandeur Oberst von Friedeburg. Er meldete, er habe wichtige Informationen für Major Nicolai und bat darum, mit einem Kraftwagen nach Berlin ins Kriegsministerium fahren zu können. Der Oberst genehmigte die Fahrt.

Zwei Stunden später saß Wedigo in der Abteilung III b im Büro des Majors und schilderte seine Erlebnisse. Dann legte er das schwarze Notizbuch vor.

Nicolai nahm es und schlug es auf. Er las die erste Seite, blätterte weiter, las die nächste Seite und weitere Seiten; er pfiff durch die Zähne. »Das, Herr von Wedel, ist wirklich ein brisantes Büchlein. Der Oberst scheint seit Jahren Mitrofan Konstantinowitsch Martschenko und der Raswedka auf der Spur gewesen zu sein. Am Abend vor seinem Tod hat er wohl auch ein Gespräch mit Maydell gehabt. Vielleicht war er dabei, den Herrn umzudrehen, was erklärt, warum Maydell später vergiftet wurde. Ich verstehe nur nicht, warum er uns nicht in seine Ermittlungen einbezogen hat.«

»Vielleicht ging es dem Oberst so, wie ich es zeitweise erlebt habe«, sagte der Oberleutnant. »Ich hatte den Eindruck, überall säßen Spione und ich könne niemandem mehr trauen.«

»Das ist denkbar und erklärt auch, warum er nachts das Büro von Oberstleutnant Heye aufsuchte. Brose verdächtigte ihn, offenbar ist Material aus Heyes Bereich aufgetaucht und der Oberst glaubte, Heye sei dafür verantwortlich. Dabei war Leutnant Herwarth von Bittenfeld der Maulwurf.«

»Er scheint das alles für diese angebliche Baronesse getan zu haben«, meinte Wedigo. »Vielleicht sind die Dinge erst eskaliert, als Oberst Brose die Dame erkannte und die geplante Verlobung verhinderte.«

»Er wird auf ihre Fingerabdrücke gestoßen sein, nachdem das Paar ihn besucht hatte. Brose sammelte Abdrücke von Besuchern, ein persönlicher Spleen«, erklärte

Nicolai. »Es könnte also sein, dass Ihre These, Herwarth von Bittenfeld habe den Oberst getötet, vom Motiv her begründbar wäre. Der Leutnant wollte sich für die Ablehnung seiner Braut rächen und fürchtete, als Spion enttarnt zu werden. Möglicherweise glaubte er auch, der Oberst habe ihm die Baronesse abspenstig machen wollen. Es gibt sogar deutliche Indizien für diese Spekulation. Kommissar Gennat hat mir heute einen Polizeibericht geschickt. Er konnte einen Milchwagenfahrer ausfindig machen, der am frühen Morgen des 7. April einen Wagen in der Nähe des Kriegsministeriums gesehen hat. Der Mann kennt sich mit Fahrzeugmarken aus und ist sicher, dass es sich bei dem Kraftwagen um einen schwarzen Adler 20/50 gehandelt habe.«

»Die Baronesse und die Gräfin fuhren einen schwarzen Adler 20/50«, sagte Wedigo. »Ich habe zudem Herwarth von Bittenfeld gesehen, wie er vor dem Café des Westens am Steuer eines solchen Wagens saß.«

»Warten Sie, es kommt noch besser. In der gleichen Nacht hat ein Wachtmeister einen Chauffeur darauf aufmerksam gemacht, dass sein Licht flackert. Der Beschreibung nach könnte es sich bei dem Fahrer um den Leutnant gehandelt haben. Und zu guter Letzt: Die Spuren an Ihrem Duellort, dem Ravensberg, stammen von Pneus, wie sie hauptsächlich bei Adler-Fahrzeugen verwendet werden!«

»Eine wirklich beachtliche Indizienkette«, sagte Wedigo. »Fast ein wenig zu viel, Herr Major. Beinahe werde ich an meiner These irre.«

»Nun«, entgegnete Nicolai. »Indizien sind keine Beweise.«

»Die gefundene Offizierslitze zum Beispiel verweist auf ein anderes Regiment«, überlegte der Oberleutnant. »Ich frage mich auch, wer der Einbrecher ist, von dem wir das Foto besitzen, das Sie mir ganz am Anfang zeigten?«

»Es gibt in der Tat viele offene Fragen«, stimmte der Major zu und lehnte sich zurück. »Aber mithilfe der Aufzeichnungen des Obersts werden wir, was die Spionage betrifft, vieles klären können. Dann werden wir auch wissen, wer Brose wirklich getötet hat. Die Fingerabdrücke des Leutnants auf der Tatwaffe sind aus meiner Sicht ein deutliches Indiz. Was mich jedoch mehr beschäftigt, ist der Hinweis Ihrer Gräfin, die falsche Baronesse habe gesagt, an Pfingsten werde es ein wahres Feuerwerk geben. Am 24. heiratet die Kaisertochter Victoria Luise und die gekrönten Häupter Europas sind zu Gast. Ich fürchte, es geht um einen Anschlag auf die Hochzeitsfeier.«

»Erinnern Sie sich an die Namen, die ›Mia‹ Miller genannt hat?«, rief Wedigo. »Sie sprach von einer Schweizer Syndikalistin und einem Anarchisten aus München.«

»Erich Mühsam und«, der Major blätterte in seinem Notizbuch, »es fiel der Name Gustav Landauer.« Er blickte Wedigo nachdenklich an. »Wir brauchen Kommissar Gennat, der kennt sich mit solchen Leuten aus. Wir müssen mit ihm auch über die Sicherheitsmaßnahmen während der Hochzeit sprechen und beraten, was wir tun können, um alle nur denkbaren Risiken auszuschließen. Wir brauchen Gennat und am besten, gehen wir gleich höher ran.« Der Major griff zum Fernsprechapparat. »Verbinden Sie mich mit dem Polizeipräsidenten Herrn von Jagow.«

Am Nachmittag saß eine ausgewählte Gruppe im Besprechungszimmer des königlich-preußischen Polizeipräsidenten Traugott von Jagow im roten Ziegelgebäude des Polizeipräsidiums am Alexanderplatz. Am Kopf des Tisches residierte der Polizeichef von Jagow. Jagow war ein stattlicher Mann, dem Wedigo seine strenge preußische Haltung im kantigen, mit einem Schmiss gezeichneten Gesicht ansah. Wedigo hatte über den Polizeipräsidenten bereits einiges vernommen. Wegen des verstärkten Verkehrsaufkommens in der Stadt hatte er die weltweit erste Einbahnstraße einrichten lassen. Er hatte dafür gesorgt, dass jeder Fahrer eines Wagens einen Führerschein erwerben musste. Jagow war aber auch durch seinen harten Umgang mit demonstrierenden Arbeitern aufgefallen und galt als Hauptverantwortlicher für die Eskalation des Moabiter Streiks von 1910. Und als wäre das nicht genug, hatte ihm der Journalist Alfred Kerr eine Affäre mit Tilla Durieux, der Ehefrau Paul Cassirers, nachgesagt. Aber was seine Qualitäten als Polizist angingen, so hatte er zu einer deutlichen Steigerung der Aufklärungsquote geführt. Neben ihm saßen die Kommissare Hans von Tresckow und Ernst Gennat. Es folgten Oberleutnant von Wedel und gegenüber Major Nicolai sowie Feldwebel Schneidmann.

»Meine Herren, ich nehme die von Major Nicolai vorgelegten Hinweise sehr ernst, doch sind sie zu allgemein, um konkrete Maßnahmen ergreifen zu können. Ein Anschlag sei geplant, heißt es. Ich frage, wann, wie und wo, und finde dazu keine Antwort. Wie sehen Sie das, Herr von Tresckow?«, fragte Jagow.

Tresckow, ein schlanker, älterer Mann, dessen Augen aufmerksam die Runde gemustert hatten, setzte an zur Antwort: »Die Großstadt Berlin besitzt die größte Polizeitruppe im Deutschen Kaiserreich. Wir sind permanent mit verdeckten Ermittlungen beschäftigt und infiltrieren dabei staatsfeindliche, kriminelle Organisationen wie die der Sozialisten und Anarchisten. Besonders das Café des Westens und seine Besucher stehen unter Beobachtung. Auch die Herren Landauer und Müller sowie ihre Genossin Margarethe Faas-Hardegger werden in Permanenz observiert.«

»Gustav Landauer und Margarete Faas-Hardegger geben die Zeitschrift *Der Sozialist* heraus, die Nachfolgerzeitung des Berliner Blattes *Der Anarchist*«, flüsterte Kommissar Gennat dem neben ihm sitzenden Wedigo zu.

»Irgendwelche besonderen Aktivitäten im Hinblick auf die Hochzeitsfeier konnten wir bislang nicht feststellen«, endete von Tresckow.

»Gut, gut«, meinte Nicolai, »es mag stimmen, dass die führenden Köpfe sich zurückhalten. Aber wir haben es hier mit einer zu allem entschlossenen Einzelgängerin zu tun, die jahrelang für den russischen Geheimdienst tätig war und eine mehrfache Mörderin ist. Was diese Baronesse Odilie plant, wissen wir nicht, aber wir haben neben der Aussage Gräfin Walewskas einen weiteren Hinweis. Feldwebel Schneidmann hat vor Kurzem eine Aktion gegen die sogenannte Mulackritze durchgeführt. Berichten Sie selbst, Feldwebel!«

»Jawohl, Herr Major!«

Schneidmann erhob sich und gab einen Abriss der Aktion. Der am Ballhausabend geplante Einsatz war am letzten Freitag erfolgt. Schneidmann und ein Dutzend ausgewählter Marinesoldaten, alles handfeste Kerle, die bereits in Afrika Kampferfahrungen gesammelt hatten, waren gegen zehn in das Lokal eingedrungen und hatte den Laden nach allen Regeln der Kunst auseinandergenommen. Während seine Männer derart für Ablenkung gesorgt hatten, hatten der Feldwebel und einige Gefreite die hinteren Räume und die oberen Stockwerke durchsucht.

»Dabei geriet uns ein Kerl in die Hände, ein Russe, genauer ein Ukrainer namens Pjotr Andrejewitsch Machno, ein Verwandter eines gewissen Nestor Iwanowitsch Machno. Dieser ist Anarchist und sitzt seit 1908 in Moskau im Gefängnis. Beide waren als blutjunge Kerle am Aufstand 1905 beteiligt. Dieser Pjotr Andrejewitsch trug einen Brief bei sich, den er zu verschlingen versuchte. Einige Fetzen konnten wir retten. Viel war nicht zu entziffern, nur die Wörter *Schloss* und *itrot*. Der Mann wollte später flüchten und sprang aus dem Wagen. Er stürzte und ein entgegenkommendes Fahrzeug überfuhr ihn. Pjotr Andrejewitsch liegt seitdem vernehmungsunfähig im Krankenhaus.«

»Danke, Herr Feldwebel«, sagte von Jagow. »Schade, dass wir diesen Russen nicht befragen können. Insgesamt sind das alles interessante Fakten, aber irgendwelche Antworten auf die von mir angeführten W-Fragen sehe ich bislang nicht. Lassen Sie uns daher erst einmal über die Sicherheitslage und die geplanten Maßnahmen sprechen. Kommissar Gennat, Sie haben etwas vorbereitet!«

»Das habe ich«, antwortete der Kommissar. »Wenn die Herren bitte folgen würden.« Er führte die Gruppe in einen Nebenraum, wo auf einem Tisch ein großes Modell des Gebietes um das königliche Stadtschloss errichtet war: Dem Schlosskarree gegenüber erhob sich der Kuppelbau des Berliner Doms, davor lag die Grünfläche des Lustgartens mit dem Springbrunnen. Alles war detailgetreu und maßstabsgerecht nachgebaut. Weiter hinten zeigte sich das Ensemble des Gendarmenmarkts mit dem Deutschen und dem Französischen Dom sowie dem klassizistischen Gebäude des Königlichen Schauspielhaus.

Gennat nahm einen Zeigestock und deutete auf das Modell. »Der Hochzeitszug wird hier entlang gehen«, sagte er und markierte die Streckenführung. »Die Brautleute und die höchsten Gäste fahren in Vierspännern mit Vorreitern und je zwei Gardisten auf dem Außentrittbrett vor, die anderen Gäste in Zweispänner. Reiter begleiten die Kutsche des Kaisers und des Zaren sowie die König Georgs und natürlich die Brautleute. Dazwischen fahren mit Geheimpolizisten besetzte Kraftwagen. Flankiert wird der ganze Aufzug von den Garderegimentern sowie ausgesuchten Polizeieinheiten ebenfalls in Kraftwagen und zu Rad. Die Schaulustigen am Rande werden durch Polizeiketten aufgehalten. Sämtlicher sonstiger Verkehr ist gesperrt.«

»Das sieht mir alles sehr durchdacht aus«, lobte der Polizeipräsident. »Es sei denn«, wandte er sich an Nicolai, »Sie hätten weitere Vorschläge, Herr Major.«

Der Major, der aufmerksam die Darstellung Gennats verfolgt hatte, schüttelte den Kopf. »Direkt nicht, aber, wenn Sie erlauben, werde ich meinen Marinetrupp zusätzlich in Zivil postieren.«

»Tun Sie das«, erwiderte Jagow. »Ich werde inzwischen noch einige Rote verhaften lassen, sicher ist sicher.«

Den Rest der Woche verbrachten Major Nicolai, Wedigo und der Feldwebel damit, die Strecke des Hochzeitungszuges Meter für Meter abzugehen und alle nur denkbaren Gefahren aufzuspüren und zu eliminieren. Die Zeitungen waren voller Berichte über die kommende Hochzeit und schrieben, wie passend es sei, dass Seine Majestät der Kaiser im silbernen Jubiläumsjahr seiner segensreichen Herrschaft seine einzige Tochter mit einem Welfenprinzen verheirate und sich so als wahrer Friedensfürst und Versöhner zeige.

Zwei Tage vor dem großen Ereignis fand im Königlichen Schauspielhaus auf Anordnung des Kaisers eine Feier zum hundertsten Geburtstag Richard Wagners statt. Seine Majestät nahm persönlich teil, für Major Nicolai eine Möglichkeit, einige Sicherheitsmaßnahmen nochmals zu erproben. Ein Tag später sorgte Polizeipräsident von Jagow dafür, dass der Redakteur des sozialdemokratischen Vorwärts, Albert Wachs, wegen Beleidigung des preußischen Abgeordnetenhauses zu sechs Wochen Gefängnis verurteilt wurde. Wedigo, der davon hörte, fand die Verhaftung bedenklich. Als Gardeoffizier war er wahrhaftig kein Freund der Sozialdemokraten, aber er war seit frühester Jugend darin erzogen worden, Werte wie Gerechtigkeit und Rechtschaffenheit hochzuhalten. Jagows Einflussnahme schien ihm den Werten und Ansinnen Friedrichs des Großen, die

Justiz solle ohne Ansehen der Person und ohne Eingriff von außen für das Recht sorgen, zuwider zu handeln.

Der Morgen des Hochzeitstages brach an. Der Oberleutnant war in der ihm für den Zeitraum der Feier zugewiesenen Unterkunft im Ministerium damit beschäftigt, nochmals über den Brief der Gräfin und die von Feldwebel Schneidmann sichergestellten Papierfetzen nachzudenken. Er versuchte die halbe Nacht Wortformen zu konstruieren; bislang ohne Erfolg. Jetzt saß er beim Frühstück im Kasino und las die neuesten Zeitungen. Die Journalisten überschlugen sich fast in der Betonung der Bedeutung des heutigen Tages für das Reich. Detailliert wurden die Hochzeitsgeschenke angeführt. Das Geschenk des kaiserlichen Vaters, ein Diadem und ein Halsband aus Perlen, das der Mutter, eine Tiara aus Brillanten. Von den Schwiegereltern eine komplette Juwelenausstattung und vom russischen Zaren ein Halsschmuck aus Aquamarinen und Diamanten. Das englische Königspaar Georg V. und seine Frau, die gebürtige Prinzessin Maria von Teck, schenkten einen gewaltigen Goldpokal sowie eine Brosche in Brillanten mit einer Brillantenquaste als Anhänger. Vittorio Emanuele III. von Italien sandte altsilberne Gefäße, Königin Wilhelmina von Holland eine antike Standuhr ..., die Liste setzte sich endlos fort. Wedigo blätterte weiter. Ein Artikel im Sportteil berichtete von der neunten Giro d'Italia. Dann gab es Bilder von den Karibikinseln Trinidad und Tobago. »Trinidad«, irgendetwas löste das Wort in Wedigo aus. Er wiederholte es ein paar Mal und schrieb es schließlich auf. *Trinidad.* Daneben setzte er aus einer Eingebung heraus die Buchstaben des Paperfetzens *itrot. Trinidaditrot*, er spürte es, er war nah an der Lösung. Er versuchte es erneut und veränderte die Buchstabenfolge ein wenig. Das Ergebnis war *Trinitrotoluol.* Ja, *Trinitrotoluol*, das war das Wort! Es ging um den Sprengstoff TNT, mit dem die falsche Baronesse Maria ein wahres Feuerwerk erzeugen wollte. Hier stand es. Er zog den Brief der Gräfin hervor und vergewisserte sich erneut, obwohl er die Worte längst auswendig konnte. Die Warnung war eindeutig und der Hinweis auf das TNT war so gut wie ein Beweis. Die Baronesse hatte sich den Sprengstoff besorgt, ganz bestimmt, und jetzt musste er herausfinden, wo und wie sie ihr Attentat ausführen wollte. Der Oberleutnant stopfte den Brief in seine Brusttasche und eilte ins Büro des Majors, der gerade im Aufbruch war, und erzählte atemlos von seiner Entdeckung. Wider Erwarten reagierte Nicolai skeptisch.

»Ihre Kombination mag stimmen. Doch wir sind keineswegs sicher, dass die Baronesse, diese Odilie von der Reck, noch in der Stadt ist. Gennat und seine Leute haben alle einschlägigen Quartiere überprüft, nirgends gab es eine Spur der Dame. Sie wird sich, wie Ihre Gräfin, längst in die Schweiz abgesetzt haben. Und wenn sie wirklich hier sein sollte, wie kann sie an den Sprengstoff gekommen sein? So etwas ist nur Militärpersonen möglich.«

»Oder Anarchisten«, wandte Wedigo ein.

»Nun ja, Anarchisten, das sind aus meiner Sicht überschätzte Leute. Hören Sie, Herr von Wedel. Sie haben einen Sonderausweis. Gehen Sie zur Hochzeit, postieren Sie sich vorm Schloss, wenn es Sie beruhigt. Dort müsste, sollten Sie recht haben, der Anschlag erfolgen. Schauen Sie, ob die Dame dort auftaucht. Dann können Sie immer noch eingreifen. Wir haben den Abstand des Publikums zum Geschehen und die Anzahl der Sicherheitskräfte erhöht. Überall stehen Polizisten und Geheime, da dringt niemand durch. Und wenn etwas sein sollte, erhalten Sie sofort Unterstützung. Ich selbst komme später nach.«

Wedigo salutierte und ging. Dann ließ er sich von einem Fahrer bis in die Nähe der Kaiser-Wilhelm-Brücke bringen. Dort begannen die Absperrungen und nach etlichen Polizeikontrollen, bei denen er als Offizier, ohne seinen Ausweis zu zeigen, durchgewunken wurde, gelangte er endlich zum Platz vor dem Schloss.

Es war ein herrlicher Maitag. Die Sonne schien, keine Wolke zeigte sich am Himmel, es war angenehm warm. Überall spielte Musik, und ganz Berlin war in Feststimmung.

Das große Ereignis begann. Die Garde nahm Aufstellung vorm Lustgarten. Zunächst das Kaiser Alexander Garde-Grenadier-Regiment Nr. 1 in weißen Hosen, den blauen Röcke mit ponceaurotem Kragen, die Achselklappen in weiß mit Namenszug aus roter Kordel und auf dem Kopf die alten Gardemützen aus friderizianischer Zeit. Es folgte das Garde-Kürassier-Regiment mit weißem Koller und weißen Stiefelhosen, schwarzen Kürassierstiefeln und Kürassierhelmen mit neusilbernen Abzeichen sowie einem weißen Bandelier mit schwarzer Kartusche. Dazwischen kamen die ersten Kutschen mit Vorreitern, begleitet vom Leib-Garde-Husaren-Regiment und von verschiedenen Kraftfahrzeugen. Am

Rande winkte die Menge mit Tüchern und jubelte, die Damen in bester Kleidung, die Herren in Frack und Zylinder. Es herrschte eine wahre Volksfeststimmung wie sonst an Kaisers Geburtstag.

Nicolai hatte recht, dachte Wedigo. Wie sollte es der falschen Baronesse gelingen, sich in diese Veranstaltung einzuschleichen und eine Bombe zu werfen oder was immer sie geplant haben mochte? Das Ganze schien ihm völlig unmöglich zu sein. Niemand Unbefugtes kam durch diese Ketten von Gendarmen, Geheimpolizisten und Soldaten und schon gar nicht in die Nähe des Kaisers oder Zaren. Wieder fuhren Fahrzeuge vorüber und schließlich erschien eine vierspännige Kutsche. In ihr saßen seine Majestät, der deutsche Kaiser Wilhelm II. und der Zar von Russland, Nicolas II. Die Menge jubelte. Die Herren zogen die Hüte und die Damenwelt schwenkte Tücher. Wedigo nahm Haltung an und salutierte. Nach der Kutsche kam ein weiterer Trupp Reiter in blauen Uniformen, dem ein einzelner Wagen mit einem Gardeleutnant am Steuer folgte.

»Die Garde ist überall dabei«, hörte Wedigo einen Polizisten neben sich sagen. »Echte Kerle!« Dann versank er in Gedanken: Er saß vor der Bühne des Metropoltheaters. Vorn zeigte sich Fritzi Massary und sang: *Donnerwetter, Donnerwetter wir sind Kerle.* Stürmischer Beifall folgte ihrem Auftritt. Jetzt sah er die Rotblonde mit dem kessen Mund, das Fräulein Ruth. Sie befanden sich im Ballhaus und auch Ruth sang das Gardelied. Fritzi Massary und die Rotblonde; beide trugen Gardeuniform, Fräulein Ruth die des Leutnants Herwarth von Bittenfeld. Zuletzt war da ein blasses, verwischtes, in Farbtönen gehaltenes Foto, welches ebenfalls einen Gardeoffizier zeigte; es war der im Ministerium geblitzte Einbrecher. Als Offizier kam man durch jede Absperrung, einen Offizier kontrollierte kein Polizist, sondern er stand stramm. Natürlich durfte eine Frau in Uniform nicht als solche erkennbar sein, sonst lachte die Polizei, hatte Fräulein Ruth gesagt. Jetzt war das Fahrzeug direkt auf gleicher Höhe mit Wedigo. Er trat zwei Schritte vor. Kein Zweifel, das war eine Uniform seines Regiments, die roten, schwedischen Ärmelaufschläge mit weißen Litzen, die weißen Schulterstücke, der silberne Garde-Adler. Die gleiche Uniform, die er trug. Dann sah er kurz die leichte Wölbung in Höhe der Brust und er erkannte unter dem akkurat kurzen Militärhaarschnitt das scharfe Profil der Baronesse. Wedigo rannte los, sprang zum Fahrzeug, riss die Beifahrertür auf und schwang sich hinein. Hinter ihm ertönten Rufe.

»Guten Tag, Herr von Wedel«, begrüßte ihn die spöttische Stimme der Baronesse Odilie. »Ich habe fest mit Ihnen gerechnet. Doch Ihr Einsatz kommt zu spät; nichts und niemand wird mich aufhalten.«

Sie zog einen Revolver und zielte auf ihn. Ein Schuss krachte. Die Kugel traf ihn mitten in die Brust und schleuderte seinen Körper hart nach hinten.

Das war also das Ende, dachte er und verlor kurz die Besinnung. Dann spürte er einen stechenden Schmerz in der Schulter und roch den beißenden Pulverdampf. Er war wieder bei Bewusstsein, tot konnte er nicht sein. Durchs Fenster sah er den Dom, zum Teil durch die Baronesse verdeckt. Sie achtete nicht auf ihn, sondern konzentrierte sich ganz auf ihr wahnsinniges Tun. Der

Motor jaulte auf, es stank nach verbranntem Öl und nach Gummi. Der Wagen raste auf die Reitergruppe zu, die zur Seite sprang. Weiter vorn kam die Kutsche des Kaisers und des Zaren in Sicht.

»Für Paul, für Nestor, Pjotr und für Hermann«, rief die Baronesse laut und gab erneut Gas. Mühsam richtete sich Wedigo auf, holte tief Luft und warf sich auf die Überraschte. Er griff ins Steuer und riss dieses scharf nach links. Die Attentäterin fiel durch den Richtungswechsel zur Seite und knallte mit dem Kopf auf eine Abdeckung. Einen Augenblick schien sie ohnmächtig zu sein. Blut floss ihr von der Stirn und sie rührte sich nicht. Doch Odilie kam wieder hoch und schlug mit ihren Fäusten Wedigo mitten ins Gesicht, dass er zur Seite rutschte und mit der verletzten Schulter gegen die Tür krachte. Sie griff sofort mit der einen Hand wieder zum Lenkrad, während sie mit der anderen die Pistole suchte, die zu Boden gefallen war. Wedigo zog sich stöhnend in die Höhe, trat mit voller Kraft auf ihre Hand und rammte ihr gleichzeitig die linke Schulter in die Seite. Mit einem lauten Schmerzensschrei ließ sie das Steuer los, der Wagen wechselte abrupt die Richtung, schleuderte und kippte fast; ein Krachen ertönte und die Lenkstange brach. Entsetzt sah der Oberleutnant, wie das Fahrzeug auf die Kaiser-Wilhelm-Brücke zuraste. Er schob die Frau zur Seite, trat auf die Bremse, doch das Fahrzeug reagierte nicht. Er trat verzweifelt auf das Pedal. Nichts! Immer näher kam das Gitter, war nur noch einige Meter entfernt. Wedigo packte den Griff der Tür, um diese zu öffnen und herauszuspringen. Doch die Tür klemmte und blieb verschlossen. Dann krachte es ohrenbetäubend, der Wagen durchbrach das Brückengeländer und stürzte in einem Bogen zur Spree hinab. Kurz vor dem Aufschlag gab es einen ungeheuren Knall. Wedigo fühlte sich wie von einer Riesenfaust gepackt, quer durch die Luft geschleudert und dann ins Wasser geworfen. Hinter ihm explodierte ein orangeroter Feuerball.

Acht Tage später holten Major Nicolai, Feldwebel Schneidmann und der treue Kuhn Oberleutnant von Wedel aus der Charité ab. Wedigo war soweit wiederhergestellt. Die Kugel, die ihn an der Brust getroffen hatte, war durch einen Metallknopf und den Brief der Gräfin in ihrer Wucht gebremst worden und hatte ihn nur oberflächlich verletzt. Die Schulter war ausgerenkt gewesen, aber soweit wiederhergestellt, er musste nur den Arm für einige Zeit in einer Schlinge tragen.

Die Männer fuhren ins Ministerium und begaben sich in das Büro des Majors. Kuhn stellte Gläser vor die Herren und zog sich dann zurück. Nicolai brachte eine Flasche Cognac zum Vorschein, goss die Gläser voll, und die Herren stießen auf den erfolgreichen Abschluss der ›Potsdamer Affäre‹ an.

»Sie hatten mordsmäßig Glück, dass Sie aus dem Wagen geschleudert wurden, bevor die eigentliche Bombe detonierte, Kamerad von Wedel. Sie haben den richtigen Riecher gehabt, ich gratuliere«, sagte der Major und seiner Stimme merkte man an, dass sein Lob ernster Natur war. »Der Baronesse gelang es tatsächlich, sich in der Uniform eines Leutnants in den Festkordon zu schmuggeln. Mit den kurzen Haaren hat sie niemand erkannt. Mittlerweile wissen wir auch, was sie antrieb. Sie muss mit einem gewissen Paul und diesem Nestor Iwanowitsch Machno eng befreundet gewesen sein. Machno sollte gehenkt werden und wurde nur unter der Bedingung am Leben gelassen, dass Baronesse von der Reck für Oberst Batjuschin von der Raswedka arbeitete. Jener Paul wurde offenbar bereits 1905 getötet. Nach unseren Informationen waren er und Nestor Iwanowitsch Machno mit der Baronesse eng befreundet. Eine eigenartige Kombination, eine baltendeutsche Adlige und zwei anarchistische Genossen. Wie immer die Beziehung war, sie muss sehr heftig gewesen sein. Denn offenbar wollte sich die Baronesse beim Anschlag selbst opfern, eine Selbstmordattentäterin. Nun, das ist ihr gelungen, sie ist tot, von der Gewalt der Bombe in Stücke zerrissen.«

»Kurz bevor der Wagen das Geländer durchbrach, rief sie ›für Paul und für Nestor‹ und nannte noch zwei Namen«, sagte Wedigo leise. »Auch wenn die Baronesse eine Verbrecherin war, sie handelte aus Idealismus.«

Die Männer schwiegen eine Weile.

»Ihr eigenes, heldenhaftes Tun wird Folgen haben«, fuhr der Major fort und wurde jetzt offiziell. »Unsere Majestät wird Sie in absehbarer Zeit zum Bericht laden. Von Amtswegen weiß natürlich niemand von dem ganzen Geschehen. Es gibt keinen ›Fall Brose‹, keine ›Potsdamer Affäre‹ und natürlich auch keinen ›Fall Herwarth von Bittenfeld‹«, erklärte Nicolai. »Diese Regelung gilt auch intern. Die Hochzeitsgäste und das Publikum bekamen zum Glück von allem nichts mit; unsere Sicherheitskräfte haben sofort alles abgeriegelt. Die Presse berichtete lediglich von einem bedauerlichen Autounfall am Rande der kaiserlichen Hochzeit, mehr wurde nicht veröffentlicht. Die Aufzeichnungen Oberst Broses sind ausgewertet, und wir konnten einige Verhaftungen vornehmen. Der Spionagering ist auf längere Sicht zerschlagen. Was den Mord betrifft, könnten es nach wie vor der Leutnant oder auch die Baronesse gewesen sein. Wir haben die Tatwaffe mit seinen Fingerabdrücken bei Karl Herwarth von Bittenfeld gefunden, das sind klare Beweise. Um alle Möglichkeiten zu überprüfen, habe ich das Foto des Einbrechers nochmals untersuchen lassen. Das Ergebnis zeigt deutlich, dass es sich bei dem angeblichen Offizier um eine Frau handelt. Entweder hat sich Baronesse Odilie geschickt der Identität des Leutnants bedient, wobei sie ihn im Vorfeld dazu gebracht haben muss, den Revolver anzufassen. Oder es handelt sich um eine Affekttat Herwarth von Bittenfelds, was ich für die wahrscheinlichere Lösung halte. Seine Motive waren zum einem die Eifersucht, zum andern die Sorge, Oberst Brose sei ihm auf die Spur gekommen und wüsste, dass er Informationen an die Baronesse weitergeleitet oder diese seine Kenntnisse benutzt habe. Verrat und dunkle Leidenschaft, die üblichen Ingredienzien der Spionage.«

»Und was ist mit Gräfin Melissa?«, fragte Wedigo zögernd.

»Ihrer schönen Gräfin gelang es, rechtzeitig unterzutauchen, die Polizei konnte sie trotz intensiver Suche nicht finden. Vielleicht hält auch jemand seine schützende Hand über sie. Aber ich will nicht kleinlich sein, mit dem Notizbuch hat uns Maria Walewska sehr geholfen, obwohl ein paar Seiten fehlen. An den Morden war sie jedenfalls nicht beteiligt. Soll sie anderswo den Männern den Kopf verdrehen. Es gibt also auch keine ›Affäre Walewska‹!«

»Wurde der Informant aus dem Ministerium aufgespürt?«

»Sie meinen den sogenannten Maulwurf?« Der Major lachte. »Er wurde entdeckt, eine ganz banale Geschichte, auf die ich eher hätte kommen können. Es handelte sich um einen Unteroffizier aus der Telefon- und Postzentrale. Sozusagen ein neuer Fall Wölkerling. Zu seinen Informationen kam der Mann, indem er Telefongespräche mithörte und alle ein- und ausgehenden Briefe öffnete. Gut, dass ich das Wienerschreiben außerhalb des Ministeriums aufgegeben habe und dass an dem Tag, als ich mit Major Ronge in Wien telefonierte, der Kerl krank war. In Wien selbst sind die Dinge allerdings aus dem Ruder gelaufen.«

Der Major zog eine Zeitung hervor und reichte sie Wedigo. »Das vermeldete die Montagsausgabe der deutschsprachigen Prager Zeitung Bohemia.«

Von hoher Stelle werden wir um Widerlegung der speziell in Militärkreisen aufgetauchten Gerüchte ersucht, dass der Generalstabschef des Prager Korps, Oberst Alfred Redl, der vorgestern in Wien Selbstmord verübte, einen Verrat militärischer Geheimnisse begangen und für Russland Spionage getrieben habe.

»Oberst Redl war also der Verräter, der österreichische Generalstabschef persönlich?«

»Er war der Verräter«, bestätigte der Major. »Sie wissen, wir haben den von Ihnen entdeckten Brief aus dem

Besitz Oberst Broses in veränderter Form mitsamt seinem Inhalt von sechstausend Kronen nach Wien ans Postamt am Fleischmarkt geschickt. Das Postamt wurde fast einen Monat überwacht. Oberst Redl holte am 25. Mai den Brief ab, dabei wurde er festgenommen und anhand der von ihm ausgefüllten Abhol- und Aufgabescheine eindeutig identifiziert. Der Chef des k.u.k. Generalstabes, Franz Conrad von Hötzendorf, befahl unverzüglich höchste Geheimhaltung. Eine Offiziersdelegation suchte Redl im Hotel Klomser auf, um die Angelegenheit möglichst diskret zu klären. Redl gestand alles. Die Russen hatten entdeckt, dass Redl homosexuell war und erpressten ihn damit. Redl lieferte alles, was in der Geheimhaltung unterlag. Vor allem Mobilmachungspläne, exakte Angaben über Truppenstärken, dazu detaillierte Festungspläne und interne Inspektionsberichte. Die Pläne und Unterlagen fotografierte er und entwickelte die Aufnahmen selbst. Noch schlimmer ist, dass Redl wohl auch österreichische Informanten enttarnte, die verhaftet und hingerichtet wurden. In seiner Zeit im Evidenzbüro gab er offenbar auch gefälschte Berichte weiter, die völlig falsche Angaben über die russischen Truppenstärken enthielten. Der Schaden seiner Tätigkeit ist noch nicht abzusehen. Für den Mann selbst wurde sein verräterisches Tun zu einem lukrativen Geschäft. Redl lebte auf großem Fuß, verkehrte nur in den besten Lokalen, leistete sich Automobile, mehrere Diener und eine Anzahl Luxuspferde. Um noch mehr zu verdienen, hat er wohl auch an die Franzosen und Italiener geliefert, wie mir Major Ronge berichtete. Die Untersuchungen laufen noch.«

»Was für ein Schwein«, sagte Schneidmann.

»Ich stimme Ihnen zu, Herr Feldwebel. Dennoch versuchten die österreichischen Kameraden einen öffentlichen Skandal zu vermeiden und legten Redl als letzten ehrenhaften Ausstieg den Selbstmord nahe. Redl brachte sich wunschgemäß um. Conrad von Hötzendorf berichtete dem Generalinspektor per Depesche, Oberst Redl habe sich aus bisher unbekannten Gründen erschossen. Ein ähnliches Telegramm ging auch an die Presse.

Dennoch flog das Ganze auf, weil ein Journalist der Angelegenheit nachgegangen ist. Die Folgen des Verrates sind insgesamt nicht abzusehen, In Wien ist der Teufel los. Die Kameraden fürchten, dass die Russen in den Besitz der kompletten österreichischen Aufmarschpläne gelangt sind.«

»Das wäre eine wahre Katastrophe«, sagte Wedigo. »Wir wären davon ebenfalls betroffen.«

»Das ist es und nun stellen Sie sich vor, was sich ereignet hätte, wenn das Attentat am 24. Mai gelungen wäre. Die Russen hätten uns verantwortlich gemacht, Europa stünde womöglich am Abgrund eines Krieges und wegen der Kenntnis des Gegners von den Aufmarschplänen unseres Verbündeten hätten wir im Osten mit großen Verlusten und möglicherweise sogar mit dem Verlust unserer Provinz Ostpreußen zu rechnen.«

»Dann hoffen wir, dass so etwas nie passieren wird«, erwiderte Wedigo. Die drei Männer hoben ihre Gläser und tranken auf die Zukunft.

EPILOG

Die Fahnen wehten im warmen Sommerwind. Wedigo von Wedels Kutsche fuhr im Schritttempo vor. Eifrige Diener in kaiserlicher Livree öffneten mit einer Verbeugung den Schlag und geleiteten den Offizier und seine Dame zum Eingangsportal. Der junge Hauptmann reichte seiner Begleiterin galant den Arm und sie traten ins Schloss hinein. Vor ihnen lag der hell erleuchtete Saal mit zahlreichen Säulen und gewundenen Treppen. Zur Feier des Tages hatte der Hof etliche Springbrunnen sowie exotische Blumen und Palmen mitten in den Saal setzen lassen. Ilse von Bredow sah sich mit großen Augen um. Wie im Märchen kam ihr alles vor, so herrlich und prächtig, fast wie verzaubert. Die Musik spielte beschwingte Weisen und Walzer, die Paare wiegten sich im eleganten Tanz. Wedigo verbeugte sich vor Ilse von Bredow und beide schlossen sich den Tänzern an. Ganz versunken war das Paar; die fließenden Töne der Kapelle stimmten ihre Seelen zu musikalischen Akkorden. Dazu das farbige Gewimmel der bunten Uniformen und die kostbare Vielfalt der zarten Damentoiletten. Die große und schöne Welt, vorn standen der Kaiser und die Generalität, daneben einige Fürsten und der Kanzler des Reiches sowie zahlreiche Minister. Die Musik endete, der frisch gebackene Hauptmann führte seine Tänzerin zur Seite und reichte ihr zur Erfrischung ein Glas Champagner. Da trat der Oberzeremonienmeister auf ihn zu: »Seine Majestät der Kaiser wünschen Sie morgen in Audienz zu sprechen, und bringen Sie Ihr Fräulein Braut mit.«

Ilse strahlte und Wedigo lächelte stolz, die Welt war herrlich, die Welt war schön. Da sah er am Rande des Saals zwischen den Säulen eine schlanke Gestalt im hellen Kleid stehen. Sie drehte sich um, hob den Arm und winkte in seine Richtung; es war Gräfin Maria Walewska! Er schüttelte ungläubig den Kopf, sie konnte nicht hier sein, und als er wieder hinblickte, war Melissa verschwunden.

»Hast du ein Gespenst gesehen, Wedigo?«, fragte Fräulein von Bredow neugierig, da sie seine Bewegung bemerkt hatte.

»Nein, kein Gespenst, nur eine Fata Morgana, die kommt und geht, gerade wie es ihr gefällt.«

Die Musik begann erneut, und Wedigo führte Ilse von Bredow zum nächsten Walzer.

ENDE

DANK

Ich bedanke mich bei meiner literarischen Agentin Frau Rose Bienia für ihre Unterstützung und Vermittlung sowie bei Frau Beate Kaspar für ihre kritisch-freundliche Erstlesung und bei meinem Lektor Sven Lang für seine hervorragende Arbeit.

Weitere Krimis finden Sie auf den folgenden Seiten und im Internet: www.gmeiner-verlag.de

G. Heidenreich / T. Trczinka
Sonderauftrag
978-3-8392-1427-5

»Stralsunder Kriminalisten ermitteln in der dörflichen Idylle von Vorpommern. Fesselnd und authentisch!«

Im Jahr1995 werden in Nordvorpommern bei Umbauarbeiten in einem Gutshaus ein eingemauertes Skelett und eine Kiste mit verschollenen Kunstschätzen gefunden. Ermittlungen der Stralsunder Kriminalpolizisten Kröger und Vollert ergeben, dass es sich bei dem Toten um Wernher von Schleyersdorf handelt, Sohn des ehemaligen Gutsbesitzers und Angehöriger einer Spezialeinheit der SS. Bald darauf wird die polnische Kunstexpertin Ewa Bednarek ermordet aufgefunden. Reicht der Schatten des Krieges bis in unsere Zeit?

GMEINER

Wir machen's spannend

Unsere Lesermagazine

2 x jährlich das Neueste aus der Gmeiner-Bibliothek

24 x 35 cm, 32 S., farbig; inkl. Büchermagazin »nicht nur« für Frauen

10 x 18 cm, 16 S., farbig

Alle Lesermagazine erhalten Sie in Ihrer Buchhandlung oder unter www.gmeiner-verlag.de.

GmeinerNewsletter

Neues aus der Welt der Gmeiner-Romane

Haben Sie schon unsere GmeinerNewsletter abonniert?

Monatlich erhalten Sie per E-Mail aktuelle Informationen aus der Welt der Krimis, der historischen Romane und der Frauenromane: Buchtipps, Berichte über Autoren und ihre Arbeit, Veranstaltungshinweise, neue Literaturseiten im Internet und interessante Neuigkeiten.

Die Anmeldung zu den GmeinerNewslettern ist ganz einfach. Direkt auf der Homepage des Gmeiner-Verlags (www.gmeiner-verlag.de) finden Sie das entsprechende Anmeldeformular.

Ihre Meinung ist gefragt!

Mitmachen und gewinnen

Wir möchten Ihnen mit unseren Romanen immer beste Unterhaltung bieten. Sie können uns dabei unterstützen, indem Sie uns Ihre Meinung zu den Gmeiner-Romanen sagen! Senden Sie eine E-Mail an gewinnspiel@gmeiner-verlag.de und teilen Sie uns mit, welches Buch Sie gelesen haben und wie es Ihnen gefallen hat. Alle Einsendungen nehmen automatisch am großen Jahresgewinnspiel mit attraktiven Buchpreisen teil.

GMEINER

Wir machen's spannend